U0482927

千峰秋叶丹

涂朝晖 著

花山文艺出版社
河北·石家庄

图书在版编目（CIP）数据

千峰秋叶丹 / 涂朝晖著. -- 石家庄：花山文艺出版社，2024. 7. -- ISBN 978-7-5511-7321-6

Ⅰ．I247.5

中国国家版本馆 CIP 数据核字第 20241B38P9 号

书　　名：千峰秋叶丹
QIAN FENG QIUYE DAN

著　　者：涂朝晖

责任编辑：梁东方
美术编辑：王爱芹
封面设计：圣立文化
出版发行：花山文艺出版社（邮政编码：050061）
（河北省石家庄市友谊北大街 330 号）
销售热线：0311-88643299/96/17
印　　刷：成都新凯江印刷有限公司
经　　销：新华书店
开　　本：710 毫米 ×1000 毫米　1/16
印　　张：17.25
字　　数：256 千字
版　　次：2024 年 7 月第 1 版
　　　　　2024 年 7 月第 1 次印刷
书　　号：ISBN 978-7-5511-7321-6
定　　价：78.00 元

（版权所有　翻印必究·印装有误　负责调换）

CONTENTS 目 录

第一章	风雨大连山	001
第二章	老天为谁春	026
第三章	盛夏灼苍穹	045
第四章	黑檀故事多	060
第五章	诗情上碧霄	078
第六章	儿女情更长	094
第七章	桃李闹春风	106
第八章	何以慰风尘	117
第九章	新程再启航	131
第十章	丹心应无悔	154
第十一章	碧波万里情	185
第十二章	堕落的天使	217
第十三章	云帆济沧海	233
第十四章	明月照沟渠	245
第十五章	千峰秋叶丹	255

第一章　风雨大连山

仲秋夜，格外宁静，月亮在云朵里穿行。当所有的生命都在沉睡，大连山西山顶的一家小茅屋却透出几缕柔和的光，有人正在煤油灯下忙碌，晃动的身影通过窗口，投射在窗外的几棵大树上。

忽然，一声婴儿清脆的啼哭划破了夜空。

"是个割猪草的！"接生婆微笑着说。产妇的心像被针狠狠地扎了一下，不过很快又恢复了平静。这是她嫁到王家的第七年，无意间怀上后被迫生下的第三胎。男人没有说话，将接生婆包裹好的女婴仔细端详了一番，微笑着轻轻地放在女人身边，去屋外的露天灶煮了四个荷包蛋——接生婆两个，产妇两个。

"割猪草的就割猪草的吧，现在总算平安生下来了。"接生婆安慰道。

"也只有这样想了，不管别人怎么看，不管多难，我总要把她养大成人。"男人很像他娘，五官端正，长得不高大，瘦骨嶙峋的，但是面对三座大山的压力，说话的语气却十分坚定。

男人就是五华乡大连山下黑檀大村二组王家塆的村民。王家塆比较大，有好几十户人家，人口比较多的是孔、刘、唐、王姓人家。孔家和刘家分别有三兄弟，孔家的老大孔祥林是生产队队长，刚生小孩的是王家老二王贤良的女人沈秀兰。吃完荷包蛋，接生婆交代了一些产后注意事项后，就打着火把在王贤良的护送之下回家了。

天还未大亮，村子就被婴儿的啼哭声叫醒，沈秀兰佯嗔道："小东西,你不知道你是不受欢迎的?闹什么闹?"

王贤良责怪道:"说的是啥子话哟?三个女儿就三个女儿吧,这可能会让村子的人更加瞧不起咱,可我从来不在乎别人的看法,再多我也不会嫌弃。大不了我们辛苦一点,吃孬点,穿孬点,总要把她们抚养成人。"沈秀兰感激地点了点头。

天刚亮,一个尖锐的女高音飘进了沈秀兰的屋子:"哈哈哈,恭喜二哥二嫂!小家伙终于平安出生了!"

一个长得黝黑、身材高大的女人一溜烟似的飘进了屋子里。这是王贤良的兄弟王贤富的老婆宋高英,外号叫"送高音""高音喇叭"。沈秀兰知道她是来打探消息的,她一知道就等于全村人都知道了。沈秀兰找不到借口撵她出去,况且这种事是隐瞒不了的,于是就主动交代:"唉!又是个割猪草的!"

听沈秀兰这么说,宋高英嘴角滑过一丝不轻易察觉的微笑,放下心来。如果沈秀兰生了个男孩,婆婆岂不是要把她捧上天?她马上换了一副笑脸大声安慰道:"二嫂,割猪草的就割猪草的吧,总比我好一点,我都不能生了。这不能怪我们,要怪就怪他王家的祖坟有问题!"

沈秀兰小声说:"嘘——幺嫂,小声一点,把她弄醒就麻烦了。"

宋高英赶紧收住了大嗓门,和沈秀兰闲聊一阵就满意地离开了。

天亮后,王贤良挑粪淋完了自家大斜坡地里的苞谷,才回家做早饭。当他把早饭端到沈秀兰手里,却发现孩子不在她身边,床的另一头也没见。他的心立刻被揪了起来,着急地问沈秀兰:"三妹呢?!"

沈秀兰被王贤良的话猛地惊醒:"啊!她不是睡在我身边吗?滚到床下了?"

沈秀兰赶紧起床寻找,可找遍屋子每一个角落都没找到。她又赶紧在屋子周围寻找,可仍然一无所获。沈秀兰被吓得脸色惨白,虚汗直流,眼看就要昏倒在地,王贤良赶紧把她扶回床上躺下。

"难道让狗叼走了?"王贤良立即大声呼唤,"狗儿——啧,啧,啧。"可无论如何呼唤也没有狗出现。他吓得魂都丢了,赶紧又去周围的田间、沟渠、厕所、猪圈……凡是可能的地方一一寻找,都空手而归。

沈秀兰百思不得其解，孩子生下来才几个小时，自己仅仅打了一会儿盹，怎么就不见了呢？她急得快要发疯了。邻居们也闻声赶来，惊诧地议论一番后把村子翻了个底朝天，还是不见孩子的踪影。大家议论纷纷：

"难道是被狗吃了？可地上没有血迹呀！"

"难道有人贩子进屋把她偷走了？"

……

沈秀兰这才想起早上宋高英来她屋子走后好像没有关门。一定就在那时，有人乘虚而入抱走了孩子！沈秀兰忍不住号啕大哭起来。

"快！快！快去追人贩子！可能是幺嫂出去没关门，人贩子进来了！"

邻居们立即从四面八方分头行动，王贤良走的是最有可能的堰塘垮大路。半小时后，在叹息和咒骂声中，大家都摇着头，空着手，陆续回到了王家垮。

桌上的饭菜早已经变冷，孩子们也跟着王贤良夫妇怄气吃不下。王贤良急匆匆地对沈秀兰说："秀兰，我马上去派出所报案，人贩子应该还没有走远。"

沈秀兰使劲捶打着自己的脑袋，哭着说："好！就怪我这该死的婆娘，当时没有关门。呜呜……呜呜……我才仅仅看了她一眼，都还没来得及喂她一口奶！呜呜……"

王贤良拉住她的手安慰道："别难过，如果她是我们的，别人抢也抢不走！"

下午两点左右，跑得满头大汗的王贤良终于回来了，身后还跟了两个穿制服的民警。

"请你们把当时丢失孩子的情景仔细说一说。"

警察一边询问，一边记录，完事后把王贤良家以及周围环境勘察完就走了，说一有消息就通知他们。

等待的日子是漫长的。一天、两天、三天……一直过了一周都没有等到有关孩子的任何消息，其间王贤良也亲自去派出所问过，一路上也打听过，都无有价值的线索。沈秀兰更是整日以泪洗面，彻夜难眠，整个人瘦了一大圈。

她捶着自己的胸口哭泣,大声咒骂着自己:"就怪我这死婆娘,我的心好痛啊!"

王贤良红着眼睛,难过地安慰道:"如果实在找不回来,想开些吧,说不定三妹会找个好人家,不愁吃不愁穿的,比我们的生活过得好呢。"

天快亮时,王贤良早早地起了床,煮好了猪潲,又煮了一大锅红苕羹,给沈秀兰端了一碗过去。

"秀兰!秀兰!!"

可屋子里空荡荡的,没有任何回音。厕所、屋里屋外都没有人,老太太、大嫂姜碧珍、幺嫂宋高英家里也没有。王贤良慌了,"秀兰——""秀兰——"地大声喊着,找遍了整个村子。大妹、二妹也起床跟着四处寻找,都不见人影。突然,一个可怕的念头掠过王贤良心头,他赶紧朝堰塘跑去。

借着朦胧的月光,他远远地就看见一团黑影正慢慢地向深水区移去,影子越来越小。

"秀兰,不要!不要呀!!"王贤良声嘶力竭地喊着向堰塘跑去,"扑通"一声跳进水里,终于抓住了黑影。

黑影不断挣扎:"不要管我!不要管我!我不想活了……我可怜的三妹呀……呜呜……"

王贤良大声喊道:"你死了倒好,大妹、二妹怎么办?"

不容沈秀兰说,王贤良只管把她往岸上拉。拉扯中他们都跌落在水中呛了不少水。王贤良深吸一口气找了个有利地形站稳,瞅准时机,"啪"的一拳打在沈秀兰脑袋上,她即刻昏了过去,王贤良趁机将她拖上了岸……

当沈秀兰醒来时,发现自己正躺在医院的床上,手上还打着吊针。一个和蔼可亲的医生正关切地注视着她,见她醒来欣慰地笑了:"啊,太好了!你终于醒了!你已经昏迷两天了。"

沈秀兰满脸痛苦,伸手就想拔掉输液管,怒吼道:"你们为什么要救我?我不想活了!呜呜呜……我不想活了!"

"别动！你先看看你身边的小床。"

沈秀兰顺着医生手指的方向斜着眼睛看了过去，一张熟悉的小毛毯映入眼帘，她不解地问："这是？"

"你的三妹呀！"

沈秀兰简直不敢相信自己的耳朵和眼睛："什么？三妹！！"

她拔掉手上的输液管，一个翻身就下了床。只见在她身边的小床上，果真有个婴儿正安详地熟睡。这红色的小毛毯沈秀兰太熟悉了，它裹过大妹，也裹过二妹，中间有个很大的洞，是大妹玩火时烧的，是她找来一块颜色相近的布给补上的。毯子里裹着的果真是三妹？她使劲掐了一下自己，这不是做梦呀。

"啊！三妹找回来了！三妹找回来了！！"她像孩子似的大叫起来，紧紧地把婴儿抱在怀里亲了又亲，泪水似断线的珠子滚了出来。

王贤良也无声地站在旁边抹着眼泪。沈秀兰问："这是怎么回事？"王贤良支吾了半天，也没说出个所以然。

"这到底是怎么回事，快说呀，急死我了！"

"这……孩子回来就好，你就不要追究了！"

"不追究也行，但是我想知道到底是怎么回事呀！"

"嗯……这……"

"哈哈哈，二嫂，我来告诉你吧！"宋高英的高音从窗外飘了进来。她也不看王贤良不断递过来的眼色，进屋就滔滔不绝地讲了起来。

原来，那天宋高英得知沈秀兰生了三女儿后，就赶紧跑到老太太家发布了消息。听说老二家又生了女儿，婆婆甘琼兰非常失望，一屁股瘫坐在地上。

老太太一共生了四个孩子，三男一女，女儿嫁出去是泼出去的水，是否生儿子，生多少儿子她都不在乎，她在乎的是儿子们，因为这关系到传宗接代。可三个儿子一点都不争气。大儿子结婚十几年了，他的第一个孩子因生病夭折，所幸第二个孩子是个男孩，取名王晓峰，可惜因为重感冒发高烧，王贤志夫妇信了妹儿菩萨的话，说小孩遇到了鬼，要掩煞。请妹儿菩萨去跳了两天神，可王晓峰仍然高烧不退。第三天，王贤志夫妇才将他送到医院，在医生的全力抢救下，终于捡回了一条命，但从此他就说不出话了。医生说是因为送去医院太迟了造成的。过后姜碧珍就没有怀过孩子。老幺家宋高英生了两个女儿，在生小女儿时因难产住院，在医院就结扎了。原本把希望寄托在老二王贤良家，可他们却连生三个女儿，这叫她的老脸往哪里搁？

去年老太太去东阳沟地里干活，发现她家与蔡桂花家之间的地界好像被移动了几寸，她反复查看，仍然觉得那块地界石周边的泥土较新，被侵占过去的地可以多栽一行苞谷了。那怎么行呢？虽然蔡桂花吵架厉害，人称喜欢咬人的"菜花蛇"，但是老太太也不是吃素的，回到垸上就找蔡桂花。甘琼兰虽然人长得矮瘦，但是精神十足，声音尖锐穿透力极好："菜花蛇，你们也太不要脸了，居然偷偷地把东阳沟的地界向我家移了几寸，做人怎么能这样呢？"

见甘琼兰不问青红皂白地一上来就骂人，蔡桂花也不示弱，怒声回答："干豇豆死婆娘，你怎么一张口就骂人？谁动过地界了？我才不会干那些偷鸡摸狗的事！"

甘琼兰急得跳了起来，尖着嗓门喊道："你有本事动就有本事承认！要不，我们找队长一起去看看。"

"你说去看就陪你去看吗？你也不看看自己是什么人，一个'和尚''孤人'口气还那么大！"

蔡桂花不愿意配合去看现场，还抓住甘琼兰的两个儿子没有生男孩为把柄，公开叫她"和尚""孤人"，说她要断子绝孙，是坏事做多了上天的报应，气得甘老太太七窍生烟。她自觉有把柄被对方拿住，骂架实在不占优势，情急之下趁蔡桂花不注意直接将她按倒在地就是一个耳光。蔡桂花用手一挡才躲过一劫，两人扭打在一起。甘琼兰毕竟是近六十岁的人了，蔡桂花比她年轻，几个回合她就败下阵来，脑壳被按在地上撞了几个大青包，裤子被撕破好大一条口子，连内裤都露出来了，这后来成为全村人茶余饭后的笑柄。虽然事后在队长孔祥林和村支书林正新的调解下，蔡桂花输了理、赔了钱，但是老太太仍然觉得受了奇耻大辱，她觉得她家之所以这么受欺负，就是因为没有孙子传宗接代，后代力量薄弱。

皇天有眼，不久沈秀兰意外怀孕，发现时已经有六个多月了，夫妻俩实在舍不得打掉，再加上老太太的逼迫，就更加坚定了夫妻俩将孩子生下来的决心。

这可咋办？这件事被"菜花蛇"知道了，岂不又留下话柄？老太太忽然想起去年有个远房亲戚说过，他的表姐不能生育，想收养一个孩子，何不将这孩子送给他们，叫沈秀兰明年再生一个？

老太太本来是去踩点寻找动手机会的，却意外发现沈秀兰的门没关，孩子和她都在熟睡，于是她蹑手蹑脚地靠近孩子，抱起就跑了。

可接下来的日子，老太太的良心受到了极大的谴责。她每天精神恍惚，备受煎熬，又见沈秀兰那么伤心难过，还差点闹出人命，所以才硬着头皮把事情的来龙去脉跟王贤良讲了。王贤良找到在江陵镇政府工作的表姐夫帮忙，才领回了女儿。

听完宋高英的讲述，沈秀兰气得浑身发抖。该死的老太婆居然如此狠毒，害得自己差点儿家破人亡，她马上穿衣下床，就要去找老太婆算账。

宋高英劝道："我们家老太婆是很令人讨厌，二嫂，孩子找回来就算了吧，你坐月子怄不得气，不然会落下月子病，她呢，又比大塆那个独眼老太太好。独眼老太太直接将她儿媳妇生的女儿丢进粪池里了。"

王贤良说："就是嘛。老太婆怎么会想到你会如此想不通？她能够主动承认并且配合抱回孩子，说明她已经知道错了。你去找她吵架或者是打架，让全塆人看咱王家的笑话，知道你们婆媳不和，传遍黑檀大队？"

沈秀兰流着泪，连连摇头，又无力地坐回了床上。

回到家第二天，趁夜晚无人注意，甘老太太悄悄地来到沈秀兰的卧室，压低声音说："秀兰，起来吃点儿饭吧，这是我刚煮的，我还煎了两个荷包蛋。"

老太太亲自端饭过来，沈秀兰有些意外，因为三个妯娌只有姜碧珍生了儿子才享受过如此待遇。以前她生了大妹、二妹，宋高英生了两个女儿，老太太连看都没看一眼。她知道老太太是在赎罪，可她仍然过不了心里的那道坎，所以转身用背对着老太太，眼泪却忍不住又流了下来。

老太太柔声说:"秀兰,你,你就不要生我的气了,我也是为你们好呀。"

沈秀兰没好气地说:"你把孩子像猫儿狗儿一样送给别人,害得我差点一辈子都见不着了,你这是为我好?"

"我这不是想让你再生一胎吗?万一下一胎就是儿子呢?全都自己养,你们养得起吗?"

老太太说的是事实,他们确实养不起,从内心来说,沈秀兰也渴望有个儿子。

"还生?我不会再生了!没儿子,我也认命了。"

"那,那么多庄稼今后谁来种?姑娘家干活始终不如男人,长大了也是别人家的人。你们今后老了怎么办?"

这时,王贤良赶场回来了。他一进屋就叹着气大喊:"唉,好惨啊!可怜!太可怜了!"

"什么太可怜了?"

"我今天买了盐刚走出五华乡街场口,看见一大群人正围着什么看热闹,我也跑过去看,结果地上躺着一个用几块破布裹着的婴儿。"

"啊!是男孩还是女孩?"

"当然是女孩啦,男孩一般没人丢吧。估计是大人从医院出来后就丢了。女孩非常瘦小,看样子怕只有三四斤,额上有一块很小的胎记,除此之外没有任何缺陷,小女孩挺漂亮的。破布旁边有一张小纸条写着她的出生日期,比三妹刚好小十天。看热闹的人说,这个女孩已经在那里整整一天了,居然没人要。全靠附近住的人喂了一点儿米汤,不然就饿死了。太可怜啦!"

沈秀兰和老太太都感到非常震惊。沈秀兰担心地问:"一直到你走都没有人抱回去?"

"没有!"

"唉,天黑了人们走了,万一被狗叼走了怎么办?"

"我看如果没人要,我,我好想将她抱回来和三妹一起养。可,可我们……哎!我现在好担心,心里像干了一件亏心事似的不安。"

"唉……"

三人都深深地叹着气，沉默了很久。此时的沈秀兰才觉得三妹是多么幸运，所以对老太太的恨意减了不少，对着三妹亲了又亲，然后紧紧地抱在怀里，生怕再次被人夺走。

很快，三妹就满月了。按照当地规矩，女人生小孩满月后要去娘家耍几天，刚好沈秀兰的堂弟沈铁牛接媳妇，作为堂姐的她自然要随一份礼前去祝贺。她去郭术珍那里借了一元钱带上。

沈秀兰不想让娘家人知道自己的窘迫，自然要刻意打扮一番。于是她翻箱倒柜，将衣服一件一件全部翻出来，可找不到一件没有补疤的衣服，她气恼地将所有衣服扔在地上，坐在床边生闷气。宋高英来她家借箩筐看见了，大声问道："二嫂，你怎么啦？"

"唉，烦死了！我今天满月回娘家，刚好遇到堂弟铁牛结婚坐席，可我一件像样点的衣服都没有，那么多亲戚都在，这叫我怎么有脸回去？"

宋高英想了一下说："二嫂，要不你把我结婚穿的那件衣服拿去穿吧。我放好几年没舍得穿，还是新的呢。"

"嘘——幺嫂，小声点，别人听到好丢人哟。穿你的结婚衣服那怎么好意思呢？况且你比我高、胖，穿起不适合吧？"

"没事，没事，我去拿过来你试试看。"

等宋高英拿过来沈秀兰穿上，果然是又大又长，但是比起沈秀兰自己的补疤衣服又强了许多，于是沈秀兰打定主意就穿这件。

大妹、二妹见妈妈穿这么新，知道是要回外婆家坐席，吵嚷着说要跟她一起去，沈秀兰当然不同意。按照当时的坐席规矩，每家派两个代表去就可以了，除非礼随很多才可以多去人。她背着三妹，大妹和二妹两人中最多只能选一个人跟她去。回娘家最少也要走十五里路，如果带才四岁的二妹去，她走到半路不走了咋办？所以沈秀兰选择了大妹。结果二妹又哭又闹："呜呜呜，我要去，我要去坐席吃白米饭，我也要吃嘎嘎。"

沈秀兰哄道："二妹幺儿乖，二妹不去哈。路太远了，你走不动，席桌上的胴胴，妈妈和姐姐一片都不吃，全都给你包回来，好吗？"

"呜呜呜，不，我不干，我要去！我要去吃嘎嘎。"

无论沈秀兰怎么哄，二妹都要跟着去。最后，沈秀兰和大妹只得趁她不注意悄悄地从后门走了。可还是被她发现了，她紧追上去，哭得更厉害了。正在挑粪的王贤良只得放下扁担和粪桶，跑去将她抱回去。哪知她一回家就声嘶力竭地大哭，还在地上打滚。地上有三妹刚撒过的尿，湿漉漉、黏糊糊地糊了她一身，怎么哄她都不起来。王贤良气不过，拿起鞭子就使劲抽打，边打边骂："我叫你不听话！我叫你不听话！"

二妹哭得更凶了。王贤良说："你继续哭我就继续打，你不哭我就不打了！"

二妹只得忍住痛小声抽泣。老太太大声训道："二妹，你要听话，哪个姑娘家家的好吃？这样，今后你长大了谁家敢娶你？"

王贤良没好气地说："娘，你说这话就不对，姑娘不能好吃，男娃就可以好吃了？你怎么就把男娃和女娃分得那么开呢？"

"我是说姑娘家更应该好好管教呀！"

终于到了秋收季节，按照计划，王贤良将刚收割的新谷子卖掉一半还了一部分债。等把秋季的活忙完后，天气也逐渐凉爽起来。

这年冬天，天气特别冷。寒风呼呼地刮着，一会儿天空就下起了鹅毛般的大雪。外面实在太冷了，到了上学时间，大妹和二妹却待在家里不敢出门，沈秀兰将家里所有的衣服找出来叫她们全都穿上。鞋子和袜子已经穿了好几年，因为太短，所以大脚趾和脚后跟处总是坏，已经补了好几次，现在又坏了，补已经来不及，大妹、二妹只好将就穿着上学。

到中午上完课回家吃午饭时，天空仍然飘着鹅毛般的雪花。大妹却掉进水田里了，冰冷刺骨的水如钢针似的扎在大妹的双腿上，如割肉一般疼痛。她的两脚深深地陷进稀泥里怎么也拔不出来，冻得她瑟瑟发抖，哇哇大哭起来。蔡桂花的孙子刘青文和刘青武回家刚好路过，看到大妹的狼狈相，乐得哈哈大笑，不仅不帮忙将她拉起来，还将路上的破布鞋扔到水田里，拍着手喊着："和尚，孤人！""和尚，孤人！"

大妹被气得直想把他们撕成两半。所幸孔祥林的大儿子孔志凡跟堂兄王晓峰过来了。孔志凡大声呵斥道："小'菜花蛇'，你们太过分了，你们给我站住，下去将鞋子捡起来！"

王晓峰也咿咿呀呀的，虽然说不出话，他紧握拳头做出了要打人的动作，看得出他非常愤怒。刘青文和刘青武自知不是他们的对手，更不想捡鞋子，赶紧逃跑了。

孔志凡气得捡起石头朝他们扔了过去："你们两个小'菜花蛇'听着，等我抓住你们，非打死你们不可。你们跟'菜花蛇'一样，简直是恶毒透顶，欺负她家没儿子是吧？人家大妹可是我们班第一名，还是班长，我明天告诉老师，非罚你们站死黑板脚不可！"

刘青文和刘青武是郭术珍的儿子，因为蔡桂花和甘琼兰吵架，受奶奶的影响，所以对大妹一家也怀恨在心。孔志凡和王晓峰合力将大妹拉到路上，扶着将她送回了家。

沈秀兰见大妹全身湿透，冻得瑟瑟发抖，赶紧将她所有的衣服脱下来拿到柴灶上烤，并让她躺进被窝里。经过仔细询问才知道她跌进水田的原因。那时垸上很多小伙伴都没有胶鞋穿，每次雨天走到教室，布鞋就全部湿透了。穿着湿透的鞋子上课比打赤脚更冷，为了不让布鞋打湿，有的小伙伴就打赤脚上学，等走拢教室再穿。大妹今天就学他们，结果走着走着，不一会儿脚就被冻得通红，后来麻木失去了知觉，就滑到水田里了。

有天放学回家，大妹见王晓峰鬼鬼祟祟朝奶奶家走去。于是她便悄悄地尾随着跟了上去。王晓峰一进屋，奶奶就乐呵呵地从柴灶里端出一个小瓦罐，又拿出碗，舀了一些什么，拿着筷子示意他吃。正当王晓峰要吃，却见大妹也来了。奶奶很是意外，也有些慌张："啊！大妹，你——你——也来了？呵呵呵，快过来，你也过来吃一点吧。"

奶奶揭开小瓦罐又分了一些倒进另一个小碗——啊，竟是白花花的大米饭呢，灶台上还有炒好的菜。难怪王晓峰经常放学后去奶奶家。

奶奶很不自在，说："这是你大娘拿过来的米，叫我帮忙煮一下，吃吧。"

大妹接过碗看了一下，又看了看王晓峰的碗，然后生气地将碗重重地放在灶台上，头也不回地跑了。

回到家，大妹板着脸一句话不说，眼泪在眼眶里打转。王贤良关心地问："大妹，你怎么啦？谁惹你生气啦？"

大妹的眼泪即刻哗地就流了出来："奶奶居然悄悄地给晓峰煮小瓦罐饭，全是白花花的米饭，里面一点红苕和菜叶都没有的那种。"

王贤良很是意外，居然有这种事！他安慰道："你不要多心，可能确实是你大娘拿米叫奶奶帮忙煮一下呢。"

"我不相信！奶奶分给我的饭，连塞牙缝都不够，可晓峰碗里几乎装满了。"

王贤良沉默了很久，才叹了口气说："唉！这肯定是你奶奶的不对。他们这一代老年人都重男轻女，认为儿子长大后能干重活，一会儿我一定要好好说她。大妹，这件事千万不能让你妈知道，否则她们又要吵架了。你奶奶是旧脑筋人，你就别跟她一般见识了。"

大妹不说话，小嘴仍然翘得老高。

为了逗孩子们开心，晚上王贤良将大妹、二妹叫到跟前，给她们读报纸杂志，让她们知道了国内外的很多新鲜事，有时候还读报纸上的诗歌。王贤良小时候学习成绩很好，因为姊妹多，负担重，父亲又多病，所以家里很穷，小学毕业后就没有钱继续上学了。但他非常爱学习，没钱买书，他就去大队借报纸杂志看。这个习惯一坚持就是很多年。沈秀兰觉得他很有文化，也很上进，所以就嫁给了他。

大妹上三年级后，王贤良就让她读报纸给大家听了。遇到不认识的字，她就马上问父亲，所以她比同龄人多识了很多字。上五年级时，她的作文就写得很好了。

有一天，周老师批改完作文后，当着全班的面表扬了大妹："王小莲同学的《我的爸爸》这篇作文写得非常好，大家下课后可以借来阅读一下，看看她是怎么写父亲的。"

刘青文不屑地说："哼，她的爸爸王贤良是个石匠，长得又瘦又矮小，穷得叮当响，有什么看头？"

周老师正色道："石匠怎么啦？又瘦又矮小就不能写？儿不嫌母丑，狗不嫌家贫，再穷再丑也是自己的父亲呀。再说任何职业都没有高低贵贱之分，石匠干重体力活，靠自己的双手劳动，为人们修房造屋，很光荣呀！"

孔志凡忍不住笑了起来，说："刘青文写不来作文，经常抄袭别人的。也不知道他去哪里抄的，说他父亲是科学家。明明他爸爸是攀枝花工人，他却写他爸爸是科学家。"

"哈哈哈哈……"全班同学哄堂大笑。周老师也忍不住笑了，说："对了，大家知道了，要写真实的。怀着对父母的热爱与崇敬来写，好好想想他们哪些地方值得我们尊敬，为我们做了些什么，就有写头了。王小莲抓住了父亲的特征，既写出了父亲的勤劳与严厉，又写出了父亲的慈爱，写得很生动具体，大家要向她学习。"

放学后，很多同学都来借王小莲的作文学习，周老师则把王小莲叫到了办公室。王小莲不知道老师到底要干什么，心里咚咚直跳。

"你爸爸做石匠多久了？"

"刚去不久。"

"我见过你爸爸，他那么瘦弱的身子，怎么能够扛起大锤，抬得动大石头？"

"这个——我——不知道。爸爸说他咬紧牙关坚持，实在干不了就给石匠们打杂，打杂工钱要少一些。"

周老师皱着眉头问："你看见他手上、肩上都被磨出很多血泡？"

王小莲点了点头："他每晚回家我妈就用酒给他擦，痛得他直叫唤，有时候半夜的呻吟声都把我弄醒了。"

"啊，这么恼火！你的手怎么啦？是宰猪草砍着了吧？"

王小莲又点了点头："我们家的猪草全是我和二妹割，有时候三妹也要跟着一起割呢。"

周老师抚摸着小莲的头，感动地说："小莲好样的，成绩好又勤劳。你的手还痛不？是否需要去王淑芳医生那里弄一点药？"

"不需要了，过几天它自己会好的。"

"据说你们几姊妹不仅要割猪草，农忙季节还要跟大人一起下田栽秧、割谷。"

"嗯，对的。我爸爸说男孩能做的事，女孩一样能做，女孩并不比男孩差，要给家里争气，不能让垮上的人看笑话。"

周老师不住地点头，说："你爸爸有骨气，把你们教育得很好。"老师怎么背着同学们问这么多家事呢？王小莲这才想起自己的学费还没有缴清。周老师是民办老师，欠学费就是欠他的钱。民办老师工资很低，他家也有三个小孩。想到这里，王小莲的脸唰地红了，主动说："周老师，我的学费——我爸爸说等他们打的石头卖了就给你拿过来。"

周老师不好意思地笑了一下说："好，好，你爸有了职业做，今后一定会好起来的。"

放学后，王小莲没有忘记妈妈的叮嘱，去学校对面塆的一个商店买一些盐和火柴回去，家里已经好几天没有了。盐已经向大娘家借了两勺子，火柴也向幺娘家借了好几根。一盒火柴里只有五十根，每天三顿饭最少要用三根，如果火柴受了潮划不燃，一顿饭得划废好几根，所以一盒用不了几天。

终于等到二妹王小青放学，两姊妹一起胆战心惊地向商店走去。每次去商店，特别是路过接近商店的那个塆，她们的心都是悬吊吊的，因为那里有好几条恶狗，一旦被它们发现就会追出来对着她们狂吠，有几次差点就被咬着了。前几次都很幸运，正在危急时刻都有人来帮忙驱赶。大妹、二妹壮着胆子向商店走去，除了为家里需要买必需品，商店里还有好多好吃的深深地吸引着她们，所以她们愿意冒险前行。

商店里的货品真多，烟酒、手帕、女孩头上的饰品、学习用品、酱油、白醋、盐巴等应有尽有。等商店买东西的人都走了，王小莲才跟老板娘说要买火柴和盐巴。老板娘拿过来三盒火柴，王小莲想了一下，又叫老板娘拿回去一盒，然后看老板娘称盐。王小莲和王小青早就讨论过，她们比较喜欢老板称。老板娘最抠门，明明秤只有一点点旺，她却还要狠心地从秤盆子里一点一点地往外拨，眼看秤砣就要掉下去，实在拨不动了才住手。但是现在老板不在，她们别无选择，否则就要去十几里路远的五华乡街上买，所以她们不敢吱声。

称完盐，王小莲将货架上一个好看的发夹别在二妹头上，偏着头左看右看，觉得好看极了，欣赏一阵又恋恋不舍地放回了货架上。二妹拿着一块崭新的小方巾爱不释手，王小莲也夺过来放了回去。老板娘瞪着眼睛不满地问:"又是赊账?"

王小莲红着脸点了点头,说:"我爸说,打的石头卖出去就挡完所有的欠账。"

老板娘找出账本连连摇头:"你们自己看,这张纸都写满了,前年的欠账都还有,我算是对得起你们家了。你跟你爸爸妈妈说,如果今年年底不挡完,明年我就不赊给你们了。"

"嬢嬢,知道,好,我们回家跟爸爸说。"

王小莲提着盐拉着二妹正想离开,二妹却站在一大袋糖果面前发愣。

"走呀!"

"姐姐,这里有好大一袋糖,我好想吃几个。"

大妹和二妹吃过一次糖,那是舅舅当兵带回来的。轻轻地将方方正正的糖纸剥开,里面还有一层薄薄透明的糖衣。那糖衣也是可以吃的,剥下来丢进嘴里,它马上就软下缩成一团,虽然不甜,但是粘在舌头上又软又糯,等糖衣吞进肚子后才将糖丢进嘴里。不要咀嚼,嚼烂几下子吃完后就没有了,可以含在嘴里让它慢慢化小,直到完全化掉。含糖的几十分钟,整个嘴都是甜的,想想都美。

大妹说:"我也想,可我们没钱呀。"

二妹祈求地望着大妹说:"要不再赊几个糖吧?"

"我们赊糖,被爸爸妈妈发现了怎么办?"

"那我们就用盐换几个糖吧,这样他们不就发现不了了吗?"

"有道理!"

大妹也经不住糖果的诱惑,用祈求的眼光看着老板娘。老板娘笑了一下,说:"好吧,现在反正不忙,如果人多忙起来就不行了。"

老板娘抓回一些盐称了,又称了几颗糖给了大妹。大妹数了一下,刚好十个,分了五个给二妹后,又捡回一个,说:"还有三妹呢。你四个,我和三妹各三个吧。"

然后两人迫不及待地丢了一个进嘴里,抿着糖兴高采烈地往回走。快走到家了,大妹问二妹:"你的糖吃完了吗?"

"快完了!"

"赶紧嚼烂吞了,否则就会被发现。"

二妹照做后,大妹却将剩下的糖吐出来用纸包了起来。见大妹、二妹买东西回来,三妹赶紧追上来翻她们的口袋。见她们买的是盐,非常失望,又去搜她们的裤兜。二妹赶紧跑开了,见父母都不在,大妹拿出一颗糖塞进了三妹的嘴里,然后才将刚才剩下的糖扔进嘴里。

"啊!姐姐,好甜呀,太好吃啦!"

大妹告诫道:"不要嚼,含在嘴里抿,不然几下吃完就没有了。"

三妹抿了一阵实在控制不住,几下嚼烂就吞进了肚子。

"大姐,我还要!"

"谁叫你几下子就吃完了?没有了!"

大妹是想将剩下的糖藏起来,在三妹哭闹时哄她。

"我还要!我还要!大姐,我还想吃一个!"三妹嘤嘤嗡嗡地哭了。

大妹生气地揪了她一下,还是又拿出一颗递给她,小声叮嘱道:"这颗吃了再也没有了哈。还有,千万不要让爸爸和妈妈知道了,否则我们都要挨打了。"

一会儿,王贤良夫妇干完活回家了。大妹说:"爸爸,商店老板娘叫你去挡账,她说如果今年不挡欠账,她今后就不赊给我们了。"

王贤良说:"嗯,知道了。"

大妹说完就跑开了。王贤良看见二妹、三妹也马上就跟了过去,三妹似乎从嘴里取出了什么,看一眼后又塞进了嘴里。等他走近,她们却跑开了。吃晚饭给三妹洗脸时,他发现三妹的手和脸都是黏糊糊的,顿时心里就有底了。他将几个小家伙叫过来,让她们规规矩矩站好,问道:"大妹,你们今天称了几斤盐?"

"三斤!"

王贤良提了提刚拿回来的盐,说:"这有三斤?"

大妹、二妹都低着头,不敢直视父亲。

"还有,你们几个今天吃糖了?"

大妹心里一惊,慌忙说:"没,没有呀,哪里吃糖了?"

王贤良说:"那你解释一下,三妹的脸和手都是黏糊糊的,是怎么回事?"

"这，这——我们是吃糖了，是——是一个熟人给我们的。"

大妹和二妹此时已经被吓得瑟瑟发抖，心里七上八下地等着暴风雨的降临。

王贤良继续追问："是哪个熟人给的？"

大妹小声说："我，我也不认识，买盐出来刚好遇到他，他就给我了。"

王贤良笑着说："大妹，你们运气可真好呀，居然还有熟人给糖，我几十岁了从来没人给过我。"

大妹的脸红到了耳根，巴不得地上有条缝钻下去。

王贤良说："其实呢，你们吃几个糖算不了什么大事，小孩关键是要诚实，要光明正大的。连自己父母都骗的人，今后还有谁会相信他呢？这样的人还有出息吗？"

大妹终于鼓起勇气红着脸说出了实情。王贤良语重心长地说："说严重点儿，你们这叫偷鸡摸狗，知道吗？你们今后想买什么可以直接跟我和你妈说清楚，只要不是很过分的要求，我们都会满足你们。千万不要欺骗家长，为人要诚实，知道吗？"

几个小姑娘把爸爸的话牢牢地记在了心里。

年还没过完，很多人已经在忙春耕了。正月初八这天，沈秀兰正在挖土准备种菜，忽然听见王贤富大声喊："二嫂，快！快去看，刚才我看见大哥背着一个人朝村口跑去，快去看看是不是二哥，我今天有事没去石场。"

沈秀兰赶紧放下锄头，朝石场去村口的方向跑去，果真远远地就看见王贤志背着一个人快速地朝五华乡大路走去。

沈秀兰的心一下子就提到了嗓子眼——一定是王贤良！这怎么得了？她的心咚咚直跳，带着哭腔一边喊着"大哥"，一边奋起直追。王贤志背一会儿歇一会儿，七八分钟后，沈秀兰和王贤富终于撵上了。王贤志着急地说："石场顶上的石渣从上方坍塌，落下来刚好砸中了贤良！"

只见王贤良的头上满是鲜血，已经昏了过去，沈秀兰哇地哭出声来："这怎么得了哟！晓得还有没得命哟？！"

王贤富说:"大哥,我们一人背一会儿吧!"说完接过王贤良背起就跑。

下坡路倒是顺利,上坡和过河就很困难了。大河沟没有桥梁,要过河得走河中间的几个石磴,此时是涨水季节,河水已经漫过了石磴,所幸河水不是很深。可石墩看起来长满了青苔,稍不注意就会掉入河中。王贤富背着二哥小心翼翼地踩在石磴上,身体直摇晃。王贤志高高地挽起裤腿,下水走到三弟旁边掌住二弟,沈秀兰也下水掌住了另一边,三人一步一步艰难地向河对岸靠近。

接下来就是爬远近闻名的"十八弯"。"十八弯"顾名思义就是有很多个转弯,这是黑檀村通往五华乡的唯一通道。它似蟒蛇一般蜿蜒,盘旋在大连山上,不仅坡急路陡,山脚和山顶海拔相差六七百米,路程也很远,就算人们空手走这条路,也会爬得气喘吁吁的。

三人轮流着背,到达山顶时,他们全身都被汗水浸透,像刚从河中打捞出来的一样,然后再走下坡路,用了一个多小时,终于到达了五华乡卫生院。

经过医生紧急抢救,擦洗、缝合伤口,输液消炎,几小时后王贤良终于醒了过来。经过医生仔细检查,王贤良轻度脑震荡,左腿粉碎性骨折,不过幸运的是暂时没有生命危险。

对于王贤良意外受伤,大哥王贤志感到非常愧疚,近段时间总是失眠。这天,王贤富和宋高英专门跑到老大家商量老二受伤的事。

王贤志充满愧疚地说:"唉,我打石头十几年了,没想到会出这么大的事!就怪我疏忽大意,忘记了叫他先清理石场顶上的石渣。还好,是石渣,要是石块或者是石头,不要说命,恐怕连尸体都保不完整。"

姜碧珍小声嘀咕道:"老二也是,也不查看一下,这完全是他自己的责任。"

王贤志说:"他毕竟才做不久,没有经验嘛,石场是我开的,我的责任更大呀。"

宋高英很是着急,声音又高又尖:"哎呀,老二家孩子多,负担重,这回又出这么大的事,即使他好了后,在很长一段时间都不能挣钱,这怎么办呢?要不然我们帮他们一下吧。"

姜碧珍冷冷地说:"哪家不恼火?要帮你们自己帮,我没钱!"

王贤志望了一眼姜碧珍说:"老二两口子还是对得起我们。有什么好吃的都给我们拿来;为我们生孩子,沈秀兰帮我们到处找医生;外人说我们坏话,每次她都帮我们怼回去。前几年修房子,他们两口子前前后后帮我们干了一周的活……"

姜碧珍有些不耐烦:"记起的!这些我都记起的,但我这里没得钱嘛。"

宋高英递给王贤志二十元钱说:"大哥,我们也没钱,这是我去黄大山那里借的,你给他们送过去吧。"

王贤志接过钱,问姜碧珍:"前几天我不是刚给了你一两百元吗?"

"已经用了。我刚看过郭术珍介绍的一个有名的医生,听说治疗不孕不育最拿手,去找他的人后来都怀上孩子了。"

王贤志知道姜碧珍在说谎,因为他没看见她吃药。于是等她出门后,他在家里翻箱倒柜,果然,在一个装满麦子的缸里,他找到了一沓崭新的人民币。他取出了好几张,犹豫一阵又放了回去。他也到黄大山那里借了好几十元,跟王贤富一起送到了医院。

不久,王贤良就出院了。可伤口全面愈合以后,他走路仍然高一脚低一脚,一摇一晃的。医生说,他的腿要很长时间才能恢复,要注意休息,不能再干重体力活了,否则就有落下残疾的危险。真是"屋漏偏逢连夜雨,船破又遇顶头风",本来生活就困难的王贤良一家陷入了更深的泥潭。

从医院回到家,王贤良坐在床上就没有说过一句话,只要沈秀兰和他说话,稍不注意他就发脾气,有时候甚至扔东西,还叫沈秀兰"滚"。

沈秀兰不理解王贤良为什么变得如此暴躁,生气地说:"你叫我滚我就滚?我是你吹吹打打接进屋的,就这么不明不白地滚了?"

终于有一天,王贤良憋不住了,他难过地对沈秀兰说:"秀兰,这日子没法过了,我们离婚吧!"

"什么?离婚?!"

"原本以为只要努力,我们就会过上好日子,可命运却这样安排。

你不顾全家人的反对跟了我，我很感激你，可你却没过一天的好日子，现在我都这样了，要实现我对你说的那些是不可能的了，连我自己也看不到希望。你走吧，把孩子们都留下，一个也别带走，实在滚不动了，我就带着她们去要饭……"

沈秀兰说："你是脚坏了还是脑子坏了？还不要说你现在没有残疾，就是残疾了我都不要你了？"

王贤良喃喃地说："当初媒人介绍的时候，我就知道你们全家极力反对，现在想来他们是对的。我们这个鬼地方到处都是大山，干农活不是上坡就是下坡，去最远的地方干活，走一趟都要花一个多小时。那么多的庄稼，栽种、淋粪、收割全都是靠肩挑背磨。即使丰收了，要想把粮食或者蔬菜瓜果换成钱，还得挑，最近的场也有十几二十里路远，这一辈子就是挑死结束。这个屙屎不生蛆的地方，女人们都不愿意嫁到这里。我以前说过我要买一辆拖拉机，即使我有钱买，可黑檀村没有通公路呀。如果听你妈的话，我倒插门去你们那里安家，我也不会有今天了。不过我已经很知足了，垮上还有十几二十个讨不到婆娘的单身汉，我已经有三个孩子，我觉得很值了。我是认真的，我不想连累你，我们马上去离婚，你趁现在年轻，重新找一个条件好的，过好你的后半生。"

沈秀兰放下手中的活儿，拿着一根棍子说："你龟儿再胡说八道，老子一棍子打死你！有困难大家一起扛这才叫两口子。趁你受伤我就跑了，那我还是人吗？你如果确实心疼我，想把家庭搞好，那我们就一起好好想办法，而不是一天天来折磨我！"

几个小姑娘也恳求爸爸不要撵妈妈走，好好想其他办法挣钱。王贤良感动地将几个孩子搂在怀里，泪水顺着脸颊流了下来。

夜很静，月光似朦胧的轻纱倾泻而下，落在屋顶上、树冠上、门前空坝、窗户上，整个村子和群山都已沉睡，只剩下王贤良家煤油灯下"吱嘎""吱嘎"的搞车还在不知疲倦地低吟浅唱。

他把划好的薄腊篾一头固定在搞车上，另外一头用手拿住，顺时针方向转动搞车，搞车就"吱嘎""吱嘎"地转动将竹篾拧成一根绳子，用同样的方法再纺两根，然后三根合在一起，纤索就这样做成了。

晚上十一点，纤索终于纺完。王贤良将它们码好，扎成一束，一瘸一拐地返回屋子又划起竹篾来，是三个孩子的话唤醒了他："蛇没有手脚照样活！我还有一只脚，两只手也是好的。"

每当心情不好的时候王贤良就这样鼓励自己，他相信他们不会被饿死。然后王贤良就没日没夜地划竹篾，编织绳索，还教会了几个小姑娘划竹篾。

别看三妹才六岁，她拿着竹篾用刀子轻轻划开篾头，然后两手各自拿住一片朝相反方向轻轻拨开，那竹篾就非常听话地从中间均匀地分成了青篾和黄篾。然后用同样的方法，再把青篾和黄篾又各自分成两层，这样一条腊篾就被分成了长短一致、厚薄均匀的四层。这时候的每一条篾片都非常轻薄，柔软有韧劲，编成的绳子也更加坚韧耐用，一条可以用好几年。王贤良尽量不走动，篾器编好后由沈秀兰挑上街去卖。

后来，王贤良跟着垸上老人学会了编织箩筐、炭筐、筦筐、撮箕、簸箕等劳动工具以及背筐、芭篓、席子、斗仓（晒粮食的竹器）、筲箕（煮饭滤米的用具）等生活用具。长时间坚持下来，王贤良的技术越来越好。他编织的用具，竹篾的大小厚薄均匀、平整，做工精细，形状也好看。他还把青篾和黄篾交叉使用，编织出了很多好看的图案以及花纹。竹篾编织的利润很薄，全家做一整天，除去成本每天也只有几毛钱的收入。

王贤良的脚好一点后就自己去卖竹器了。篾器比绳索更占空间，往往一大堆只卖几元钱。为了在街上占一个好位置，赶场那天，王贤良早上四五点就要起床提着马灯赶路。

王贤良拿不出什么贵重礼物感谢哥哥和弟弟以及平时关照他们的邻居，就编织了一些竹器给他们送过去。家里没有男人的女邻居，也用过他的好几把竹扇。

通过小学毕业考试筛选，整个王家垸只有王小莲和孔志凡顺利考入了五华乡初中。刘青文和黄梁等十几名小伙伴就只能务农了。不过，郭术珍道法大，也不知道找的谁帮忙，竟然让刘青文也进入了初中学习。黄梁的父亲黄大山则跑到学校向周老师求情，让黄梁留在小学复读，经不住他的一再纠缠，周老师只好答应了。那年，三妹也快到上小学的年龄了。

这天,黑檀村小来了一个叫陈晓燕的女老师,她年轻漂亮,据说是刚从学校毕业分到这里的。给其他学生报完名后,她见还有一个小女孩远远地站在一旁往教室里面张望,就招呼道:"小朋友,你叫什么名字?进来呀!"

三妹羞红了脸,不敢说话。孔祥林的二儿子孔志强赶紧回答:"老师,她叫王三妹,是我们塆的,她比我小一岁,要明年才读书。"

黄大山的小儿子黄俊补充道:"她还有两个姐姐叫王大妹和王二妹。"

同学们哄堂大笑,陈老师也笑了。她说:"全是'妹',这些名字虽然不好听,但是很好记。"

孔志强说:"她们读书才不叫什么妹呢,大妹叫王小莲,二妹叫王小青,三妹就不知道了。"

陈老师点了点头,示意三妹进教室和孔志强一起坐。见老师欢迎自己,三妹胆子就大了起来,进教室跟着孔志强一起学习。

几周下来,陈老师惊讶地发现三妹很有学习天赋,每课的生字、课文,同学们会的她都会。有些算术题,一些反应慢的同学不会的,她却能准确无误地算出来。陈老师高兴地对三妹说:"你就和孔志强一起在我们班读书吧,从现在起,你就是我们班的正式学生了,你愿意吗?"

三妹使劲地点了点头。陈老师轻轻地捋了捋她的头发,和颜悦色地说:"我马上就把你的名字写进班级里。可王三妹这个名字太随便了,你回家叫爸爸妈妈重新取一个吧!"

"老师,你帮我取吧!"

陈老师想了一会儿说:"好吧。你看起来很聪明漂亮,长大后一定是个亭亭玉立的大美人。但是除了漂亮,我希望你做一个有智慧的人,就叫王美睿吧。美睿、美睿,美丽又智慧,如何?"

"王美睿,好听!老师,我非常喜欢。"三妹开心地说。

"王美睿!"同学们七嘴八舌地喊了起来。就这样,三妹拥有了自己的学名,并且正式上学了。

在班上,三妹的年龄最小,但是和大妹、二妹一样,学习成绩很好，深得老师的信任，被老师任命为学习委员。事也凑巧，从上二年级到三年级整整两年，她就与刘青文的弟弟刘青才是同桌，很多时候三妹坐靠墙一边，刘青才坐靠过道这一边。三妹要想回自己的座位，必须经过刘青才让才行。刘青才受哥哥刘青文的影响，对三妹也是怀恨在心。最开始他勉强站起身让三妹进去，后来觉得她烦就不予理会。无论三妹怎么请求他让一下，他也假装没有听见。三妹气得直骂："菜花蛇！"然后三妹挤进前排或者是后排，再从桌子底下钻到自己的座位去。刘青才则恶狠狠地回敬："和尚！孤人！"两人要对骂很久。同学们知道是刘青才不对，却因为他有两个哥哥不敢贸然打抱不平。

吵架后，刘青才更加讨厌三妹。有一次数学考试，三妹考了96分，刘青才考了63分。刘青才心里不服，悄悄找来纸，将三妹试卷上的"9"贴住一部分，就变成"16"了，他拿着卷子展示给同学们看，还大声地念道："王美睿，16分！"

同学们信以为真，哈哈大笑，有人说："啊，王美睿才考16分！她这学习委员是怎么当的？"

"学习委员这把交椅，怕应该让给其他同学了哟！"

三妹回教室后发觉大家看她的眼光怪怪的，看了卷子后就马上明白是怎么回事了。她拿出卷子，当着大家的面撕掉了贴纸，说："同学们看清楚，这是多少分！"同学们才恍然大悟。

"是哪位英雄干的，可否出来承认？"

可三妹连喊好几次都没人出来。三妹问刘青才："你知道是谁干的吗？"

刘青才连连摇头，说："我哪里知道？"

三妹说："你不知道我知道，是混蛋干的，对吧？"

同学们又笑了。为了报复三妹，写作业的时候，刘青才故意将三妹的桌子霸占了一半，害得她无法写字，于是她大声提醒道："刘青才，你睁开眼睛看看，你的手臂到哪里了？"

刘青才才不得已收回去一些。三妹拿着笔在桌子中间画了一条线，大声说："自己看好，这是中线，不准超出这条中线！"

刘青才看着中线，拿着笔向三妹那边移过去重新画了一条，气鼓鼓地说:"不准超就不准超!以这条线为界。"

从此以后,只要刘青才超过那条线,三妹就提醒:"超了哟!"刘青才只好灰溜溜地将手臂收了回去。

有一天,三妹正在写作业,忽听"哐"的一声,刘青才一拳重重地捶在三妹的肘关节上,痛得三妹眼睛金星直冒,眼泪直流。

"自己看,超过线了没有?"

三妹一看,自己确实不小心超过中线了。"死菜花蛇!你没长嘴?"

"谁跟你斗嘴?今后超过这线就是这下场!"

三妹的手臂被捶,痛了很久。听完三妹的讲述,孔志强和王晓峰、唐春几个小伙伴气愤不已,都说刘青才欺人太甚,决定放学后找他,为三妹打抱不平。

放学后,刘青才被孔志强和唐春截住。孔志强说:"刘青才,你娃对三妹有些过分哟!"

刘青才豪横地说:"过分不过分,关你卵事!"

孔志强也提高了嗓门:"怎么不关我事?大妹跟我哥是好朋友,三妹的事就是我的事,你再欺负她,小心老子捶死你!"

唐春也说:"志强是我好朋友,你不老实点,老子也捶死你!"

"哼!你们两个算老几?老子回去告诉我哥!"

"告就告,谁怕谁!"

当晚,孔志强回家就把刘青才如何欺负三妹的事告诉了孔志凡。孔志凡正忙着复习准备迎接中考,他想了一下,对弟弟说:"你可以请我出面解决问题,但是如果我出面,他就有可能请他的两个哥哥,相比之下我们处于劣势,而且我们还成了打群架,打群架可要被学校开除的。战胜敌人的从来就不是武力,要动脑筋,想办法智取,懂吗?"

"智取?怎么智取?"

孔志强抓了抓脑袋,苦苦地思索,一会儿大叫道:"有了!"

他马上找到三妹,跟她说了很久的悄悄话,说得三妹不住点头,心花怒放。

第二天第一节课上课时,陈老师进教室看见桌子上有张小纸条,上面写着"陈老师:刘青才长期不做家庭作业,有时候还叫人帮忙做。希望老师保密,不要说出举报的人"。

陈老师很是诧异,她迅速地将纸条揣进兜里,径直走向刘青才:"刘青才同学,请把你的家庭作业拿出来我检查!"

刘青才傻眼了,他假装东找西找,半天却拿不出作业来,脸憋得通红。

陈老师说:"刘青才同学,我相信你是昨天忘记做作业了,我可以原谅你,改正了就是好孩子。但是我们的班规得执行,你知道怎么执行吗?"

刘青才小声说:"知道!罚站一节课,罚打扫厕所一周。"

总算出了一口恶气,三妹和孔志强强忍住笑,悄悄地扮着鬼脸。受到处罚的刘青才老实了一段时间,不久就好了疮疤忘了痛,以前的德性又死灰复燃了。三妹每天还是从前排挤进去钻到自己的位置,她记住了孔志强告诉她的话——"要动脑筋智取",终于忍不住又把他收拾了一顿。

从三年级下学期开始,为了督促同学们多读书,提高写作水平,陈老师要求所有的精读课文全部背诵,下午放学后,背一个走一个。作为学习委员的三妹自然承担起了监督并记录同学们背诵的重要职责。刘青才以前总是要小聪明,一边背诵一边偷偷地翻书蒙混过关。这次三妹却斗硬了,背诵之前就义正词严地挑明:"老师说了,不准翻书偷看,否则就视为不过关。"

刘青才只得硬着头皮背诵,可他结结巴巴地耽误了很多时间也背诵不出来。三妹就说:"不熟练,也背不了,再多读一阵来!"

连续背诵好几次刘青才也过不了关,眼见同学们一个个都走了,最后教室里除了他,就只剩下监督他的三妹和孔志强了。天色也渐渐暗了下来,刘青才的肚子也饿得咕咕直叫,回去后,哥哥和妈妈问起怎么回答呢?他这才想起以前三妹的好,低着头小声对她说:"三妹,求求你,你让我过关吧,我实在背诵不了,我错了还不行吗?我保证今后再也不欺负你了!"

第二章　老天为谁春

见三妹和孔志强走得那么近，王贤良心里很不高兴。他慎重地对三妹说："三妹，你一个女孩子家家的，与孔志强一个男孩子走那么近干啥？怎么和你大姐一样不听我的话了呢？以前你大姐和孔志凡也走得近。"

"为什么不能和孔志强好？"

王贤良板着脸说："现在说你也不懂。孔祥林可不是个好人，他的儿子能够好到哪里去？你要小心上他的当。"

"他爸爸怎么就不是好人了呢？"

"今后你长大了我再告诉你。"

"可志强和志凡哥哥对我们很好呀！"

"很好？你小孩子家家的知道什么？看人能光看表面吗？有些人一脸堆笑，但是一肚子的坏水呢！"

三妹一脸茫然，她舍不得志强这个朋友，却不知道怎么反驳爸爸。其实，王贤良和孔祥林也是小学一个班的同学，以前也是好朋友，跟三妹和志强一样，他们的学习成绩都很好，每天上学放学、割猪草都在一起，可以说是形影不离，遇到困难也互相帮助。王贤良因为弟兄姊妹多，父亲又经常生病，所以家庭特别困难，小学毕业后就辍学了。孔祥林一直读完了初中，正要上高中，却遇到了"文化大革命"，他也只好辍学务农。王贤良因为喜欢去大队借阅报纸杂志，所以很多大队干部都认识他，并且也很喜欢他。有一学期，大队小学差一位老师，有大队干部就推荐王贤良去代课。正当王贤良做好准备去大队上课时，大队书记却又跟他说情况有变，叫他不忙，说今后有机会再推荐他。

结果，没几天他就听说孔祥林去大队小学代课了。孔祥林和王贤良个子都不高大，并且是新劳动力，所以在生产队干活每天只能评七分，但是代课却是评十分，代课比在生产队干活轻松，还更稳定。王贤良自知文化程度没有孔祥林高，但是他辍学后一直自学，除了读报纸杂志，他还借读了很多小说，所以他并不认为自己就比孔祥林差。虽然他心里有些不舒服，但是想到他们是好朋友，所以就放下了，见着孔祥林仍然和颜悦色地说："祥林，祝贺你！你去代课，接触领导的机会多一些，真心希望你前程似锦，让我这老朋友也沾沾光。"

"贤良，看你说的什么话？代课而已，临时的，能够让你沾什么光？退一万步说，即使我进步了，我还没忘记我们以前的誓言呢！"

"苟富贵，无相忘！我们共同进步！"两人同时说着同样的话，都哈哈大笑起来。

孔祥林说："说实话，我很佩服你的毅力与上进心，如果今后还差代课老师，或者有其他机会进步，我一定推荐你。"

王贤良"嗯"了一声，和孔祥林的双手紧紧地握在了一起。

一晃，孔祥林就代课两三年了。这天，王贤良又去大队借报纸来看，遇到了林正新书记，他问王贤良："贤良，你看，现在孔祥林经受住了组织的考验，成为一名真正的共产党员了。"

"啊！他是共产党员了？恭喜恭喜！这个家伙悄悄地就入党了，可我还在原地踏步。"

"原地踏步？你也想进步吗？我以为你不愿意在大队做事呢！"

"怎么不愿意呢？我巴不得呢，跟大队干部一起我可以学到很多东西，也可以为大队做很多事呢！"

"那前一段时间，我打算推荐你到大队来当文书，叫孔祥林给你带信，叫你来大队找我，你为什么不来呢？"

"啊！好久的事？我根本不知道呀！"

"哦，奇怪了，你居然不知道，已经有大半年了。"

听了书记的话，王贤良十分生气，这真是知人知面不知心哪！说得好好的要一起进步，老支书叫他传信，他却直接把消息封锁了。他一定是怕我超过了他。可现在文书已经上任，一切都晚了，恐怕今后再也没有这个机会了。但是孔祥林这样的人还叫朋友吗？王贤良的心冷到了极点，从此看清了孔祥林。

王贤良二十二岁那年参加了本乡文化站组织的文艺交流会。在会上，他认识了大坝村的李华英。李华英也很热爱文艺，她个子不高不矮，皮肤白净，不爱说话，看起来很文静，举手投足之间流露出一股善良与清纯，就像一朵独自开放在山涧的百合。王贤良被她深深地吸引了，眼光不住地往她那边瞄。

听完文化站站长对本公社文艺发展情况的简介后，与会者分享了自己的作品。有人唱了一首新学会的歌，有人表演了自己编排的相声与小品，王贤良念了一首自己刚写的诗歌。他自认为写得不够好，但是这首诗应景，也充满了激情，获得了台下听众热烈的掌声，李华英也向他竖起了大拇指。

从此，王贤良经常找李华英借书看，叫她帮忙跟同学借书，甚至叫她去村上借书。交往几次后，他们就很熟悉了，李华英也逐渐喜欢上了这个踏实、好学的小伙子。正当王贤良在考虑是给李华英写一封信表达自己的爱慕之情还是请媒人去说媒的时候，孔祥林的大姑却当起了媒人，将李华英介绍给了孔祥林。两人一见钟情，不久就打得火热。李华英的父母一听说孔祥林的老家是黑檀村的王家塆，而且他母亲已经去世，家里还有一个年龄很小的弟弟，死活不同意这门亲事。在孔祥林的怂恿下，李华英与他跑到民政局悄悄拿了结婚证，连婚礼都省了，让王贤良连表白的机会都没有。

老队长张广成年龄太大了，很多事情无能为力，就在大队的领导下，召集所有的生产队队员集合，重新推选一个队长。王贤良在生产队的印象很好，大家都说他当队长是脸盆里抓死鱼——十拿九稳，当定了。哪知村上又来了几位新老师，据说是刚从师范学校毕业分配出来的，于是孔祥林又回到了生产队，结果选举出来的队长是孔祥林。

"既生瑜，何生亮？"王贤良愤怒至极，心里狠狠地咒骂着，"你个狗日的孔祥林，你哪里是我朋友？你分明是老天爷派来惩罚我的。

书记都通知我代课了，你一出现，我就马上没戏了；书记让你带信叫我当文书，你居然直到现在都不告诉我；老子好不容易喜欢上一个女孩，并且她也喜欢我，你又给抢了去；就连一个小小的生产队队长你都要抢……老子这辈子一定饶不了你！"

后来王贤良有了沈秀兰后，才放下对李华英的这段感情。当然，他从来没有跟沈秀兰提起过这事。结婚后，王贤良生了三个女儿，孔祥林却生了两个儿子。上帝就是这么不公，就连生小孩也向着孔祥林。都说好人有好报，王贤良是不相信这句话了。他觉得上帝已经为他关上了进步这一道大门，从此不再抱有任何念想，他只希望自己的几个女儿，哪怕有一个也好，将来有一天能够为他一雪前耻。

这天，队长孔祥林家早已经炊烟袅袅，热闹非凡，这是他弟弟孔祥贵接媳妇的大好日子。前来捧场的亲戚和邻居都很多，他们昨晚就已经送来了贺礼，有的送两把面，有的送两升苞谷或者是大豆、小麦，也有送一背菜的；经济状况好一点的送一两块钱。昨晚吃的是预备酒席，没有肉，只有几个素菜；今天中午吃的是正席，有荤有素。

几个大男人正在厨房里忙碌着，他们有的煮饭，有的切肉，有的装蒸笼；妇女们则打杂，有的择菜，有的淘菜，有的到邻居家去借碗筷、饭桌等，都忙得不亦乐乎。

孔祥林的母亲去世时他才十五岁，大弟弟孔祥清十四岁，最小的弟弟孔祥贵才三岁，父亲又因患风湿病，手严重变形，不能干体力活，走路也是一瘸一拐的，所以生活的重担全都落在了孔祥林肩上。

孔祥林代课结束回到生产队后就失去了经济来源，但是他对木活产生了浓厚的兴趣。他一边从事生产劳动，一边添置了开山、斧头、锯子、墨斗、凿子等木活工具，一有空就琢磨。不到一年，他就已经能够做一些小板凳、箱子、洗脸架等简单的家具。

那时，孔祥林家仅有一间瓦房。结婚前，他将屋内的干柴搬到猪圈棚上，将锅灶搬到屋檐外，砍来竹子织成篾笆折，铺在房子中间的横梁上做了一个小阁楼，又用篾笆折将房间下层一分为二，自己的婚房在楼上，楼下两个弟弟和父亲各居住一间，才解决了住房问题。孔祥林用这两年代课的钱，又向亲戚朋友借了一些，另外建了两间土墙房子，孔祥清才娶了媳妇彭群芳。彭群芳虽然老实本分不能干，但是为人踏实，勤俭持家，也称得上是贤妻良母。

长兄如父，孔祥林一直资助孔祥贵到初中毕业。李华英劝孔祥贵去复读，多考几次，争取跳出农门，可孔祥贵不想再复读了。他对哥哥做的木活不感兴趣，跟着村子的人们到离家一百公里外修水库。

这是一个用于灌溉庄稼的大型人工水库，方圆有好几百亩，每天都有上千人来这里劳动。他们有的用锄头挖泥土，有的拿洋铲戳，有的用箩筐挑，还有很多石匠叮叮当当地打石头修建堤坝。等水库完全修好后，孔祥贵在劳动队伍里也找到对象谈婚论嫁了。

可当对方父母听说孔祥贵是福寿县五华乡臭名远扬的黑檀村人时，直接拒绝了这门婚事。后来孔祥林托媒人连续介绍了好几个姑娘，对方都拒绝了，拒绝的理由都是同一个。一转眼孔祥贵都快满三十岁了，他会不会步村上那些老光棍的后尘，一直到老死都娶不上媳妇呢？孔祥林夫妇及老父亲非常着急。

这天，宋高英大声叫住孔祥林："老表，我突然想起我娘家有个女子叫秦会碧，给祥贵介绍你看行不？她长得人高马大的，家里有三间大瓦房，有一个弟弟和妹。妹妹已经出嫁，弟弟智力有问题，但是能够自己煮饭吃，也能干一些简单的活，因为今后要照顾父母及弟弟，女方要求男方倒插门，她也比祥贵大三岁，你觉得这事如何？"

孔祥林压低声音说："小声点儿，还没成的事不要让别人听见了。这个我可不敢私作主，我们商量一下再给你回信。"

孔祥林回家就将家人召集在一起，将宋高英介绍的这个女子情况说了一遍。孔祥贵很是犹豫，他不喜欢比他大的女人做老婆，更何况又是倒插门。

孔老太爷说："你还嫌弃别人大？你没看见自己有多穷？连一间像样的土墙房子都没有。俗话说'女大三，抱金砖'，女人大才知道心疼你。"

李华英说："我看这门婚事可以，据说女方有三间大瓦房，祥贵去就不用盖房子了。"

"可我走了，爸爸怎么办？况且，倒插门我很没面子。"

"爸爸倒是小事，你走了我和大弟照顾就是了。倒插门怎么了？总比你打一辈子光棍强吧？"孔祥林说。

"我还是很犹豫，我怕去别人那里生活不习惯，据说很多倒插门都被塆上的人欺负。"

孔祥林说："你自己处事小心一点谁会欺负你？你看，塆上黑狗、大牛、花二等都是倒插门，人家不一样过得好好的？"

通过几番思想斗争，也在宋高英三寸不烂之舌的周旋下，孔祥贵与秦会碧的亲事终于定了下来，还举行了一场很正式的订婚仪式。按照当地规矩，选好定亲日子后，女子本人及父母还有她家的七大姑八大姨，要在媒人的带领下去男方看家。男方得办好酒席款待，也请来自家的亲朋好友，双方的亲戚在席桌上认识、了解。女方回去的时候，男方要打发给女方一笔数目不小的钱，以表尊重与诚意。除此之外，还要另外给女方所有小孩红包，以示对女方客人的尊重。

为了给女方留一个好印象，孔祥贵这天穿得透身新——新衣服、新裤子、新鞋子、新袜子，加上不胖不瘦的个子，白皙的皮肤，看起来格外精神好看。他一会儿在厨房里忙，一会儿又去地里摘菜，很是繁忙。两家人在席桌上相谈甚欢，看来都对这门亲事很满意。

可女方回家不久，宋高英就带来了不好的消息，说女方嫌孔祥贵家太抠，炒菜连油都舍不得放，面碗里只有几根面，除了菜叶子就全是汤了，还有就是房子太窄了。大家暗自叫苦，因为人家说的可能是事实。那天是孔老太爷炒的菜，他的抠门是全村出了名的，"铁公鸡"的外号可不是白叫的。孔祥林赶紧对宋高英说："麻烦你去回个信，就说房子窄没关系，今后他们又不在王家塆山上住，要那么宽干什么？至于说炒菜和下面，你就说你问了，老太爷眼睛不好，屋子又有些黑，没有看清楚，今后一定注意。"

宋高英费了九牛二虎之力总算平息了这场风波。接下来就是端午节和中秋节，孔祥贵也都按照当地习俗，穿戴整齐地带着礼品去未来岳父家做客，然后将秦会碧接到自家做客。由于前次的教训，孔老太爷不敢怠慢，让孔祥贵自己炒菜。孔祥贵也不客气，炒菜时在猪油罐里狠劲挖了一下，雪白的猪油就被挖出一个大洞，害得孔老太爷心疼了好几天。事后他找到孔祥林气愤地说："这样吃下去得了呀？大山都会被吃空，赶紧催他们结婚吧。"

结果，还没等孔祥贵这边催婚，女方就悔婚了。原因跟前一次差不多，说男方太抠门了，几顿饭都煮得少，秦会碧才吃一碗，去舀第二碗时，锅里已经没有饭了，害得她几顿都没有吃饱，他们不愿意与这样的人打亲家。

这一次女方动真格要退婚了，宋高英磨破嘴皮子也无济于事。孔祥林气得大骂孔祥贵："你呀，你个烂屁眼的，你个死榆木脑壳，哪个那么笨哟，要个朋友还要别人教你？拿个婆娘给你，你都守不住！"

孔祥贵也很委屈："我怎么就笨了？这能怪我吗？"

孔祥林苦着脸吼道："笨猪！这种事一定要我给你顶穿？订婚都一年多了，你都不晓得把生米煮成熟饭吗？"

孔祥贵的脸马上红到了耳根，塆上的人却大笑不已，都说孔祥林对孔祥贵这样言传身教，估计他就是这样把李华英搞到手的。

清算那天，秦会碧带着自家两个能说会道的亲戚找上门来了，还带着一个本子和一个算盘。本子上详细写着自定亲以来在孔家所有的开支，包含礼品、吃的、用的。

孔祥贵在一旁一句话不说，村上的人像看马戏团表演一样，把过来退亲的人围了个团团转，还不断说着嘲讽、打趣的话。

"祥贵，莫怄气，退婚的钱拿去买两条大牯牛都要不完。"

"哟，祥贵，花了你这么多钱，你搞着了没有？"

"祥贵，退了好！我去给你说一个乖的！"

……

任由人们怎么含沙射影地骂，秦会碧和一起过来的亲戚也不敢回击半句。按照女方给出的账单，孔祥林和秦会碧一起核对，最后算出了为女方总共的开销。正当女方要付钱时，孔老太爷生气地说："算漏了，我不同意！"

女方问："哪里算漏了？"

孔老太爷说："你们只算了米、肉这些材料的开销，它们自己就变熟了？这得算上我们的工钱！"

孔祥林眼睛一瞪，说："爸爸，还嫌不够丢人？你就不要添乱了！

任何时候做事都要留三分，不要把事情做绝了。都是邻里乡亲的，婚事不成仁义在嘛！"

双方才平和地解除了这门婚事。

过后，又有几人给孔祥贵说媒，介绍的对象条件越来越差。有的是二婚还带着小孩，甚至有人给他说了残疾人。就这样的条件，人家还对孔祥贵挑三拣四的，把孔老太爷气得不行。一转眼，孔祥贵已经三十一岁了。

孔祥林也看在眼里急在心里，趁老父亲生日这天全家人一起吃饭，他提议他们三兄弟每人出点钱给老三修一间砖房子，看看情况能否好一点。

孔祥贵赞成，但是孔祥清不开腔，彭群芳不紧不慢地说："老大，我们没得钱哟，你又不是不晓得，我吃的都不够。"

孔祥林讨了个没趣，只得把目光转向李华英，说："老婆，你看咋办？"

李华英说："家里的事你说了算，随你怎么安排。"

孔祥林很是感激，想了一下横下心说："老三，你那里有多少钱？这样吧，二哥家没钱就算了，我们各自出点钱修一间，不够的向大姐借一点，我们一起还债。"

孔祥贵当然满口同意。孔祥林说："房子修好以后，我教你多做一些家具，这样摆在屋子里看起来要好看一点。"

就这样，在孔祥林的帮助下，半年后，房子修好了，孔祥贵跟哥哥学做了几样家具。果真，新房修好不久，宋高英就又给孔祥贵介绍了一个。说女子名叫邓云会，今年二十八岁，个子很高、魁梧，皮肤白皙，性格还很开朗，两个哥哥已经结婚了，她在家排行老幺。她把孔祥贵的条件说了，女方同意见面。

孔祥林问："女方没有说倒插门？"

宋高英大声说："你家有新房子，她娘家没有房子，为什么要倒插门呢？"

孔祥林放下心来，马上约定了双方见面的时间。因怕对方被黑檀山的坡坡坎坎吓到，所以他把见面的地点定在五华乡街上，时间就定在下一个赶场天。

孔祥贵见到邓云会的第一印象并不好,她不属于那种苗条、清秀、矜持的女人,跟他想象中的完全不一样。她长得又高又胖,说话声音大如洪钟,走起路来踩得地面咚咚直响,跟宋高英很有一拼。但是邓云会外向、主动热情,也没有提任何要求,所以孔祥贵只得答应了下来。

这回看家孔祥贵吸取了前面的教训,在宋高英的指挥下做足了功课。将孔祥林和老太爷好一点的家具全部抬到了新房子,床上的烂罩子、破衣服全都收起来藏好,又去郭术珍那里借来新罩子换上,孔祥林还去一个朋友家借来收录机摆在写字台上,直到他们自己看起来满意为止。

孔祥林对孔祥贵和老父亲也是千叮咛万嘱咐——做事一定要动脑筋,要注意细节,炒菜油多放一点,肉切大块一点,面条多煮一点,不要因小失大。

订婚仪式如期顺利举行,收录机里咿咿呀呀地唱着欢快的歌。女方过来的亲戚走到哪里,宋高英就跟到哪里,生怕出一点差错。亲戚们检查很仔细,对所有的家具都一一细看、研究。是什么材质的木料,估计大约是好久做的,做工咋样,都是他们议论的话题。他们不仅爬上楼查看了阁楼上的几个扁桶和大缸,还用手敲,通过声音来判断里面是空的还是装了粮食,吓得宋高英的心都提到了嗓子眼。她知道那是刚借的几样家具,里面没有装任何东西。

可女方并没有拿这个说事,相反,在吃饭的时候主动提起了结婚的事。宋高英又凭着她三寸不烂之舌趁热打铁,两边游说,当场就把结婚日子定在了两个月后的今天。

为了将小兄弟的婚礼办热闹、体面一点,李华英甚至拿出了自己的私房钱,请吹鼓手,感谢媒人,过礼,请大厨办酒席。

当所有的饭桌在孔祥林隔壁二叔家堂屋摆好,人们正围坐在桌子边等候上菜时,忽然,"哐——哐——哐——"的打锣声隐隐从远处传来。

"啊,新客儿拢啦!"

"新客儿拢啦!"

人们一窝蜂似的跑出去，向新客来的方向张望。终于，长长的接亲队伍在大锣的引领下向村子走来。走在队伍最前面的是敲锣和吹唢呐的人，后面分别是新郎、押轿娃（一般是女方的侄辈）和新娘，再后面依次是两架盒、六至八个接亲姑娘、十几个抬行嫁（陪嫁的家具）的、近十个送亲的长辈、六至八个送亲的年轻姑娘。盒里面装有新娘的几套新衣服、鞋袜、洗脸盆、水桶、梳子、镜子等日常用品。

新娘邓云会虽然不算漂亮，但是这天经过打扮也有些动人。嫁妆处于中等档次，只有床、饭桌、板凳、衣柜、梳妆台、箱子等基本的家具。

待迎亲队伍走进村子，震耳欲聋的鞭炮立刻响了起来，新娘和新郎抢着进婚房，据说谁先进屋今后谁就能当家做主。婚宴的支客师王贤良则把女方来的客人领到专门为他们预留的席桌上。

大约中午十二点就开始上菜了，那时的规矩都是出"水八碗"，"水八碗"就是加上汤菜一共有八碗菜。一般先上一碗粉丝汤或者是海带汤，接着是油炸灰面、油炸干鱼、烧白、八大墩、糯米饭、红苕粉蛋糕和一个小菜。油炸灰面里没有肉，油炸干鱼里面只有一小块干鱼，所以只有烧白和八大墩是纯荤菜，当然这也是最受欢迎的两个菜。烧白肉整齐地摆在萝卜叶咸菜上面，油亮亮的，每一块肉都切得非常薄，三寸左右长，一寸左右宽，肥而不腻还带着萝卜叶咸菜的清香味，吃起来软糯爽口，抿嘴即化，可惜每人只有两块。其次就是八大墩，八大墩顾名思义就是八团肉，每人一团，跟枣子大小差不多，一般肥瘦肉都有一点。不喜欢吃肥肉的人动作要快，否则瘦肉就被别人夹跑了或者被人多吃了一团。有人将自己的那一份用碗装起来，带回家给家里没有坐成席的人吃，自己则用烧白下面的咸菜下饭，这个咸菜和肉一起蒸过，所以特别香。

待到晚上，能说会道的人就为新人说"四句"了。新房里挤满了看热闹的人，新郎新娘坐在床沿上，被小伙子们故意挤到中间紧紧地贴在一起。床铺前的小桌子上摆了好几个下酒菜，只有说"四句"的人才有资格享用。只要说一个"四句"就可以喝一口酒，再吃一口菜。王贤良想了一下，开了个头："一张大床四个角，小两口半夜来干活，结婚两天就生儿，读书得行考大学。"

全屋子的人哄堂大笑，又有人接了过去："邓妹你最乖，哥哥把你爱，今晚哥教你，播种传后代。"

"哈哈哈……"人们又一阵大笑。

孔家接邓云会着实让全村人热闹了好几天，日子很快就恢复了往日的平静。邓云会的确是一个热情的人，见到邻居们老远就笑，说话也非常客气，家里有什么好吃的也不忘把公公甚至邻居们叫过来一起吃，大家打心眼里喜欢她，都说孔祥贵讨了个好老婆。

这天下午到了吃晚饭的时间，王家塆很多人跟往常一样，舀一大碗饭就去了孔祥贵家的坝子上。邓云会坐在门槛上一边吃饭，一边与邻居们闲聊。忽然，她头一歪，碗筷丢在一边，便倒在了地上。众人不明白是怎么回事，赶紧过去想将她拉起来，却见她脸色铁青，口吐白沫，使劲抽搐，人们喊她她也没有任何反应。大家吓坏了，慌成一团，赶紧将她抬到床上，正当有人说要去村委会喊王淑芳医生，她却又醒过来了。她脸色苍白，喘着粗气一言不发，看起来极为虚弱。休息几分钟后，她又像正常人一样了。有人说这叫发羊癫疯，大家长长地松了一口气，也明白了她订婚两个月就急着结婚的原因。

时间很快就到了初夏，太阳明晃晃地照得人睁不开眼睛，天气已经变得有些炎热。田里的秧苗，地里的玉米、花生、红苕和各种蔬菜长势正旺，绿油油的一大片。家家户户忙着拔秧田里的稗子，挑粪给苞谷施肥，扯掉红苕地、花生地里的杂草，给蔬菜松土、施肥……

乡亲们劳动几个小时，带着一身疲劳经过孔祥贵家时，总能看见邓云会在家里忙着炒菜做饭，有时候还能尝到她做的一些小吃，如用山坡上采摘回来的野黄金叶做成的黄金糕，将胡豆泡涨打烂滤出来的豆浆做成的凉粉，用菜油将小麦面炸成的油团子，用桐子叶做成的泡粑……邓云会的手艺那真是好，味道不比街上食店的差，让人们啧啧称赞，也引来了很多闲言碎语，说她不出去干活，就知道在家里好吃懒做。但是马上就有人反驳，说人家有病又怀了孕，当然不便于干活，嘴也自然要馋一些。

有一天，三妹路过邓云会家时，远远就听见屋内传出邓云会杀猪般的号叫，回家就告诉了沈秀兰。沈秀兰感到奇怪，前几天她生小孩很顺利，也见过她发羊癫疯，现在怎么痛得这么严重呢？便立即叫上姜碧珍和宋高英一起去看看。

"哎哟喂！""哎哟喂！"邓云会在床上大声叫唤着，蜷成一团滚来滚去，痛得满头大汗。沈秀兰问："表嫂，你是怎么啦？感冒了还是病发了？"

"哎哟喂，我也——不——知道，刚才还好好的，我现在肚子好痛，胸口好像被什么东西堵住一样，哎呀呀，好痛呀，好痛呀！"邓云会说完，用手使劲捶打胸口。

沈秀兰叫姜碧珍和宋高英看住邓云会，自己飞也似的朝大队跑去喊王淑芳。一个小时后她们就到了，邓云会仍然在痛苦地呻吟。王淑芳一边拿听诊器和体温计给邓云会做检查，一边看着一地的鸡蛋壳问她的饮食情况，邓云会只得实话实说。原来她生小孩后，娘家送来了一百多个鸡蛋，久了没吃肉的她实在馋得要命，居然一口气吃下了二十多个，刚吃完一会儿胸口就闷得慌，然后肚子就痛了起来。

王淑芳说这是因为吃得太多，消化不良引起的，鸡蛋本来就不容易消化，再多吃一点儿恐怕连命都没有了，有人就是因吃得过多被撑死的。王淑芳叫孔祥贵对着邓云会的背使劲捶打，果然，几拳捶下去，邓云会打了几个响亮的饱嗝就好了。在场人捂住嘴巴偷笑不已，都说邓云会服打，今后只要病了打几拳就好了。

很快，邓云会吃鸡蛋差点被撑死的消息传遍了全村，人们嗤笑着、议论着，都说看她满月后怎么出门见人。可邓云会说，那时她自己都做不了主，好像有神灵在指挥着她，一定是神灵上身了。

一转眼，邓云会的小儿子快一岁了，可他体弱多病，经常哭闹，既不会说话也不会走路。邓云会焦急万分，赶场上街找人算八字，八字先生说她儿子命太弱，需要找仙娘婆开阴锁关过房，拜保人保佑，否则就不容易养活。尽管王贤志的儿子王晓峰发高烧，因为请仙娘婆跳神耽误了医治的时间而发展成了脑膜炎，最后成了哑巴，可王家塆大多人都认为这不是仙娘婆的责任，是王贤良自家的祖坟有问题。大家对开阴锁关过房能够保佑孩子深信不疑，村子里几乎家家户户都为了小孩的平安请过仙娘婆跳神。拜了保人后，小孩名义上就是保人家的小孩了，从此大家叫小孩就要叫保人起的名，据说只有经常叫这个名字，保人保佑小孩的效果才明显。

那时村子里没有任何娱乐活动，一旦有人开阴锁关，全村老少就像看西洋镜一样，将这家人的屋子围得水泄不通。王贤良家几个小姑娘也成了热心的观众，她们看得很专心。

到邓云会家开阴锁关的是一个五十多岁的中年男人，因为他还没结婚时就干这一行，再加上性格像女人，所以人们故意反着叫他"妹儿菩萨"。他还带了一个三十多岁的女徒弟，这个女徒弟的一双脚像男人脚一般粗大，所以人们叫她张大脚。到任何一家跳神他们都在一起，她和妹儿菩萨几乎形影不离，据说两人的关系也是不清不白的。

邓云会按照妹儿菩萨的吩咐准备好了所有东西，傍晚时分，妹儿菩萨师徒就到了。他们一边打着饱嗝，一边点燃香纸，一会儿又打起哈欠。等香点燃插在米碗里，烧了几张纸后，他们就咿咿呀呀地唱了起来，唱的什么谁都听不清楚。

唱了一阵，女徒弟张大脚递过来一束香，又舀来一碗水放在桌子上，妹儿菩萨拿过燃着的香，让香灰掉进水碗里，根据香灰落在碗里的形状看起水碗来。

"咦，不得了，一年前你去过南边的一个坟堆，对不对？"邓云会努力地回忆了一下，说："对！"

"那个坟堆不大，还凹陷下去了一些，对不对？"邓云会摇摇头，后来又点了点头说："是！"

"从那以后，你生过两次病，并且还有一次差点丢了命，对不对？"

"哎呀！太准了！"

"你这是撞到了冤死的女鬼，她要找你儿子下去陪她呢！"

邓云会赶紧喊道："要不得呀，要不得！儿子可是我们的命根子，我拼了老命才生的他。没有他，我们全家怎么活？请求菩萨大慈大悲，救救我的儿子吧！"

邓云会说完就跪在地上使劲磕头，请求菩萨保佑。妹儿菩萨和女徒弟又打了一阵饱嗝，又唱了一阵，说："我下去跟他们说了很多好话都不行，一路要钱的鬼太多了，只有你现在将钱压在桌子上，我现在做法试试看。"

邓云会只得将几张钱放在了桌子上，妹儿菩萨又唱了一阵，说还差一点儿阎王爷就答应放过他们了，但是还要一只大公鸡。邓云会赶紧将早已经准备好的大公鸡捉了过来。妹儿菩萨扛着一杆秤，将大公鸡的脚捆住放在秤杆上，围着自己搭建的"桥"绕着圈子又唱了起来。妹儿菩萨说一共九九大关，这才过了两三关，观音菩萨说再做一关后，要宵了夜后再做。待邓云会煮了几个荷包蛋，并撒一些爆米花，放了一些白糖，给两位仙人端过来，已经是午夜十二点，看热闹的人大多已经散去。

吃饱后，妹儿菩萨更加有劲，举行完了拜保人的所有仪式，又继续过关口。在安静的夜晚，他的声音特别洪亮有穿透力，整个村子任何一个角落都可以听见。

天快亮时，妹儿菩萨终于过完了所有的关口。每一个关口，邓云会都按照要求提供事先准备好的东西和钱。待邓云会支付了师徒俩不菲的"工钱"后，妹儿菩萨拿出大口袋，将用过的香、纸和敬神用的刀头（切成方块的猪肉）、水果、大公鸡、红布、大米等统统装进口袋里带走，说拿回去还要敬神。

后来天气渐渐暖和，很快就进入夏季，邓云会的儿子也很少感冒生病了。邓云会由衷地高兴，她把一切都归功于开阴锁关，所以妹儿菩萨简直成了她心中的"活菩萨"及"救命恩人"。

当邓云会的两个孩子都已经会说话、走路了，农忙季节家家户户忙得团团转，可邻居们发现邓云会却仍然跟以前一样，不是在家做好吃的，就是大白天陪着孩子们呼呼睡大觉。为这事孔祥贵不知道说过她多少次，她也不生气，笑呵呵地答应一起去地里劳动，可等孔祥贵一出去打零工，她又是老样子。全村田里的草她家是最茂盛的，秧苗却是长得最差的。

孔祥林连连摇头，都说便宜无好货，原来人也一样。他实在看不下去，板着脸对邓云会大声喊道："三嫂，你把两个孩子交给老头看着，去把秧田里的稗子扯了嘛，田里的稗子长得比人还高，谷子怎么长？"

邓云会也不发火，嘿嘿一笑，说："要得，要得，大哥，我明天就去！"

第二天，邓云会果然将田里的稗子、杂草扯掉一半，剩下的田就又不见动静了，据说是因为病又发了。从此，田地里更是很少见到她的身影。她人本来就高大，再加上运动量小饭量大，就越来越胖，体重起码一百五六十斤。而孔祥贵呢，跟她比起来不仅瘦小，由于长期在工地上干活，还越来越黑了。每当他回来，邻居们就捂着嘴偷偷地嗤笑："鸦雀要骑在肥牛身上了！"

下午三点左右，水田里的谷把叶子已被火辣辣的太阳晒得卷了起来。六月的天说变就变，刚才还晴空万里，一会儿黑压压的云团就由远及近地压了过来，还越来越低，几乎布满了整个天空，眼见一场倾盆大雨即将而至。人们立刻带上竹篾、千担就往田里跑。

孔祥林一家全部出动，半小时工夫就将草把子全部抢收完毕后，就去帮邓云会。郭术珍也收得很慢，刘长河在攀枝花当工人只有过年才回来，所以家里的一切农活得她和孩子们自己干。那天刚好刘青文三兄弟又去了外婆家，眼看大雨马上就要来临，郭术珍着急万分。

正当郭术珍焦头烂额，忙得起火时，孔祥林带着家人过来了。还是人多力量大，不到二十分钟，郭术珍家的稻草就被全部抢收回家。大家刚收完，瓢泼大雨就扯天扯地倾盆而下。

谷子堆在家里，即使是下雨天，人们也不会闲着。他们将两条长板凳摆在屋子中间，也顾不上打谷子时灰尘乱飞，锅里、饭桌上、床铺里到处都是，拿起草把子就"嘭嘭嘭"地打起来。待到天晴，人们又把谷子挑到晒坝，谷草拖到近处田坎上晾晒。

秋收完毕，人们就为秋季种菜和种植二季水稻做准备了。临近傍晚，孔祥林才挖完菜土扛着锄头回家。路上，见郭术珍等几家人水田里的水仍哗哗地往外流，这是大雨后为防止水过多而有意在田坎上开的缺口，待到水放到合适的位置，他们却忘记了堵住。孔祥林赶紧挖泥土把缺口挨个堵住。水田旁边路面的石头有几块已经松动，甚至有一块掉到了水沟里，他放下锄头将石头搬回路上，还捡了几个小石子塞在下面，最后站上去使劲摇晃几下，觉得很牢固才放心地走了。这一切被前来堵缺口的郭术珍看在了眼里，心中不由得涌起了阵阵暖意。共产党员确实不一样，他默默地做着好事，做了也不张扬，要不是自己亲眼所见，这些事谁知道？她感激地打起了招呼："啊，队长，你太好了！前几天帮我收谷子，现在又帮我堵缺口，太感谢你啦！"

孔祥林笑道："一点点小事，举手之劳，不值一提哈！"

"隔一会儿活路不忙了，能不能帮我做几件家具？"

"可以呀。"

"那我把木材准备好你就来。"

孔祥林欣然答应。等郭术珍在街上买了几根大木头，请人扛回家，孔祥林也将家里安排妥当，带上木马和工具箱就去郭术珍家了。

孔祥林请来唐胜明两兄弟及他家老三孔祥贵，几个大男人花了三四天时间才将所有的木料锯成了大小、厚薄不等的木板，然后剩下的活就由孔祥林一个人干了。

郭术珍负责做饭，空闲时有时候帮忙打杂，有时候和孔祥林闲聊，屋子里时不时传出他们愉快的笑声。郭术珍是一个很细心体贴的人，不仅将饭菜做得可口，端到孔祥林手上，还亲自为孔祥林夹菜，客气地叫他多吃一点。

为了早日把家具做完，不等天亮孔祥林就到郭术珍家，一直干到晚上披着星光回家。连续几天下来，村里就隐隐约约有了孔祥林与郭术珍的闲言碎语。有的男人直接跟孔祥林开玩笑："祥林，这么晚才回家，是把郭术珍睡了才走的？"

孔祥林的脸马上就变红了，立即笑着还击："你说个锤子，明明睡的是你妈。"

男人们一阵哈哈大笑。

有一天晚上，孔祥林干到十点才收拾工具回家，可手电筒因电池没电不亮了，郭术珍只得用煤油灯照着将孔祥林送到门外。没想到一阵风将煤油灯吹灭，顿时四周一片漆黑，孔祥林忘记了屋外有个大阳沟，险些踩空掉了下去，郭术珍赶紧伸手拉住了他。接触到郭术珍手的那一刹拉，孔祥林全身像触电一般，浑身热血沸腾，心里一阵咚咚乱跳，他赶紧将手收了回来。郭术珍"扑哧"一下笑出了声，重新将孔祥林的手抓过去，把他拉过了阳沟。

夜很黑，也很静，两人站得如此近，都听到了对方急促的呼吸声。郭术珍干脆扔下煤油灯，双手一把搂住孔祥林，丰满的乳房和他的胸脯紧紧地贴在一起。孔祥林一惊，使劲将她推开："别，别这样！"

"哥哥，我爱死你了！"

郭术珍又一把抱住了他。孔祥林只觉得全身似火在燃烧，难受得要命，他再也无法控制自己……

当海潮退去，一切又恢复平静，孔祥林才失魂落魄地摸黑走回了家，他的开门声惊醒了正在熟睡的李华英。李华英见老公干活这么晚才回家，很是感动，马上起床点灯，将孔祥林迎进被窝里。孔祥林心乱如麻，一夜辗转反侧。他觉得自己犯下了滔天大罪，无脸见人，对不起跟自己相敬如宾的老婆，对不起孩子，更对不起党。

接下来的两天，他都心烦意乱、魂不守舍的，也不去郭术珍家干活了，郭术珍百思不得其解。直到第三天中午孔祥林也没有去，郭术珍终于沉不住气，顾不上吃午饭找上门来。

孔祥林一家人正在吃饭，她老远就喊了起来："祥林，你是怎么啦？怎么撂下做了一半的活儿就不做了呢？"

孔祥林见是郭术珍来了，心里不由得一阵慌乱。他不敢直视她的眼睛，低着头小声说："我不舒服，生病了！"

"哦，什么病？大约要多久才好呢？"

"这个——我，头痛，嗯——后天就去吧！"

李华英白了孔祥林一眼责怪道："你这人也是，做点活路就生病，拖拖拉拉的。好了后抓紧时间给表嫂做完，去一起事嘛。"

郭术珍欲言又止，显然对孔祥林的回答不满意，思考片刻说："那好，我等你！"

隔了两天，孔祥林按照约定去了郭术珍家。平时几分钟就能到达的路程，可孔祥林却觉得走了很久。走在熟悉的路上，他仿佛觉得全村人正睁大眼睛看着他，都知道了他的秘密，并且都对他指指点点。他们每个人的眼里都充满了嘲笑与鄙夷，让他痛苦得抬不起头来。

这一天，孔祥林只顾埋头干活，一句话都不说。等家里只剩下他和郭术珍两人时，郭术珍揪了他的脸一下，佯嗔道："该死的东西！故意不见我，老娘想死你啦！"

郭术珍说完就又准备扑上去拥抱。孔祥林推开她说："别，别这样，我们都是有家庭的人。"

郭术珍满脸不高兴，说："家庭？老娘没得家庭。那晚你脱老娘裤子快活的时候你没想到你有家庭？你把老娘搞到手就提家庭了，你个狗日的才没得良心！"

孔祥林满怀愧疚地说："唉，对不起，实在对不起，我一时冲动没有管住自己。我现在也很恨我自己，我简直不是人，是个混蛋，居然干出这种伤风败俗的事！我太对不起我老婆，对不起我自己了！"

"对头，你对不起世界上所有人，唯独没有我，是不是？这事你不给老娘满意的交代，老娘一辈子都缠着你，跟你没完！"

"要不得，真的是要不得！你不要面子我还要呢，真的是对不起！"

"你怎么跟死鬼刘长河一样无情？刘长河那个填炮的，他娘偷人生的，老娘就要给他戴绿帽子，他狗日的活该！"

"怎么这样诅咒他呢？是怎么回事？"

郭术珍的眼眶很快湿润了，眼泪伴着往事喷涌而出。

刘长河的母亲一共生了三个孩子，刘长河和一个弟弟、一个妹妹。他的父亲死于灾荒年，仅靠母亲把他们拉扯大，所以家境很是贫寒。刘长河像他的父亲，长得高大魁梧，浓眉大眼，五官端正，虽然性格内向不爱说话，但是他被生产队推荐去攀枝花钢铁厂当了工人，有一份稳定的收入，所以郭术珍从众多的追求者中选择了他。

结婚后，他们恩爱地过了一段甜蜜的时光，但是随着时间的推移，郭术珍发现他从不关心自己，甚至联系都很少，对他老娘和其他的亲人也一样。每年只有在过年的时候他才回家一趟，平时他从不给家里写信，有时候家里有事找他商量，郭术珍给他写信他也不回。好不容易过年才回来一次，一点儿小事也能把郭术珍气得半死。如切菜后，他要问菜刀放在哪里；下雨了，他要问晾衣杆上的衣服要不要收回来；炒熟的菜，他要问用大碗还是小碗装……等等。一些比芝麻还小的事他都要问。平时闷声闷气的不多说一句话，跟木头一样毫无情趣。有时候郭术珍想调节一下气氛跟他开玩笑，他却生气骂人。最让郭术珍失望的是，叫他帮个忙比登天还难。比如郭术珍半夜口渴了，暖水瓶就在他身边，叫他递过来一下他也不肯；半夜叫他给小孩抽一下尿也不行，说是耽误了他的瞌睡……诸如此类的事数都数不过来，连普通朋友都不如。郭术珍找他谈，说了半天他屁都不放一个。郭术珍气愤地说："你不关心我，我找人关心！"

他却笑着从嘴里挤出话了："去嘛，只要你找得到！"

……

这时，屋外有一个小石子飞了进来，不偏不倚，正好打在孔祥林头上，他即刻大声喊道："哪个？"

两人赶紧跑出去看，可除了空旷的田野静寂的竹林，屋外什么也没有。小石子不可能自己会飞进屋子里，孔祥林越想越害怕，赶紧收拾好所有的用具回家了。从此，村子里再也没有孔祥林的身影。隔了一两个月，人们才听说他去广州投靠了他表哥，具体做什么李华英也说不上来。

第三章　盛夏灼苍穹

时间过得很快，炎热的暑假说来就来。因为黑檀村地理位置高，又没有大型水库，所以夏季年年闹旱灾，要干死很多动植物。王家塆附近的堰塘不大，水经不住太阳暴晒，要不了多久就几乎全干了。堰塘中的石头、淤泥大都裸露在外，临近水面的淤泥已经长出了很多野草。水井里的水是从堰塘里放下去的，堰塘干了，水井自然也就干了。

王贤良家几个小姑娘跟她们父辈小时候一样，吃过早饭就抓紧时间去山脚下寻找石缝浸水，因为从石缝流出来的水很凉快，所以叫凉水。她们出门要尽可能地多带一些像水桶、锑锅等大一点的盛水工具。今天她们要去几里外的松林塝寻找凉水，因为近处几个浸水凼早已经有人排队等候，所以只得到远一点的地方去碰碰运气。

从浸水凼山体石缝里浸出来的水很干净，清凉中还带着一丝丝微甜，可以不用烧开直接喝，既节约柴火又方便。为了奖励割谷的人，有的还在水里放了黄糖带到田坎上，那水的味道就更甜更解渴了。

大人忙着干农活，所以寻找饮用水并把它抬回家，几乎是家家户户小孩要干的活儿。如果找不到凉水，就只有吃堰塘水了。这个堰塘离村子很近，人们在这里洗衣服、淘猪草、放鸭子等。夏天，男人们甚至和牛一起在这里洗澡，有的小孩还将尿撒在水里，所以堰塘的水又臭又浑浊。

三个小姑娘赶到松林塝浸水凼，还是去迟了，孔志凡两兄弟早已经在那里等候，他们说早上五点他们出来找水的时候，近处水凼已有唐春和刘青文他们在等候了，据说他们昨晚一夜没睡，所以他们就只得到这里来了。大妹只得叫三妹守在这里等候,她和二妹回去把昨天的衣服洗了再回来抬水。

孔志强安慰三妹说:"我们一会儿就接满,然后你们就可以接了。"

三妹完全忘记了父亲的警告,笑着说:"没关系,我等你们吧!"

孔志凡两兄弟接水非常有经验,他们在石缝旁边找一片厚一点、小一点的植物叶子把它半卷起来,贴在石缝浸水处,水就沿着叶子往下滴,然后再贴一片叶子在石缝下面的凹陷处,让上片叶子的水滴在这片叶子上,以此类推,在石缝里连续贴四五片叶子,水就像不断的线,源源不断地流进水桶里。

等水期间,孔志凡和孔志强很是大方,他们找来植物的大叶子,裹成漏斗形状,舀满水热情地对三妹说:"三妹,你喝喝看,这水好凉快,还有一丝丝甜味呢!"

三妹早就喝过这里的凉水,完全知道它的味道,但也经不住孔志凡两兄弟的热情,接过来就狠狠地喝了几口,说:"啊,真的好凉快,真的有甜味呢!"

为了不浪费,三妹歇了几口气,硬是把孔志强递过来的水喝完才扔掉了叶子。待孔志凡兄弟俩将带出来的所有工具接满,就该三妹了。此时,孔志凡兄弟俩安装的"水管"因流水时间过长中间有些断裂,孔志凡重新找了几片叶子帮忙安上了。孔志凡两兄弟走后,中途有两片叶子掉落了下来,三妹自己也找来树叶就解决问题了。

当三妹将带来的盛水工具逐一接满,已经是中午烈日当头了,大妹、二妹也洗完衣服来了。她们带来了扁担和绳索,两人抬着满满一桶水,三妹提着一小桶水就回家了。此时最大的难题不是水太重,而是稍微走快或者要爬坡上坎时,水就往外荡。她们抬一阵歇一阵,抬回家就只剩下大半桶了。

对于王贤良家几个小姑娘来说,不仅仅是黑檀村,就连她们自己也是饥渴的。除了在半饥饿状态下要冒着火热的太阳割谷、打猪草、晒粮食,她们还渴望在明亮的灯光下看书,弄清人们传说中的嫦娥奔月,白雪公主与七个小矮人到底是怎么回事,想看鲁滨孙究竟是如何漂流的,还想看看木偶匹诺曹到底有着怎样的奇遇，于是几个小姑娘向王贤良提出了买书的请求。

王贤良为难地说："这，这个——你们知道，家里没钱。你们就看我从大队借回来的报纸杂志吧，那些也很好看。"

二妹说："一点都不好看，只有周末有半边好看一点，那些书我们也不喜欢。"

三妹说："报纸上没有白雪公主和七个小矮人，没有嫦娥，没有鲁滨孙，我们想看的是白雪公主、嫦娥和鲁滨孙这些书。"

王贤良说："那等过年把猪卖了再说吧。"

三妹生气地叫道："烦死了，还要等那么久。不行，我现在都想买！"

王贤良瞪了她一眼不再理她。三妹饭也不吃，将碗筷丢在一边哼哼唧唧地哭了起来，听得王贤良心烦。他大声训斥道："你耳朵聋了吗？我说了，现在没钱，没钱！等有钱了再买！"

三妹哭着大声吼道："不行！我现在就想要。一本书都买不起，你好没用！"

王贤良被戳到了痛处，捡起地上的一根棍子就要打三妹。三妹见势不妙，扯起脚板就跑了，还边哭边喊："你是天下最没得用的老汉！"

王贤良更加生气，捡起一块石头就朝三妹砸去："你个死东西反了！反了！你简直反天了！老子没得用算了，你看哪家有用你就去，今后再也不要回来了！"

"不回来就不回来！"三妹边说边跑，二妹赶紧去追三妹，一直追了很远三妹才停下来。

在野外山坡上坐了一阵，无论二妹怎么劝三妹，三妹都不肯回家。眼看天快黑了还不见她们的踪影，沈秀兰与大妹一起顺着三妹跑的方向，一边呼喊一边找人。三妹捂住二妹的嘴，不让她发出声音。沈秀兰和大妹只得去了另外的地方寻找。找遍王家塆以及附近几个塆都没找见，沈秀兰眼里要冒出火来，回家就大骂王贤良："你个狗娘养的，孩子们仅仅是想买几本书，又不是干坏事，你没得用也就算了，说话就不能态度好一点？如果二妹、三妹有个三长两短，你我都别活了！"

王贤良也气愤地回应道:"你也嫌我没得用?那就请你滚,你们全部都滚,一个都不剩。眼不见心不烦,老子一个人过几天清静日子。"

沈秀兰拿起棍子狠狠地朝王贤良打去:"老子偏不滚,这辈子就赖上你了。"

王贤良并不躲避,挨了几棍后才夺过棍子折成几段。他也很后悔赶跑了孩子们,但是嘴上仍然不服输,大声回应说:"我又不是不让她们买书,叫她们等猪卖了再买她们不干。我现在没钱,你叫我去偷去抢?"

沈秀兰一屁股坐在凳子上大哭起来:"哪个得了哟,这一丢就是两个。二妹、三妹,求求你们快回来呀!要是你们有个三长两短,我也不想活了。呜呜呜呜——"

宋高英大声劝道:"二嫂你别担心,二妹、三妹那么聪明,一定不会有事,可能是去同学家了,气消了她们自然会回来。"

这一整晚,王贤良都让门大大开着。在焦急的等待中,夫妻俩和大妹几乎一夜未睡。第二天,他们把二妹、三妹可能去的地方又找了一遍,连邻居们家的厕所也没有放过,可仍然空手而归。一家人难过得吃不下饭,王贤良更是坐立不安,精神恍惚,心中不住念叨:"二妹、三妹,爸爸错了,你们回来吧!爸爸答应给你们买书,我马上就去借钱。"

第二天晚上八点左右,大妹听到屋后竹林里似乎有人在小声叽咕叽咕地说话,仔细听又消失了。她赶紧开门拿着电筒扫射,刚好照在两个小女孩的脑袋上。她们正依偎在竹林下面的一个土坑里。

"啊!二妹、三妹!是你们吗?"听到大妹的声音,两个小姑娘下意识地抬起了头。

"啊,真的是二妹、三妹!快回来,你们可把我们吓死了。"

可二妹、三妹坐在土坑里纹丝不动。大妹只得跑过去抓住三妹向屋内大声喊:"妈,快过来,二妹、三妹回来啦!"

沈秀兰听到大妹的呼喊赶紧跑了出来:"我的老天爷,我的心肝宝贝,你们终于回来了!你们可把老娘吓死了。走,走,走,回家!"

二妹、三妹还是不肯走。"你们是怕回家挨打吗?有我在,你爸爸那个老东西敢把你们怎样？"

两个小姑娘才蹑手蹑脚地跟沈秀兰回了家。路上，沈秀兰语重心长地说："三妹，幺儿，这次你们犯了很大的错，你们晓不晓得？"

三妹低下头小声说："我晓得。二姐已经说我了，我不应该对爸爸说那么难听的话。"

"还有呢？"

三妹摇摇头："不晓得了。"

"好好想想看，你知道你们不见了，我们是怎么过来的吗？我们几乎一夜没睡，连死的心都有了。"

三妹愧疚地说："妈，对不起。今后我再也不离家出走了，我也要跟爸爸道歉。"

"这整整一天一夜，你们都去了哪里？是在同学家吗？"

"不是，我们去了江陵镇。"

"啊，我们这里隔江陵镇好几十里呢，你们去干什么呢？"

"买书呀！五华乡没有书店。"二妹说着拿出两本崭新的书来。

沈秀兰非常惊讶："你们哪儿来的钱呢？"

原来，那天二妹追上三妹后，天快黑了。无论二妹如何请求三妹回家，三妹都不肯。

"那难道我们今晚在野外过夜？爸爸不给我们买书，我也很失望。但你也做得不对，爸爸是长辈，你怎么说他没用呢？这好伤人哪！"

三妹气鼓鼓地说："野外过夜就野外过夜。我故意这样说的，就是想激他给我们买书。"

"你这样激，他就有钱了？"

三妹不作声，过了一会儿说："可我还是想买书。我们想办法弄点钱吧！"

"去哪里弄钱呢？我们不可能去偷吧？"

看着松林塝一个快要干了的池塘，二妹突然眼前一亮，说："啊，快看这个池塘我们栽的高笋，不知结了没有。将高笋卖了，钱不就来了吗？"

"哈哈哈，对呀。这是我们自己栽的，卖的钱当然是我们自己的。

只是不能让爸爸和妈妈知道,不然就给我们收了。"

两姊妹开心极了,赶紧向池塘跑去。此时高笋长势正旺,绿油油的,比人还高。这里离家远,王贤良一家不喜欢吃高笋,很久都没去打理。但扒开叶子,里面却长了很多高笋,只是很多已经长老了。两个小姑娘挽起裤腿下了池塘,一会儿就采摘了两大堆,又选出一些老笋扔掉。

估计家人都睡后,她们才趁着月色互相搀扶着,深一脚浅一脚地摸回家,偷了两个背篓返回了松林塝。

装好高笋,她们并不敢连夜赶路,学着故事中野外求生的人,捡了很多枯树叶填进一个土坑里,然后钻进去依偎在一起睡觉。原野非常空旷,夜色朦胧,不知什么野物鬼怪一般咕咕咕地叫个不停,把两个小姑娘吓得够呛,紧紧地抱在一起。

第二天凌晨,天刚蒙蒙亮,她们各自背了一些高笋就朝江陵镇方向走去。

三妹对妈妈说:"我们把鞋子都走烂了,实在穿不稳我就扔了,我打赤脚回来的,走这么远的路,脚好痛啊!"

"哎呀,我的天,为了几本书你们居然这么拼。来,我帮你揉揉。你继续说吧。"

二妹换了衣服出来抢着说:"妈,帮我也揉一下吧,我的肩膀痛得厉害。"

沈秀兰掀开衣服,二妹红肿的肩膀就露了出来,并且表皮已经破掉。沈秀兰用手按了一下,痛得二妹大叫。

"好,好,不揉了,不揉了,隔几天它自己就好了。"

一路上,二妹、三妹歇了很多气,接近十点才把高笋背到街上。此时,已经错过了菜贩子及买早菜的人,再加上她们没有卖菜经验,高笋外面还包着几层厚厚的壳子,所以几乎无人问津。她们在街上的一棵大树下站了一上午也只卖掉了几斤。尽管天气炎热,口也渴得厉害,肚子也有些饿了,可一想到卖掉就有书看了,所以两个小姑娘仍然坚守着。

见两个小孩在太阳底下大汗淋漓,担心她们中暑,有个大婶就建议她们将壳子剥干净,再全部批发给商店试试看。于是三妹守着高笋,二妹提了一点样品鼓起勇气到商店去,可连续问了好几家,他们有的不喜欢吃，有的嫌太老，有的出价又太低，都没有谈成功。一直到下午，终于有个干部模样的叔叔看在她们是小孩的分上全部买下了。两个小姑娘拿到钱，一人买了一个馒头，边啃边向书店跑去。

书店里好看的书太多啦，两个小姑娘拿着书就如饥似渴地看了起来，直到书店下班关门，她们才买了几本自己喜爱的书走回了家。

这事很快传遍了王家塆，人们议论纷纷，都说二妹、三妹敢作敢为，头脑灵活，长大后一定不简单。为了达到目的，这么小就能自己想办法，也被她们爱学习的精神感动。蔡桂花听说后气不打一处来，回家就将刘青文几兄弟叫过来大声训斥："你们几个挨炮的还像不像男人？居然一个都不像王家那几个赔钱货，人家读书那么得行，你们能不能给老娘争口气？"

刘青文说："婆婆，你认为我们没有努力？我一直都很努力，没得法，努力也考不赢王大妹！"

刘青才无可奈何地说："我也考不赢王三妹。"

蔡桂花咬着牙说："我的仙人板板，你们几个要看书嘛！你们看，别人为了看书，下了多大的决心。"

刘青武说："我看不进去。"

刘青才说："谁跟她们比成绩？我们割谷挑那么多草把子，她们会吗？"

"怎么不会？你们不知道她们也在挑草把子？不过，她们再能干也是女人，长大后也是别人家的人，今后'干豇豆'和王贤良两口子老了才晓得没儿子的厉害。这家人绝种了，已经绝种了，哼哼，落难的日子还在后头呢！"

这天，妇女们正在蔡桂花家门前闲聊，忽见彭群芳慢摇摇摇地带着孔伶俐干完活回家。蔡桂花招呼道："表嫂，收活路了呀？"

"嗯，收活路了。"

"你看，你家伶俐也能干活了哟！"

"嗯。"

孔伶俐今年十三岁了，她是彭群芳的第二个孩子，老大是个儿子，叫孔令友。彭群芳生孔伶俐时难产，孩子在她肚子里待得太久缺氧，导致脑瘫,所以七八岁了才学会走路,直到现在走路都是一摇一晃的,智力及语言能力也远不及同龄的正常小孩。

蔡桂花说:"伶俐一直像现在这个样子也不是办法,妹儿菩萨那么灵,怎么不叫他来跳一下?你看,你家老幺的儿子孔军不就好了吗?他们可灵啦!"

郭术珍和刘长秀等几个妇女都纷纷赞成,叫彭群芳一定要想办法找妹儿菩萨开个阴锁关。

"嗯,我也想过,现在没得钱,等把钱凑齐了来。"

彭群芳不善言辞,为人老实。她又高又瘦,因为常年挑粪,所以背有一点驼。她经常打赤脚,裤腿挽得高高的,衣服上满是补丁,走路不紧不慢的,哪怕挑着粪也是如此,据说她是怕走快了饿得更快。她像一条勤劳的蚯蚓,不知疲倦地把自家的菜地捣鼓得蓬蓬松松的,没有一根杂草。她家的菜当然是全塆种得最好的,但是她从来不背到街上去卖。好菜在地里久了自然有人惦记,所以总是被偷。她老公孔祥清从来不管家事,只知道老老实实种庄稼,所以有人说他是"卖老实屁眼"。一没钱用,彭群芳就到处联系人买她家粮食,所以每年二三月她家就借粮食吃了,往往是新谷子出来,还完去年的账,就所剩无几了。

彭群芳是王家塆最不中用,也是孩子们最讨厌的女人,所以塆上的人叫她"彭大莽"。

为什么说她最不中用呢?她儿子孔令友才三四岁时她就管不了了。儿子说东,她不敢向西;儿子说西,她不敢向东。只要儿子提出的要求没得到满足,他就会对彭群芳大发雷霆。

有一次,孔令友嫌饭太烫了,要彭群芳给他吹,因为彭群芳忙着煮猪潲去晚了一些,孔令友拿起饭碗就向她砸去,所幸她躲得快才没有被砸中,否则一定被烫成重伤,但是饭撒了一地,碗也被摔破了。彭群芳气得拿起小棍子打孔令友,结果孔令友对她拳打脚踢,还不解恨,又抓住她的头发一阵乱扯。彭群芳越打,他就扯得越凶,活生生地扯下来好大一缕头发。最后,她哭着求了很久,孔令友才松了手。她向孔祥清哭诉,孔祥清却不紧不慢平静地说:"谁叫你去惹他呢?你明知道他脾气不好。"

孔老太爷知道后也把彭群芳数落了一顿，说她跟小孩一般见识，还打了他的宝贝孙子，打坏了怎么办？所以她再也不敢招惹儿子了。

每次种菜她都要经过三妹家，有时候三妹家刚好在吃饭，她就满脸堆笑地来套近乎："哟，在吃饭呀！"

出于礼貌，沈秀兰回应道："嗯，你吃了吗？你也来吃一碗吧！"

她假装说几句客气话，进屋就是一顿风卷残云，吃完后不住地夸赞："好吃，好吃，真好吃！"像这样的情况多了，后来她干脆不请自来。

有一次，大家正在屋外树下吃午饭，她扛着锄头又一摇一晃地走过来了，眼睛直勾勾地落进孩子们的碗里："哎呀！吃什么呢？这么香！"

王贤良家几个小姑娘都不回答她，端着碗赶紧走开。她就朝着屋内大声喊了起来："秀兰在不在？我借你们家剪刀用一下！"

沈秀兰赶紧放下饭碗给她找来剪刀。拿到剪刀后，她却一点离开的意思都没有，沈秀兰只得去锅里给她盛了一碗吃的。几个小姑娘非常不满，自家都不够吃，还一再给别人。有一天更让几个小姑娘气愤，那天家里来了客人，沈秀兰煮了平时很难吃到的面条，里面还有香喷喷的油渣，也让她给吃了半碗。

还有一天是三妹的生日，全家一人一个鸡蛋不够，沈秀兰就把鸡蛋捣碎和蒜苗一起炒，那天的炒鸡蛋也被彭群芳吃了几大块。所以几个小姑娘气愤至极，真想抓起火钳把她脑袋戳几个大窟窿。此后，几个小姑娘就像防贼一样防着彭群芳。只要见她远远地来了，三妹就大喊："彭群芳来了！彭群芳来了！"

她们就端着碗往屋里跑，趁母亲不在，飞快地关上门并插上门闩。她儿子孔令友也总是骗小孩的东西吃，有时还摸进邻居厨房偷饭吃。彭群芳睁一只眼闭一只眼，从来不说他，所以孩子们非常讨厌他们，恶狠狠地叫彭群芳"向嘴狗"。但是三妹她们几个的行为遭到王贤良和沈秀兰的严厉批评，说她们不尊重长辈，对邻居不友好。

过了一段时间，彭群芳终于凑到了一笔钱，她亲自跑到妹儿菩萨家请他们师徒俩给女儿孔伶俐跳神。跟以前开阴锁关一样，妹儿菩萨师徒围着病人神神道道地唱了一晚，收下所有的钱财才结束。可妹儿菩萨说孔伶俐的病太严重，一次是弄不好的，必须多跳几次神才有效果。彭群芳救女心切，将妹儿菩萨的要求答应下来。

时间悄悄地溜走，不知不觉大半年过去了。忽然有一天，一个惊天爆炸新闻打破了整个村子的平静——孔伶俐怀孕了！据说有人亲眼看到彭群芳和李华英带着孔伶俐在医院做检查，并且听医生亲口说的。妇女们奔走相告，惊讶地议论着：

"我早就觉得她不对劲，她不是很胖，怎么肚子比我的还大？"

"我也曾经注意到她走路的姿势不对！"

"是哪个烂番苕这么缺德，欺负一个弱智呢？"

人们怀疑过黄大山，但是很快就被否定。黄大山除了经常跟大队干部对着干，做生意坑蒙拐骗，好像这方面还没有出过问题。

"那就是姜碧珍的儿子王晓峰了。"

可也很快就被人们否定。王晓峰虽然不能说话，但人品好像也没出过问题。那就是住在孔伶俐家隔壁丧妻多年的刘长生了。可也不像呀，他很久没有在家了，据说去外地打石头去了，况且他一个堂堂汉子会做这种缺德事吗？大家讨论来讨论去，始终想不出是谁。

大家想去彭群芳家看看到底是怎么回事，又觉得不妥。郭术珍说："没事，不用忌讳那么多，彭群芳这人，没那么多心眼。"

妇女们犹豫了一下，跟着郭术珍走进了彭群芳家。彭群芳正在专心地做袜底。宋高英悄声对沈秀兰说："狗日的彭大莽，现在居然还有心情搞这些！"

沈秀兰赶紧小声说："幺嫂，小声点，让她听见了多不好。"

彭群芳见这么多人进了她家，有些不知所措。

郭术珍环视了一下屋子问："伶俐呢？"

彭群芳努了努嘴："在她自己屋里。"大家朝里间屋望去，孔伶俐正挺着大肚子追打一只蚊子。

宋高英瘪了瘪嘴，摇着头说："啧啧啧，硬是大出怀了，居然平时谁都没有注意到！"

郭术珍问彭群芳："伶俐挺着个大肚子，是哪个烂番苕干的好事？"

彭群芳摇了摇头。"哪个晓得呢？问她也没问出个名堂来。"彭群芳的语速很慢，似乎是一个字一个字在凑，听得妇女们非常着急。

郭术珍咬牙切齿地说："是哪个狗日的干的，如果清出来，老娘把他龟儿千刀万剐！"

沈秀兰说："彭表嫂你也不要太怄气了，事情已经这样，把孩子打掉就是了。"

彭群芳的眼睛红了："医生说孩子已接近八个月了，打掉伶俐会有生命危险，只有生下来了！呜呜——呜呜——"

女人们叹息着："唉！这真是一件既丢人又麻烦的事。"

宋高英放开嗓子大骂："呸！欺负一个残疾人，他狗日的今后生个儿子没屁眼！"

郭术珍说："我们帮她问问看看伶俐吧！"

"伶俐，你和我们村子哪个男人最好？"

孔伶俐睁着一双呆滞的大眼睛望着大家，不说话。郭术珍直接问道："就是说，你和哪个男人一起睡过觉？说了我给你买糖！"

孔伶俐还是没有反应。沈秀兰说："伶俐，你和哪个男人困过瞌睡？"

她咧嘴笑了，拍着手说："瞌睡，困瞌睡——来，骑马。我——困倒，你来骑，好安逸！呵呵，骑马，骑马！"

大家一听，觉得有戏了，赶紧询问和谁骑马，可她又不说话了。一会儿，她拿过抽屉里的一个鸡蛋在身上滚来滚去，口中念念有词："骑马，骑马。"

大家顿时就明白了，妇女们几乎同时喊了出来："妹儿菩萨！"

大家坚信，一定是他！记得他给孔伶俐做法的时候也是一边念念有词，一边用煮熟的鸡蛋给孔伶俐滚了全身。也不知道什么原因，最后几次给孔伶俐做法，他的女徒弟都没有来。他也不准观众进去看，把孔伶俐独自一人关在屋子里。他说这时的观音菩萨喜欢安静，这样才更灵验。每次单独给孔伶俐做法，妹儿菩萨都很认真，也很有耐心，每次都要二三十分钟。完事后，他出来时额头上还微微冒汗，似乎很用力。他说他已经给上天说了很多好话，上天勉强同意放过孔家一马了，可道法要隔周连续做几次才更灵验。

这可把女人们气死了,把妹儿菩萨骂得狗血淋头。郭术珍眼里要冒出火来:"这个流氓东西,孙都有的年岁了,这样欺负一个小孩!要是他龟儿现在在我面前,老娘不拿把刀子把他龟儿阉了,老娘不是人!"

妇女们恨得咬牙切齿的,但也责怪彭群芳:"伶俐已经十三岁了,怎能让她和一个大男人单独相处?这且不说,居然还让她配合妹儿菩萨脱光衣服,让他滚鸡蛋,这离强奸还有多远?这么简单的事都想不到,你真是个彭大莽呀!"

彭群芳哭着慢条斯理地说:"我只认为妹儿菩萨就是给她滚鸡蛋,哪个晓得他这么不要脸嘛?呜呜呜,我根本没有往那方面想,呜呜呜,哪个晓得他是个老流氓嘛?"

郭术珍大声说:"秀兰,走!我们去找林书记,一定要将这个老流氓送进大牢!"

于是,郭术珍和沈秀兰立即去大队找林书记,将情况一一反映了。第二天,人们看见妹儿菩萨戴着手铐,被两位警察抓走了。在派出所里,妹儿菩萨对自己的犯罪事实供认不讳,最后经过法院审理,他被判刑十二年。

这天,三妹一家正在吃早饭,宋高英急匆匆跑过来,高兴地说:"哈哈,二哥、二嫂,快去看,'菜花蛇'家正在演一场好戏。哼!总算有人收拾'菜花蛇'了。"说完又"咚咚咚"地跑了。

那年蔡桂花和甘琼兰大打出手后,两家很多年都不往来,也从未说过一句话。王贤良想了一下,还是端着碗向蔡桂花家方向走去,沈秀兰也和几个小姑娘端着碗追了过去,甘老太太颤颤颠颠地跟在了后面。

蔡桂花的二儿媳王碧兰,头上裹着一条枕巾,正坐在门前的石磙上伤心地哭泣,地上一只土碗被摔碎成了几大块,南瓜粥洒了一地。大家都知道王碧兰正在坐月子,按照当地农村的风俗,月母子是哭不得的,一来不吉利,二来坐月子哭了,今后眼睛容易瞎,所以人们对月母子一般都会忍让,尽量不发生冲突。王碧兰性格比较温和,也不喜欢说空话,谁把她惹得这么生气呢?

看热闹的人多了起来,大家纷纷询问原因。王碧兰泪如雨下,摇着头大声说:"不吃你们的南瓜稀饭!受够了,我要回娘家!"

蔡桂花大声呵斥道:"你哭啥子?要哭滚回屋里哭!不晓得情况的怕以为我们欺负你哟!"

众人赶紧将蔡桂花拉进了屋子里,劝她少说两句。

宋高英想知道答案的心情比谁都迫切,她急切地问王碧兰:"表嫂,为什么呢?"

"这个家我是一天都待不下去了。我刚生完孩子伤口还没有好,行动不方便,所以叫刘长路洗了孩子的尿片,结果被老太太发现,将刘长路臭骂了一顿,她说男人洗尿片会带来霉运。她这不是在骂我吗?"

邓云会说:"我好像听老人们说过,男人只是不能给女人洗内裤……"

蔡桂花在屋里理直气壮地回应道:"女人的内裤和尿片不都是脏东西吗?那能让一个大男人洗吗?我以前生小孩还不是自己洗的,洗个尿片你就委屈了?"

郭术珍说:"还好,我生小孩有我娘,不然真不知道该怎么办。"

王碧兰没有回答老太太的话,继续哭诉:"平时的衣服,老太太也不准刘长路洗,说这也对男人不好。那天下雨,我跑出去收衣服,先收刘长路的再收我的,结果老太太又把我说了一顿。"

听着听着,王贤良就皱起了眉头。众人问:"为什么呢?"

"我的衣服搭在刘长路衣服上面了,老太太说我把他给压制住了,会影响男人的运气。"

王贤良和旁边的几个小孩差点笑出声来。李华英笑道:"这个我倒是从来没有听说过。老太太真是讲究,路数多呀!"

郭术珍大声说:"死老太婆太过分了!二嫂莫哭了,压了就压了,老子就不信这个邪,偏偏要压,看你敢把老娘咋办!"

"弄好的饭要男人先吃后才准我们吃,而且从不让我上桌。刘长路什么都听他娘的,这些我忍忍也都过来了。我坐月子实在动弹不了,是老太太煮饭,可天天都是吃清汤寡水的南瓜稀饭,坐月子已经二十天了,我连一个蛋、一片肉都没尝过。今天还数落我,说我吃了他家十几个南瓜。呜呜呜,我现在一点奶水也没有,孩子饿得天天哭闹……呜呜呜,我要回娘家!"

郭术珍吼道:"刘长路这个死东西跟刘长河那狗东西一样,不知道心疼自己的女人，你们是要气死几个人才安心！"

王碧兰的哭诉让看热闹的人很吃惊，蔡桂花在外面吵架、打架都很厉害，没想到对自己的儿媳妇也这么刻薄。宋高英压低声音对沈秀兰说："怎么平时没有听郭术珍讲过'菜花蛇'这么刻薄呢？"

"幺嫂，小声点。郭术珍与'菜花蛇'是分了家的，刘长河又长期不在家，怎么会有这些矛盾呢？况且，郭术珍那性格，'菜花蛇'敢招惹？她自己不被欺负就好了。她还不是欺软怕硬！"

蔡桂花理直气壮地说："你们大家评评理，我这个当娘的有错吗？我不希望他们好吗？俗话说'男人是天，女人是地'，再有本事的女人也是女人呀。家里挣钱、干活、挑粪、修房屋全都是男人，洗衣做饭之类的事不应该女人做吗？"

李华英笑着说："表叔娘，我家没有这么多规矩。"

宋高英和沈秀兰都说："我家老太太虽然脾气不好，也没有那么多的讲究。"

王贤良忍不住了，说："表叔娘，表嫂在坐月子需要补身子，你怎么连一个蛋也不煮？她娘家挑了那么多鸡、鸡蛋和甜酒过来，我可是亲眼看到的。"

蔡桂花说："她娘家挑来的那些东西，我已经背到街上去卖了，这不是要存钱修房子吗？天上不落，地上不生，不节约钱从哪里来？我的天，家里十几个大南瓜都被吃完了，这样下去哪个得了？家都怕要被吃空。"

看热闹的女人们都摇头叹息，庆幸自己没有遇上这样刻薄的老太太。邓云会对宋高英小声说："'菜花蛇'这死老太婆比过去的地主婆还刻薄！有一次，她家没面吃了，刚好我才去街上用麦子兑了两把，就借了一把给她。隔几天她也去街上用麦子兑了，就还了一把给我。那面松垮垮的，瞎子都看得出被抽了一些，我就去借郭术珍家的秤称了一下，结果只有一斤半，足足被抽掉了半斤。你说这鬼老太婆过不过分？"

正当人们议论纷纷，蔡桂花婆媳俩吵得不可开交的时候，王碧兰的父亲带着她娘家的几个大男人来了。

蔡桂花以为这群人是来打她和刘长路的，吓得大气不敢出。王碧兰的父亲扶起她说："哭啥子？有啥子好哭的？惹不起还躲不起吗？走，先回去，离婚手续后头再慢慢办，再这样下去会被饿死！"

蔡桂花和刘长路见这群人并没有要打他们的意思才放下心来，但是听他们说要离婚又慌了。蔡桂花说："亲家，莫这么当真。她要吃肉嘛，我，我买就是了。呵呵，一会儿我马上就去买肉哈。"

王贤良也劝王碧兰娘家人："呵呵，表亲家爷，老太太都已经说了今后要注意改善伙食了。况且老人们说'宁拆十座庙，不毁一桩婚'，就不要将表嫂接走了吧！"

刘长路才乞求道："爸爸，不要搬吧。我马上就去割肉，你们跟我们一起吃哈。"

王碧兰的父亲瞪了他一眼，怒斥道："你就是个好人？你就是个日龙包，什么都听你老娘的，现在你才晓得锅儿是生铁倒的？太晚了！你是不见棺材不流泪，这个婚必须离！"说完叫几个大男人去收拾床、衣柜等东西。他自己一边收拾一边对蔡桂花大声喊："找到你们这样的家庭，老子当初真是瞎了眼，你们的东西我不要，我抬来的东西全部搬走！"

甘琼兰小声地嘀咕着，心里给王碧兰的父亲打气："王大哥，搬！那不是，这个狗日婆娘又凶又恶，走到她家算是倒霉了。抬走！所有的家具都抬走，最好一样不剩！"

郭术珍对刘长路跟他哥刘长生一样不知心疼媳妇，早已经深恶痛绝，她假装没看见，任由王碧兰娘家人搬家具。王贤良对正在绑家具的一个男人说："清官难断家务事，谁家没有矛盾？婚姻宜劝不宜拆，你劝劝碧兰的爸爸坐下来跟蔡表叔娘，还有老表好好谈谈吧，他们改了就好了。"

"哎呀，我们都是几十岁的人了，这些道理还会不懂？你是不知道，已经给过他们很多次机会了，不仅仅是蔡桂花过分，她儿子跟他娘一个鼻孔出气，狗是改不了吃屎的，完全没有必要。"

甘老太太和她的几个儿媳妇见王贤良那么巴心巴肠地劝王碧兰的娘家人，心里鬼火冒，生怕他给劝住了，又不好当着众人的面制止他。王贤良费尽力气实在阻拦不了，最后只得作罢，甘老太太和她的几个儿媳妇心里却乐开了花。

第四章 黑檀故事多

三妹上小学三年级那年，大妹不负众望，考入了本县城中等师范学校。当年全县十几万名学生参考，中等师范生和中专生各自只招收一百人，因此考上的难度非常大。那时的中师或者中专生，国家要包分工作，考上就等于找到了终生的铁饭碗。要知道，五华乡初级中学连续好多年都没一个学生考上。这事在黑檀村甚至整个五华乡引起了强烈的轰动，都说王贤良家的祖坟冒青烟，终于有人跳出农门了。人们特别是年轻人，见着大妹充满了羡慕："大妹，你这辈子安逸了，终于脱离泥巴气气，再也不用下田地干活，也不用喂猪打猪草了。"王贤良两口子和甘老太太也笑得合不拢嘴。

郭术珍怕听错了，遇到宋高英就打听。宋高英说："是的，有这事，大妹考上了。"

郭术珍笑道："这下你家老太太又可以得意一阵子了。"

"呵呵，她得意啥子？大妹她娘才得意嘛！不要说我们，今后恐怕连老太太也不会放在眼里。人家生的女争气，没办法，哪像我那两个死鬼蛋读书死笨。"

"你家老太太那么嫌弃女，这下人家考上学校，成了非农业人口，她怕是不敢像以前那样嫌弃女了哟！"

"哎呀，表嫂，老太太见她们读书得行，早改变态度了。大嫂家有个儿子撑起，只有我们这些人才没活路。"

郭术珍说："你也别这样想。像我，儿子多又怎样？还恼人些，

'多子多福'那是骗人的。你那两个女今后去毛线厂挣了钱，你还不是享福。"

见沈秀兰过来了，宋高英赶紧换了一副笑脸说："二嫂，你终于苦出了头，我们都等着享大妹的福呢！"

邓云会哈哈一笑，说："我早就说过，二老表家屋基的风水好，你们家祖坟的位置也好，出人！你们看二妹、三妹成绩也不错，你们就等好消息吧！"

刘长秀白了她一眼说："就你会算，你什么都知道，你是黑檀村的邓半仙！"

郭术珍说："可能跟风水有一定关系哟！你们看，孔祥林家的房子就没有王贤良家的位置正，所以尽管孔志凡平时和大妹成绩差不多，这次他却只考了个高中。"

李华英听了心里不是滋味，脸色一沉，转身就走了。

宋高英知道自己说错了话，在外人面前丢了自家的脸面，这些话传到沈秀兰耳朵里那就麻烦了，思来想去觉得应该弥补一下，免得得罪了大妹。大妹都是非农业人口了，万一今后要找她帮忙办事，她记仇怎么办？于是她找到大妹，掏出二十元钱塞给了她："大妹幺儿，你很小幺娘就看好你，你终于给王家狠狠地争了一口气，你去学校读书不能太寒酸丢了自家的脸，这点钱你拿去买点生活用品哈。"

大妹说什么也不肯收，宋高英使劲塞到她兜里就跑了。姜碧珍远远地看见宋高英和大妹推推搡搡的，就猜得到宋高英可能在干什么了，心里老大不高兴：哼！你个"高音喇叭"也是，这种事也不找我商量，你送了礼我不送礼怎么好呢？虽然她心里老大不舒服，还是回家拿了二十元钱强行塞给了大妹。

整个塆都在议论大妹考上学校的事，邓云会似乎比王贤良夫妇还高兴，在这边人群议论后又跑到那边人群里议论，预测着明年还有哪些人可能会考上。

"啧啧啧，据说二妹比大妹读书还厉害，三妹的成绩也很好，王贤良家硬是不得了！"

"有些人还欺负他家只有女，我看人家的一个女可以抵十个儿子了。"

平时从来不爱说话的孔祥清冒出一句话:"还是那话,他家的屋基和祖坟位置都好,能不出人才吗?"

邓云会说:"明年二妹也一定能够考上!"

"有可能!"

唐胜明说:"要说大妹,不是我,她能够考上?"

众人有点诧异:"全靠你?为什么呢?"

"对呀,王贤良老汉的坟地原本是我家的,是他用石板坡的一小块地跟我调换的。我晓得那个地方要出人才,但是一个塆的,他既然开了口,我怎么好拒绝呢?"

孔祥清说:"那你调换完了没有?我也调换一小块如何?"

邓云会也说:"老表,我也换一块吧!我用我家最大的田跟你换。"

黄大山说:"我给钱买如何?要多少钱你开个价。"

"都不行,我们早有安排啦!"

众人甚是失望,但是也毫无办法。闲聊一阵后,邓云会回家翻箱倒柜找出了二十元钱,又去郭术珍那里借了十元钱,用她的新枕套裹住,一起塞给了大妹。这对新枕套是她出嫁时娘家大嫂送的,她珍藏很多年了。邓云会的家庭情况大妹是知道的,况且她与自家非亲非故,所以她无论如何也不接受。见大妹始终不肯收下,邓云会非常失望甚至有点生气了,不高兴地说:"大妹,你考上学校就看不起我这穷表叔娘了?怕今后我赖上你们了?"

沈秀兰赶紧说:"表嫂,你怎么这样说呢?你一直对人都好,又大方,怎么会看不上你们呢?我们是不忍心啊!"

"你们不收就是看不起!"

沈秀兰"哎"了一声,只得叫大妹收下了。大妹既感激又觉得这钱沉甸甸的,眼睛变得湿润了起来。

甘老太太见送礼的人都走了,赶紧对王小莲努了努嘴,示意她看她床上的枕头,王小莲打开一看,居然是一角、两角、一元、两元,叠了很厚一沓的钱。王小莲说:"婆婆,你这么大年纪了,无论如何我也不会要你的钱。"

甘老太太赶紧捂住了她的嘴:"嘘——,小声点,这里一共二十元，拿去买一件好看的衣服，在外面不能丢了王家的脸，千万不要让你大娘和幺娘知道了。"

王小莲的眼睛再次湿润了，小时候奶奶的种种不是全都烟消云散。王贤良说："你看你奶奶多心疼你们，她自己生病都舍不得看医生，这钱可是从她牙齿缝挤出来的，你们今后一定要记得奶奶的好。"

沈秀兰也很欣慰，幸福地笑着说："哎，老太太今天终于想通了，破天荒地疼了孙女一把。小莲，你今后工作后一定要好好孝敬她老人家。"

陆续地，李华英、唐胜华两兄弟等，村上很多人都送来礼金，一再要求大妹收下。从内心来说，郭术珍并不憎恨王贤良，相反她觉得他们两口子是好人，无奈有蔡桂花阻拦，她只好拿了礼金给邓云会，叫邓云会转交给大妹，并且一再叮嘱千万不能让她家老太太知道。有这么多的乡亲前来祝贺，王贤良两口子既意外又有些过意不去。他们知道人们对送礼非常反感，村子里经常有人嫁女娶媳妇、做大寿、生小孩、修房造屋、升学……送礼成了人们很大的一笔开支。但是很多人讨厌别人大办酒席，自己却又犯着同样的错误，目的是想趁机把送出去的钱捞回来。

王贤良家以前从没因黑白喜事请过客，这次乡亲们主动送礼，确实是盛情难却，特别是经常在五华乡街上做生意的黄大山，强行塞了一张百元大钞给王小莲。这在当时可是个天文数字，这一百元钱按照王小莲每个月用二十元计算，足足可以支撑一个学期呢！黄大山此举让王贤良夫妻俩受宠若惊，也让全村人对他刮目相看，都说黄大山做生意发了，有钱人就是不一样。以前他可是出名的吝啬鬼、"铁公鸡"，卖东西短斤少两，以次充好，想叫他出钱可比登天还难，这次他总算慷慨了一把。全村人都很感动，黄大山对王贤良夫妇说："整个五华乡，就只有我们王家塆出了大妹这样一个人才，身为王家塆的人，我们感到非常高兴，自然要庆贺。读书是大事，都是乡里乡亲的，出点钱资助孩子们是应该的嘛！这是为国家，也是为我们黑檀村培养人才，况且我们是啥子关系？你的妈跟我的妈是堂姐妹，我们是亲戚呢！亲戚、邻里之间应该互相帮助。那些一有钱就忘本的人，我是最见不得的。"

王贤良只得打酒割肉办酒席答谢热情的乡亲们，黄大山也得到了黑檀村人的高看。

一个多月后，不知何故，有人看见黄大山家请人挑了两担谷子去村委会打米，还去街上买回来一背篓海带、粉丝、面条等东西，貌似要大办酒席。他家有什么喜事呢？谁也不知道。

结果第二天，黄大山就挨家挨户邀请乡亲们去他家坐席，人们问他有什么喜事，他说他大儿子黄梁意外地转学到了县城第二初中。全县城有五所初中，第二初中的教学质量虽然不及第一初中，但是比起乡下镇上的又强了不少。这当然是件令人高兴的事，上中师中专值得庆贺，转入好一点的初中一样可以庆贺，所以黄大山叫大家坐席了。乡亲们这才明白他为什么送那么多钱给大妹，原来他是想抬高行情。不去吧，乡里乡亲的，抬头不见低头见，觉得不好；去吧，总觉得心里憋屈得要命。大家很是气愤，但是想到王贤良比自己更惨，心里就舒服多了。不过大家说不会上黄大山的当，礼尚往来，他以前送他们多少就还多少，只等着看王贤良怎么处理。

有人当着王贤良的面哈哈大笑，说："贤良，你收的一百元钱在兜里还没有揣热呢，就又要送出去了。我就说黄大炮怎么这么慷慨，原来是做乖面子给大家看。"

郭术珍说："黄大山的话已经说出去了，说是资助小莲读书，那贤良就不应该还一百元的礼，应该跟我们一样送二十元就够了。"

因为还没开学，王贤良将刚接的贺礼存了起来，存折交给小莲用作下学期的生活费，他只得又要回存折，取了一百元还给黄大山。

隔了几个月，黄大山家又打了几担米，又买了一背篓海带、粉丝等食品，大家又疑惑了，费尽脑子猜着："黄大炮又要做什么来套大家的钱呢？"

黄大山仍然和上次一样挨家挨户邀请，他也没有说明是什么原因，只是叫大家去坐席。

郭术珍直接问："老表，你家又有什么喜事了？"

黄大山笑嘻嘻地回答："呵呵，大儿子黄梁满十五岁……"

郭术珍一惊，竟有如此荒唐的事！她质问道："小孩满十五岁也要请客呀？"

"妹儿菩萨说要给他做大生运气才好，所以请大家去热闹一下。"

按照当时的风俗,除了嫁女接媳妇、修房造屋、升学宴,只有大人满整十岁,如三十岁、四十岁、五十岁、六十岁……才做大生。大家心里都有怨气,却都不好说不去。

郭术珍故意开玩笑:"哈哈,老表,那我们送不送礼呢?"

黄大山也假装哈哈大笑,说:"嘿嘿,我没有说一定要你们送礼呀。就像你们请我一样,根本没有提那一回事。"

邓云会气愤地说:"就怪姜碧珍开坏了头。前几年她儿子满十岁她大办酒席,她家修了一间小房子也办,前年王贤志还有两年才满五十她又大办,害得大家都找理由请客。这下可好了,黄大山也编了个理由请客。"

大家都七嘴八舌地发泄着心中的不满。这下王贤良为难了,随多少礼呢?如果按照礼尚往来的原则,那么他应该和上次一样再送一百元,但是这样他不就亏死了?如果按照以往行情送二十元又好像不妥。其实,在一年内黄大山已经请客两次,就是送二十元对于普通家庭也是个不小的负担,更何况王贤良本身日子就过得不轻松。思来想去,他一咬牙借了四十元送了过去。人们纷纷感叹着王贤良的善良,咒骂着黄大山的厚颜无耻。

大妹进入师范学习后就几乎没向家里要过钱。那时国家每个月也只发生活费,她尽量少吃一点,将节约下来的饭票与粮票换成钱打零用,有时还给家人买衣服、生活用品。很快,三年的师范生活结束,她被分配到本乡小学上课,当她拿到工作分配文件的时候,已经是当年8月下旬了。

那日中午,火辣辣的太阳正高挂在天空,刺得人睁不开眼睛。王小莲和爸爸妈妈正在地里干活,忽听赶场回来的邓云会大声喊着她的名字,说她有一封信。

王小莲赶紧跑过去打开了信封。原来是工作分配文件,她被分配到了五华乡中心小学。第二天一大早,王贤良就挑着装着衣服、被子的大木箱、棉絮,他亲手编织的床巴折和草垫,王小莲提着装满日常用品的塑料提桶,中午才到达五华乡中心小学。

校长大约五十岁,长得人高马大的,满面笑容很是慈祥。对于上级分配来新教师，他甚是欢喜。他叫王小莲明天参加全乡教师大会，听候工作安排。

第二天，王小莲准时到会。在会上，校长宣布了全校教师的人事安排及任课情况："王小莲——石坝村小……"

听到自己被安排在村小，王小莲的眼泪唰唰唰地就流了出来，她伤心地冲出了会议室。石坝村小比黑檀村小条件更艰苦，至今都还没有通电。晚上黑灯瞎火孤零零的，那多可怕呀！据说现在石坝村小只有一个公办老师，他不仅每顿饭要自己煮，菜也要自己种或者是去五华乡街上买，走一趟可得花四十多分钟……王小莲越想越伤心，越哭越厉害。

教师大会结束后，老师们陆续走出了会议室。石坝村小的主任教师余安全老远就朝王小莲喊："王老师，明天上午八点半以前，去石坝村小报到哈。你刚参加工作，就上相对轻松一点的三年级吧！"

王小莲没有理他，只顾自己流泪。余老师走过来安慰她，说："王老师，没事，慢慢习惯了就好了。我们那里买柴米油盐确实太不方便的。要不这样吧，我跟校长谈一下，叫中心校借两间宿舍给你和吕伟杰老师，你们上完课可以回中心校居住。吕伟杰老师是去年到我们村小的，今后你们每天上班、下班一起，他也可以当你的保护神呢！"

王小莲这才止住了眼泪。安顿好宿舍后，她回家将三妹带来在中心校报名上了学，自己却天天去石坝村小。

石坝村小的操场很小，只有半个篮球场，也不平坦，因为没有硬化，所以长满了野草。篮球架缺了几块木板，还有一块悬在半空中摇摇欲坠。村小没有围墙，只有一纵一横两排砖混结构房子。由于修建年代久远，有些砖已风化残缺，凸凹不平。有的墙已经有裂缝，几间教室的墙壁上还有几个窟窿。

余老师说："横着的几间房子分别是一、二年级教室和教师办公室、保管室、村委会，纵向排列的是三至六年级教室。幼儿园则被安排在东边远一点的民房里。幼儿园旁边有间小屋子也是民房，里面堆满了本学期的新课本。其实，中心校的硬件设施也好不了多少，教室也是破破烂烂的挤得满满当当，好几间教室、办公室和宿舍都是租用的民房，也只有半个篮球场，不过中心校买菜和生活用品方便。"

王小莲问:"这里不通公路,这么多的书,是怎么运来的呢?"

余老师说:"哦,这个嘛,只有自己想办法了。请人挑上山要花很多钱,所以每学期开学前,我就带领男老师和高年级力气大点的学生背回来。"

王小莲向教室里看了一下,学生的课桌凳有的高,有的矮,有的宽,有的窄,看起来很不整齐,还有些桌子不是缺胳膊就是少腿,他们就用一根大木棒或者砖头代替,看起来很不协调。余老师说:"这是城区学校捐的旧桌凳,用久了就更坏了。现在学生有点多,实在不够,就让学生自己从家里带了一些桌凳来。"

余老师还说:"加上幼儿园小朋友,石坝村小一共有三百多名学生,一共七个班,但是老师只有八位。这些老师大多数是民办或代课老师,除了六年级是两位老师上课,其余各年级都是一位老师将所有的课程包干,所以要做好吃苦耐劳的心理准备。"

将学校介绍完毕,余老师拿了十根粉笔给王小莲,说:"这是本周使用的粉笔,每天两支完全够用了,实在不够再跟我说,我们的办公经费很紧张,所以要注意节约。另外你准备好,开学两周后学校要搞勤工俭学,全校师生包含一年级学生要去大西山采秋茶,大西山隔石坝村小要走一个小时左右,你怕不怕?"

王小莲说:"余老师你也太小看我了吧,我在农村长大,从小跟着父母去田地里干农活,走一个小时的路能难倒我?"

"那就好嘛,每年元旦左右,全校还要去大连山后山挑煤炭,学校食堂给学生中午蒸饭的煤炭都是学校自己解决,冬天太冷了,孩子们也可以烤一下火。"

王小莲都一一答应下来。

这天是周末,王小莲打扫了宿舍的卫生,彻底清洗了被子、衣服,几乎忙了一整天。当天空挂满了晚霞的时候,她听见远处传来吕伟杰与街上熟人的说话声,她知道吕伟杰赶集回来了。

吕伟杰远远地就喊:"小莲,你看我带回了什么?"王小莲抬头一看,吕伟杰正笑容满面地骑着一辆自行车,从公路向宿舍这边飞快地驶来。

"啊，没想到你居然把自行车买回来了！"

"是呀，这是今天我一大早去江陵镇买的，五华乡供销社还没有呢，这下我们上班就方便了。"

王小莲打量着崭新的自行车，轻轻地摸了又摸，开心地说："真好看，吕老师，你真有眼光。这应该是五华乡的第一辆自行车吧？这下你可神气了！"

不等吕伟杰回答，王小莲又担忧地说："自行车方便是方便，它应该花掉了你大半年的工资吧？从中心校去石坝村小的路能够骑自行车吗？"

"就是，就是太贵了，我也心疼了很久。不过想到它不仅能方便我，我还可以天天拉你去上课，我就觉得太值了。去石坝村小的这条机耕道骑自行车完全没有问题。"王小莲幸福地笑了。

王小莲与吕伟杰在村小工作了一年，因为初中差老师，他们都被调剂到了初中，三妹也自然与小莲一起在初中居住。

初中的条件比村小和中心校好，即使晚上走路也不会担心摔跟头，因为到处都有路灯，最令三妹高兴的是学校办公室有一个"小电影"。这个"小电影"方方正正的，只要隔得不是太远，播放的故事你就能够完全看清，后来三妹才知道这是电视。有了电视很方便，不用发电，插头插在电源上，按一下电钮就可以了。电视里精彩的故事深深地吸引着三妹及其他教师子女。可学校有规定，每天晚上必须在老师们备完课，八点半后才能看。于是为了看电视，三妹早早地完成了作业。

附近村民知道学校有电视后，也纷纷前来观看，以至于后来办公室被里三层外三层的人围得水泄不通，甚至老师们的办公桌、门窗上都挤满了人。电视散场后，办公室一片狼藉。办公桌上、墙上到处都是脚印，或者是丢下的垃圾，甚至有人直接将尿撒在屋角。学校只得宣布禁止外来人员观看，即使有人强烈抗议，学校也不开门。那时正在上映《霍元甲》和《再向虎山行》电视连续剧，一集看完后人们都急切地等待下一集，把他们拒之门外怎么行呢？于是有人捡起石头或者牛粪往办公室里扔，等老师们追出去，人早已经跑远了。最后，学校只得将电视机搬到操场外观看，才解决了所有的矛盾。

老家的小孩听三妹讲电视剧听得津津有味，他们也想去学校看电视，于是天天盼望自己快点长大去初中上学。

这天，王家塆有个令人震惊的消息传遍了全村。几年不见踪影的孔祥林回家了，据说他回来处理孔志凡读书的事。孔志凡已经连续两次高考落榜，他再也不想复读了。为了说服他，孔祥林只得亲自回来一趟。

孔祥林的变化很大，穿着一身崭新的休闲服装，一双锃亮的皮鞋，皮肤比以前白净了很多，很像一个下乡巡视的国家干部，并且还带回了一个方方正正、可以看咿咿呀呀唱歌跳舞的机器，三妹跟小伙伴介绍这就是电视机。孔祥林是黑檀村第一个买电视机的人，让人们感到震惊，他在外面发财了？

原来，孔祥林与郭术珍发生那事后，他整天魂不守舍的，再加上有人朝他扔石头，自知事情已经败露，心烦得要命，也觉得没脸再在王家塆待下去了，就去表哥家避避风头，刚好表哥回老家接表嫂外出打工。表哥说，广州开了很多工厂，都在招工人，如果肯干，每个月工资可以挣一百元以上，可以跟他出去试试。要知道，那时国家干部的工资也不过一百多元，孔祥林当然满口答应，于是就跟表哥表嫂一起到广州进了工厂。

孔祥林不仅勤劳，而且很聪明能干，深得老板信任，第二年就当上了主管，工资两百多元，不久还把孔祥贵接了过去。这么高的工资，能买一个电视就不足为奇了。

于是王家塆附近的人就转移阵地，不去初中看电视而去孔祥林家了。每天孔祥林家挤满了人，孔祥林和李华英也尽可能为大家提供板凳。郭术珍痴痴地望着孔祥林家发呆，心里狠狠地骂着孔祥林这个冷漠无情的畜生，也咒骂自己眼瞎、脑壳笨，光看外表选择了木头一般的刘长河，错过了孔祥林这个虽然长得又黑又瘦却聪明透顶，还非常热心的男人。在家生了几天闷气后，她实在忍不住就假装从孔祥林家路过，斜着眼睛往里瞟。宋高英看见了，故意大声喊："表嫂，去哪里？快来看电视，好看极了。"

郭术珍的脸唰地红了，见李华英和孔祥林都不在，就装作若无其事地回答："我去田边转一下，看就看吧，刚好我现在也不是很忙。"

幸好其他人都在专心看电视，没人注意她，她在人群中找了个位置坐了下来。可盯着电视屏幕，她却无论如何也静不下心来，心里一直突突突地跳个不停。一会儿孔祥林过来了，她更加拘谨，甚至有些无地自容，后悔自己一时冲动坐下来，害得现在看也不是，走也不是。

孔祥林始终不看她一眼。郭术珍猜想着：难道他不知道我在这里？但他知道我在这里又怎样，人家根本不在乎我。郭术珍越想心里越难受，好不容易等到电视结束，趁大家热烈地讨论剧情，她赶紧逃走了。

王贤良没有去孔祥林家看电视。几年没有见到老朋友，孔祥林自然有些挂念，于是带了一些糖果就去了王贤良家。

王贤良心里咯噔了一下，仍满脸堆笑地招呼："啊！祥林，带这么多东西，老朋友还这么客气？快坐，快坐！"

"啊，贤良，几年不见，你家大变样了。你看大妹已经有铁饭碗了，二妹考上中专今后也有工作，你们的日子越来越好了，佩服，佩服！"

"哪有哟？你才是在外面发大财了，你一个月的工资怎么说也是大妹的好几倍吧！"

"哪有？打工毕竟是暂时的，况且也不能光看钱吧？唉，你看我家志凡，他不想读书了，我脑壳都焦大了。"

"好好劝劝吧，他实在不读了你也要想开，读书并不是唯一的出路。你看黄大山的儿子黄梁，初中毕业后就没有读书了，跟黄大山一起做生意，人家房子都修两间了。或者是跟你一起打工赚钱也行呀！"

孔祥林摇着头说："万般皆下品，唯有读书高。我还是希望他复读，无论花多少钱我都愿意。"

两人谈了很久，其实孔祥林去王贤良家还有一个目的，他想帮王贤良一把。以王贤良的能力，跟他一起出去比在家强得多。但王贤良好像根本没那意思，闲聊一阵他只好走了。

三妹说："爸爸，我觉得孔表叔对你很好呀，你看人家回来还提东西来看你，你应该珍惜好朋友才对。"

"你小孩子家家的懂什么？他来看望我就是对我好？他没有其他目的？"

三妹实在捉摸不透大人的心思，绞尽脑汁也想不出孔祥林有其他什么目的。

孔祥林终于说服孔志凡复读，待他去县城一中报名后，他也要返回广州了。有人也想跟孔祥林一起出去打工，可又担心上当受骗。只有黄梁和刘长生胆子大，他们也信任孔祥林。黄梁是因为嫌父母唠叨，对他管得太多，不愿意在家做生意；刘长生是因为生活所迫。刘长生一共带了两女一儿，妻子病逝后他既当爹又当妈，日子过得异常艰难。大女儿刘小嫚小学毕业后就辍学在家，二女儿刘小嫽刚好初中毕业，所以刘长生让两个女儿都出去试试看。

孔祥林对老乡们的请求都答应下来，唯独对自己的侄儿孔令友犹豫不决，他对孔祥清两口子说："出去打工不是当官，更不是去捡钱，要靠自己的双手劳动，要能吃苦才有收入。你们平时对他娇生惯养，生在农村却从不叫他劳动，他行吗？"

孔祥清一口一口地抽烟，不说话。彭群芳说："他要去，让他去试试嘛，挣点生活费也好。"

孔祥林问孔令友："打工很辛苦，你怕不怕？一般工厂每天干十几个小时哟，如果怕苦怕累，你就不要出去了。"

孔令友坚定地说："大爷，我不怕，我出去试试看。"

彭群芳说："大哥，你帮我管一下，如果他不听话，你就给我打。"

孔祥林说："以前小时候你们自己不打，现在长大了你反倒叫我来打？"

孔令友笑着说："大爷，莫打，打不得，我听您的话就是了。"

四五个月后，这几个跟孔祥林出去打工的年轻人都陆续给家里汇钱了，包括孔令友，彭群芳笑得合不拢嘴，见人就说儿子寄钱回来了。他们几乎每个月都寄五六十元，甚至有时七八十元。这在村子里引起了不小的轰动，照这样计算，家里有两三人出去打工，修房造屋岂不是很容易的事？这叫当初没有让孩子跟孔祥林出去的人后悔不已。后来，在孔祥林及先出去打工这批年轻人的带动下，村里几乎所有年轻人都去广州打工了。

一两年后，村里的电视多了起来，人们粮食也够吃了，存款也有了，新房也逐渐多了起来。人们不再修土墙房子，而是有楼、有阳台的预制板砖房。这种房子比土墙好看、牢固并且隔音，也好打扫卫生，屋顶上还可以晒粮食。再后来，有的家庭拿出多年积蓄，一次性修了三四间砖房。

那时广州毛线厂多，女工人织毛线天生比男性动作麻利，所以工资普遍比男性高，再加上女性比男性节约，所以寄回来的钱比男性多。女性心细，懂得体贴父母，每年春节都要大包小包地带回很多东西，各种好吃的、给家人买的新衣服、生活用品都有。只要家里有两三个女性在毛线厂打工的，相对来说家庭都比较富裕，让那些没有生女儿的人羡慕不已，不仅不敢小觑女儿多的人，反而高看他们了。有些孩子多生活困难的，别人就这样安慰他们："你孩子多担心啥？也苦不了几年了，等你几个女儿初中毕业就可以去广州毛线厂，到时候你只管数钱就是了。"

于是这些人就急切地盼望着女儿们快快长大。

孔祥林是最早出去打工，又是搞管理的，自然是本村首富，他在孔祥贵结婚的砖房子旁边一次性增修了四间一楼一底的砖房。这一排砖房排成一排看起来很是整齐气派。

那些每个月都要去邮局取汇款单或者信件的人，让没家人在外打工挣钱的人羡慕得要死。王家塆的人喜欢暗自攀比，修房子除了比看谁修得多，还在楼层上攀比，由一楼一底逐渐修到了两楼一底甚至三楼一底。后来孔祥林还买回了电吹风、电扇、电饭煲等家电。电吹风很方便，哪怕是大冬天洗了头都不会担心受冷。电吹风吹出来的风是热的，几分钟就能将头发吹干。那电饭煲好神奇，倒入米加入适量的水后，隔几十分钟饭就好了，也不会煮煳。邻居们都尝过，电饭煲煮的饭吃起来非常香，比大铁锅煮的饭还要好吃。

彭群芳家不用买电视，因为孔祥林新买了一台大电视，将原来的电视送给了她。三妹上初中后节假日回家遇到她，却发现她再也不到她家"向嘴"了。王贤良说自从她儿子出去打工后，日子比以前好多了，现在她家不仅大小柜子装满了谷子，就连新修的粮仓也装得满当当的了。

三妹发现她变得神气起来，不再穿补丁衣服不说，还学城里人穿裙子。由于不会搭配,看起来不伦不类的,很好笑。那时村里流行逢场割肉吃,她也不甘落后,每次赶场都提回一块猪肉走遍全塆,甚至有时买鸡鸭来杀。如果哪天她端着碗在塆里逛,那天她家一定吃的是鸡肉或者鸭肉。她嘿嘿地笑着说:"唉!猪肉吃烦了,买只鸡鸭换个口味!"这种笨拙的炫耀,让邻居们当笑话谈论了很久。

在打工热潮席卷全国各地时,也有一部分人被金钱和眼前的利益迷惑,在父母的支持下,他们不等初中毕业,甚至小学毕业就外出打工了。只有王贤良和孔祥林等少数人仍坚定地认为"万般皆下品,唯有读书高"。孔志凡也终于考上大学,成为黑檀村的第一位大学生,这更加坚定了王贤良一定要三妹考大学的决心。王贤良始终认为,挣国家发的工资比打工挣的钱高一等,所以无论村里人打工挣多少钱,比起他们自己有多寒酸,他都不屑一顾。他对三妹说:"别人家都有大学生了,但是我家还一个都没有。你要争取考个大学,像你两个姐姐一样端铁饭碗,不要看眼前利益。打工再挣钱我也不羡慕,你一定要努力。"

孔祥林对孔志强说:"你哥哥现在已经考上大学,工作国家会分配,我不用担心了,你也一定要争取考上大学。其他的你不用管,你只管努力读书。今年考不上,明年再考,明年考不上,后年再考,总有一天跳出农门。"

孔志强不耐烦地喊道:"知道了,知道了,说一次就行了,天天说有意思吗?"

这天姜碧珍赶场回来神秘地对沈秀兰说:"二嫂,我今天去五华乡医院看望我二舅娘,遇见李华英了。好奇怪,她居然抱着一个婴儿去看医生,那孩子看起来刚出生不久。我问她这孩子是谁的,她居然不开腔。"

沈秀兰也感到奇怪,说:"她娘家的亲戚我们都熟悉,婆家的更不用说,好像没人怀过小孩呀!"

"到底是谁的呢?"两人想了很久。

最后沈秀兰一拍腿:"难道是她儿子孔志强的?"

"不可能吧!孔志强才比三妹大一岁,今年也不过十七岁,怎么就有孩子了?"

"我听三妹说过,他在读初中时就有人悄悄喜欢他,因为他长得好看。到了高中主动追求他的女孩子有好几个。有两个女生还因争风吃醋打架。一个女生是学体育的，把另一个打成了重伤。后来，打人的这个女生和孔志强都受到了学校的处分。你没看见前不久有个女生到他家来玩过？哦，我想起了，三妹说过，那个女生好像是叫石——少——娟，对了，就是叫石少娟！"

"哦，对了，我也想起了。前不久他好像是带过女生回家，原来那妹子叫石少娟，长得那么高大，要是今后嫁过来，在黑檀村妇女中挑粪肯定数第一。我只当小孩玩玩而已。我的天，他们才多大就生小孩了！啧啧，真是龙生龙，凤生凤，老鼠生儿打地洞。孔志强简直跟他老汉孔祥林一样风流！难怪李华英不敢承认。"

沈秀兰说："这只是猜，你不要出去乱说。具体情况要等三妹回来问清楚了才知道。"

终于等到周末，三妹回来了。沈秀兰赶紧将姜碧珍在医院看到的情况告诉了她，问她是否知道是怎么回事。

三妹没好气地说："这些事我不知道。妈，你打听别人的事干啥？"

"不想干啥，就是问问而已。"

"做好自己，少管闲事！"

"你看看，你看看，这死妹儿居然教训起老娘来了。"

等三妹走了，大妹才悄悄地告诉沈秀兰："三妹什么都告诉我了，那就是孔志强和石少娟的孩子。"

"啊！我的天，还真有那回事！"

"这件事已经被学校知道了，他们两个都被学校开除了。"

"啊！可惜了，可惜了！据说孔志强成绩很不错哟！"

"石少娟在学校一向表现不好，谁叫他经不住诱惑呢？看来长得太帅也不一定是好事。"

沈秀兰说："还不是他家的钱在作怪。"

得到求证的沈秀兰马上告诉了姜碧珍。姜碧珍怕惹火上身，不敢告诉宋高英，但是这么大的秘密憋在心里实在难受，在堰塘洗衣服时遇到邓云会，她忍不住旁敲侧击地询问起来："表嫂，你家添人进口了，恭喜恭喜！"

"什么添人进口？恭喜我做啥子？"

看来邓云会并不知道此事。于是，姜碧珍绘声绘色地讲述了婴儿及孔志强受到学校处罚的事，简直把邓云会听呆了。

"啧啧，我的天！志强啊，志强，你个家伙怎么这么糊涂呢？你家要钱有钱，你要人才有人才，耍朋友的事忙啥子嘛忙？现在害得自己书都读不成了，你这次算是把孔家的脸都丢尽了哟！"

"表嫂，这是你们孔家的秘密，你不要说出去，即使跟别人讲也不要说是我说的哟！现在就只有你、我，加上我二嫂知道，你千万不要说漏嘴了，否则李华英找上门来就麻烦了。"

邓云会说一定不会说出去，这是自家的丑事，又不是好事，说它干吗？她将此事在心里憋了半天，后来想彭群芳是自家人，作为叔娘她知道了应该没事吧？于是她悄悄地告诉了彭群芳，也嘱咐她不要告诉任何人。彭群芳去菜地种菜时，宋高英就在她旁边土里扯草，她早就把邓云会的叮嘱抛到了九霄云外，将孔家的秘密原原本本告诉了宋高英。宋高英知道了的事，不让全村人知道，怎么对得起"高音喇叭"的称号呢？不久，整个王家塆沸腾起来，女人们由悄悄摆谈渐渐变成公开谈论了。

"嘻嘻嘻，李华英才三十几岁就当婆婆了，真是天下少见！"

"这有什么？早栽秧来早割谷，早生儿子早享福！"

"孔志凡和孔志强两弟兄，一个娘生的。一个读书那么得行，一个居然被学校开除，可见读书不靠爹娘，完全是靠自己。"

邓云会说："我想起了，大哥曾经为志强耍朋友的事收拾过他。他也答应过不往来了，可这个女子缠得很紧。"

郭术珍说："你们怎么认为全是这女生的错？孔志强难道没有责任？苍蝇不叮无缝的蛋，怎么没见她去找其他男生？"

邓云会说："大嫂管不住志强，没得法。石少娟来家里耍，她也不好意思将石少娟撵走。只是可惜了，志强成绩那么好，就这样被学校开除了。不仅读不成书，名声也不好了。唉……"

沈秀兰皱着眉头说："我有点想不通，这个女生的父母不管她吗？女儿没回家，难道他们就不知道吗？"

邓云会说："这个女生父母怎么不知道？她的妈贱得很，据说她也是十几岁就生了小孩。她一直都知道女儿经常跟志强来往，她不仅不反对还支持。大嫂简直拿他们没办法。"

众人恍然大悟，原来女生有她老娘的支持。他们一定是看上了孔祥林家家底厚，那么多的房子，又修得那么气派，所以赖上他家了。现在生米已经煮成熟饭，她们的如意算盘算是实现了。

沈秀兰实在忍不住笑："当初孔祥贵讨不到婆娘，孔祥林叫他把生米煮成熟饭，孔祥贵听不进去，现在他儿子听进去了。"

众人哈哈大笑，邓云会也跟着笑。不久，孔家又出了一件丑事。

这天，妇女们又在一起闲聊。宋高英看没孔家的人就问："呃，最近你们看见孔伶俐、孔令梅和孔令友了没有？"

"没有，孔令友不是去孔祥林那里打工了吗？但很久没有看见孔伶俐和孔令梅了！"

"孔令友与他老汉不是在广东吗？"

宋高英的声音像打雷一样："对头，春节后，孔令友去孔祥林那里打工了，可才干一年多他就不想干了。本来孔祥林给他安排的活路算轻的，他经常领了工资几天就花光了，所以孔祥林只得自己去帮他领工资，给他点零花钱，剩下的全部寄回来给彭群芳，他嫌零花钱少了就和孔祥林闹，然后到另外的工厂打工。在那里做了几个月，他又嫌累，就又走了，后来就根本不联系他老汉和孔祥林了。"

沈秀兰拍了拍宋高英："幺嫂，小声点！小声点！"然后接着说，"有好累？总没我们在家挑大粪、栽秧、割谷累吧？"

宋高英赶紧用手遮住嘴巴，压低声音神秘地说："据说他回来把孔伶俐带到外省卖了，不久又把孔令梅骗到外省卖了！"

"啊！真的？你说的是真的！"人们再次确认没有孔家的人在场，瞪大了眼睛问。

宋高英肯定地点点头说："是我侄儿告诉我的，这几年我侄儿和孔令友经常来往。彭大莽去年不是说孔伶俐不见了吗？我侄儿说他亲眼看见孔令友带着她坐的火车，他总不可能让她出去打工吧？一个脑壳有问题的人，谁要呢？"

"有可能！孔令友从小好吃懒做，还偷鸡摸狗的，孔伶俐是傻子，什么都不懂，孔令友完全有可能为了钱把她卖了。是说很久都没有看见她，彭群芳也不怎么出门了。这个可怜的妹儿，一出生就遇上脑瘫，几年前又被'妹儿菩萨'这个畜生糟蹋，生下一个野种，那孩子现在是一个五十几岁的单身汉养着的，据说单身汉很穷，日子也不好过。孔伶俐太可怜了，现在连自己的亲弟弟都不放过她！"

宋高英啧啧地叹息着："孔令友也太不是人了。先卖掉了大妹孔伶俐，后来又卖掉了幺妹孔令梅，简直是丧尽天良。说不定哪一天将他老娘彭大莽也卖了。"

"彭大莽又老又丑又笨，谁要呀？"

王贤良刚好路过，他叹了一口气，接过话茬说："'子不教，父之过！'这还不是怪彭群芳两口子。孔祥清呢，整天闷声干活，只晓得卖老实屁眼，家里什么都不管。彭群芳呢，太迁就娃儿，也太懦弱无能，又有孔老太爷撑腰，孔令友那么小都管不了，从小就养成了好吃懒做、又凶又恶的性格。就拿那回孔令友将彭群芳的头发扯脱好几缕那件事来说，孔令友那时才几岁，你彭群芳几十岁的人，你都打不赢他？都拿他没办法吗？黄金棍下出好人！要是我，我不把你打个半死才怪。"

郭术珍说："就是嘛，从小不育，长大成弯木。彭群芳也太没用了，要是遇到老娘，试试看，老娘不打得你钻床脚。"

沈秀兰嘴巴一瘪："哼，要是她舍得打，舍得教育，就没现在这回事了。看来还是'黄金棍下出好人'。彭大莽怎么不找大队干部呢？"

郭术珍说："她找大队干部把自己的儿子送去坐大牢？她再笨，这点道理她还是懂吧！"

不久，宋高英又带来消息说，孔令梅已经把孔令友告了，孔令友已被公安局送进了监狱，被判刑十几年。

第五章　诗情上碧霄

转眼三妹的高考成绩出来了，令王贤良失望的是她落榜了，比大学录取线仅仅低了两分。三妹痛痛快快地哭了一场，全家经过商量决定让三妹复读。可第二次高考成绩不升反降，离录取线差了十几分，气得三妹哭了好几天，眼睛肿得像熟透的桃子。

后来，本县的全日制广播电视大学录取了她。虽然没有其他大学名气响亮，但那时的大学生不多，也算是本县的最高学府了。

广播电视大学属于地方办学，分配工作没有纳入国家计划，所以毕业后工作是自行解决。很快，三年学习时光过去，尽管那时外出打工很挣钱，但是王贤良坚决不许三妹外出打工，他坚信三妹一定有机会找个体面的工作。

可恰巧从三妹大学毕业那年起，各事业及行政单位都没招考"五大生"了，王贤良只得叫大妹跟校长说让三妹去学校代课。很快大妹就带回来好消息，说学校刚好缺老师，校长同意了，将三妹安排在离黑檀村十几里的先锋村小。三妹不假思索地拒绝了，她说毕业前就已经和同学约好一起去广州打工。这可把王贤良气得吹胡子瞪眼。

"你居然和那些没文化的人一样出去打工，这么多年的书你就白读了！"

"怎么会白读呢？知识装在我脑海里，我懂的他们懂吗？"

"只有国家的'铁饭碗'才最有保障，你看你大姐、二姐是国家正式职工，多光荣，你暂时代课代到嘛，今后有机会考试转正的。你看，以前的民办老师都通过考试转正了，你走了就没机会了。"

"爸爸，你的思想太保守落后了，都是挣钱，都是为了生活，哪分什么正式不正式的？"

王贤良发火了："我说不准出去就不准出去，你老老实实地给我在家代课！"

"就让我出去试试看嘛，如果不行我再回来。"

王贤良的态度非常坚决，说："不行！你敢出去，我就打断你的腿！"

三妹不敢再说什么，一屁股坐在凳子上生闷气。

第二天，直到上午八点多三妹还不起床。王贤良知道她在生气，心想让她冷静，好好想一下也好。早饭后，他就和沈秀兰一起去山坡上锄红苕地里的杂草，中午十二点左右他们才收工回家。原以为三妹生一会儿气会将午饭煮好等他们，可家里冷锅冷灶的，她的房门也紧闭着。喊了好几声也没人答应，王贤良只得使劲推开了房门。屋子里没人，她从学校背回来的大背包及换洗衣服都不见了，却见桌子上有一个纸条，上面写道："爸爸妈妈：对不起，原谅我的不孝，我和同学早有约定去广州，我走了。当你们看到纸条的时候，可能我已经坐上了火车。我想到外面去闯一闯，走一条我自己的路……"

王贤良的脑袋"嗡"的一声几乎昏倒过去，纸条掉落在了地上。

他伤心地说："真是女大不由人啦！这个死妹儿，从小到大，三个中最犟的就是她！"

他把目光转向沈秀兰吼道："她就从来都没有听过我的，你个当娘的是啷个管的？都是你把她惯坏了！"

沈秀兰感到非常委屈，也大声回应道："谁惯她了？只要她们犯错你都怪我。我没本事管好，你应该管好了吧？怎么跑了？"

没过几天，村子里不好听的话就通过宋高英传到王贤良夫妇耳里：

"我就说读书有卵用！王贤良花那么多钱，供三妹读那么多年书，到头来还不是跟我那几个一样，出去打工。"

"王贤良也是心厚，大妹、二妹考出来了，一个是公办老师，一个是粮站会计，已经超过我们很多了，还想个个都成为人中龙凤吗？"

"幸好三妹没有考上大学,不然我们会被他家活活气死。"

……

王贤良气得七窍生烟,无地自容,巴不得地上有个缝钻下去。看着王贤良的失败,想到自己的哑巴儿子外出打工屡遭挫折,根本没有挣到钱,姜碧珍心里总算找到了一点平衡。可她嘴里却说:"老二,你要想开,三妹聪明得很,在外面一定能混出个名堂来。"

彭群芳慢条斯理地飙了一句:"老表,莫担心,三妹总比我家伶俐好嘛。"

郭术珍说:"彭表嫂,你也是,你家孔伶俐大字不认识一个,连正常人都不算,你居然把她和三妹比,你硬是个大莽哟!"

彭群芳"扑哧"一声笑了,也不分辩。郭术珍又转向王贤良两口子:"老表、表嫂,儿孙自有儿孙福,娃儿的路让他们自己去走吧。人家三妹读了那么多书,还没你看得远?你就知道她一定会失败?有什么值得怄气的?"

王美睿与肖静到达广州后,暂时住在肖静表姐工厂的宿舍里。可工厂有规定,留宿他人不得超过一周,所以她们必须与时间赛跑,抓紧时间找工作。

应聘普通工人是很容易的,但是王美睿和肖静心不甘情不愿,她们想应聘与自己文化水平相当的职位。很多工厂将招聘信息登记在中介服务公司,于是她们决定去那里看看。

中介信息部老板那里招聘信息很多,各种公司、厂矿,企事业单位、部门的都有,密密麻麻印满了纸张。王美睿和肖静交了信息费后,一个一个详细阅读,最后从中选择了几家公司记录下来。她们首先选的是一家制衣厂,信息资料显示,这是家大型国际贸易公司,职工近万人,他们现在需要办公室文员两人,王美睿和肖静正好学的是文秘专业,两人一起进去有个照应不正好吗?她们非常满意,按照老板提供的电话号码打了过去。

听到王美睿和肖静的条件,对方十分满意,欣然同意她们进厂。通过讨价还价,最后以试用期每个月一百二十元,转正后二百三十元的工资成交。那时,王小莲和王小青已经工作好几年了,每个月工资也不过一百多元。不过按照规矩，入厂之前必须体检，体检合格才能签订劳动合同，王美睿和肖静答应了下来。

第二天一大早，王美睿和肖静不吃早饭，很早就去厂家指定的医院排队等候体检。交钱时她们才知道，这家医院比其他医院体检费高得多。一般医院二三十元，可这家医院几乎高了一倍。

既来之，则安之，况且这家制衣厂效益那么好，她们相信花出去的钱很快就能挣回来，于是毫不犹豫地交了钱。等第二天拿到体检报告联系厂方，结果厂方换了负责人。负责人说她们可以去签订劳动合同，但是本厂的试用期工资是八十元而不是一百二十元，而且要试用三个月，转正后的工资也是根据公司效益和个人的能力及表现来定，一般在一百五十元左右。

听了对方的电话，王美睿和肖静顿时像泄气的皮球蔫了下来，她们陷入了两难的境地——去吧，这家制衣厂的工资不高；不去吧，可已经花掉了几十元的体检费。最后她们商议，把这家制衣厂作为备用，带着刚取到的体检报告再去另外的公司试试看。

另外公司的电话很快接通，果然他们的工资比刚才这家制衣厂高，他们仍然要求体检，但是不承认王美睿和肖静才得到的体检结果，得去他们指定的另外医院。肖静疑惑地对王美睿说："说他们是诈骗吧，他们又答应签订劳动合同；说他们不是诈骗吧，体检费又那么高，而且还必须去他们指定的医院。"

王美睿气愤地说："有可能公司招工是真的，但是信息部为了引诱我们体检，故意把工资说高，然后和医院勾结起来搜刮我们的体检费。"

肖静点点头说："这家信息部我们不能信了！"

"为了防止再次上当，也节约信息费，我们自己去工厂应聘吧！"

只有这样了。为了让自己看起来形象好一点，王美睿和肖静找肖静表姐各自借了一双高跟鞋。为了节省车费，她们决定走路去工厂应聘。

在工业园区，她们询问了好几家工厂，这些工厂需要的是工人而不是文职人员。才走几家，王美睿和肖静的脚就被高跟皮鞋打了好几个泡，痛得她们龇牙咧嘴的，只得将高跟鞋脱下换上平底鞋，等走进厂区后,再找没人看见的角落换上。可连续找了几天也没适合的工作可做,而且很多工厂不提供住宿。眼看借宿时间即将到期,王美睿和肖静焦急万分。

肖静的表姐说:"找工作也得看机遇,有时候工厂需要大量人手的时候,又招不到人。这可能与季节有关,家政行业上岗比较容易,不如你们先找个家政工作,先解决吃饭、住宿问题,再慢慢找如何?"

除此之外还有什么更好的办法呢?王美睿和肖静都同意了。

经过肖静表姐多方找人打听,王美睿和肖静终于分别到一个建筑公司老板和一个皮包厂老板家报了到。她们的主要任务是给老板家打扫室内外卫生,洗衣、买菜、做饭,服侍小孩或者老人,包吃包住,试用期是一个月。

王美睿的主人是一对四十多岁的中年夫妇,男的叫邓志宏,女的叫蒋春秀,家里有三个孩子,最大孩子已经在省外上大学,剩下两个正在上高中。两个孩子清晨很早就吃过早饭上学,中午在学校吃饭,晚上下晚自习后才回来。

干家务对于从小跟父母一起劳动的王美睿来说是小菜一碟,她做得又快又好,不仅室内,甚至室外院坝都被她打扫得一尘不染。每天很早,她就做好一桌可口的饭菜供老板一家人享用,将碗筷及家里收拾干净后,又马上去买菜回来准备午饭,一有空闲便陪老板的父亲说话。有时候,她还辅导两个孩子的学习,但从不提加工资的事。

有一次,邓志宏的钱包被遗忘在客厅了,王美睿捡到后保存好,等他下班回来原封不动地还给了他。邓志宏一数,分文不少,他非常感动,也觉得堂堂大学生当小保姆太屈才了,刚好公司财务部一位员工被调到了总公司,就打算把王美睿安排在本公司搞财务工作。

王美睿很意外也很犹豫,她学的是文秘专业,对于财务工作一窍不通,她怕辜负了邓老板的一片好意。

邓老板鼓励她说:"不要怕,现在年轻人就业有几个是专业对口的?你人年轻,可以学嘛,和尚还是人学的呢。"

邓老板的老婆蒋姐微微一笑说:"我搞了几十年的财务工作,你都不知道请教我?还不赶快叫我师傅?"

王美睿很是意外，没想到蒋姐居然懂财务，她感觉既幸福又感动，眼泪都快流出来了："师——傅，师——傅，请受徒儿一拜！"大家都笑了。

春如期而至，驾着祥云姗姗而来，浑身散发着缕缕沁人的清香。她化作嫩嫩的草芽，从坚实的土里钻了出来；她化作燕子，从遥远的天际飞了回来。

河岸边，杨柳吐着新绿，温暖的阳光照耀着大地，柔和的春风吹青了一望无际的麦田，吹皱了静静流淌的河水。

还没走进桃园，远远地就望见对面山坡上红艳艳的一大片，像天空中灿烂的云霞。放眼一望，整座山似一片粉色的海洋。一阵微风拂过，花香远远地飘来，令人感觉好清新宜人。

近了，近了，终于可以清楚地看见桃花灿烂的笑容。它们在枝头成串成串地开放，一朵挨着一朵，一朵紧靠着另外一朵，向上开，向下开，向左开，向右开。它们开成了一柱，开成了一束，开成了一树。有粉红的、深红的、浅紫的，在青翠欲滴的绿叶映衬下，更显得鲜艳娇美。一阵风吹来，朵朵桃花就像一只只花蝴蝶扑打着翅膀，翩翩起舞，叫人目不暇接，意醉神迷。

平时大家工作都非常忙，这次观赏桃花约了好几次才把大家召集在一起。活动是王美睿的同事销售部经理徐文浩发起的。徐文浩中等个子，长得浓眉大眼，五官清秀，一身挺直的西装加上白衬衣、蓝色的领带，让他看起来很英俊潇洒、精明能干。他也是一名"五大生"，江西人，在本公司已经两年了，工作非常出色，深得领导信任。他邀请了财务部的王美睿，销售部的熊金花、何华强，后勤部的冯秋霞、冯毅，也邀请了肖静和她的表姐等。一群年轻人如蜜蜂一般，欢快地飞舞在漫山遍野的桃花海洋里。

徐文浩背着照相机紧跟着以王美睿为首的几个大姑娘，拍了很多照片。他特地抓拍了王美睿在桃林中、桃树上、小溪边的很多镜头。何华强跟在他们身后，一边欣赏桃花，一边看他们拍照。

转过一片桃花林，忽然，一阵优美的琴声时而高亢激昂，似深涧里从高处急速跌下的泉水；时而委婉低沉，似缓缓而出的溪流，汨汨地从身边流过；时而清脆甜美，似清风拂过翠绿的竹林……不知什么时候，徐文浩已经跑到前面。此时他正坐在一棵桃树上，抱着吉他深情弹唱。何华强也拿出笛子，伴着他的旋律吹奏起来。

如此的美景，配上如此动听的乐曲，几个姑娘听得如痴如醉，难以自拔。在红艳艳的桃花映衬下，王美睿高挑的身材，笔直如瀑的一头秀发，粉扑扑的脸蛋显得更加妩媚动人。望着徐文浩优美熟练的指法，深情的弹唱，她平静的心悄然泛起了阵阵涟漪。

一曲结束，大家热烈鼓掌。肖静爬上树，将自己头上的花环戴在何华强头上，何华强马上就变成了一位楚楚动人的"花季少女"，大家情不自禁地笑了。

徐文浩嘴一张，一首诗就信手拈来："去年今日此门中，人面桃花相映红。人面不知何处去，桃花依旧笑春风。"

何华强停住吹笛子，伸出一只兰花手指向徐文浩，抛了一个媚眼，嗲声嗲气地伴嗔道："死鬼，我现在不是在你身边吗？"

大伙都笑了。徐文浩提议，在场每个人吟诵一首关于桃花的诗句接龙，接不上的等会儿吃饭时罚酒一杯，大家齐声叫好。有人想提出异议，但是又不好意思开口，只得硬着头皮见机行事。

徐文浩又吟诵了一首，算是开了头："桃花一簇开无主，可爱深红爱浅红。"

王美睿漫步在一棵大桃树下，抑扬顿挫地接诵道："山上层层桃李花，云间烟火是人家。"

冯秋霞急了，跺着脚说："我正想吟诵这一句呢，结果被你抢了先！"

"谁叫你不快一点呢？那你就只有另外再想了。"

何华强面露难色，说："常见的都被你们先说了，越到后面越难了。"

王美睿赶紧跑到他身边耳语几句，他就马上接上去了："竹外桃花三两枝，春江水暖鸭先知。"

众人拍手叫好。徐文浩看着冯秋霞，笑着说："还没有想出来？要不要我帮忙？"

众人说可以帮忙，但是帮忙得两句抵一句。徐文浩想了一下，说："一番桃李花开尽，惟有青青草色齐。"

大家欢呼起来。王美睿说："还有一句！否则要罚酒！"

"人间四月芳菲尽，山寺桃花始盛开。"

徐文浩学的是市场营销，对古诗文却如此熟悉精通，王美睿佩服得五体投地。冯秋霞说："唐诗算什么？再好也是别人写的。我背诵不了，但是我会写诗，我自己写的算不算？"

徐文浩说："可以嘛，怎么不算？自己写的更好嘛，快念出来大伙听听。"

"桃花盛开在眼前，帅哥美女在身边。"

"哈哈哈……"冯秋霞的话音刚落，大家大笑起来，身边的桃花纷纷坠落。

中午十二点，大家到达了饭店。集体干了一杯酒后，没有完成诗句的几人按照桃林约定被罚了酒。趁着酒劲，何华强也找各种理由要其他人喝酒。

何华强对大家说："平时工作忙，压力大，难得今天聚会，大家都应该放松，痛痛快快地喝一场酒。"

就这样，几个完成了诗句的人仍然被何华强以各种理由说服，乖乖地将酒一杯一杯地倒进肚子里。

几个大姑娘特别是王美睿喝酒后，脸上泛起了迷人的红晕，白里透红、极富弹性的脸更加楚楚动人，放射着诱人的光芒。她似一朵鲜艳的桃花，悄无声息地绽放着，醉得徐文浩一塌糊涂。王美睿碰到徐文浩灼热的目光，感到有一股强烈的电流从身体通过，心跳莫名其妙地加快，脸骤然变得发热滚烫。她脑海一片空白，赶紧转移视线，并起身躲到了饭桌的另一边。何华强见王美睿来到自己身边，赶紧腾出地方让她坐下，给她盛饭、夹菜。徐文浩心里狠狠地咒骂着这个不知好歹的家伙，巴不得一巴掌拍死他。

冯秋霞的眼光也不住扫向徐文浩这边，看他若有所思，便端着酒杯走过去说："徐经理，你太有才了，诗句随口就能说出来，我太佩服、太喜欢了！来，我敬你一杯。"

徐文浩微微一笑说："想当年读高中时，我是班上的语文课代表呢！我的语文成绩干倒了多少英雄豪杰，引无数英雄竞折腰。"然后他端起酒一饮而尽。

"佩服！佩服！我拜你为师，今后空闲时间，你教我学古诗词如何？"

徐文浩说："自己多背诵就是，这还用教吗？"

冯秋霞执拗地说："很多诗词的意思我都不懂呀，帮我讲解如何？"

"可以呀，我非常喜欢古典文学！"

听了他们的对话，不知怎的，王美睿心里酸溜溜的，可冯秋霞却乐开了花。

不久，大家春游桃林的照片洗出来了。下班后，何华强将照片发给了王美睿和其他姑娘。只见照片中，"桃之夭夭""春桃一片花如海"，直灼人双眼，每个人都春光满面，笑靥如花，好一幅动人的春景图。

何华强指着照片中的王美睿说："这么多鲜艳的桃花，最美、最让人心动的还要算这一朵！"

大家都笑了起来，冯秋霞说："何华强，你不会喜欢上王美睿了吧？"

王美睿一巴掌打在冯秋霞头上说："打胡乱说，你要死呀！"

何华强嘻嘻嘻地笑着说："对的，我喜欢王美睿。美睿，你嫁给我吧！"

王美睿一本正经地说："堵住你的臭嘴！这种事可不能随便拿来开玩笑！"

"好，好，好，我错了，我不和你结婚，但是喜欢你可以吧？"

正在这时，徐文浩来了。他见何华强手中有一沓照片，便一把夺过迫不及待地翻了起来。突然，他的眼光定格在了一张照片上。这张照片里只有何华强和王美睿两人，只见何华强一只手牵着王美睿，另一只手搂着她的腰，两人都张大嘴笑得非常灿烂，距离那么近，那么亲热。

难道王美睿已经和何华强好上了？徐文浩心里涌起一阵强烈的醋意，胡乱搪塞众人几句就闷闷不乐地走了。

隔了几天，徐文浩去食堂吃饭，见王美睿一个人坐在角落，就赶紧凑了过去。见徐文浩端着碗过来，王美睿马上热情地招呼："徐经理呀，请坐，请坐。"王美睿将桌子上的包包拿开，徐文浩就在她的对面坐了下来。

"来，吃几块排骨，食堂师傅的手艺真是好，味道好极了。"王美睿夹了几块排骨在徐文浩的碗里。

"啊，感谢，感谢，非常感谢！"

吃了一块排骨后，徐文浩放下碗筷，两手伸开，做出很夸张的动作，表演起诗歌朗诵来："啊！王美睿同志，你热情、美丽又大方，你说话的声音就像百灵鸟，优美又动听。啊！亲爱的王美睿同志，你简直就是来到人间的天使，给我们带来快乐与光明！"

王美睿忍不住咯咯咯地笑了起来："大诗人，你真不愧是搞销售的精英，说话那么好听，嘴巴像抹了蜜一样甜，跟你在一起太愉快啦！你还喜欢吃什么？今天的煎鸡蛋你吃过没有？太好吃啦，我帮你去弄。"

还没等徐文浩回答，王美睿说："再来一个？"

其实徐文浩已经吃得差不多了，但是王美睿的大眼睛里有着一种不可抗拒的力量，他只得点了点头。王美睿去橱窗夹了一个煎鸡蛋递到徐文浩嘴边说："你咬一口，看看是不是很香？"

徐文浩听话地咬了一口，果然味道非常不错。

"哎呀，王美睿同志，跟你在一起真开心，不过你天天这样可能会把我喂成大肥猪哟！"

"大肥猪更可爱呀！我非常喜欢大肥猪。"

两人又咯咯咯地笑了起来。正当徐文浩想旁敲侧击地询问王美睿与何华强那张照片是怎么回事时，何华强走了过来："笑得这么开心，我可否分享？"

王美睿说："我们在说煎鸡蛋，今天的煎鸡蛋太好吃了！"王美睿说完便夹了一块给何华强，还往里边坐进去，给何华强腾出位置。

徐文浩心里狠狠地咒骂着何华强："这个该死的混蛋，早不来，晚不来，偏偏关键时刻你来了，今后有机会找你算账。"三人一边吃饭一边闲聊，当王美睿吃完，何华强抢过她的碗说："为了回报你的鸡蛋，你的碗我就代劳洗了吧！"

"谢谢！那恭敬不如从命了！"

何华强笑道："能为王大美女做事是我终生的荣幸。"

看着何华强远去的背影，徐文浩思考着，王美睿对何华强也不错，难道她也喜欢他？

后来有一天，徐文浩经过后勤部时听到有人正在议论王美睿，于是便站在外面偷听。冯秋霞对冯毅说："呃，家门（四川方言，指同姓的人），你跟何华强关系比较好，他是不是在与王美睿谈恋爱？"

"不知道。这些事他怎么会跟我讲？"

"你们是好朋友嘛！他们说何华强经常下班后开摩托车去接王美睿，有人还看见他们一起在小饭馆吃饭，甚至一起在公园散步。"

徐文浩脑袋"嗡"的一声，几乎要昏过去，看来自己的猜测八九不离十了。

不知道什么原因，接下来的好几天，王美睿都没在食堂看见徐文浩。她向熊金华打听，熊金华说："我也不知道是怎么回事，反正徐经理最近心情非常不好，工作提不起精神，还老是坐在窗前发呆。"

"是为什么你知道吗？"

熊金华摇摇头，说："有人昨晚看见他一个人在小酒馆喝闷酒呢！也不知道是酒喝多了还是病了，反正今天没有上班。"

"啊！今天居然没有上班！"

王美睿眉头紧锁，很是不安，好不容易挨到下班。下班后她匆匆忙忙地向医院赶去，终于找到了徐文浩的病房。透过门缝，她看见徐文浩的手臂上挂着输液管，冯秋霞正扶着他慢慢走向床边。到床边后，徐文浩坐下来转过身，将靠近床边的一只脚轻轻地放在床上，冯秋霞左手穿过他双臂的腋下，右手从膝关节下穿过，将蜷成一团的徐文浩抱到了床中央，又将他的另一只脚抬上了床，然后为他盖上被单。

徐文浩深情地盯着冯秋霞，眼里充满了感激，用手拂开她遮住眼睛的刘海，柔声说："霞妹，太感谢你啦！"

冯秋霞的脸上溢满了快乐，幸福地说："浩哥，你我还这么客套？"

"每次我最困难的时候你就出现了，你是我这辈子最应该珍惜的人……"

王美睿赶紧退了出来，原来冯秋霞才是他心中的女神。"你是我这辈子最应该珍惜的人……"这句话如刀子一般扎在王美睿的心上，反复出现在她脑海里。最后，趁冯秋霞上厕所，她悄悄地将带来的花插在徐文浩的床上，红着眼睛离开了。

徐文浩住院这几天，销售部、财务部、后勤部几乎所有的朋友都去看望了，他所期待的人却始终没有出现，这不免让他心里更加失落，伤心难过。他恨自己，明明王美睿喜欢的是别人，自己却偏偏喜欢她。可他管不住自己不想她，心里也骂着王美睿的高冷无情，哪怕流于形式地去看他一眼，他也会心满意足。可，他爱上了一团烟云。

出院后上班的第二天，徐文浩与王美睿在下班途中相遇了。看见徐文浩，王美睿的眼睛睁得大大的："啊！徐经理，你才生病几天，怎么就瘦了这么多？"

徐文浩苦笑了一声："瘦，不更好吗？瘦的不油腻，好吃！"

王美睿忍不住笑了起来："你跟霞姐关系不一般哈！"

"嗯，她对我很好，我非常感谢她……嗯，我们找个地方吃点东西坐下来说吧！"

两人便走进了旁边的小饭馆。烛光摇曳，小饭馆雅间里笼罩着朦胧的光，两人都沉浸在舒缓低回的音乐中。

"你与何华强才是关系很不一般。"

"嗯，对的，他是我朋友加闺蜜。"

"男生也可以成为女生的闺蜜？"

王美睿肯定地点了点头："当然可以，他就像大哥哥一样关心着我，我什么都愿意跟他说，遇到困难也找他。我对他很依赖，我们无话不谈。"

王美睿的话像针一样，扎得徐文浩的心血淋淋的。

"那你们准备好久结婚？"

王美睿咯咯咯地笑了起来："结婚？都已经说了，他是我闺蜜而不是男朋友。"

徐文浩实在搞不懂，男朋友就是男朋友嘛，怎么还有个闺蜜的存在？实际就是打着闺蜜旗号的男朋友吧，可她为什么不承认呢？

"你和冯秋霞什么时候结婚呢？"

"哈哈，不可能结婚。她是我最好的女朋友。但是这个女朋友不是未婚妻，就是女性朋友。"

徐文浩这是在钻字眼玩文字游戏吧？明明他们走得那么近，那么铁，他为什么不承认呢？走出小饭馆，王美睿和徐文浩都没有说话，默默地沿着街边的林荫小道走了很远。在一棵大树前，两人停了下来。王美睿秀美的长发、苗条的身影落在地上，被朦胧的灯光拉得更加柔美颀长。徐文浩忘情地一只手拉住她，另一只手捋了捋她额前的刘海，眼里充满了柔情蜜意。他想不顾一切地向王美睿说出自己的心里话，可努力了几次却又欲言又止，他不知道如何说出口。

王美睿粉面含春，眼睛睁得大大的，她用心感受着这个帅气的男人给予她的幸福与温馨。她迎着他的目光注视着他，完全忘记了徐文浩那句扎心窝子的话，等待着似乎即将要喷涌而出的烈焰，她愿意在烈焰中将自己融为灰烬。时间就这样慢慢从指尖滑过，静静的，可什么都没发生，周围还是一片沉寂。

肖静的突然来访让王美睿觉得很是意外，她发现肖静变了很多。从不化妆的她现在浓妆艳抹，像一位刚下舞台的歌女。她穿着一件紧身裙，微胖的身材紧紧地塞进裙子里，似乎一不小心就会把裙子撑破。一双"恨天高"使她走路像鸭子一般一摇一摆的，又像一位财大气粗的暴发户，硕大的金项链、金耳环、金戒指发出耀眼的光芒。

她微笑着说："我要结婚了，时间就定在本周末。"

突来的消息简直让王美睿惊掉了下巴。她又补充道："不大肆操办，请几个好朋友聚在一起吃一顿饭就是了。"

"啊！对方是谁？"

"你认识！"

"我认识？"王美睿一头雾水，她绞尽脑汁地在大脑中搜索，却无论如何也想不出他到底是谁。

"就是'万人迷'呗！"

"啊！'万人迷'？就是你的老板，那个矮矮胖胖的皮包厂的老板——韦大良？"

肖静点了点头。王美睿跳了起来："你疯了？人家是有妇之夫呢！况且，他老得可以当你老汉了。"

肖静很平静，笑着说："这有什么？年龄不是问题。年龄大才晓得疼人。"

"关键是人家是有妇之夫呢！这样不道德吧？"

"管他道德不道德。道德值几个钱？你不说我不说谁知道？他有钱，对我好就行了。你应该祝贺我才对，我已经怀上了他的孩子，没有退路了。"

"啊！"肖静的消息简直一个比一个劲爆。

"他老婆生的全是女孩，他想要个男孩，我怀的刚好是个男孩。所以我们就协议，他每个月给我三千元作为我和孩子的生活费，孩子读书的钱另外给，但是不能影响他的家庭……"

王美睿听不下去了，眼前这个曾经朝夕相处的人突然变得如此陌生。她大声嚷道："寄生虫！拜金女！你的书全都白读了！"

肖静"哼"了一声，轻蔑地说："读书管屁用，书能换来钱？谁不爱钱呢？马克思选女婿还要看对方的经济条件呢！我老爸重病在床，正等着钱救命，家里两个妹妹、一个弟弟上学要钱，你叫我去偷去抢？"

王美睿被怼得哑口无言，她知道肖静已经跳下悬崖，拉不回来了。在这个物欲横流的社会，做出像肖静这样选择的人还有很多。王美睿的脑子一片混乱，她抓住肖静的手也无力地垂落了下来。

一晃两年过去了，何华强、冯秋霞、熊金花、冯毅、肖静表姐等，身边的年轻人都逐渐找到另一半，步入了婚姻殿堂。王美睿向公司递上了一封辞职信，然后收拾好行李，望了望这个曾经给予她幸福与回忆的城市，向火车站走去，她打算到另一个城市开始自己新的生活。

当火车站检票口的门打开，她正要进去，一双大手将她抓住，连人带行李箱一起拽了回来。她回头一看，是跑得气喘吁吁的徐文浩。她没有作声，用力甩开徐文浩，又把行李箱拖回检票口，一只脚迈了进去。

徐文浩紧皱眉头，鼓起勇气说："可以留下来谈谈吗？"

王美睿冷冷地说："谈什么呢？有什么好谈的？我不想谈了。"

徐文浩再次把她拉下来，说："我把一切都告诉你，可以吗？"他憔悴的脸看起来很痛苦，叹了口气说，"其实，我非常喜欢你！"

"呵呵，喜欢？你不觉得你现在说这个话非常唐突？"

徐文浩痛苦地说:"高考前学校组织体检,查出我有'大三阳'……"

"啊!"王美睿感觉到脑袋被当头一棒,似乎要昏厥过去,呆呆地站在原地不知如何是好。她一直都在苦苦地等待,等待他跟她敞开心扉,给她一缕阳光与一线希望,可等到的却是这个结果。她转过头,毅然拉起箱子又向检票口走过去,但是走几步又返了回来。列车广播反复响起:"还没上车的旅客朋友,请马上上车,请马上上车,列车立即启动!列车立即启动!"

"轰——轰——轰——轰!"列车已慢慢启动。王美睿赶紧回头,又向列车走了几步,但又停了下来。她几乎要哭出来,最后终于下定决心甩开箱子拉杆走向徐文浩,红着眼睛,无可奈何地摇着头一字一字地说:"我认了,我认怂了!无论如何我也无法从你的世界中挣脱出来,不要说'大三阳',现在你的肝功能是正常的,就算是肝炎、肝硬化,我也认了!"

两行热泪顺着徐文浩的脸颊流了下来,他感动地说:"睿,谢谢你!不过你还是走吧,我是不想你带着误会与痛苦离开才来澄清一切,我不想连累你,我希望你幸福!"

王美睿说:"你要撵我?我偏不走!"她耸了耸肩,故作轻松地说:"'大三阳'有什么了不起的?你不要老把自己当病人。我大姑爷也有'大三阳',他现在七十几岁了还天天在家干农活,家里栽秧、割谷、挑粪哪样离得了他?你要听医生的话,平时注意保养身体,不喝酒,不熬夜,就不会诱发肝炎病,今后经常体检、关注,发现问题及时医治就不会有事。"然后她拉着徐文浩的手,一起走出了火车站。

这天天气很不错,小轿车在平坦的大道上奔驰。远处的山,近处的庄稼、树苗、村舍从窗外瞬间闪过,风灌进车内呼呼作响。

行驶几十公里后,汽车终于在小山脚下一座精致的别墅前停了下来。驾驶汽车的女人先从车内走了出来。她一头齐腰的披肩卷发,忧郁的目光使她显得更加苍老、疲倦,厚厚的貂毛大衣让她已经发胖的身材看起来更加臃肿发福,副驾驶座上的长发女人也下了车。她们是肖静和王美睿。

这是一座自带花园、游泳池的新修别墅，保持着中华传统建筑风格，融典雅、简洁、富丽于一体，门廊、门厅向南北长长地舒展，客厅、卧室等设置六角形镂空的落地观景门窗，餐厅南北相通，室内室外景中有画，画中有景，情景交融，极尽奢华。四周高高的铁护栏将院子牢牢地围住，似乎苍蝇、蚊子飞进去也插翅难逃。

天色很快暗了下来。华灯初上，发出昏暗而冷漠的光，偌大的别墅里，只有两个女人颀长的影子在空旷的走廊里不时晃动。北风呼呼地呻吟着，给这座隐匿在大山中的别墅增添了更多的悲悯与孤独。

"这就是你的家？"

"不，这是我的房子。"

肖静似乎再也没有往日的优越感，显得百般无奈。她淡淡地说："他的前一个二奶就是在这里上吊自杀的。"

王美睿猛地打了一下寒战："哦，平时就你一个人？"

"不，还有我的猫！"空气如同凝固了一般。

肖静继续说："他一年能够来一两回。送孩子上幼儿园、看病都是我独自一人。现在，孩子全托了。"

"你选择了金钱，就选择了孤独。你现在后悔了？"

"我……不知道。你选择了爱情，那你得到了什么？"

王美睿笑了："我得到了全世界。"

第六章 儿女情更长

近段时间，王贤良心情很不好。他曾经那么卑微，因为生了三个女儿，在村子里抬不起头，脸朝黄土背朝天种庄稼、打石头、卖篾器，被贫穷与偏见折磨得奄奄一息。可女儿们给他带来的荣誉却又让他那么骄傲自豪，如今现实又给他重重一击，让他在村子里再次抬不起头来。

就拿大妹来说，一个堂堂公办教师，人又长得那么漂亮，原本希望她找一个单位好、有后台的丈夫，自家有面子不说，还可以帮亲朋好友一把，谁知道她偏偏选了个跟她一样的教书匠吕伟杰。选择教书匠也就算了，那小子还跟他家一样穷得叮当响，人还长得不咋地。二妹比大妹更气人，自己有一份粮站体面的工作，却选了一个在建筑工地学施工的退伍军人，虽然长得人模狗样的，但是没"铁饭碗"，王贤良夫妇一百个不满意。尽管他们强烈反对，甚至以割断亲情威胁，但是他们还是走进了婚姻殿堂。

转眼春节即将来临，村子里变得热闹起来。外出打工的姑娘们成了村里一道最亮丽的风景。她们带着大包小包，穿着时尚艳丽的服装，很多人还将笔直的头发烫卷，长长地披在肩上，锃亮的高跟鞋踩在地上咯吱咯吱响，仿佛摇身变成了城里人。她们带回来很多村里人以前没有见过的东西，如摩丝、小花伞、洗发剂、护发素、带着香气的洗衣粉……那摩丝好神奇，用力一按就挤出很多泡沫来，抹在头上，一会儿头发就定型了；那洗发剂洗头泡沫非常多，洗完后头发变得特别柔顺，好几天都还留有香味。这些打工妹将广州工厂的习惯也带回了老家，大冬天不仅经常洗头,并天天洗澡,还把洗澡叫"冲凉"。

姑娘们像商量好一样,个个回家都给家人买衣服、床单、被褥和保健品,啥子蛋白粉、脑白金、核桃粉、芝麻糊等应有尽有。她们在家也特别勤劳,跟父母一起干农活不说,还将家里的锅盖、菜板、蒸笼、咸菜缸等家什洗得干干净净,收拾得整整洁洁的。

大妹几姊妹跟垸上的姑娘们一样,大包小包地带回来很多东西。给王贤良夫妻和甘老太太来了个"透身换",不仅买了新衣裤、新鞋袜,连内衣内裤也买了新的,还有牛奶、水果、饼干、面包等好吃的,当然也没有忘记给两个叔爷叔娘买礼品。

除夕前一天,大妹正准备给奶奶送礼品,沈秀兰说:"你拿这么多水果她吃得完吗?水果她吃得动吗?"

三妹说:"嘿嘿,拿过去试试看吧!吃不动她会退回来的,或者放在她那里,过年她招待客人也可以。"

沈秀兰嘀咕道:"哼哼,老娘算是白养你们了,你们对她比对我还好。想以前,她那么嫌弃你们,还把三妹偷去送给别人,现在她还要享你们的福。"

王贤良说:"你这人也是,都过去几十年了,被你唠叨了一辈子,今天又来了!"

三妹说:"妈,不要说了,你说的这些话我都能背诵下来了。过去的事算了吧,大姐、二姐升学及我读大学,奶奶都给了钱的,她的钱来得多不容易!"

沈秀兰说:"好好好,都是我的错。去嘛,去嘛,全家全部都去,乐死那个老太婆。我只不过嘴上说说而已,说都犯法?"

三妹说:"说虽然不犯法,但是今后不提了好吗?免得大家过年都不高兴。"

"好,好,好,今后不说了。"

王贤良带着一家人走向老太太家。老太太已经七十多岁了,身体还比较硬朗,生活也能够自理,所以她愿意自己单独过日子。

老大和老幺一家比他们先到,屋子里很热闹。趁大家都在,姜碧珍对老太太说:"娘,晓峰给你的五十元钱你要捡好哟。"

老太太连声说:"捡好了,捡好了,不得弄丢。"

姜碧珍对沈秀兰和宋高英说:"我家晓峰每年都拿钱给老太太,昨天我也给了。管他呢,尽一下孝心。"

沈秀兰和宋高英心里都嘀咕道:"小时候老太太最偏爱晓峰,他尽孝是应该的,他还应该多尽一点孝。"

不过,姜碧珍能够主动拿钱给老太太,确实让人感到意外。沈秀兰也不好当面问她给了多少。宋高英提高嗓音说:"娘,这是丽丽亲手给你织的帽子,好厚哟,质量非常好,这下你的头不怕冷了。"然后她又从口袋里拿出一双鞋子摆在老太太面前,说:"这是欢欢给你钩的毛线鞋子,里面加了棉花,也很厚。你看这质量,起码穿五年、十年都不得烂,你的脚也不得冷了。她们还买了一根拐杖,你走路也不怕了。我前几天给你的钱,千万不要弄丢了。"

"好,好!"老太太笑着将宋高英递过来的东西一一收下。沈秀兰赶紧将他们带过来的东西也全部翻出来,一样一样给老太太看:"娘,这是大妹给你买的棉衣,不,是羽绒服,花的钱可以买好几件棉衣;这是二妹给你买的上衣,明年暖和后穿;这是三妹买的裤子。这些牛奶、饼干、苹果全都是她们买的,牛奶冬天要加热了喝。"

展示完后,三个儿媳妇一起帮老太太将孙女们买的所有衣裤鞋袜全都穿上,大小尺寸都很合适。老太太笑得合不拢嘴,不住说:"这才好哟!孙子、孙女都有本事,给我买这么多!"

宋高英大声说:"当初我和二嫂生了女儿你还嫌弃呢,现在享她们的福了吧?"

老太太有些尴尬,红着脸笑着说:"不嫌弃,不嫌弃了,我的孙女们个个好得很,没有她们哪个给我买这么多东西?那个'菜花蛇'家全是生的儿子吧,她都没享过这些福哟!我看她才是和尚、孤人。"

王贤良不高兴地说:"幺嫂,这些事今后你就不要提了。"

闲聊一阵,等老大、老幺家一走,三妹才拿了一沓钱给老太太,说:"奶奶,这是我们三姊妹的一点心意,您揣好。今后自己想吃什么就买,用完了我们再给哈。"

老太太将三妹的手推了回去,说:"你们买衣服已经花了那么多钱，不要了，不要了，你们挣钱也不容易。我有吃有穿的，拿那么多钱来干什么呢？"

沈秀兰见三个女儿买了衣服还给钱，并且是背着老大、老幺家给，当场就想发火，但是想到这是过年，一家人好不容易团聚，只好忍了下来。她夺过三妹手中的钱，塞到老太太口袋中，没好气地说："叫你收你就收下嘛。"然后小声问："娘，大嫂和幺嫂都给你钱了？给的多少？"

老太太愣了一下，假装没听见，但是脸色很不自在。沈秀兰马上就知道了答案，她生气地说："那些人的性格我不知道？姜碧珍那么抠的人会给钱？这下可好，宋高英也跟她学骗人了。本来我们也没有硬性规定过年每家必须给，但是没有给怎么能说给了呢？只有我们才最老实！"

三妹说："妈，我们尽自己的孝，管那么多干啥子？大娘家也恼火，大爷不仅打不动石头了还老生病，晓峰一个残疾人能够挣多少钱？丽丽和欢欢结婚后又带了小孩，都没出去打工，有钱谁不想争面子、尽孝心？我之所以要背着他们拿钱，就是不想让他们难堪。以前他们连奶奶吃的粮食都拿不出来，更不要说给钱和穿的，跟以前比，他们已经做得很好了。"

王贤良说："三妹说得非常对，也做得非常好。各个家庭的情况不同，我们就不要去管别人怎么做。这些事是不能比较的，自己尽自己的孝吧！对得起自己的良心就行了。"

大年初一，早饭后，很多人聚集在孔祥林家门前的大坝子晒太阳，甘老太太换上一身新衣服，拄着拐杖，一摇一晃地过来了。邓云会老远就大声喊："哎哟喂，这是哪位老太太，今天穿这么乖？"

大家的目光都转向甘老太太。郭术珍说："哎呀，表叔娘今天硬是穿得好看，衣服、裤子、鞋子，连袜子全都是新的。"

老太太呵呵地笑了，掀开衣服给大家看，说："啊，你们看嘛，全是我的孙女们买的。这是大妹买的羽绒服，二妹买的上衣在家里放着还没有穿。这是三妹买的裤子，帽子和毛线鞋是丽丽与欢欢亲手织的，好暖和，拐杖也是她们买的。我家里还有很多牛奶、饼干、苹果、面包，大家空了去我家吃。她们还给了钱哟，晓峰也是给的钱，你们看嘛！"

说罢她从兜里掏出厚厚的一沓钱。

郭术珍说:"表叔娘,你好有福气哟!那么多孙女,一人买一件你都穿不完。女儿生得多就是好,知道体贴人。你看每次她们回来还给你洗头、剪指甲、换洗衣服、被盖、给你弄饭、打扫房间。我那几个日龙包,跟他死老汉一样,回来一分钱的东西都不买,说以前邮了钱给我的,想要啥子叫我自己去买。回来就像客一样,洗衣、做饭啥子都不做,连扫把倒了都不得给老娘扶起来,没有把老娘气死就好了。我要是有个女儿就好了,我是真的喜欢女儿,不然不会生这么多。唉,这就是命呀!"

郭术珍当面说自己孙子的不是,蔡桂花心里自然不高兴,但她又不敢招惹郭术珍,只好忍气吞声。她瞟了一眼甘老太太,内心充满了羡慕嫉妒恨。她对郭术珍说:"他们平时把钱都给你了,过年哪有钱给你?你家和长生、长秀家几个,虽然没有给我买衣服,但每个都给了我钱,是一样的嘛!我想买的时候自己去就是了。家里还有那么多新衣服怎么穿得过来?况且我又不喜欢穿新衣服。儿多还是好,一大块田的草头几下就挑完了。不像有些人,死了端灵牌的人都怕没得。"

蔡桂花分明就是讽刺甘老太太,幸好她听力不好,不然今天可能又有一场大战。蔡桂花的话能全信吗?大家心里都有一杆秤。倒不是说孙子们没孝心,男人们都很粗心,她的几个孙子可没想到要给她买点礼物,打工回来整天不是打牌就是钓鱼,玩得不亦乐乎。不然蔡桂花那性格还不早就拿着高音喇叭到处宣传?

邓云会大声说:"我一儿一女,有啥子说啥子,儿子就是没有女儿那么体贴人、关心人。真的带儿是名气,带女才是福气。"

唐胜华说:"我也有儿有女,我也更喜欢女儿。女儿勤俭,好管,也不乱花钱,又会体贴人。"

郭术珍说:"你们看周围生女儿的,哪家的日子过得比生儿的差?当然儿子和姑娘都有好的,也都有不好的,关键还是要看他们自己是否找得来。如果他们自己吃穿都不够,拿什么来孝敬你?所以管他是儿是女,要好好培养才是。"

一转眼就是正月初五了,外出打工的人开始做返厂的准备了。王贤良看三妹也在收拾东西,说:"你仍然坚持要出去?就怕万一有一天,代课达到一定年限可以转正就遗憾了。"

三妹说:"今后的事谁都难以预料,以前我没留下,现在就更不可能了。"

"为啥?"

"心有所属!现在我已经不是自由之身了。"

大妹惊叫道:"三妹,你谈恋爱了?!"

"算是吧!"

王贤良又惊又喜,像打机关枪一样快速发出一连串的灵魂拷问:"怎么现在才说?过年怎么不带回家?他是干什么的?是哪里人?"

当得知对方是江西人时,王贤良和沈秀兰失望到了极点。

王贤良板着脸说:"我不同意这门婚事!那么远,但凡家里要有个大事小情,怎么赶得及?再说车费那么贵,恐怕今后一年也难得回家一次。"

"爸爸妈妈,我们已经说好了,每年春节都回我们家。"

王贤良大声吼道:"也不行!坚决不行!你敢跟他结婚,我就打断你的腿!"

三妹不顾大妹、二妹递过来的眼色,倔强地说道:"爸爸妈妈,现在是哪个年代了?你们不知道恋爱自由、婚姻自由?我又不是找你们商量,我仅仅是让你们知道而已。"

没想到三妹这么不把父母放在眼里,王贤良鼻子都气歪了,他将三妹的行李箱丢了出去,气愤地说:"反了,反了!狗东西,没有一个让我省心的,非把我气死不可!要滚你就滚吧,滚!滚得越远越好!今后再也不要回来,就当我没生你!"

三妹气得暴跳如雷,一边捡滚落出来的衣服,一边哭着说:"滚就滚,今后我永远不回这个鬼地方了!"然后三妹推开前来相劝的大妹、二妹,提着皮箱扬长而去。

看着三妹远去的背影,王贤良心如刀割,老泪纵横。他觉得三妹已经不属于自己了。含辛茹苦地把她养大,她就以这样的方式离去。他的脑袋嗡嗡的,接连好几天都起不了床。

王贤良被三妹的婚事气病的消息很快就在村里传开,村里又热闹了起来。这天夜晚,孔祥林提了一箱牛奶和两袋黑芝麻糊前去王贤良家看望。王贤良正躺在床上,脑袋上裹着一条厚厚的枕巾,看起来像个病入膏肓的耄耋老人。

孔祥林走到王贤良床边叹了口气,劝道:"二哥,想开些吧,儿孙自有儿孙福。"

王贤良一听是孔祥林的声音,忙睁开眼睛,眼里含着泪水难过地说:"几个女子越大越不听话了。以前我经常教别人怎样教育子女,现在我比哪个都失败。工作、婚姻,还有生活中的很多事,这几个死鬼蛋,没有一个听我的。"

"并不是你失败,而是你们的观点不一样。现在她们都是成年人了,而且人家读的书比你多,她们的决定也有她们的道理。哪家都一样,都有操不完的心、烦不完的事,你还是省省心过好自己的晚年吧!"

王贤良说:"谢谢你每次回来都来看望我。据说你开了个毛线厂,你打算什么时候回去?我叫沈秀兰给你准备一点好吃的带回去。"

"谢谢啦,准备好吃的倒不必,我们这层关系还这么客气?什么时候出去现在还说不准,我要留下来处理志强两口子的事。我出面调解,怕儿媳妇说我偏心,你在村子里有威信,我想请你出面调解一下,可以吗?"

"如果需要,当然可以了。志强和他媳妇怎么啦?他们是自由恋爱的,关系不是挺好的吗?"

"唉,谁叫志强小时候不听我们的话,死活要跟石少娟在一起呢?他是一步错,步步错。没法,生米已经煮成熟饭,没有后悔药了。最开始几个月他们关系还好,可还没维持一年就经常吵架,甚至大打出手。两个人都十分后悔与对方结婚,都说当初自己太小不懂事。"

"他们是因为什么闹矛盾呢?"

"什么都有。石少娟说志强懒,不体贴她,不给她钱;志强又说石少娟好吃懒做。其实两人都有自己的问题。我是不管他们的,要吵让他们自己出去租房子吵,我的目的是让他们学会独立。志强没有一技之长,每次找的都是苦力活,费力不说,工资也低。他坚持不下来,隔几个月就换一次工作,石少娟花钱大手大脚的,钱自然就不够花了,有很多次连买柴米油盐的钱都没有了。原以为和志强结婚就能吃香的、喝辣的，结果却经常为生活费发愁，所以石少娟把我们也骂了，说我们不管他们。当志强完全熟悉并学会了毛线厂的所有工序，而且做得很好时，我才借了一万元给志强自己开了一个分厂，这个分厂完全由志强他们自己负责，借我的钱是要还的。为了节省成本，志强自己既当师傅又当工人，累得像条狗。可石少娟整天不是逛街买买买，就是和朋友一起打牌，也不给志强煮饭、洗衣，所以志强意见很大。其实，孩子已经上幼儿园，石少娟可以为家里做一些事的，但是我们说不听，这次看她父母能否劝一下。常言说'家和万事兴'，如果他们离婚，孩子咋办？所以不能拖，趁大家过年都在家，把事情处理好。"

  王贤良觉得有道理。第二天，王贤良叫孔祥林去把石少娟及其父母带到自己家，随行的还有石少娟娘家一个能说会道的长辈。王贤良坐在桌子中央，孔祥林夫妇和石少娟的父母及亲戚围着桌子坐了一圈。

  在王贤良的主持下，孔志强和石少娟双方陈诉了每一次吵架的原因。石少娟对孔志强最大的意见就是不关心她，连她生病都不过问，还是自己一个人去医院，还有就是把钱看得比命还重。孔志强觉得石少娟强势，不讲理，爱赌博，懒惰不做家务，做什么事都依赖别人，而且动不动就骂人甚至打人。双方公说公有理，婆说婆有理，才几分钟就又吵了起来。王贤良像节目主持人一样偶尔进行点评，见他们吵起来了，赶紧劝架。

  从内心说，孔祥林夫妇对石少娟也极为不满。她身为家庭主妇，不仅懒惰，还强势不讲理。但为了家庭和睦，他们也只能当着大家的面批评儿子，又好言好语地劝石少娟原谅儿子，说今后一定会管教好他，好好生活。石少娟的父母原本打算把孔志强修理一顿，结果看到孔祥林夫妇深明大义，所以也只有批评自己的女儿，请孔志强原谅她，希望看在孩子的分上，不要吵架，更不要离婚，好好过日子。

  最后双方达成一致和解协议，以前的事就算了，今后谁也不准再提，一切重新开始。孔志强今后要多关心石少娟，多给她一些零花钱；石少娟则保证不再骂人，少打牌，多做事，把家料理好。

  隔了几个月，郭术珍和宋高英又打了一架。事情还得从女人们在邓云会家吃凉粉说起。

那天，邓云会闲着没事，用之前去山上采摘的黄金叶做了黄金凉粉，邀请妇女们到她家去品尝。

有人问邓云会："咦，你怎么不请郭术珍来吃凉粉呢？"

邓云会正想回答，却被宋高英抢了先。她嘻嘻一笑，说："邓云会的凉粉有邱中成的面包吃起安逸？"

女人们一脸迷惑。宋高英大声解释道："现在的邱中成不是以前的邱中成了。他的两个女儿出去打工，每个月按时给他寄钱回来，他可有钱了。不仅比以前爱打扮，穿得干干净净、整整齐齐的，还经常赶场买零食吃。那天我亲眼看见他提了一些小面包给郭术珍送过去。"

沈秀兰着急地拍了她一下："幺嫂，小声点。你怎么记不住？"

宋高英赶紧捂住了嘴巴。

"啊！"女人们很是诧异，"苍蝇不叮无缝的蛋！他与郭术珍肯定有一腿了！"

李华英平静地说："人家是干亲家，关系好很正常。"

宋高英说："他们这种恐怕不是普通干亲家之间那种好，干亲家仅仅是个幌子。一般女人会亲手做鞋子给干亲家？这不是勾引别人吗？"

邓云会说："有道理！"

"郭术珍给邱中成做鞋子了？"

宋高英肯定地说："那不是。是郭术珍先送鞋子给邱中成。去年郭术珍不是躲在家里做了一双鞋子吗？你们看见没有，邱中成脚上穿的鞋跟她做的一模一样。只是邱中成穿了一天就不敢再穿了。"

邓云会笑着对李华英说："大嫂，这下你放心了，郭术珍和大哥没那事，人家喜欢的是邱中成。"

众女人笑了，李华英不回答，只抿着嘴微笑了一下。

"你们还别说，邱中成打扮起来还真像那回事。据说他毛笔字写得好，现在有本钱了，说他又要自己养鱼了。"

"邱中成的老婆死了多年，憋不住了，郭术珍这个干亲家当然应该帮一下忙。"

女人们哈哈大笑，邓云会说："哦，怕是这样的哟，最开始是邱中成看刘长河长期不在家，郭术珍有点遭不住了，就去勾引她。可郭术珍没看上他，她看中的是孔祥林。孔祥林不理她，她没办法才接受了邱中成。"

宋高英又忘记了沈秀兰的警告，说话声音如雷贯耳："对，对，对！有可能是这样的。一个长期守寡在家，一个老婆死了多年，真是干柴遇到烈火！两干亲家互相安逸！"

"哈哈哈哈……"，女人们的眼泪都笑出来了。

"对了，你们看，郭术珍的二儿子刘青武是不是很像邱中成？说明他们很早以前就有一腿了哟！"

还有人说郭术珍的道法就是大，与几个大队干部也有一腿。要不然她大儿子刘青文当年根本没考上，怎么还是上了初中？

李华英说："你们今天讲的这些都是捕风捉影，可能都是谣言。大家不要乱说，免得弄得吵嘴打架的。"

但是多数人认为郭术珍就是勾引男人的狐狸精，是一个水性杨花的女人。

不久，邓云会路过郭术珍家门口去地里摘菜，郭术珍一家正在吃饭。作为对邓云会平时热情大方的回报，郭术珍一再邀请邓云会吃她做的油炸粑，还舀了一碗饭夹了几块肉给她端了过去。邓云会客气了一番，接过碗坐下吃了起来。郭术珍的油炸粑和回锅肉味道好极了，邓云会狼吞虎咽几下子就吃完了。郭术珍见她喜欢，又给她夹了一些。邓云会很是感动，见刘青文几兄弟都走了，她凑近郭术珍小声说："表嫂，你今后做事小心一点哟！有人在说你和邱中成的坏话了，说你们有很多年了……"

郭术珍眼睛一瞪，将碗筷重重地摔在桌子上，大声骂道："是哪个娼妇说的？"

邓云会赶紧劝道："表嫂莫生那么大的气。都是不存在的事，自己今后注意到就是了。"

"是'高音喇叭'那个婆娘说的？"邓云会不开腔，郭术珍又提高了音量，"快说，是不是？"

邓云会说："你就不要追问了嘛！"

"好！老子非把那个娼妇的嘴巴撕烂不可！"不等邓云会把饭吃

完，她快速跑到宋高英家门前，两手叉在腰上大声喊道："'高音喇叭'，你个狗娘养的长舌妇，你出来！你滚出来！"

宋高英心里一惊，这么快郭术珍就找上门来了！但她仍然假装什么事都不知道，笑着问："郭表嫂，啥子事？"

"啥子事？你娘偷人！"说完郭术珍拿起身边的叉头扫把狠狠地向她打去。

宋高英重重地挨了一棒，反应过来马上去抢叉头扫把，也大声地回击："你个娼妇才偷人！你个狗日的偷人婆，你既然做得出来还怕别人说？况且那么多人说，你凭啥子算到我一个人的头上？"

"啪"的一声，一个耳光以迅雷不及掩耳之势重重地打在宋高英脸上。宋高英顺势张嘴就是一口，差点咬住郭术珍的手。见没成功，她抓住郭术珍的头发就扯，痛得郭术珍"哎哟，娘"地叫唤。郭术珍丢掉叉头扫把，用力将宋高英放倒，骑上去劈头盖脸就是一阵乱捶。所幸王贤良和王贤志两兄弟赶到才将她们奋力拉开。但是接下来就是一场昏天黑地、把祖宗十八代都骂翻的嘴仗。这次骂架一直持续了五六个小时，因为郭术珍过于激动，最先失声，败下阵来。宋高英发挥她的高音优势，多骂了好几十分钟才罢休。

虽然宋高英最终骂赢了，可她被打得鼻青脸肿的。王贤良将平时喜欢打堆说空话的女人们包括沈秀兰全部召集到自己家中，沉着脸吼道："你们这些女人一天硬是吃多了！两天一小吵，三天一大吵的。背着这个说那个，背着那个说这个，事情的真相你们到底知道多少？常言说'隔墙有耳''祸从口出'，今天你们见识了吧？要不是我和大哥及时赶到，今天幺嫂还不被打得半死？下一个又是谁会挨打？别人家的事你们少操心，管好自己！俗话说'远亲不如近邻'，都几十岁的人了，做事怎么没分寸呢？"

女人们被教训得哑口无言。

时间能够淡化一切，很快村子又恢复了平静。穷则思变，留守在家里的中老年人也思量着怎么增加收入。一次偶然的机会，王贤志去忠诚县一个远房亲戚家做客，发现那里家家户户都种植了大片高粱。当地用高粱来酿酒，剩下的高粱穗子就做了柴。这不是白白地浪费了吗？在福寿县，高粱穗子可以扎扫把，一把可以卖几块钱呢！于是，王贤志以三角钱一斤的价格买两捆带回家做成扫把去卖，他算了一下，每个扫把的纯利润在三块五以上。

扎好扫把后，王贤志第一次上街就卖得一个不剩。赚的钱比以前打石头多，而且也比打石头轻松。从此，王贤志就与王贤富出去收高粱穗子，王贤良和沈秀兰几妯娌就在家扎扫把。

第二年，王家三兄弟每家也都新建了一间房子。后来，黑檀村凡是没外出打工的，几乎家家户户都跟着王贤志三兄弟扎扫把卖。只要走进黑檀村，远远地就能听见人们举着大棒捶打高粱穗秆的声音。妇女们做的是轻松一点的活，如齐高粱穗子或者是将男人们捶软后的高粱穗子用竹篾编织成扫把。不几年，黑檀村就成了全县有名的扫把生产基地。

为了方便卖扫把，一些人跟出去打工挣了钱的人一样，在场镇或是县城买了房子，将孩子们接到街上上学，只有农忙季节或种菜才回老家一趟。

通过几年努力，三妹的财务工作已经非常熟练，徐文浩的工作也顺风顺水、如日中天。小两口恩恩爱爱，日子过得平静而温馨。大妹的老公吕伟杰也考上了公务员，在江陵镇做了副镇长。大妹也考进了城区学校，还向二妹、三妹借钱在县城买了商品房。

后来，在县城或大城市买房的人越来越多，乡村逐渐变得冷清。三妹也盘算着，再隔两年，他们也可以在县城买一套商品房了。

尽管已经立秋，但是秋老虎余威未尽，屋子里仍然很闷热。刚刚吃过晚饭，三妹正打算和徐文浩一起出去散散步，突然手机铃声响起，是父亲打来的，她赶紧接通了电话。父亲告诉三妹一个令人十分揪心的消息，老妈因血压过高引起脑溢血，昏倒在地不省人事，现在已经送去医院抢救，叫她赶紧回家看望。

来不及跟公司请假，三妹和徐文浩赶紧收拾好东西，连夜坐火车往家里赶。

一路上，三妹焦急万分，想到老妈的好，自己却经常让她生气，又常年不在身边尽孝，她深感内疚，泪如泉涌。

第七章　桃李闹春风

下火车后，三妹给父亲打电话，问老妈住在哪家医院。王贤良没有直接回答，说先回家带一些东西后再和他一起去。

为了早一点赶回家，三妹在五华乡下了公共汽车后，花高价找了一辆摩托车，将她和徐文浩载回去。见三妹突然带着徐文浩回来，乡亲们都很意外。顾不上多想，三妹三步并作两步，火急火燎地赶回了家。

王贤良正举着大木槌"嘭嘭嘭"地捶高粱穗秆。三妹着急地说："爸爸，赶紧收拾东西去医院呀！妈现在情况怎样了？"

王贤良努努嘴说："你自己去问问她吧！"

三妹赶紧推开了父亲指的房间门，沈秀兰正拿着竹篾专心地编织着扫把。三妹又惊又喜，大声喊了起来："妈，原来你没有住院哪！"

"对呀，难道你想我住院？"

三妹一阵激动："没住院就好，没住院就好，这几天可把我急死了。那爸爸为什么要骗我说你住院呢？"

"你自己去问他吧！"

三妹把目光转向父亲。王贤良放下手中的活说："咱们还是边吃饭边说吧！"

沈秀兰给三妹和徐文浩各自盛了一碗饭后，一家人围着桌子坐了下来。王贤良才说："村上差幼儿教师，我想请你去教幼儿园。"

"什么？幼儿教师！爸爸，你开什么玩笑？我费这么大劲回来就是去当幼儿教师？我不是跟你说过，即使教书我也没有机会转正了吗？当年幸好我没听你的,你看现在各村的代课教师,那么低的工资,教这么多年转正了吗?"

"我当然知道。这次叫你回来不是为了转正,而是村上实在找不到人做这份工作了。"

三妹很气愤,说:"找不到人就找我了?你知道去教幼儿园对我来说损失多大?我在公司上班一个月就相当于在幼儿园半年的工资,而且老板说明年我就可以做财务总监了。你,你太气人了!"

"正因为幼儿教师收入低,才留不住人。我也不是头脑发热,而是经过反复考虑了的,我知道你很委屈。现在村里很多人都搬到城镇了,没搬走的就是很穷的了。如果幼儿园因为没人教停办了,剩下这些小孩只得去中心幼儿园上学。租房子住吧,开支大,他们没钱;不租房子吧,每天一趟就要走十几里路,到最后可能他们会放弃上学。你忍心看到乡亲们的孩子失学?"

三妹知道幼儿教师的收入靠自己收费。幼儿人数越多,老师的收入才越多,除去书本、保险、办公等费用后,剩下的才是自己的。学费收高了,家长交不起;收低了,学生又少,每个月的收入算下来可能连生活费都不够。她气愤地说:"这些不关我事,坚决不行!我们明天就返回公司!"

王贤良显得很是无奈,想了一下,说:"这样,我们明天去学校一趟,看看再说如何?"

三妹心想:看就看吧,村小离家也不远,反正无论如何我是不会接手这个苦差事的。

第二天,走了大约二十分钟,他们就到了村小。十几年不见,这里的一切让三妹感到那样熟悉,却又那样陌生。已经斑驳的教室、长满野草的操场、简陋的旗台及空旷的校园,无不显示着萧条与荒凉。这里的一切曾经那样美好。在这里,三妹认识了陈晓燕老师;在这里,三妹开始学认"一""二""三";在这里,三妹知道了长江、黄河、万里长城……一件件往事如珍珠一般闪亮,让三妹百感交集——母校,我已长大,您却如此衰败、苍老。

校园很安静,他们连续看了好几间教室,都是空着的,四间教室里只有两位老师在上课。这两位老师王美睿都认识，上四、六年级的那个五十多岁的男老师叫周仁光，还曾经教过她两年；上一、三年级那个老师比周仁光稍年轻，叫黄以军。他们都是本村人，也都是代课老师，在黑檀村小已任教近三十年。每间教室的学生都只有十几个。这两位老师先给一个班的学生讲课，然后趁这个班的学生做作业又去给另一个班讲课，忙得不亦乐乎。在校园的一个角落，他们终于找到了幼儿园。

幼儿园的小朋友只有十六个。教室里有几张大小不一的条桌，讲台上方挂着一块已经腐烂了一截的黑板。因没有老师，整个幼儿园如同猪圈，不仅喧闹声嘈杂刺耳，还臭气熏天。有几个小家伙正坐在地上大声哭泣，吵着要爸爸妈妈，脸被脏兮兮的手抹成了大花脸。有几个小家伙因为抢零食打成一团也在哭。屋子中间，不知谁拉了一堆屎，一个小女孩被人一推，一脚踩了上去，鞋子上沾满了粪便，也在声嘶力竭地哭泣……

三妹看了连连摇头，眼睛变得湿润起来，她赶紧冲进屋子将粪便扫走，再将大花脸和踩粪便的小女孩抱到校园外水沟里洗干净，然后教孩子们拍手唱起歌来。

王美睿的到来，对学校来说无异于雪中送炭，两位老师非常高兴。王美睿也是百感交集，这两位老师来村小时还是青葱少年，如今已经头发斑白，他们用青春热血浇灌着这个小小的村小，如今长大后她又走了他们的路。

接手幼儿园后，到底怎么教好孩子们，王美睿大脑一片空白。她给大姐打电话求助，王小莲告诉她："幼儿园的主要任务就是培养孩子们好习惯，帮助孩子发展技能，开发智力，为进入小学学习做好准备。你围绕这个去做就行了。"

王美睿用一天时间就记下了所有孩子的名字，并叫孩子们逐个上台介绍自己。先说自己叫什么名字，然后说家里分别有哪些人，爸爸妈妈及爷爷奶奶都在干什么。每个孩子介绍完，王美睿都给予热情的鼓励，先是亲一下他们的小手，然后给他们一个大大的拥抱，孩子们很开心。

全班十六个孩子，起码有一半人的脸和衣服都不干净。直接批评又怕伤他们的自尊心，于是王美睿想了一个办法，自己做了两个布娃娃带去学校。她故意将一个布娃娃弄脏，然后问小朋友们："这两个宝贝，你们更喜欢哪一个？"

小朋友们七嘴八舌地回答："干净的那一个！"

"为什么不喜欢这一个呢？"

"因为它的衣服、脸都很脏！"

"因为它没有梳头。"

"对啦，说明要爱卫生，要梳头才有人喜欢对不对？"

"对！"

"我这里有一把镜子，你们挨个来照一照，觉得自己很干净的站在左边，觉自己不够干净的站在右边。"

孩子们排队上去挨个照镜子，大部分孩子站在了左边，只有两个孩子站在了右边。王美睿没有批评不诚实的孩子，她说："今天，只有两个孩子觉得自己的脸和手不够干净，其实不止两个哟！这两个孩子好诚实，勇于面对自己的缺点，值得表扬。希望大家向他们学习，做一个诚实的孩子。"

一会儿，左边就有三四个孩子站到右边去了。王美睿向他们伸出了大拇指，说："好诚实的孩子！那么，接下来该怎么办呢？"

孩子们你望望我，我望望你，不知道怎么办。陈怡婷小朋友说："老师，我帮他们洗脸！"

王美睿微笑着向她投去赞许的目光，说："怡婷小朋友好有责任感，知道帮助同学了。但以前老师讲过，幼儿园的小朋友，自己的事要——"

孩子们齐声回答："自己干！"

"非常正确！"

站着的孩子们马上会意，拿过王美睿递过来的纸巾就去田边洗脸，然后照镜子，直到洗干净为止。

郑欣怡小朋友说："老师，他们的脏衣服还没有换。"

王美睿说："脏衣服在学校就不换了，今天回家再换。从明天起，我们每天都检查，看哪些小朋友的脸、手、衣服最干净，头发梳得最整洁、精神，好吗？"

孩子们纷纷赞成，都说明天要换最干净的衣服到学校。

有些孩子的鞋带走着走着就散了，这存在很大的安全隐患，于是王美睿就教孩子们系鞋带。这个大人看来很简单的事，孩子们操作起来却很有难度。有的打成了死结，有的打得很松，一会儿就散了，于是王美睿手把手一个一个地教，直到每个孩子都会。

为了让幼儿园的环境看起来更美观，周末，王美睿参观了王小莲学校的幼儿园。城区幼儿园幽雅的环境，浓厚的文化氛围，使她大开眼界，深受启发。在王小莲的指导下，王美睿设计出了很多好看的图案。然后，她又到文具专卖店购买了蜡光纸、剪刀、各色吹塑纸、毛线、颜料等。

回到学校，王美睿叫孩子们从家里带来剪刀，教孩子们自己动手，通过剪裁、刻画，将王小莲设计的风景图案表现了出来。近处，清澈的小河里，小鱼、小鸭、小鹅在水中嬉戏；浓密的绿荫下，成群的小动物在一起觅食；稍远一点的森林小屋里住着白雪公主和七个小矮人……整个画面充满了丰富的联想与童趣。看着自己的劳动果实，王美睿感到既充实又开心。

王美睿也学城区幼儿园利用废物，设计出了很多适用的玩具与艺术品。她从家里带来旧米筛、旧扇子、旧斗笠等，教孩子们用颜料将书上自己喜欢的图案画上去，然后挂在墙上。她还教孩子们找来红色矿泉水瓶盖串在一起，将两头绑在一起形成一个圈钉在墙上，乍一看，似一朵很大的梅花开放。她教孩子们去掉矿泉水空瓶上面部分，用彩色的毛线一圈一圈地缠绕剩下部分，还编进去一些带有花瓣的图案，就设计成了经济适用的笔筒。孩子们深受启发，自己在家也做了很多手工制品。

王美睿还发挥自己的特长，教孩子们划篾，用竹篾编织小绣球、蝈蝈笼、小笔筒等，涂上颜色就成了一件好看的艺术品。家长见孩子们各方面进步都很大，而且也特别喜欢上学，都说王美睿是个好老师。

唱歌、跳舞、弹琴对于王美睿来说是很难的，因为她连简谱都不认识。所幸徐文浩比较精通音乐，因为暑假后房屋销售是淡季，所以徐文浩决定留下来陪王美睿一段时间。每天晚上，他先教她识简谱，通过简谱唱歌，然后再教她弹电子琴。通过一个月坚持不懈的努力，王美睿终于把简单歌曲的C大调弹熟。然后她又开始学习其他调式，每晚要练习到深夜。因为过度用嗓，王美睿感染了咽炎，每说一句话嗓子便烟熏火燎似的疼痛，吃了很多药都没效果。医生说治疗咽炎吃药后需要静音，效果才好。但静音的话，孩子们咋办呢？所以嗓子再痛王美睿也坚持着。

沈秀兰瘪着嘴不满地说："都是听你那死老汉瞎指挥！挣那么点钱辛苦不说，还落下个毛病，我不晓得你们是为了啥子。幼儿园嘛，哄娃娃不哭就行了嘛，费那么大劲干啥？"

王美睿哈哈大笑，说："妈，你不懂，外行才那样说。术业有专攻，幼儿园除了要培养孩子们的好习惯，还要发展他们的思维，培养他们的动手能力，这里面学问多得很。虽然我们这是村小幼儿园，人数也不多，可能也开不了几年，但是我们开一天就要对孩子们负责一天。"

孩子们非常喜欢王美睿，只要她有空，他们就撒娇，要她抱抱或者亲亲，还亲切地叫她"王妈妈"。她走到哪里，孩子们就跟到哪里，甚至说话、做事都模仿她，心里有什么话也愿意跟她讲。

今天这个说："王妈妈，我爸爸回来了，好安逸哟！"

那个说："王妈妈，我家的猫儿生小猫了，好乖哟！"

明天这个说："王妈妈，我和奶奶栽的南瓜开花啦！"

小佳佳眼里含着泪水，难过地说："王妈妈，我家在镇里买房了，下学期我要去镇里上学了。"

王美睿轻轻地为小佳佳擦去泪水，把她搂在怀里，安慰她说："佳佳乖，不哭哈，你家在镇上买房子是好事呀，你应该高兴才对。你想老师回来就是了，老师随时等你哈！"

正如父亲说的，留在村小上学的都是家庭条件差的孩子，他们大多数都是由爷爷奶奶或者外公外婆带。有几个都是因为家庭困难，或者是母亲跑了，不得不由爷爷奶奶带的。直到一学期都过去一大半，他们的学费都没有交。

黑檀村小下午放学的时间是四点半，可家长们接孩子每天不是这个迟到就是那个迟到，一般送完所有的孩子要在五点左右。这天下午，已经五点半了，李从军的奶奶还没来接他，问李从军他也不知道原因。王美睿只得亲自将李从军送回家，也顺便了解一下他家的情况。

李从军的奶奶王美睿非常熟悉，因为每天上学和放学都是她接送。

因为她打扮很独特，五十多岁的人还像小姑娘一样头上扎着两束头发，像两只停着的"洋丁丁"，所以王美睿叫她"洋丁丁"大婶。在李从军的指引下，王美睿很快找到了他家。

门没有锁，只是虚掩着。刚走近就听见屋里传来呻吟声，他们赶紧顺着声音走了进去。

屋子很小，也很阴暗潮湿。站了一会儿，王美睿终于看清里面的一切。一进门靠窗子的一边，一个用竹篾织的大扁桶几乎占据了屋子四分之一的空间，估计里面装的是粮食。小屋子后面与侧边各自铺了一张床，除此之外就没有别的家具了。一大堆破旧衣服码在床沿上堆了很高。一位形容枯槁的老大爷躺在侧边床上。不用说，他就是李从军的爷爷。呻吟声是"洋丁丁"大婶从另外一张床上发出来的，听见有人进屋，她强行坐了起来。

"啊，是王老师呀，才不好意思，害得你亲自将娃娃送回来。快请坐，快请坐！"

"大婶，你怎么了？"

"哎！王老师，都怪我这瞎子老太婆。今下午我打算去山上做点活路，也顺便给老头子采点草药，可还没出门就把脚崴了。我以为休息一会儿就好了，可这么久了还是痛，哎哟哟，痛得很……"

"唉，大婶真是不幸啊，让我看看你的脚！"

王美睿打开了手机电筒，只见"洋丁丁"大婶的脚肿得老高，用手一摸，好烫呀！王美睿说："大婶，你的脚伤得很严重，到底是否伤了骨头也不知道，最好去医院检查一下。"

"不用，不用，一会儿就没事了。王老师，这么远害得你亲自将从军送回来，谢谢你啦！我去煮饭，你吃了再走哈！"说罢她打算起床，可她的脚才动一下就痛得"哎哟""哎哟"地大叫，王美睿赶紧扶她躺下。

"大婶，你不去医院，最低也得叫王淑芳过来看看，她对这个很在行。"

"算了老师，叫她来又要花钱了。唉！李从军的老汉那么年轻就死了，他娘连看都没有回来看一下，直接跟了别人。""洋丁丁"大婶说着说着就哭了起来："你看这个死老头又常年病倒在床，我们都是五十几岁的人了，又找不来钱。你看李从军的学费现在都还没交，本来已经凑一些了，医生来不又要花出去吗？我的命咋就这么苦啊！"

王美睿赶紧安慰她："大婶不要难过，你看，李从军这么懂事听话，长大后你们就享福了，你不医治它怎么会好呢？该花的钱还得花，学费的事，有就交，没有就算了吧！"

"那怎么行呢？我的脚真的不用治，隔几天就好了。"

通过几番打听，王美睿终于找到并拨通了王淑芳的电话，她说马上就赶到。半小时后，王淑芳赶到了。她伸出双手握住"洋丁丁"大婶那只受伤的脚，轻轻地左右转动，然后一拉一放，只听"咔嚓"一声，"洋丁丁"大婶的呻吟马上就停止了。王淑芳叫她下来走走看，"洋丁丁"大婶一试，果然能够走路了。

"啊！王医生，你太能干啦！简直是神医呢！"

王淑芳笑笑："这个简单，是祖传的技术。但是大婶最近几天要休息好，最好不要走路。"

王美睿说："王医生你来都来了，顺便也给李大爷看一看吧！"

"洋丁丁"大婶赶紧制止，说："他是老病号，不用开药。"王美睿说："大婶放心吧，今天的药费我出。"

"你出？"

"对！"

王淑芳说："哎，你出我怎么好意思收呢？他家的情况我知道，好歹我也是共产党员。今天就算尽一份党员的责任，全部免费吧！"

"啊！没想到你是党员，佩服佩服！我代大婶感谢你啦！"

"洋丁丁"大婶十分感动，连声说"谢谢"。

王美睿看了看他们家的破房子，又看了看李从军，心情变得很沉重。临走时，她和王淑芳各自又拿了一些钱给"洋丁丁"大婶，叫她给孙子买一些营养品，同时也要注意自己和大爷的身体，好好培养孙子，无论有多困难也要让李从军上学，今后她们还要尽力帮助他们。

徐文浩连续很多天去县城或附近场镇找工作，都空手而归。附近场镇都不大，提供就业的机会当然很少。如果在县城上班，每天往返坐公共汽车，成本实在太高，再加上从五华乡到黑檀村也有十几里机耕道，步行回家也不现实。最后一家人商量后决定，徐文浩返回广州打工，只要挣齐在县城买房的钱，就回县城做点小生意。不久，徐文浩就返回了广州。

太阳明晃晃地照着大地，天气变得炎热起来。最近，王美睿的课桌上总是水果不断，桃子、杏子、李子等都有，总之当季结什么果，她就有什么果。这些水果都是孩子们从家里带来的，她感到非常欣慰、幸福——这可是孩子们水晶般的心，孩子们也懂得感恩了。她庆幸自己当初没有放弃这个神圣而崇高的职业。

"宝贝们，这是谁带来的杏子呀？"

孩子们都不回答，只是抿着嘴笑。快放学时，王美睿把各种水果和她买来的瓜子、饼干合在一起，再均分到每一个孩子的桌上，叫大家一起分享。

东东说："老师，我家有好多水果树，我想在学校栽几棵，今后学校也有水果吃了。"

孩子们总是那么富于联想，王美睿马上笑着回答："好呀，好呀，可我们到哪里去找树苗呢？"

孩子们兴奋起来。

"老师，我家有桃树苗。"

"老师，我家有李树苗。"

……

王美睿说："凡是家里有果树苗的，都带一些到学校来吧！我们一起栽种，让它们与你们一起成长。好不好？"

"好！"

果真，第二天孩子们带来了很多果树苗。在幼儿园的影响下，其他班学生中午放学回家，下午也纷纷带来了果树苗。

放学后，在三位老师的指挥下，孩子们把校园周围能够栽种的地方全都栽上了果树苗。剩下的被栽到了学校后面的荒地里，栽了好大一片。周老师看着自己亲手栽下的树苗，深情地说："只要我们精心浇灌，不久后的春天，这里将繁花似锦。夏天和秋天将果实累累。那时，孩子们都长大了……"

为了把教室布置得更加温馨雅致，王美睿还去县城花店买了一些好看的盆栽植物摆放在讲台和窗台上。不久，窗台和讲台就被青翠茂盛的花草铺满了，一年四季花开不断。

又一个新学期开始了，孩子们在王美睿的指导下打扫卫生。直到忙完，王美睿才发现有几位家长也在打扫。咦，居然还有梅丽丽的奶奶。王美睿很是意外："啊！梅奶奶，居然是你！你的眼睛好啦？"

"嗯，好啦好啦！王老师，全靠你借钱给我，我去医院做了白内障手术，现在看得见了。看嘛，你在回家的路上还被狗咬了，我很过意不去。"

"奶奶，莫客气。你看我现在不是好了吗？"

"嗯嗯，你好了就好。"

梅奶奶把王美睿拉到教室外，指着一个装满蔬菜的大背篓，笑着说："王老师，这些菜是我去丽丽外婆家背的，自己家也有一些。农村这个季节菜多，你选一些自己喜欢的，剩下的麻烦你分给周老师和黄老师。"

"奶奶，这怎么行呢？我们怎能坐享其成呢？你以前眼睛不好，恐怕也没有种多少菜，我们吃了，你们吃什么呢？"

王美睿说什么也不肯收，这时周老师和黄老师过来了。

周老师小声对王美睿说："我看这事有点不好办。收下吧，又觉得过意不去；不收下吧，这么重难道又让她背回去？"

"对的，怎么说也是梅奶奶的一片心意。"王美睿想了一下，背过身去掏出几张人民币，悄悄地夹进一本书里，用塑料袋裹好后向梅奶奶走去，说："好吧，梅奶奶，谢谢您，您的心意我们全部收下了。这里有一本书，您带回去给丽丽的姐姐看，她上四年级应该看得懂了。您一定要督促她看完。"

"好，好，谢谢你了，王老师。"梅奶奶接过书开心地走了。

黄老师说："梅奶奶家可恼火了。她老伴去世得早，儿子又失踪多年，年近六十了还要抚养三个孩子，连吃穿都成问题。在农村，这样的家庭还不少。四年级的刘林家也困难，他爷爷瘫痪了，奶奶是老病号，父亲又得了心脏病，因此他的妈妈跟别人跑了。"

周老师说："五年级的余耀也是个可怜的孩子。他爸爸因犯罪被判二十年刑，妈妈改嫁了，现在他和七十多岁的爷爷相依为命。爷爷也经常害病，经济也非常困难。"

王美睿说:"好像各班都有三四个家庭特别困难的。我们帮助的力量非常有限,要不我们发动一些亲朋好友及爱心人士,和我们联合起来成立一个互助会,当然学生也可以参加,人越多越好。我把名字都想好了,叫'圆梦互助会'。只要加入这个互助会的成员,根据自己的家庭情况与经济实力,在不影响正常生活的前提下,每个月或不定时捐点款存入互助会里。只要参与的人多,长期坚持,就可以积少成多,用于帮助那些特别需要帮助的学生。"

周老师和黄老师都很赞同,说:"能够尽一点微薄之力帮助困难学生,我们感到非常高兴。"

王美睿说:"我认识的一些朋友老早就想做好事,献爱心。但他们不了解农村的具体情况,也不知道帮助谁。有了组织,他们做好事就方便了。"

周老师说:"我们可以动员一下亲戚朋友、同学熟人。两周后,把所有愿意参加的人召集在学校开个会,举行个捐款仪式。"

"可以可以,还要确定一下管钱的人。这可是长期都要做的事。"

王美睿把打算成立基金会的想法跟老支书和校长作了请示,他们极力支持,表扬王美睿考虑得周到,为困难学生办实事。

在老支书和校长的组织、动员下,两周后,中心校很多老师、村干部、老师们的亲戚朋友和熟人、得知消息的商人、打工回来的老乡,一共三十余名爱心人士到黑檀村小开会。会上,老支书讲述了黑檀村三十多个特别贫困学生的家庭情况,希望得到大家的资助。与会人员都很感动,纷纷慷慨解囊,当场就捐款三万多元。

会议还成立了临时理事会,聘任中心校校长和老支书分别任基金会的理事长、副理事长。王美睿任秘书长兼会计,黄老师任出纳。校长还宣读了基金会章程,各领导、会员职责,向民政局递交了成立基金会的申请书,就只等民政局批复了。

王美睿的倡议得到这么多人响应,并且用这笔捐款能够帮很多贫困学生,她感到非常欣慰。她突然觉得自己的工作和人生很有意义。原来,生命的真谛在于能够发多少光与热照亮他人。她在日记中写道:"天道助人,天道酬勤,无私奉献,无为而治,成就别人!"

第八章　何以慰风尘

这天放学后，王美睿正准备回家，老支书林正新到学校来了，他对王美睿说："王老师，你的工作做得特别好，处处为学生着想，我们想将你发展为党员，不晓得你意见如何？"

王美睿感到很意外："入党？我从来没想过，一点心理准备都没有，我能行吗？"

林书记肯定地点了点头："你放弃高工资来教幼儿园，不仅没挣到什么钱，还经常倒贴，对学生像对自己的孩子一样，这是一般人做不到的。村委会、家长和社会上对你的评价非常高，我们相信你一定能够经受住组织的考验。"

看着林书记充满鼓励的目光，王美睿非常激动，也备受鼓舞，回家连夜写好了入党申请书，郑重地交给了林书记。

两年后，在村支部老党员们的见证下，王美睿在鲜红的党旗下庄严宣誓："我志愿加入中国共产党，拥护党的纲领……对党忠诚，积极工作，为共产主义事业奋斗终生，随时准备为党和人民牺牲一切……"

转眼又到年底了，外出打工的人结束了一年的工作纷纷回到老家。徐文浩回到了黑檀村，让人颇感意外的是，他的父母也一起过来了。

他们刚走进院子，就听见二楼传出一个小女孩的哭声，王美睿在哄孩子。徐文浩感到奇怪，是谁家带着孩子来做客了呢？他们快速上了楼。

卧室里，一个两岁左右的陌生小女孩正坐在地上放声大哭，还把碗筷扔到了地上，脸上、手上、衣服上都沾满了饭。原来她吃饭的时候用手抓，王美睿坚持要她使用筷子，她不肯，所以就大发脾气。

徐文浩疑惑地问："三妹，她是谁？她的父母呢？"

王美睿一抬头，见徐文浩回来了，很是惊喜："啊，浩哥你回来了。爸爸妈妈也来了，快坐，快坐！"

招呼徐文浩父母坐下后，王美睿把徐文浩拉到一边小声地说："她就是我跟你说的我的学生曹文川的妹妹曹文慧呀！"

"哦，就是她妈妈疯了，现在还在精神卫生中心里的那个小女孩？这么快就接过来了？"

"嗯，唉，这家人好惨呀！"王美睿说完便讲起了前几天去家访的情景。

前段时间有天早上，周老师带来一个令人震撼的消息，说曹文川的父亲昨晚死了，所以他今天没有来上学。曹文川是幼儿园学生，他的父亲王美睿认识。他四十岁不到，平时又没有听说有什么疾病，怎么突然就死了呢？

周老师说："邻居们今天早上一早在大路边发现他的时候，他已经僵硬了。昨天下午还有人看见他在街上喝酒呢！自从他老婆不明原因地疯了以后，他就经常喝酒，并且喝得烂醉如泥。我觉得他应该是喝醉后倒在地上睡着了，冬天晚上太冷被冻死了，或者是酒喝得太多猝死了。"

王美睿直摇头："有可能。唉，昨天还活蹦乱跳的人，今天就与世长辞了。"

黄老师叹息着说："太惨了，他家太惨了，老天爷也太不公平了！曹文川的妈妈长得高高大大、白白净净的，一表人才，能说会道，做事也非常麻利，没有想到生了四妹曹文慧后就无缘无故地疯了。据说为了给她治病，曹文川的爸爸不仅用光了积蓄，还在外面借了很多钱，但是都没能治好她的病。"

"也许正因为花了很多钱治不好，家里孩子多负担重，曹文川的爸爸心情不好才经常喝酒解愁吧！"

"唉！据说曹文川的妈妈现在还在精神卫生中心，亲戚们也不敢把这个消息告诉她。丧事还是他家亲戚和邻居在张罗，明天就下葬了。"

"他那么痛苦，烂醉如泥地走了，对于他来说是一种解脱。可他的四个小孩咋办？据说最小的那个曹文慧还不到两岁。"老师们摇着头，深深地叹息着。

放学后，王美睿找了一根大竹棍预防狗，打算去曹文川家看望。周老师说曹文川的哥哥在他班上，他也有义务去关心一下。黄老师也说要去，于是三位老师就一起向曹文川家走去。

还没走拢曹文川家，击鼓声和唢呐声就远远地传来，还隐约听见道士在念经。到了曹文川家院子，只见曹文川的父亲弯曲着身子躺在屋外的木板上。两个木匠正忙着用旧木板钉一副简易的棺材。一个邻居说，由于发现他时身体已僵硬，扳不直，就只能这样弯曲着放进棺材里。

曹文川和哥哥曹文博正懂事地跪在父亲面前的瓦缸边，一张一张地给父亲烧纸。只要有客人去吊唁，他们就给客人磕头答谢。老三曹文东才四岁多，他像看西洋镜一样，好奇地看着前来吊唁的客人，一会儿钻到父亲躺的木板底下捡没有炸过的火炮，一会儿又拿一支香出去点燃，玩得不亦乐乎。曹文慧见姑妈哭得死去活来，也放声大哭，在场人无不跟着流泪。

老支书林正新也禁不住流下了眼泪，他哽咽着说："前年还好好的，如今这家人就这样散了。"他抓了一下后脑勺说："唉，这四个小孩咋办呢？"

一个邻居说："他姑妈已经说了，她打算负责领养老大和老二。唉，她家也是三个孩子，并且都比较小，加上这两个，一共五个了。她也是普通农村家庭，老公也没有什么技术，就靠在工地上打零工来维持生活，本来他们的生活都比较困难，这样一来就更加困难了。"

"那其他的两个怎么办呢？"

考虑一阵，林书记说："我回家跟老婆商量一下，看能否领养老三，我估计她会同意。老三平时都喜欢到我家玩耍，我们挺有缘的。嗯，文慧不到两岁，就给廖长青抚养吧！我去说看看。廖长青是大龄单身汉，虽然智力有点问题，但是他给小孩煮饭是没有问题的。他妈王大嫂很爱干净，做事很细心、麻利，而且非常热心，也很喜欢小孩。"

见孩子们今后的去向都落实了，老师们松了一口气。王美睿一手拉住林书记，一手拉住曹文川的姑姑说："照顾孩子们的事就交给你们了，你们辛苦了。他们的学费你们不用担心，可以用'圆梦基金会'的钱。只是他们平时的一些生活用品，生活和学习的管理就要麻烦你们了。"

常言道："有妈的孩子是个宝，没妈的孩子像根草。"从那以后，对曹文川不管是学习还是生活，王美睿都格外关注。

快过年了，王美睿没有忘记腊月二十五这天是曹文川的生日。为了给他过一个快乐的生日，也给曹文川几兄妹制造一个团聚的机会，王美睿带着幼儿园几个小朋友，一起向曹文川姑妈家走去。

路过林书记和廖长青家时，他们带上了老三曹文东，可没见着老四曹文慧。曹文川姑妈家的案板上堆了一大堆香料，还有很多竹签，一个老太婆正在教曹文川姑妈做香。室内的案板上、室外的架子上全都是香。做这么多，看样子是要拿到街上去卖。曹文川正将姑妈做好的香，拿到屋外架子上摊开晾晒。哥哥曹文博正在数已经晒干的香，然后用棕叶丝一束一束地捆好。

王美睿大声喊："曹文川小朋友，生日快乐！"

其余小朋友也跟着喊了起来："曹文川，生日快乐！"

见老师带着这么多同学来，曹文川高兴极了。他激动地放下香，张开双臂就朝王美睿扑过来。王美睿也张开双臂将他紧紧抱住。小朋友们纷纷拿出了自己的礼物：有精美的卡片，上面写满了温馨的祝福；有文具盒、水彩笔、橡皮擦等学习用品；有瓜子、糖果等零食，还有一个漂亮的生日蛋糕。曹文川换上了王美睿带来的新衣服，大家边鼓掌边唱《生日快乐》，他在大家的祝福中吹蜡烛许愿。事毕，王美睿邀请在场所有人一起吃生日蛋糕和瓜子、糖果等零食。

曹文川说："今天我好高兴，好安逸哟！"

曹文博和曹文东几乎异口同声地说："王老师，我们也要过这样的生日！"

王美睿笑着说："好的好的，明年你们的生日，我一定提前计划，和你们的老师、同学、朋友一起来跟你们过。"

临走的时候，王美睿才想起没有见着四妹曹文慧，便向姑妈问她的情况。姑妈抹着眼泪说："唉，四妹命苦啊，本来王大嫂做事很细心的，对孩子也很好，可惜好人命不长，好好的她半夜突然得脑溢血走了。廖长青是一个智力有问题的人，他带孩子怎能让人放心呢？所以我先把四妹接过来在我婆婆那里住几天，继续寻找下家……"

小文慧似乎知道自己是这个家庭多余的人，王美睿哄一阵后就不哭了，拿着玩具独自玩耍。经过打扮后的她看起来好漂亮，明亮的大眼睛忽闪忽闪的，圆圆的脸蛋白里透红。小家伙也很懂事，吃零食懂得与人分享，拿着饼干迈着蹒跚的步子走到徐文浩面前递了一块给他，然后又一摇一晃地走向王美睿，还向他们扮了一个鬼脸，把王美睿和徐文浩的心都萌化了。

"你个小家伙，简直是上天送给我们最好的礼物！"王美睿将她抱起来，亲了又亲。

徐文浩轻轻地揪了一下她的小脸蛋，皱着眉头苦苦地思索着："唉！这么可爱的小东西，交给谁才放心呢？"

"我们接手怎样？"

徐文浩很是意外，慎重地说："我们？这个——我倒是没有想过，不过，你确实想领养，我不会强烈地反对，就怕老爸和老妈那关难过。你也要好好考虑清楚，养小孩可不是养猫养狗那么简单。在教育的时候，别人的孩子打不得、骂不得，否则别人就要说你虐待，到时候费力不讨好。"

"这个我考虑过，我从来不在乎别人怎么说，该怎么管还得怎么管，做到问心无愧就行了。"

徐文浩点点头，终于下了决心："好！那我支持你。无论你做出什么决定，我都支持你！"他停了停，望着王美睿深情地说，"爱你就要接受你的一切，正如当初你接受我一样。"

王美睿感动地扑进徐文浩怀里，柔声说："老公，你真好！"

徐文浩说："不过，你要有心理准备，老爸和老妈很顽固，他们这次就是专门为孩子的事来的。"

黄昏时分，王贤良夫妇回来了。见两位亲家不远千里登门拜访，他们很高兴，马上杀鸡宰羊，做了很多好吃的。吃完晚饭，徐文浩妈妈郑重其事地对王美睿说："三妹、文浩，你们结婚好几年，年纪也不小了，也该考虑生小孩了吧！"

王美睿连连答应说好，已经在做准备了。

徐文浩妈妈板着脸说:"每次在电话里你都说好好好,但是孩子呢?不要哄我们,要拿出行动来。我们也是一大把年纪,等不起了!"

沈秀兰说:"我也催促过好几次了,趁我们年轻好帮忙带。她以前说想多挣几年钱再说,现在又说工作太忙。哪阵工作不忙?"然后又转向王美睿,语重心长地说:"你看看村里你的同龄人,人家已经有两三个小孩,甚至有的已经快上小学了!"

王美睿指着正在玩耍的曹文慧,半开玩笑半认真地说:"我知道你们都是为我好,这里不是有一个现成的小孩吗?我准备领养她。"

"啊?!"

双方父母犹如挨了当头一棒。徐文浩妈妈生气地说:"那是别人家的小孩,跟我们有半毛钱的关系吗?你对她再好,长大了也是别人家的,有些长大后还反目成仇呢!"

王美睿笑着说:"妈,不要把血缘看得那么重要。我们凭良心做事,至于她长大后认不认我们,一切顺其自然,我们也不需要任何回报。"

沈秀兰生气极了,大声吼道:"闭嘴,死东西!亏你说得出来。过去那些老年人说'不孝有三,无后为大',你硬是个不孝之人。你婆婆和公公只有文浩一个儿子,这么远他们就是为生小孩的事来的,你们明明自己能生却要领养别人的孩子,你让老人家多伤心啊!"

王美睿很不高兴地说:"我和徐文浩都是几十岁的人了,我们有我们的思维,你们不要干涉我们的生活行不行?"

王贤良拿着还没编完的扫把狠狠地打在王美睿身上,生气地说:"你个不争气的东西,三个中最不听话的就是你!每一件事你都和我们对着干,你不气死我们你不心甘!"

王美睿重重地挨了一下,生气地夺过父亲的扫把"呼"的一声就扔到屋外,跑到自己屋子"嘭"的一声狠狠地关上了门。小文慧被吓得哇哇大哭。徐文浩父母气得当场提着行李箱要走。王贤良夫妇赶紧将他们拉回屋子,劝他们消消气,说等三妹平静一点后他们再去劝说试试看。

隔了两天,沈秀兰走进王美睿的屋子,用祈求的口吻对她说:"三妹,幺儿,趁人年轻,你就给徐家生一个吧!你也要替别人想想。"

三妹平静地说:"妈,以前徐文浩有'大三阳',我不敢要小孩。我想把他的身体养好后再要孩子。"

"啊,徐文浩有'大三阳'?什么时候得的?"

"结婚前我就知道了!"

"我的个天呢!三妹,你个憨包儿,你怎么这么傻呀?"沈秀兰气得直跺脚。

"爱我所爱,无怨无悔!没得法,命中注定的。"

"现在呢?他好像没得事呀!即使你要领养这个小姑娘,你也可以再生一个呀!"

三妹说:"我领养这个小姑娘与徐文浩的病无关,现在科学技术这么发达,小孩有病也可以治疗,只是我不想生了。"

"为啥子呢?"

"文慧这么乖,我觉得没这个必要了。我们将她带好、培养好就行了。"

"开什么玩笑?她毕竟不是亲生的呀!"

"人心都是肉长的。我们相信,只要我们对她好,她长大后也一定对我们好!"

"我看你们小两口是书读多了,把脑壳读坏了,你们简直是头脑发热!"

"哪里是头脑发热了?你看敬爱的周总理,还有宋庆龄,他们没有子女吧?但却被全国人民爱戴、敬仰,可以说流芳百世……"

"闭嘴!你有啥子资格说这样的话?他们都是当大官的,你是当大官的吗?"

"我是普通人,但我有权利选择自己的人生。妈,你就不要管了。亲生的又怎样?远的不说,就说本村的汪大娘和万碧青吧,她们老了走不动了,她们的那些儿子还有女儿都是亲生的吧,结果怎样呢?有人管他们吗?孔祥林是抱养的吧,他对表叔公咋样,大家有目共睹,比孔祥清和孔祥贵这两个亲生儿子好得多。我相信只要我们对她好,长大后她也会对我们好。"

"那今后对你们不好呢?"

"端正心态吧!首先我在做这件事的时候并不是想要她回报,所以不会失望。尽力做好该做的事，把一切交给天意。"

沈秀兰恨恨地说："老娘好话歹话说尽，你都不进油盐，不管你们了！你们自己决定，一切任其自然！"

沈秀兰气了两天又找宋高英和邓云会甚至郭术珍去劝说，结果都被三妹以同样的理由拒绝了。徐文浩的妈等了几天，不见亲家母回信，只得自己找她。沈秀兰叹了口气，故意做出欲言又止的样子说："不知道我是该告诉你好呢，还是不告诉你。"

"亲家母，有什么你就直说。"

沈秀兰做出很生气的样子说："原来是你家徐文浩的问题，他有病，不能生小孩！"

"啊？！"徐文浩妈妈惊呆了，她知道自己的儿子有病，但是不知道不能生小孩。"我家徐文浩不是好好的吗？为什么不能生呢？"

沈秀兰说："医生说不能生就不能生，他的病会遗传给小孩的。这种病根本治不好，有的人为了治病被搞得人财两空。万一遗传给了孩子，那不是既害了大人，又害了小孩？你们今后再也不要提生小孩的事，特别是在你儿子面前，免得他怄气。这也是三妹没有当面跟你们说穿的原因。"

徐文浩妈妈无力地瘫坐在凳子上。这时，小文慧一摇一晃地走过来，望着徐文浩妈妈张开两只小手，奶声奶气地喊："奶奶，我要抱抱，我要抱抱！"

徐文浩妈妈看着她呆萌可爱的样子，忍不住"扑哧"一声笑了。

王美睿自己不生孩子却领养别人孩子的事很快就在村里传开了。有人说她太笨了，不给自己留后路；有人说她心好，好人一定有好报。无论人们怎么议论，王美睿从来不在乎，每天带着曹文慧上下班，回家后协助父母干些农活，日子忙碌而充实。每天晚上空闲时，徐文浩也会给王美睿打电话，了解文慧和家里的一些情况。得知王美睿咽炎病越来越严重，却不得不坚持上课时，徐文浩焦急万分，一再叫她去大医院治疗。大医院太远，王美睿忙于工作又带着文慧不方便，一拖再拖。徐文浩就只得到处打听偏方给她邮寄回来。

这天，王美睿正在上课，忽然电话铃声响起。她瞟了一眼，是肖静打来的。多年不见的老朋友一定有说不完的话，王美睿打算下课后再与她联系，于是挂断了电话。可隔了几秒她又打过来了，王美睿又挂断，这样反复了好几次，紧接着就收到了她发来的短信："有重要的事，快接电话！"王美睿只得接通了电话。

对方的语气焦急而急促："快！快收拾东西来广州，徐文浩出事了！现在已经送进重症监护室！"

"啊？！"王美睿被突来的消息一震，几乎站立不稳，心仿佛被尖刀刺得鲜血直流，她追问道："他怎么了？"

"警察已经来了，估计跟工作有关，具体情况我也不清楚，你来了就知道了。"王美睿赶紧去跟周老师交代了几句，回家将曹文慧交给母亲，就连夜赶火车奔向广州。

王美睿下火车时，肖静和熊金花早已经在火车站焦急地等候。王美睿着急地问："他现在在哪家医院？情况怎么样了？"

肖静的眼泪马上就涌了出来，抱住王美睿号啕大哭："睿姐，他——他——他已经走了。呜呜呜，已经被送到殡仪馆了。"

"啊！我的天！"王美睿顿时觉得五雷轰顶，眼前一黑，身子一歪，包裹被丢在一边，倒在地上就什么也不知道了。

当王美睿醒来的时候，发现自己正躺在一张长长的沙发上。她撕心裂肺地放声大哭起来："这是怎么回事呀？这是为什么呀？好好的人怎么就走了呢？"

何华强走过来握住王美睿的手，捶打着自己的脑袋内疚地说："美睿，都怪我不好，都怪我不好。我没有帮你照顾好他！"冯秋霞、熊金花、冯毅、肖静表姐等人都在一旁流泪。

冯秋霞说："徐文浩现在经常喝酒你知道不？我估计跟这个有关。前几天他还和客户一起喝酒。"

王美睿很惊讶："啊，他居然经常喝酒？为什么呢？他明知道自己有病，医生也叮嘱他不能喝酒，他为什么不听呢？"

其实，徐文浩只要严格按照医生的要求去做就可能没事，但只要不注意保养，这一天迟早都会来，可没想到来得如此之快。王美睿非常后悔让徐文浩远离了她的监管。如果一切可以重来，她一定让他滴酒不沾，更不会让他那么拼命地工作。

大家这才知道徐文浩居然患有肝炎病。

何华强说："估计他是大意了，觉得自己现在没事，挺健康的，就忘记了医生的忠告。他也是为了工作吧，据说他前几天正在公关一个大客户……"

前几天还活蹦乱跳的一个人，说没就没了。大家和王美睿一起伤心、流泪，感叹生活的无常和生命的脆弱。

徐文浩的葬礼很简约，除了他的父母及少数亲人，还有在广州的几个朋友，王美睿没有惊动太多的人。她知道他一向低调，喜欢安静，就让他静静地离去吧！

  那一年
  经过你的身边
  我把一枚漂亮的石子
  扔向碧透的波心
  可卑微在青春的冲动里缠绵

  从此
  心里就种下了一个念想
  有朝一日
  定要骑一匹心爱的五花马归来
  身着锦衣沐浴英雄的光芒
  再来见你

  秋风起兮
  当初的那个少年
  远在千里
  正顶着一头月色独酌
  只为有一天与你共享清辉

塘边的你啊

你站过的地方

是否草木青青，花儿也已经开放

王美睿喃喃地念着徐文浩写给自己的诗歌，泪水再次模糊了双眼。"草木已青青，花儿已开放，可那个曾经的白衣少年，你在哪里？"

王美睿心如刀绞，将徐文浩的日记紧紧地贴在胸口。

徐文浩带走了王美睿的欢乐，也带走了她的希望。处理完后事回家后的很长一段时间，她都在失眠中度过，然后起床用酒精一次次麻醉自己。

沈秀兰半夜醒来，总能看见她的窗户亮着，然后听她说着谁也听不懂的醉话。沈秀兰很是担忧，抚摸着三妹的头说："幺儿，看开些吧，人走了是怄不回来的。如果你倒下了，我和你爸怎么办？文慧怎么办？"

三妹流着泪痛苦地说："他是为了工作，也是为我们才喝酒的。他说过他要多挣钱，明年就在县城买房……呜呜呜……"

沈秀兰也哭了："是的，我们都认为徐文浩确实是个好人。可他都已经走了，再怄也怄不回来呀！"

"文浩，你回来，你回来！你等等我，你等等我！！"这晚，王美睿又喝得酩酊大醉，起身时不小心将酒杯"啪"的一声摔在地上。她踉踉跄跄地踩过酒杯，吐了一地，顺势就倒在了床上。

第二天早上，王美睿眼睛红肿，也没吃早饭，洗漱后就准备带文慧去上班，可找遍整个房间也不见文慧的踪影。她慌了，赶紧问母亲看见文慧没有。沈秀兰冷冷地回答："今天一早我把她送人了！"

"啊！什么？你居然自作主张，把她送人了！"

"对头，把她送人了！你天天这样烂酒，发酒疯，莫教坏了孩子，你不配为人之母！"

她摇晃着母亲痛苦地喊道："你送给谁了？赶快去找回来！"

沈秀兰气愤地说："既然是故意送的，就不得接回来！"

王美睿哭着祈求道："妈，我已经一无所有了，再让我失去文慧，你叫我怎么活？求求你告诉我，她现在在哪里？"

"你最好断了这个念头，我永远也不得告诉你！你这辈子也别想见到她了！"

王美睿使劲摇晃母亲："妈，你告诉我吧，今后我不喝酒了还不行吗？"

"今后不喝酒了？你说话算话？"

王美睿咬咬牙，流着泪坚定地回答："算话！只要你把文慧接回来，从今以后我不喝酒了，好好照顾文慧，好好工作，好好生活。"

黑檀村到五华乡的机耕道扩修为村村通公路后，村子里摩托车多了起来，逐渐也有大货车、私家小汽车开到村居委会。随着经济的发展，搬到城镇居住的人进一步增多，文慧五岁那年，幼儿园里一共只剩下五个学生，王美睿的收入不要说工资，就连最基本的生活费也得不到保障。好心的邻居们都劝王美睿停办幼儿园，趁着年轻早日为今后谋出路，可王美睿说："说我不想走那是假话，可越到最后留下来的就是家庭越困难的，我走了他们咋办？"

春去春来，很快又一个新学期来临。王美睿报完名，带着文慧刚想离开学校，老支书却叫住了王美睿："王老师，你班上还有多少学生？"

王美睿说："加上文慧一共五个。"

"五个小孩开一个班太浪费了，对你也不公平。"

王美睿笑着说："没有什么公平不公平的，我以前还有一点存款，饭我还是吃得起的。入党的时候我就已经宣誓了，'随时为党和人民牺牲一切'。"

老支书感动地向王美睿伸出了大拇指："你真是一名优秀的共产党员！我一直在考虑一个问题，就是下一届村支书选谁呢？我马上满六十岁退休了。"

"啊！林书记，您这么快就要退休了？"

"是呀，我想向村党支部推荐，由你任下一届支书，如何？"

王美睿很惊讶，头摇得像拨浪鼓似的，说："我？不行不行，我对村上的工作一窍不通，况且我这毛德性不适合当领导。"

老支书说："谁生来就是当领导的料呢？不懂可以问，可以学，可以培养呀！性格嘛，慢慢磨嘛！你人年轻，文化高，接受能力强，表现也好，你肯定能行！"

王美睿难为地说："林书记，我真的不行！"

"你是担心幼儿园那几个小朋友？我已经联系了中巴车天天将他们接送到五华乡中心校幼儿园。他们都是建档立卡贫困户，车费村上资助。"

王美睿仍然不答应。林书记说："现在不忙下结论，你回去好好考虑一下再说。"

王美睿回到家，王贤良就问："人家林书记好心好意推荐你当村支书，你怎么拒绝了呢？"

王美睿有些意外："啊，你怎么知道？"

"他已经给我打过电话，叫我好好劝你，说黑檀村老百姓需要你。"

"爸爸，我看还是算了吧！"

"为什么呢？我看你是'狗坐轿子——不识抬举'！你以为这个位置没人去？成不成还不一定呢！我听别人说想的人多得很，现任村委会主任甘国平等了很多年，他早就在活动了。据说他与乡长甘霖是家门，人们经常看见他出入乡长办公室。据说文书李爱国的表弟是县上领导，如果他给乡上打招呼，谁敢不听？现任妇女主任方春燕也是个不简单的人，去年因为工作出色被评为'三八'红旗手，还有张正、谢思华、刘来明、戴勇等近十个党员都把这个位置盯着的，机会非常难得。"

"你这样说我更不想去了！"

沈秀兰说："三妹，去试试看吧，总比教幼儿园好得多。你看方春燕当个妇女主任多神气。"

王贤良说："这也是上天对你坚守幼儿园的回报。不想当将军的士兵不是好士兵！你怎么那么犟呢？"

王美睿说："不想当将军的士兵就不是好士兵？那你怎么不在村上谋个一官半职？"

一提起这事王贤良就发火了，他生气地说："就怪孔祥林这死东西嘛！哼，还好朋友呢，我呸，狗屁好朋友！要不是他这个搅屎棍，我早就是大队干部了。"

"啊，那是怎么回事呢？"

"以前大队是非常看好我的。孔祥林入党后，林书记叫他带信给我，叫我去大队找他，他想推荐我当文书。结果孔祥林回家不开腔，直到现在都没有跟我说。很久以后林书记问起我才知道。"

"哦，难怪你那么恨表叔。如果真是这样，他确实做得不对。但后来应该也有机会呀！"

"以前大队叫我去代课，结果他一回来我就没戏了。大家推选我当队长，他一回来又让他抢了去，包括……都被他抢去了。他简直就是我的克星，有他在，我什么都干不成，所以后来我就什么都不敢想了。"

"包括什么？"

"这个……这个……今后我再告诉你。"

王美睿坚决地说："我还是不想去当这个村支书。竞争这么激烈，我完全有可能选不上，这不是白忙活了吗？如果我成功了呢，又会成为众矢之的，所以还是放弃为好。"

王贤良说："试试看嘛，失败了就当什么都没发生；如果成功了，你是一把手，他们敢把你怎样？"

王美睿说："我还是不敢去试。如果实在推不脱上任了，甘国平、李爱国、方春燕他们在村上工作这么多年了，年龄又比我大，我怎么好开展工作？"

王贤良实在劝不住王美睿，只得给林书记回话，并说出了她的担忧。开支委会前，林书记找到王美睿，郑重其事地说："美睿，我已经跟每个党员和村干部谈了心，他们全都支持你来接受这个任务，你就答应了吧，黑檀村需要你。"

"林书记，谢谢你，我真的不合适。"

"甘国平、李爱国、方春燕，他们工作勤勤恳恳，任劳任怨，在村上工作多年虽有群众基础，可他们年龄都偏大，文化没你高，又不会用电脑，很不方便。有几个年轻党员性格急躁，考虑事情欠周到，还需历练，所以你是最佳人选。我和乡上的领导已经沟通了，我们会支持你的工作，希望你能够带领全村老百姓脱贫致富。"

这时，甘国平、李爱国、方春燕还有好几个党员都围了过来，他们诚恳地说："美睿，答应了吧，我们一定支持你！"

王美睿终于重重地点了点头。最后，连续三次选举，王美睿都是百分之百全票通过。

第九章　新程再启航

王美睿当村支书的消息是宋高英去王贤良家借箩筐时无意听到的。走出王贤良家，她遇人就说，不到半小时，全村人都知道了。

宋高英喜笑颜开，逢人便说："你们看我们家祖坟还是埋得好哈，大妹在城里工作，老公已经是镇长了；二妹虽然下岗了，但是她老公开了一家建筑公司，自己当老板了；现在三妹当我们村书记了。今后你们说话可得放尊重点，不要一天'三妹''三妹'的，要叫'王书记'！"

邓云会哈哈大笑，说："要得嘛，不叫三妹，叫王书记，对你和姜碧珍也得尊重一点，应该叫'书记大娘'和'书记幺娘'。"在场的人都笑了。

接任村支书后，王美睿连续好几天失眠，她苦苦地思索着怎样开展工作，怎样不负厚望，带领乡亲们脱贫致富。有时半夜也起床查阅资料，学习了解国家的方针政策，阅读参考其他地方增收致富的成功案例，还参加了县政府组织的新任村干部培训，到县委党校参加法律、管理、发展经济等方面的学习。

王美睿一边听讲，一边认真做笔记，将关键信息画上着重符号，牢牢记在心里。学习结束回到村上，她就召集村"两委"所有的干部开会。

清晨，她第一个来到村委会。待她打扫完室内外卫生，各村干部才陆续到来。其实，在幼儿园任教这么多年，大多数村干部她是认识的，只是还需要进一步了解。王美睿来这么早，还把清洁卫生打扫了，甚至将大家的办公桌都擦干净了，大家心里很温暖。

第一书记林鹏飞是位帅气的中年干部，个子很高，一张白净、方正的脸上戴着一副金丝眼镜，看起来既成熟睿智又很有文艺范儿。他原单位是县政协机关，他首先表扬了王美睿："今天王书记以身作则，走来就给我们上了一课，佩服佩服！"

王美睿笑着说："谢谢林书记，这些都是小事，不值一提。村上工作我一窍不通，今后你们多多指教才是。今天我想召集大家开会，主要商量一下今后的工作，理清一下思路，你觉得可以吗？"

林鹏飞说："怎么不可以呢？当然可以。王书记和我想到一块儿去了，我正说召集大家开会讨论这个事情呢！这样，甘主任的资历最老，也最有工作经验，你先说说看对于精准扶贫工作，我们应该怎么开展？"

甘国平说："我觉得基层干部应该走进群众，村民的吃喝拉撒都要去关心、了解。村民需要什么，心里想的什么，这些都要经过走访弄清楚，不能天天待在办公室里遥控指挥。"

林鹏飞点点头说："对，很多情况我们必须亲自下去查看、落实，光听别人说是不行的，必须挨家挨户走访才能掌握第一手资料。王书记，你刚来村上，很多工作不熟悉，最好先挨家挨户走访，这样工作才不会被动。"

王美睿点了点头。

林书记继续说："现在我们的中心任务是精准扶贫，不是说拿钱给贫困户，输血给他们就完事，关键是要提高贫困户的造血功能，培养他们自己挣钱的能力。这个任务非常艰巨，因为我们村贫困户非常多，形形色色的人都有，工作量大不说，难度也非常大。所以大家要齐心协力，多动脑筋，动用一切力量完成任务。方主任，你是'三八'红旗手，工作做得非常出色，你也谈谈。"

方春燕说："针对贫困户，当然普通家庭也一样，妇女能顶半边天，她们是一股不可小看的力量，除了要调动农户创收的积极性，也要发挥家庭妇女的重要作用。"

李爱国说："我觉得不管是妇女也好，男人也好，要解决思想问题。很多人贫困就是懒惰造成的，所以要对他们进行思想教育，把思想做通，事情就好办了。"

　　李爱国的讲话获得了在场人员的充分肯定。团支书谢思华、支部委员张正和刘来明等都觉得精准扶贫要坚持"两手抓"，一手抓贫困户的家庭经济发展，另一手要抓村集体经济。通过大力招商引资助力村上产业发展，治理撂荒地，让村民有地方就业。林鹏飞点头表示同意，他让大家根据这条思路，下去好好思考如何招商引资，如果有好办法马上开会研究。然后林鹏飞帮助王美睿根据实际情况，将扶贫工作和日常工作进行了重新分工，明确了各村干部的责任，要求大家在今后的工作中要做到分工与合作相结合，还强调了工作纪律。

　　王美睿根据林书记的指导，先挨家挨户走访，全面查看村民的生产、生活、收入、房屋、用水用电甚至精神面貌等情况，同时向村民宣传国家教育、医保、养老政策，指导他们使用、查询银行卡和社保卡等。她还把电话号码给村民，叫他们有什么困难就打电话，或者到村委会办公室找她。

　　王美睿每天早上六点多就起床，饭后就从家里出发，从一组开始走访调查，必要时还带领其他村干部同行。那时乡村公路仅仅修到了村委会，从村委会到各组的公路还仅仅是毛坯，有的生产队甚至连毛坯公路也没有，只有羊肠小道，所以还得步行。九组、十组远一点的几家，走一家就要花一两个小时甚至一上午。她详细询问每户的人口、各家庭成员的年龄、生产、收入、生活及孩子的学习等情况，了解他们目前的困难，并一一记录下来。

　　遇到饭点，王美睿从不去村民家吃饭，饿了就吃早上带去的冷馒头或者方便面，有时坚持到晚上回家再吃饭。吃了晚饭收拾完碗筷后，她再把白天统计的情况进行分类整理，列出村民最迫切需要解决的问题。

　　很快夏季雷雨季节到了，黑檀村山地多，王美睿格外担心发生自然灾害。这天中午，她正在入户走访，不一会儿天空就暗了下来，大团大团的乌云连成黑压压的一片，并且越来越低，看样子立刻就会下一场倾盆大雨。

"糟了，滑坡风险地带的村民还没转移，如果大雨下来山体滑坡再转移就来不及了。"

她赶紧掉头，骑着摩托车赶到羊儿坡，沿着公路敲开了李天全家的门，然后扯着嗓子喊："李大爷，大暴雨马上就要来了，你们后山属于滑坡地带，赶快撤到吊咀桥附近安全地带，等大雨后再回家。快走！不要去收拾东西，赶紧！全家一个不留，马上走！"

李天全连忙答应："要得，马上就走！"

然后她又逐一敲响了王大林、范中发等五六家的门。这座山对面是黄牛坡，跟羊儿坡的地形结构差不多，土质松软且地形陡峭，也是滑坡高风险区。山下面还有张福忠、刘大成等五六家。从公路到山下还没有修通公路，王美睿只得停好摩托车跑下去通知，然后再爬坡返回骑摩托车。这时有几滴雨点已落在了王美睿头上，她正想骑摩托车离开，又感觉不放心，就又返回羊儿坡查看。

范中发、冯良军、彭四川几家正迅速向吊咀桥方向撤离，可不见李天全和王大林家的人，她又返回去敲响了这两家的门："李大爷、王大爷，大雨都已经在下了，怎么还不走？"

李天全和王大林说这房子已经住几十年了，年年下大雨从来没事，叫王美睿放心。王美睿严肃地批评道："怎么那么没有安全意识呢？地质灾害来临要预告你们吗？要防患于未然！你们现在出去躲一躲不会给你们造成任何损失，大不了浪费一点时间。如果不走，一旦发生山体滑坡，这些房子全部都会被埋掉，那时还有人吗？赶快走！"

在王美睿的一再催促和监督下，李天全和王大林一家才赶紧出了门。

王美睿这才骑上摩托车迅速地向村委会方向行驶。行到大寨顶，忽然，天空划过一道耀眼的闪电，紧跟着就是震耳欲聋的雷声在头顶上空响起，震得地动山摇。王美睿看到前方的一棵大树被雷击中，"啪"的一声拦腰折断，然后"轰"的一声重重地倒在了公路上。这棵大树倒下的树枝离王美睿只有两三米，吓得她出了一身冷汗，心突突直跳，差点从摩托车上摔下来。来不及多想，王美睿的车轮直接从大树枝上辗轧而过。紧接着，豆大的雨点就砸了下来。三四点、五六点、七八点，很快织成密密的线帘。仿佛积聚了几个世纪的能量要在此刻释放。瓢泼似的大雨扯地连天地倒了下来，在地上溅起无数朵水花，汇聚成一道道小溪滚滚而下，似乎要吞没整个世界。雨点越来越大，形成雾茫茫的一片屏障，让人看不清前面的路。一路跌跌撞撞，五六分钟后，王美睿终于到达了村委会。

此时，她已被淋成了落汤鸡。来不及揉揉摔跤受伤的腿，擦擦湿漉漉的头发，她一瘸一拐地爬上屋檐，脱下湿透的红外套，掏出手机拨通了乡党委领导的电话，欣喜地说："黄书记，地质灾害风险区的群众，现已经全部撤离到了安全地带，包含八组的顽固分子李天全和王大林……"

瓢泼似的大雨下了整整一夜，王美睿也担心了一夜，除了担心滑坡，她还担心村里很多老房子倒塌。

雨停后，天刚蒙蒙亮，她就叫甘国平陪着自己上山去羊儿坡和黄牛坡，还有其他几个最容易发生地质灾害的地方走访。刚出门走到渔斗小桥，就看见高涨的河水犹如海浪一般汹涌着，吞没了很多房屋及庄稼地，小桥已经被浑浊的河水深深地淹没。他们不得不绕道从福利村天桥过去，结果天桥也被淹没了。他们只得互相搀扶着蹚着几乎齐腰的河水，冒着跌入大水中的危险，壮着胆子一步一步摸索着过河。

一路上，很多道路和庄稼地垮塌都非常严重，王美睿和甘国平只得又绕很远的路行走。因查看灾情的心情很急切，加上土路很滑，他们摔倒了好几次，身上糊满了泥浆并多处受伤却浑然不知。

到了羊儿坡和黄牛坡，他们挨家挨户查看，特别是贫困户。果真，昨晚半夜发生了严重的山体滑坡。羊儿坡和黄牛坡西边整个山体被雨水浸泡后，大量的石块、泥土还有树木一起全部坠落在公路上，李天全和王大林家的房屋几乎被塌方的泥土和石头全部摧毁，其他几户家里全是淤泥，家具家电全部浸泡在水里……

李天全和王大林也正好在查看房屋情况，见到王美睿和甘国平激动得几乎说不出话来："啊，王——王，书记，全——全靠你昨天一直要我们走哟，要不然，我们——我们全家就被埋在泥土里了。你可是我们家的救命恩人呀！可房屋都垮了，我们怎么活哟？"

王美睿说："两位大爷不要着急哈，我和甘主任已经把你们的受灾情况记下来了，我们会向上级反映，党和政府一定会帮助你们的。"

甘国平说："先要确保安全，不要在倒塌的房屋里挖东西出来，太危险了，人的命比东西更值钱。你们先暂时住在邻居或者亲戚家里，等我们的消息。"

安顿好受灾群众，他们又去了黄泥堡、洪殿子、狮子寨等地查看，安抚受灾群众，一直到晚上天黑了很久才回家。这时他们才想起，这天他们居然还没吃午饭。王美睿简单清除了自家厨房和卧室的淤泥后，已经是晚上十一点，她来不及做饭就疲倦地睡去了。

第二天一早，王美睿和甘国平又继续一户一户走访，他们极力稳定受灾村民的情绪，让他们相信党、相信政府。晚上七点多，终于查完了所有的灾情，所幸没有人员伤亡。她安排各村干部负责一个组，组织志愿者到受灾严重的家庭中帮助打扫卫生、清理物品，然后她骑上摩托车去乡政府民政所汇报灾情。在多方努力下，所有的受灾群众都根据受灾情况得到了民政救助。

隔了几天，天刚亮王美睿就接到群众电话，说从村委会去乡政府的乱石岩急转弯处，公路已经被上方掉下来的一块大石头压垮，王美睿立即带领所有的村干部到现场去查看。

到了乱石岩急转弯处，果然有一块巨大的石头从陡坡滚下，连续几次砸中呈"S"形的公路，最后停在陡坡半腰的马路上，不仅把马路堵得严严实实的，还将旁边的护栏砸坏滚落到坡下。大石头所到之处的公路完全被压坏。这大石头距离公路边一农户只有几米，要是向房屋方向再偏一点，后果不堪设想。这是大雨将泥土泡软后，泥土承受不住大石头的重量就坠落下去了。她马上就将情况上报了乡党委政府。

乱石岩是通向乡政府的必经之路，公路被阻断，给黑檀村人特别是每天都要经过的学生造成了很大的不便。有几个骑摩托车的村民，绕过大石头，强行从公路旁边的庄稼地过去，因为地形太陡峭直接翻车，这多危险啊！王美睿看在眼里，急在心里，马上召开村"两委"会谈论解决办法。

王美睿说："乱石岩路段地形复杂，在悬崖乱石之下，施工难度很大，如果要修复这条路，必须重新规划路线，这要牵涉到多个部门合作。所以通过正规程序，可能要很长一段时间才能修好，但是老百姓出行太不方便了。大家觉得我们应该怎么办呢？"

甘国平转向林鹏飞："林书记，你站得高看得远，你有什么好办法？"

林鹏飞抓了一下脑袋说："我看能否协调一下，催促相关部门特事特办，尽快修好路。"

李爱国说："这次暴雨导致全县受灾地方很多，有些地方情况比我们这里更严重，协调相关部门特事特办可能效果不是很好。"

王美睿说："那我们村'两委'能否自己想办法筹款解决呢？"

林鹏飞说："你的意思是募捐？"

王美睿点点头，说："我们村'两委'带头捐款，再倡议孔祥林、甘水清、谭远平、应小峰等在外发展的企业家捐款，然后热心的村民捐一点儿，问题应该不大。争取在一个内修好路。"

甘国平说："要想早点修好路只有这样了。但我觉得这个倡议不能在群里公开，不然很多村民会反感，认为村上乱摊派。"

"对头，那就有针对性地打电话或者发信息。"

大家都赞同，说干就干。林鹏飞和王美睿带头捐款一千元，各村干部也纷纷慷慨解囊，现场就筹集到了一万多元。然后王美睿代表村"两委"分别向孔祥林、甘水清、谭远平、应小峰等企业家打电话说明情况，希望他们能够捐款支持老家修路，结果得到企业家们的大力支持，每人捐款一万元。然后王美睿又向老家在本村的机关单位人员和家庭经济条件好一点儿的村民发出了捐款倡议，很快就筹到了十三万元。

谭远平说，希望村委会把工程质量做好一点，如果钱不够，后面所有的开销他一个人全包了。这么多人为家乡的公路修复出钱，感动了很多村民。有人建议将捐款人名单刻在石碑上立在乱石岩路口，以示表扬，黄大山赶紧将五十元交给了王美睿。但是立碑的事后来被村委会和企业家们否定了。

资金到位后，林鹏飞和王美睿马上组织人重新规划线路，协调土地，两天后工程队就入场了。为了监督工程队规范施工，避免安全事故的发生，林鹏飞和王美睿率领村干部亲自督战。黄大山也经常跑到工地上监督、查看。他大声对工人们说："师傅们，这个钱来得不容易哟，是我们捐的款，你们一定要把质量做好，保证公路的安全。这是为我们的子孙后代做好事。"

仅用了二十天，垮塌的公路就被改道重修完毕。接下来，王美睿继续入户走访，用了整整两个月才走访完全村。全村十个组，两千多户村民，常年在家的有五百多户，困难户有两百多户，特别困难的有七八十户，这些特别贫困群众的名字、家里所有情况王美睿都记得一清二楚。虽然她早有心理准备，但还是被贫困户的现实情况惊到了。

一组的张超文，父母常年生病，他自己也得了肺气肿，经常犯病，他不仅劳力丧失，每年还要花很多医疗费，他还有两个正在上学的孩子，所以生活举步维艰；三组的贾云合，老两口已经六十多岁，老婆患有先天性心脏病、腰椎间盘突出等病，儿子没文化、没技术，也不能干，在建筑工地打杂，媳妇嫌他们太穷跑了，留下一个也有心脏病的孙女；五组六十多岁的张清平已经得癌症好几年；七组的范中学和范月吉，一个早年丧子，一个终身未婚，现在都是七十多岁的孤寡老人……还有目前负担最重的贾从碧。

贾从碧年近八十，两个儿子都因病去世，留下一个智障儿媳，两个正在上初中的孙子，一个正在上高中的孙女……

每到一处，王美睿就问他们国家给予的补助他们是否领到，生活上还有哪些需要党和政府帮助，鼓励他们一定要对生活充满希望，战胜困难，好好培养孩子。

贾云合、贾从碧、张清平、贾仁孝……还有很多贫困户饱经沧桑的脸庞、迷茫的眼神，不断在王美睿脑海中闪现，经常让她彻夜难眠。

由于长期下乡日晒雨淋，王美睿白皙的皮肤已变得黝黑而粗糙。这对于年轻爱美的女性来说，是一件非常遗憾的事，她戏称自己为"黑玫瑰"。为了节省时间，王美睿在家里将菜、肉洗干净切好后带到村委会，全部倒进电饭锅里一起煮熟，就解决了她和文慧中午的吃饭问题。有时候她也叫林鹏飞和离家较远的村干部一起吃。为了工作方便，后来村委会成立了食堂，愿意在村上吃饭的村干部都可以参与，大家轮流煮饭。

在调查走访中，王美睿发现有些庄稼地杂草丛生，就立刻给队长打电话，叫队长提醒农户及时清除。如果发现农作物有病虫害，他们立即咨询农业技术员寻求解决办法，然后指导农户治理。

为了确定并上交建档立卡贫困户名单，王美睿根据自己了解到的情况及各村干部提供的信息，列了一个初表，然后召集村"两委"开会讨论。经过反复斟酌，名单终于确定了下来，最后张贴在村委会办公室外的墙壁上公示。

不久，村委会办公室外就站满了围观群众，人们议论纷纷的。

"嘻嘻，贾云合、王长久被评为贫困户。哦，张超文、刘四海也是贫困户！"他们为自己没被评为贫困户感到庆幸。

"贾从碧、张清平、贾仁孝也是贫困户。他们都有病，孩子又多，当然贫困，这个名单还是很真实！"

消息传得很快，下午王美睿刚下班回家，村里哪些人被评为贫困户的消息就已经传开了。大家都来找王美睿证实。

宋高英不放心，大声问王美睿："三妹，哦，不，王书记，贫困户名单里没有我吧？"

王美睿笑了一下说："幺娘，你就跟以前一样叫三妹吧，叫王书记听起好怪。你没有被列为贫困户。"

"没有就好，没有就好！说啥子也不能把我列进去。你幺爷在外面打工每个月都有收入，我虽然不算富，但是也不算穷。你大娘姜碧珍还有彭大莽都被列进去了，给她们取消了吧！"

这时姜碧珍过来了，她非常不高兴，板着脸说："三妹，我穷吗？比我还穷的人多得是。你们这样坏我名声，我儿子晓峰本来就是残疾人，你们这样做还想他娶媳妇不？给我改了！"

王美睿为难地说："大娘，这不是我一个人的意见，这是村委会经过调查，然后开会研究通过了的……"

姜碧珍见王美睿不答应修改，生气地说："还说一家人沾你的光，这点小事你都打官腔，自己的叔娘都不照顾一下，气死我了！"说完头都不回地走了。

唐胜明、熊长寿等人也叽里咕噜地说着非常不满的话，见姜碧珍请求修改没得到允许，只好气呼呼地走了。

一个月后，村上就通知上了名单的贫困户到村委会开会，几个意见大的人假装没听见，只管干自己的农活。不一会儿，去村委会的人逐渐回来了，没去的人见他们一个个喜笑颜开的，就好奇地问："我看你们笑眯了，开会说些啥子嘛？"

"嘿嘿，去村上有搞头哟！"

姜碧珍赶紧问："有啥子搞头？"

"自己去了就知道了。"

没有去的人才放下锄头，赶紧追到村委会。

当天才几个小时，贫困户去村上按每人每个月一百多元或者两百多元不等的标准领取了低保金的消息就在全村传开了。这些都是不劳而获的钱，而且每个月都有，整个村子炸开了锅。原来被列为贫困户还有这个好处！那些曾经嘲笑上榜贫困户的人，除了对他们充满羡慕嫉妒恨，就只留下后悔了。他们居然当众说自己不贫困。

等王美睿下班回来，姜碧珍就换了一副笑脸追过来说："三妹，是我弄错了，我们确实贫困。你大爷老了，石头也打不动了，晓峰又不能说话，我又经常害病，给我再多发一些钱吧！"

"大娘，这怎么行呢？每个人的低保金额是国家规定了的。"

宋高英又找上门来，懊恼地大声说："三妹，我的乖乖，你给大娘弄一个'鸡保'（低保），就不能给我弄一个？我们全家就靠你么爷一个人挣钱，而他们工地经常停工，我家比你大娘家恼火得多。丽丽和欢欢这两个死女结婚后根本没管过我们，我和你么爷经常生病，扫把也没扎多少，我还欠了娘家很多钱，都快吃不上饭了，你也给我评一个嘛！"

王美睿拿出笔记本，叫宋高英过来看，说："么娘，我知道你困难。你看看这些家庭，任何一个都比你困难一倍。很对不起，名额有限……"

无论宋高英怎么说，王美睿始终不答应在困难户名单里加上她。人们又私下议论，郭术珍说："嘿嘿，狗日的'高音喇叭'，平时侃大话，像泡子黄鳝一样一天到处吹，说她两个女如何有钱，如何对他们好，现在见贫困户有钱拿就又叫穷了。对，王书记做得对，就不发钱给她，气死她个疯婆娘！"

李华英说:"实实际际说她也不算最穷的。丽丽和欢欢有时寄钱给她是事实,王贤富在场镇工地上做活路有收入,他们有时自己扎扫把还有一点收入。自己的婶娘也没有得到特殊照顾,看来王书记还是逗硬。"

邓云会哈哈一笑,说:"她这是怕影响不好吧!'人不为己,天诛地灭',你想她大娘家已经是贫困户了,再把幺娘家弄上去,这不做得太明显了吗?"

众人恍然大悟,都赞成邓云会的说法。

晚上,邓云会捡了几十个鸡蛋,再拿一些小菜盖在上面,走出门后又返回去捉了一只大鸡公就溜进了王贤良家。沈秀兰拦也拦不住,只得把王美睿叫了出来。

"哦,是表叔娘呀,今天还有空过来耍?坐,坐,坐!"

邓云会满脸堆笑,说:"三妹,王书记,我存了几十个鸡蛋,这里还有一只大公鸡,我喂了两年了,一点小小的心意。"

王美睿说:"表叔娘,我从来不收别人的礼品,你有啥就说吧!"

邓云会扭捏一阵终于开了口:"王书记,我的病你是知道的,你看你表叔没有技术,就是下苦力,根本挣不到啥子钱。孔军和孔芳两姊妹初中都没毕业就出去打工了,人小又没文化,挣来的钱只够自己用,你把我也列为贫困户吧!对于你来说就是一句话的事。"

王美睿难为地说:"表叔娘,我们都是根据实际情况来确定的,你家的情况我都知道。你们家虽然收入不算高,但是已经没有多少负担了,比你们困难的家庭还有很多很多。"说完王美睿将笔记本打开,随便选了几家贫困户的家庭情况念给她听。

邓云会好说歹说王美睿都不同意,只得失望地走了,走几步回头又气冲冲地将带去的东西提走了。

王美睿感到非常抱歉,拉住她说:"表叔娘,你为人热心、耿直、大度,也确实是有病在身,你对我们家的好我永远都记得。但名额有限,别人比你更恼火,并且这些名额的确定也是所有村干部讨论了的,我也没办法呀,真是对不起。我们争取自己多挣点钱吧,自己挣钱才是硬道理,我们一起努力。"

沈秀兰叹了口气说:"唉,这下把垮上的人全都得罪完了哟!"

邓云会刚走,黄大山拄着拐杖,一瘸一拐地来了。

沈秀兰招呼道:"哎呀喂,姨兄,昨天你还是好好的,今天怎么就成瘸子了?"

黄大山苦着脸粗着嗓子说:"姨嫂,别提了,得风湿关节炎很多年了,才去县医院照了片,严重得很,骨头都变形了,看来要残废了。"说完哼哼呀呀地呻吟了起来。

三妹说:"姨叔,那赶紧医治呀!莫耽误时间,越早越好。"

见三妹出来,黄大山马上换了一副笑脸说:"幺女,你是我亲侄女哟!我们两家可不是外人,是血滴滴的亲戚哟!"

王美睿点点头:"姨叔,我知道,知道。"

"你奶奶和我妈可是亲生的堂姊妹,你爸爸是我亲姨兄,我就是你的亲姨叔哟!"

王美睿笑道:"嗯,是的,姨叔。"

"我听我妈说,当年你奶奶生了你爸坐月子没吃的,曾经到我家吃过饭,还背走了很多粮食。"

"嗯,对头,听奶奶说过的。"

王美睿确实听说过奶奶去黄大山妈妈那里借过苞谷。那时黄大山的外公是地主,所以他家不缺吃的。

"奶奶还说全靠你家借了一斗苞谷,她把苞谷磨成面,掺水加上菜叶煮成羹,才度过了青黄不接的季节。"

"嗯,知道就好。三妹,我现在跟你说这些并不是需要你回报,是希望你看在亲戚的面子上体谅我家的困难,给我评个贫困户。"

"啊!将你列为贫困户?"

"对呀!你看我和老婆一身都是病,现在生意也不行了,黄梁、黄俊也没挣到什么钱,我现在连看病的钱都没有了。"说完黄大山干咳了几声。

王美睿用说服邓云会的方法劝说了黄大山。见王美睿始终不同意,黄大山直接从兜里掏出一沓钱放在桌子上说:"这是一千元钱,把我的名字加上去,可以了吧?"

王美睿果断地说："姨叔，这怎么行呢？我还没有开始工作，你就叫我犯错误？"

"三妹，何必那么认真呢？不是老辈子说你，你那么正直，你能够改变全中国乱来吗？据说其他地方得低保金的，基本上都是领导的亲戚，还有开着宝马车去领低保的。"

"啊？还有开着宝马去领低保的？不可能吧，姨叔，至少黑檀村不会发生这种事。"

"怎么不可能？就你才这么老实，人家说得有名有姓的。国家的便宜不占白不占。这两千元钱你收下，把我弄上去，我保证不会对任何人说。"

王美睿将钱塞回黄大山口袋里，坚定地说："姨叔，不是说不说的问题，是真不能这样做！既然是亲戚，你就应该理解我，支持我。"

王贤良也批评黄大山说："姨兄，群众的眼睛是雪亮的，你的家庭情况哪个不晓得？如果把你都评上去了，群众不闹翻天才怪。人还是要多为别人着想。"

见王贤良也帮王美睿说话，黄大山只好收起钱灰溜溜地走了。等他走远了，沈秀兰对着他的身影狠狠地"呸"了一声，生气地说："这人脸皮怎么这么厚？别理他！他娘当年借了一斗苞谷给你奶奶，也不知道他还要念叨多少年。为了还这份人情，他家修房子占用我家好大一块地。我和你大爷、幺爷还去他家帮忙好几天。每次他家红白喜事我们送的礼都比别人多，难道还没有还完，还要我们几辈人还？也只有他这种人才做得出这种不要脸的事。他两个儿子联合起来开了一家毛线厂，他家还在县城买了房，居然还惦记着低保的这点钱。真是恶心透了！"

王美睿感到很意外："黄梁和黄俊两人合开了一个毛线厂？还在县城买了一套房子？"

"对呀，据说黄梁的两个孩子马上要去县城上学了。"

黄大山从来就认为有钱能使鬼推磨，哪有拿钱办不到的事？没想到在王美睿这里碰了壁，他心里愤愤的，不断嘀咕着说："哼！王三妹你个黄毛丫头，居然假装正经，求你办点事，你居然不给面子，看来你还不知道我老黄的厉害。你走着瞧！"

本来他计划与老婆一起去县城照顾孙子的，他让老婆先去了，自己留在家里看动静。

这天午饭后，他在自家菜地摘菜，遇到贾云合的老婆住院回来，他大声招呼道："嫂子你出院了？这次你住院花了不少钱吧？"

贾云合老老实实地回答："没有花钱。"

"啊，没有花钱？整整住了半个月呢！"

"对呀，所有贫困户看病都不用花钱，我孙女读书学费和生活费也没交。我家的房子快倒了，政府还说要帮我们重新修呢！"

要给他们重新修房子？这得节约多少钱呀！黄大山气得肺都要炸了，他想了想，将菜带回家后就朝刘丹云家跑去。

刘丹云是出了名的"办蛮匠"，他对自己没被评为贫困户也有很大意见。黄大山神秘地对刘丹云说："你晓得不，这些贫困户硬是安逸也，每个月有低保，看病不要钱不说，国家还要给他们免费修房子。"

"啥子？免费给他们修房子？"刘丹云心里像猫抓一样难受，生气地说，"有这样的事？狗日村上那几爷子眼睛瞎了，老子这么烂的房子他们看不见，只知道照顾关系户！不行，老子要去村委会闹！"

黄大山翻了一下白眼说："你一个人能起什么风浪？"

"那怎么办？"

黄大山凑近刘丹云的耳朵，比画着说了很久的悄悄话。

第二天，根据工作安排，除了王美睿去村委会录入资料，其余村干部都入户走访去了。王美睿很早就到了村委会。她远远地就看见很多人围在村委会门口，男女老少都有，正大声吵成一团，有几个人的情绪还非常激动：

"评个锤子哟评！老子比别人还恼火些，别人能评为贫困户，为啥我不能？"

"评个卵呀评，评的全是关系户，不晓得村委会这几爷子得了多少包袱，老子砸了村委会！"

"要得，砸！砸！大家都砸！"

见王美睿走过来，众人说话的语气稍微缓和了些："王书记，我们一家快揭不开锅了，我们也要评贫困户！"

"王书记，我们家房子被火烧，现在都快倒了，为什么不给我们盖新房子？"

"王书记，我爸爸脑溢血，妈妈生重病，我在家服侍他们，已经半年没上班了，我实在太困难啦，给我评一个贫困户吧！"

"王书记，我家喂养的十几头猪全部死了，村上能否解决一下？不解决我今天就不走了！"

……

黄大山躲在一角，远远地欣赏着这出"好戏"。不知什么时候，邓云会、宋高英等人也悄悄地站在了他身后。王美睿从来没经历过如此混乱难控制的场面，以她以前的性格肯定马上和他们翻脸吵架。但她马上想起了自己是村支书，于是压住心头的火大声喊道："乡亲们，你们不要激动，贫困户名单以及他们的家庭情况都张贴在了墙上，你们可以仔细看一看，我们接受大家的监督。只是我们的宣传工作没有做到位，引起了大家的误会，我在这里代表村'两委'给你们道个歉。"

王美睿说完深深地鞠了一躬，然后假装上厕所拨通了林书记的电话，气愤得快要哭了："林书记，没想到我们村有这么多的'办蛮匠'！他们嫌没有评上贫困户，一起到村委会来闹事了。有的乱骂人，有的居然还说我们得了贫困户的好处，我们简直冤死了，甚至还有的说要砸村委会，气死我了！"

林正新赶紧安慰王美睿："没事没事，三妹你千万要冷静，别和他们一般见识，千万不能和他们发生正面冲突。这么多人一起到村委会，显然有人暗中使坏，你和他们吵架就上当了，再说这么多人，你吵得赢吗？我马上就过来，你把其他几个村干部也叫回村委会。"

王美睿赶紧给其他几个村干部打了电话，然后走出厕所打开办公室的门向人群大声喊道："乡亲们不要激动，进来坐着一个一个慢慢说。"

王美睿掏出笔记本一边倾听，一边记录，疑惑地问："前几次我入户调查，你们也没说有这些困难情况呀！"

王小毛说："我家是才发生的意外。"

赖小强说："当时不知道要评贫困户，更不知道国家要给这么多好处，因此没有说这么详细。"

吴几根说："我现在才检查出得了肾炎病。"

王美睿把闹得最凶的几个人的情况登记完，老支书和其他几个村干部都陆续到了村委会。老支书一到，人群很明显安静了一些。他眼睛往人群里一扫，指着刘丹云笑着说："老表，你又啷个的嘛？表嫂的肚子又痛起来了吗？你晚上给她多打两针就好了嘛！"

人群一阵大笑，刘丹云也忍不住笑了起来："老表，不给我评贫困户也就算了，我那破房子总得给我弄一下吧？"

王美睿说："评贫困户国家是有标准的，这里有《贫困户认定标准》，你们拿去看一下。"

老支书把刘丹云拉到一边和他单独交流。甘国平看了王美睿统计的情况，大声喊道："汪大财、沈小毛、王黑狗你们这些家庭有突发事故的，到我这边来。"

这些人马上就跟着甘国平过去。甘国平依照名单一个一个给乡民政所打了电话，详细描述了这几家突发的事故，民政所记下了他们的家庭住址，说赓即派人下乡调查，根据调查情况和国家政策来确定资助金额。汪大财、沈小毛、王黑狗满意地离开了。

接过王美睿发的《贫困户认定标准》，一些人仔细阅读对照自己的情况。读完后，又走了几人。最后还剩下熊维成、叶大妹、月光林几人，王美睿和方春燕给他们讲了很多道理，叫他们要自力更生，不要光想着依靠政府，要想办法自己挣钱。修房子是针对贫困户的旧房、危房改造，他们房子好好的，政府怎么可能给他们修房子呢？可无论两人如何讲，这几人也赖在村委会不走，还吵个不停。

王美睿耐着性子说："这样，我的朋友、熟人在县上工作的还有那么几个，我找他们想办法试试看。"

熊维成、叶大妹、月光林几人听了又高兴起来。王美睿把电话开成免提，让他们能够听清楚他们说的每一句对话："喂！孙主任你好！老同学，好久不见了，请你帮个忙好吗？我们五华乡黑檀村的贫困户现在能否增加几个名额？他们这几个家庭确实恼火得很。有一家爸爸脑溢血，妈妈生重病，年轻人在家服侍他们已经半年没有上班了；有家夫妻双方都有病，几个孩子都在外打工……他们的家庭收入当然早已经超过最低标准，恐怕不行呀？按照正规程序不行，你看能否给我想想办法，破个例吧！你咨询了再给我回话？那好，我等你！"

熊维成、叶大妹、月光林几人惴惴不安地等着，胡乱猜测着对方的答案。过了近二十分钟，对方回话了，王美睿抓起了电话："喂，你联系了好几个同学都说不行？想办法也不行？那谢谢了！"

熊维成、叶大妹、月光林几人像泄了气的皮球一般蔫了下来，但是仍然没有要离开村委会的意思。王美睿说："哦，我怎么把这事忘记了呢？我姐夫现在不是上挂到农业局了吗，他跟局长关系好着呢，我再问他试试看。"

几个人心里又充满了希望。结果，对方经过多方打听后的回复跟前面一样，他们评贫困户和改建新房都不符合国家规定。王美睿在脑海里苦苦地搜寻着，只要有一点可能的熟人电话都打，一直忙到下午一点，得到的答案都是"不行"。熊维成、叶大妹、月光林几人无话可说，麻烦了王美睿几个小时，他们也有一点感动。

王美睿对他们说："符合国家政策的，哪怕赴汤蹈火我也要给你们办了，但不符合政策的，我们确实没办法。全国这么多人，政府肯定是管不过来的，很多事情我们不能坐等政府来解决，你们自己要勤俭，多想办法挣钱，争取自己脱贫致富。"

几人连声说是，最后说了很多感谢的话，离开了村委会。

等闹事的村民全部走完，王美睿把老支书叫到无人的地方说："林书记，我，我受不了了，工作辛苦、报酬少也就算了，没想到村上这么多'办蛮匠'。有些人根本不听你的，你跟他说再多也不起作用，简直是油盐不进。我最受不了他们冤枉我，说我得了别人好处，刚才还有人说要砸村委会大门，好吓人！我，我想辞职，不想干了！你们另请高明吧！"

林书记赶紧示意三妹小声点，说："三妹，你在我面前这样说就算了，在外人面前千万不能这样说。这样有损你的威信，别人对你的印象也不好。跟农民打交道就是这样的，他们很多人没文化、没头脑，经不住别人挑拨，就干出一些过激的事来，适应了就好了。任何只要有人的地方都有矛盾，任何单位都不可能是风平浪静的。当领导就要听得，听得上面对你的批评，听得下面对你的意见，听得群众对你的抱怨。只要你没有私心，真心为老百姓着想，终有一天他们会明白的。"

"你以前也是这么过来的？"

"肯定的呀，哪个人的路是一帆风顺的？每位领导都要遇到很多麻烦事甚至委屈，就看你怎么去处理。农村人说话没个高低，你千万不要放在心上，今后再遇到这种事一定要冷静，耐心听他们讲。有些人也像小孩一样，讲完你再好好安慰一下就没事了。有时候你不能老把自己当书记，和他一板一眼的，你看那个刘丹云刚才跳得那么凶，我跟他开玩笑套近乎，然后跟他谈心，站在他的角度想问题，同情他、安慰他，嘿嘿，他是火炮性子，爆炸以后就没事了。"

王美睿皱着眉头说："我还是没信心！"

林书记说："你今后记住这一点，抱着为人民服务、为人民着想的思想，始终把他们的利益放在第一位，做到公平公正，慢慢地他们就相信甚至依赖你了。遇到有些难处理的事，你把他们的利益捆绑在一起，事情就好处理多了。比如刚才熊维成、叶大妹、月光林几个，明明他们的条件不符合评贫困户，你耐着性子到处给他们打电话求情，这一点就做得非常好。让他们看到了你的真诚，也让他们意识到评不上确实不是村上的责任。你只要真心对他们好，他们也会对你好的。"

在后来的工作中，王美睿发现一个问题，各组好多农户都种了桃子、李子、枇杷、橙子等水果，虽然村村通公路已经修好，但各个生产队还没有修公路，交通十分不便，无法运送到场镇去卖，最后白白地烂在了家里。

"要是队队路通了，这些水果、蔬菜、大米不就可以变成钱了吗？"要想富，得先修路。可钱从哪里来呢？在与镇驻村干部商量后，王美睿向乡政府申请将本村评为贫困村，希望得到国家政策上的帮扶。

她将这两个月了解到的突出情况向上级部门作了汇报，经核实后，当年六月，黑檀村被评为了福寿县"贫困村"。

通过村上申请、相关部门协作以及国家政策的扶持，黑檀村终于将村主公路全部拓宽、硬化，新修了通向每一个组的便民路，增修并硬化了入户路，不仅做到了村村通、户户通，还实施了农田基本保护水利项目，也落实了改田改土几百亩滴灌式的现代化种植模式。

这个周末很晚了，大妹王小莲忽然回了老家，全家很是意外。王美睿叫道："哎哟喂，我家大小姐回来啦！马上就要开学了，你回家做啥子呢？"

"没事就不可以回家了？"

"回娘家当然不需要理由，但是你回家肯定有事。"

"不是有事，我回五华乡工作了。"

"啊，你回五华乡工作了？"

"对呀！"

沈秀兰赶紧出来喊道："大妹你疯了？好不容易考进城，你回五华乡来做什么？"

"我回五华乡来支教呀！把城区学校先进的教学经验带回来。"

沈秀兰这才放下心来："那你回来支教多久呢？你回来果果谁带？"

"组织上安排的是一年，不知道期满后是否可以延期。"

王美睿高兴起来："这下太好了，家里更热闹了。"

王小莲说："中心校有房子，我可不会在家住，这么远天天回家麻烦。不过，我们学校也有扶贫任务，每位老师要负责三户，我下乡扶贫也会顺便回家的。"

王美睿喜笑颜开："太好了，太好了！我的工作又多一个帮手了！"

王贤良说："你们也有扶贫任务？国家对贫困户硬是重视的，我看除了教育部门，医院、邮政、环保局、人社局等各个机关单位，我认识的几个干部都在下乡扶贫。"

王美睿说："是呀，帮助贫困户脱贫是一项极其艰巨的任务，所以必须全社会都来关注，尤其是事业单位和行政单位的机关干部，这叫脱贫攻坚战。"

王贤良问王小莲："你负责哪几家？"

"我负责何桂华、姜碧珍、唐胜明。"

"哈哈哈……"大家笑了起来。沈秀兰说："姜碧珍，你大娘呢！他们有意这样安排的吧？"

王美睿说："肯定是有意这样安排的，在熟悉了解的基础上开展工作，更容易入手。何桂华就是'洋丁丁'大婶，我给她取的外号。她的头发梳得很搞笑，看起来像小姑娘，又像唱戏的，非常可爱。"

沈秀兰又问："你回来支教，果果怎么办？"

"吕伟杰和他妈带呀！"

"他们带你放心？"

"怎么不放心？不过周末和节假日我要回家看他的家庭作业，平时就天天视频联系吧！"

沈秀兰说："你不会又是因为吵架回来的吧？"

"不是的。妈，已经说了，这是学校的安排。"

当着父母的面，王美睿没有揭穿姐姐，她知道为家庭琐事，姐姐经常与姐夫和婆婆发生争执，让她趁支教出来换个环境，冷静一段时间也好，果果大一点就好了。

这天晚上，一家人摆了很久的龙门阵，刚睡着大家就被王美睿急促的电话铃声惊醒了。电话是六组的沈华容打来的。她在电话里哭得很厉害，声嘶力竭地喊道："刘大江打死人啦！刘大江打死人啦！王书记快来救命呀！"接着就听到很多碗筷摔在地上的声音。王美睿的瞌睡一下子就被赶走了，她大声喊道："莫打了！莫打了！不能乱来哈，有话好好说，我马上就到！"

沈秀兰气愤地说："是哪个灾舅子？三更半夜的还打电话，还要不要人活？三妹，你一个女孩子家家的大半夜往哪里跑？有天大的事明天再说吧！"

"沈华容两口子在打架，打得很厉害，碗都摔破了很多，万一打出了问题怎么办？"

沈秀兰气呼呼地骂道："这个死婆娘，怎么不找甘国平与方春燕？什么事都找村支书，村支书不累死下场？六组那么远，又黑黢黢的，要经过一片坟地，吓死几个人！"

"我也不想去，但没办法呀！"

王小莲眯着眼睛喃喃地说："我陪你去吧！"

"算了，大妹，你明天要上课，我陪三妹一起去吧！把她推到这个位置我有责任。"王贤良一边穿衣一边说。

出门后,王贤良坐在王美睿的摩托车后面,父女俩很快就到了六组。沈华容家里的灯是亮着的,王美睿父女俩踢开门上了楼。只见刘大江正按着沈华容的头使劲朝地板上撞,沈华容躺在地上紧紧抓住刘大江的头发。王贤良父女俩用尽力气才将他们拉开。

王贤良大声说:"你们两口子是阶级敌人?打得这么凶!我说你刘大江也是,一个大男人怎能这样打女人?"

刘大江气呼呼地说:"这种蛮不讲理的泼妇该打!打得还不够,把老子气得要死……"

刘大江话没说完,却被沈华容趁机狠狠地打了一扫把:"狗娘养的!老子叫你个龟孙子偷人!老子叫你个龟孙子偷人!"

王贤良一惊:"偷人?偷谁?"

刘大江气愤地说:"她纯粹是个神经病,疯子婆娘。哪有那回事嘛,整天疑神疑鬼的。我在外面建筑工地打杂,大家知道打杂工工资都低,再加上这几个月经常下雨,所以工地经常停工,实在没钱寄回来,她就怀疑我把钱给别的女人了,把我骗回来要我交钱出来,否则就和我离婚。现在工地忙得起火,我却又回来了,把老子气昏了!"

沈华容一把鼻涕一把泪地哭诉道:"你个龟孙子才是神经病。你老汉是癌症病人,哪天不要钱开支?我的腰椎间盘突出病发了,也干不了重体力活,你几个月不寄钱回来,这个家你还要不要?你的钱不是给野女人还能给谁?老子说话可是有证据的,你没钱还带野女人出去旅游?"说完沈华容把手机里的照片给王美睿父女俩看。

照片中,刘大江确实和一个中年女子很亲密地站在一起,两人都笑得很甜蜜。

"都已经跟你解释了,这是去年我们提前两个月完成了任务,公司请我们吃了一顿饭后,在饭店附近的一个公园里玩了一会儿。这张照片是一个工友随手拍的,我怕引起误会才藏起来的。"

王贤良批评道:"大江,你老爸生病,你老婆也有病,你应该想办法弄点钱回来。即使没钱也应该经常打电话关心,这才叫一家人。你钱没得,电话也不打,叫谁都有意见。你要懂得关心人。"

沈华容大声说:"反正你在外面也没挣钱,我的要求是你回老家来,多少也可以照顾你老爸和我。你就想出去一个人潇洒快活,如果你要走,我们就离婚!"

刘大江说:"留在老家我能找到事做吗?你以为我想出去?"

王美睿说:"去五华乡沙场上班捞河沙如何?我看嵌瓷砖、刮仿瓷收入也不错。大江,你爸爸和老婆还有几个孩子都需要照顾,既然你老婆这么大的意见,你可以考虑回老家。你先去试试看,就在场镇去找点活干到,先解决一家人的吃饭问题。如果你要发展家庭经济也可以,你去村委会农家书屋看看吧!那里藏书上万册,发展农村经济的书最多,关于种植、养殖、市场营销等方面的书籍都有,还有育儿、婚姻、养生保健等方面的。你去借来看看,也许能够帮到你。如果成功了,你们之间的所有问题都解决了。"

刘大江想了想,同意暂时不出去,等天亮后就去村委会农家书屋看看。

王贤良也背着刘大江批评了沈华容:"华容,有什么事,夫妻之间要好好沟通,好好说话,在事情没弄清楚之前不要冤枉人。就凭一张照片就说他有婚外情,他怎么不生气?常言说'家和万事兴',你今后不能动不动就骂人。"

沈华容不好意思地点了点头。处理好刘大江两口子的事,天已经大亮,回家时经过二组,王贤良父女俩发现有块地满是野草,弱小的苞谷苗被茂盛的野草覆盖,几乎看不见苞谷苗了。经过打听才知道这是刘银才家的地。一向勤快的刘银才现在为什么不打理了呢?王美睿叫父亲先回家,自己去刘银才家看看。

刘银才家只有两间陈旧的土墙房子,在新楼房林立的村子里格外显眼。王美睿在屋外连续叫了好几声刘银才都没有答应。可邻居说他在家,王美睿只好推开门走了进去。

"咦,你不是在家吗?怎么不答应我呢?"

刘银才含着泪水,有气无力地回答:"完了,完了,呜呜呜——一切都完了!"

王美睿关心地问:"什么完了?说来听听。"

"婆娘不跟我了，离婚了。家散了，我什么都没有了，呜呜呜！"

"哦，原来老婆跟你离婚了。离婚也不代表你就完了吧？它只代表一段感情的结束。你还年轻得很，还有小孩，怎么就完了呢？可以告诉我你们是什么原因离婚的吗？"

刘银才伤心地说："她嫌我太穷了。"

王美睿皱紧了眉头。是的，不仅仅是刘银才，整个黑檀村都太穷了，仅二组就有好几个单身汉，三四十岁了还娶不上媳妇，全村就更多了。

王美睿说："你整天怄气不做事就富起来了？她就回来了？这样只会让你更加穷困潦倒，叫她更加瞧不起你。你要记住你肩上的责任和义务，你还有年老的父母和年幼的孩子。你人还年轻，一切从现在开始都不算晚。"

刘银才面无表情，一言不发。

王美睿继续说："你可以到周边找个地方上班或者学一门技术挣钱养活一家人呀！发展家庭经济也可以，比如种植养殖业。现在的社会，只要人勤俭，不说致富，养活一家人还是没有问题的。你要振作，活出个样子来，让前妻因离开你而后悔。"

"我觉得我不行。"

"没试，你怎么就知道自己不行呢？你没看过中央电视台的经济栏目？哪个人创业不是困难重重？只要多动脑筋，坚持不懈，说不定你今后还是个养殖大户或者致富能手呢！"

经过两个多小时苦口婆心的劝解，刘银才终于有所改变。他抬起头来，眼里充满了希望之光。

王美睿趁热打铁，说："你如果想发展个体经济，资金方面，村上愿意给你提供最大的帮助。我们联系扶贫办，给你提供免息小额贷款。"

刘银才感激地点头致谢，说他饭后就去地里锄草，种好庄稼，然后好好想想今后的出路。

第十章　丹心应无悔

王美睿觉得，黑檀村经常发生吵架甚至打架事件，其根本原因就是贫穷造成的。她整天脑子里不是想着全村这家的庄稼，就是想着那家的吃穿。怎样才能带领全村乡亲们致富呢？王美睿和村"两委"干部都苦苦地思索着。

这天王美睿从村委会回来，在她家竹林旁边遇见了一个身材高大魁梧、浓眉大眼、五官清秀的年轻小伙子。王美睿惊讶地叫了起来："啊！志强哥，你回来了！"

"啊，三妹，是你呀！"

两个儿时的小伙伴十分开心，像孩子似的拉着对方的手跳了起来。双方都仔细打量着对方，欣喜若狂。王美睿捶了孔志强一拳，高兴地说："几年不见，你比以前更加英俊、帅气。你居然回来了！"

孔志强也回了王美睿一拳，笑着说："嗯，回来了。你也比以前看起来更漂亮了，更成熟、干练、有气质了。"

"哈哈，你再说几句我就飘了。你们工厂不忙吗？现在怎么有空回来？"

"现在我们工厂是淡季，不是非常忙。我幺娘说我家砖房子很久没人居住，长满了野草和青苔。老房子也快倒塌了，我回来修缮一下。你行啊，当上咱们村最大的行政长官了。尊敬的王书记，恭喜你！"

"谢谢！过奖了，为人民服务！这个书记不好当，责任重大！"

"不好当？太谦虚了吧？我都亲耳听见很多村民夸你呢！说你思想

好，处处为老百姓着想，为人豁达，很容易接近呢！"

"唉，只有我自己才知道，我离党的要求差远了。全村还有那么多人生活困难呢，怎么带领他们脱贫致富，我们脑壳都想大了。哎，实在找不到突破口，我很烦……你经常在外面跑，见多识广，有没有合适的项目推荐一下嘛？帮帮我！"

孔志强抓了抓脑袋说："帮你那是必须的，就凭咱俩小时候那交情，你的事就是我的事。嗯——我觉得最好发展集体经济，让留守在家的人有地方干活挣钱。"

"嗯，对的，我也这样想。可引进什么项目呢？"

"我们村那么多的荒山，现在有了村村通公路也方便，可以多种植桃子、李子、梨子等水果树呀！"

王美睿说："这些普通水果树到处都在种植，恐怕已经供过于求了。"

"我是说要种植良种的，味道很好，销售价格很高的那种。如果你们要搞这个项目，我倒是有几个朋友可以引荐你们认识。"

"谢谢，那我考虑一下。"

第二天，王美睿就召开村"两委"会将孔志强的意见提了出来。林鹏飞说："从充分利用荒山这个角度来看这个项目很好，但要大量栽种，即使是良种的桃子、李子、梨子也有可能会滞销。我们没有配套的加工产业将卖不掉的果子做成罐头或者果干。当我们大量种植后，万一果子卖不出去咋办？"

大家赞成林书记的观点。甘国平说："王书记，你打电话问一下你姐夫吕科长呀，他的意见一定很有参考价值。"

王美睿恍然大悟，说："对了呀，明明有资源我怎么就不知道利用呢？"于是她拨通了吕伟杰的电话，对方的回答与林鹏飞担心的完全一样，他说："立项一定要考虑销售渠道，否则在市场经济大背景下，没有特色而又生产过剩就容易失败。"

就这样，引进优质桃子、李子、梨子的项目就被大家否定了。

"一定要选择有特色的立体式农业，要做到基本无销售的后顾之忧。"孔志强耳边反复出现王美睿跟他说的这句话，他念着念着忽然眼睛一亮想起什么来："啊，有了，有了，终于想起来了！"

他高兴得跳了起来，赶紧找到王美睿："三妹，我突然想起了这个项目，看你是否感兴趣。前次我出差去广西，经朋友介绍去一家农家乐吃饭。这家农家乐掩映在茂密的竹林里，非常幽静，空气也非常清新。见客人来了，老板马上到竹林采摘了很多竹笋回来炒腊肉。那腊肉好香，现场采摘竹笋，让我们感觉好绿色环保。竹笋味道好极了，它与我们平常吃的竹笋很不一样。我们平常吃的竹笋纤维太多，口感粗糙，但是这种竹笋的肉质很厚，口感细腻，吃起来不仅不涩，而且有一股回甜味。我走时还购买了一些带走。老板说，方圆十几里的竹林都是他承包了的。当时我就想过，要是这些竹子能够栽种在我老家就好了，前几天我居然忘记了。"

王美睿说："这种竹笋很好呀，应该需要技术人员指导种植，也需要大量的人力物力吧？"

孔志强说："我问了老板，不需要多少技术，就跟种普通庄稼差不多，施肥、浇水、锄草就行了。但是这些工作也只是在刚开始栽种的前四年才做，五年就可以成林。成林后野草被遮盖，没有充足的阳光就长不起来，那时竹子根须也很发达，就不用再浇水、锄草、施肥等管理了。一株成竹就可以繁殖一二十株竹笋，而且发笋子的时间比本地楠竹要早二十多天，可以填补冬季蔬菜缺口。从前一年冬天可以一直采到第二年清明节前后。长大后的楠竹也是很好的建筑材料以及做家具的材料。"

王美睿高兴地拍着手说："好，好，好，棒极了！成片的竹林长得好看还可以供游客观赏，姐夫说要注意销售渠道。竹笋可以当菜吃，有这么大个县城做后盾，销售应该不成问题。实在生产过多，我们可以晒成竹笋干慢慢销售，或者腌成咸菜销售也可以。可以将一至三组大量的荒山利用起来，还能够净化空气，防止水土流失。它年年发笋子，年年带来经济效益。真好啊，这真是个好项目！"王美睿高兴得手舞足蹈，连声道谢："志强哥，我的好伙伴，谢谢你给我介绍这么好的项目。我明天就召开村'两委'会研究，然后派人去考察。"

果然不出王美睿所料，林鹏飞和村"两委"干部对这个项目都很感兴趣，全部通过。经过再三研究，王美睿决定与甘国平一起亲自到广西考察。

下火车后，他们坐上了前来接应的冯老板的小汽车。小汽车拐进一条支公路后，展现在眼前的是一片翠绿的竹林。放眼望去，他们周围所有的山头接天连叶全是竹子，汽车连人被淹没在一望无际的竹海里。一阵风吹过，绿色的浪涛便一浪接着一浪，欢快地扑腾着、翻滚着。脚下竹林里的竹笋裹着浅褐色的外套，头上扎着黄绿色的蝴蝶结，像一个个蹒跚学步的胖娃娃，可爱极了。一些还没长出叶子的嫩竹分散在竹林中，竹竿上长满了细细的绒毛，像亭亭玉立的少女含羞而立，散发着淡淡的清香。王美睿忍不住轻轻地摸了摸它，啊！好舒服，好细嫩，那种感觉就像抚摸在婴儿的脸上，那么柔嫩、光滑。他们满心欢喜，摸摸这株又摸摸那棵。闭上眼睛，仿佛听到了笋子沙沙拔节的声音。

　　王美睿问这种楠竹对土壤有没有什么特殊要求。老板说没有，即使是荒地，成林后也能长好。他一共栽种了两千多亩，亩产能够达到四百斤，除去人工搬运费，年收入上百万元。他说他在邻乡还有几百亩花椒基地。参观完竹海，他们的汽车又驶向了花椒基地。

　　老板说，他的花椒基地一共有六百多亩，是通过土地流转划拨的土地，他每年都要向村民交土地租金。现在种植的花椒是引进的新品种，叫九叶青，这种花椒树长得很矮小，采摘起来很方便。六月左右它就成熟了，烘烤干后主要销售到湖南、重庆、北京一带。正常情况下年产量可以达到二十多万斤，年产值可以达到七十万余元，解决了附近村民就近务工，今后种植基地还要扩大到一千亩。

　　整个基地的花椒树长势良好。叶子青翠碧绿，密密的，树上层层叠叠地挂满了一串串青青的小果，看来今年应该是个丰收年。一阵风吹来，空气中弥漫着浓郁的花椒香味。王美睿深吸几口气，贪婪地享受着。她觉得川渝人更喜欢吃麻辣味，本县距离重庆、成都都很近，种植花椒比广西更具优势。四组、五组的撂荒地也很多，可以将楠竹和花椒两个项目同时引进。

　　回到农家乐，经过双方协商，初步谈定了楠竹和花椒苗的价格，只等王美睿与甘国平回村做好下一步工作，再签订购买种苗合同。

　　回乡后，王美睿立即将项目及考察情况向乡党委、政府作了汇报，乡党委、政府又派人去考察核实，然后向县农业局递交了立项申请书。

申请书分析了项目的可行性与必要性，也拟定了基地村民、村集体、贫困户分别按总利润的百分之五十、百分之三十、百分之十比例分红的方案，剩下的百分之十用于产业的再发展。两个项目都得到了县委、县政府的大力支持，最终批准划拨产业扶持资金和财政专项管护资金一百五十万元，分四年划拨到位。

为了得到村民的支持，村委会召开了一至五组村民大会进行大力宣传，阐明了发展产业带来的效益，也讲清了资金的来源以及利润的分配方案。听说自己不出钱还可以分红，而且可以去种植新品楠竹领取六十元一天的工资，大多村民都很高兴、支持，但也有些思想固化的人反对。散会后，他们留下来将王美睿围住，七嘴八舌地说了很多理由。王美睿记住了林书记的话，耐着性子听他们一个一个说。

有个老头说："王书记，你们种植了新品楠竹，我们上哪里放牛去？"

王美睿说："大爷，一组、二组、三组的荒地和庄稼地都很多，到处都是撂荒地，怎么没有地方放牛呢？你的牛也养得不多呀，为了不影响你养牛，我们尽量利用离村子远的荒山。如果你实在不愿意，你家的荒山可以不种植新品楠竹，可到分红的时候你可别后悔哟！"

老头见王美睿不劝他，也怕村上真的不要他的荒山，就不再作声了。

有人直接说出了他们的担忧："王书记，如果我们去种植新品楠竹拿不到工钱，也分不到红找谁呢？"

其实这才是问题的关键，王美睿说："乡亲们，你们的顾虑我完全可以理解。参加劳动的钱当月兑现，不存在拖欠，会上已经讲了。分红的问题，村民与村上是要签订合同的。合同大家知道吧？是有法律效力，要受法律保护的，大家可以放一百个心。"

通过耐心解释，终于征得了这部分人的同意。可签订合同那天，还是有几户人没到村委会，包括黄大山。这几户人大多数是因为没有评为贫困户而对村委会耿耿于怀，故意捣乱的。王美睿将这几人分给村干部，每人负责做一个人的思想工作。

下班后，王美睿去村委会商店买了一箱牛奶和一些饼干走向黄大山家。

黄大山远远地就看见王美睿提着礼物过来，暗自高兴。他知道他没有评上贫困户不能完全怪罪于王美睿，但是想到贫困户白白得了国家那么多好处，他心里又有些不舒服了："哼，你个黄毛丫头，谁叫你有好处的时候不记得我？现在晓得有求于我了？"

不过他还是满脸堆笑地接待了王美睿："哎呀，你个侄女也是太客气了，来就来嘛，提什么东西呢？坐，坐，坐！"

王美睿笑道："姨叔，一点小心意不成敬意，希望你收下。"

"我给你送礼你说我违规，你给我送礼就合法了？"

王美睿嘿嘿一笑说："姨叔，你说对了！你给我送礼是为自己的利益，是私事。我给你送礼是工作，是为了集体，也算是我这个晚辈对长辈的尊重。并且金额很少，这不算违规。"

黄大山干笑了两声，连忙接过了口袋，大声说："呵呵，姨侄女，我是开玩笑的，开玩笑的，你别当真。"

王美睿开门见山地说："姨叔，你还在为没有评为贫困户生气？请你原谅，这确实不符合国家政策规定。今后只要符合政策规定的，我一定帮你！"

"姨侄女，没有呀！姨叔早就不生气啦！都已经忘记啦！"

"那你为什么不去村上签合同？"

黄大山故意为难地说："哦，我是要去的，只是这几天忙得很，实在没时间。"

王美睿说："姨叔，现在大部分人已经签字了。说实话，少了你们一两家对于村上来说一点影响都没有，但吃亏的是你们自己。我是看在我们是亲戚，又住在一个塆的情分上才来找你。别到时候看别人分红你后悔，那时才来怪我没有提醒你。"

黄大山说："那，我尽量抽时间，隔两周就去吧！"

王美睿说："姨叔，季节不等人，我们等不了那么久。最迟大后天我们就要去订购楠竹苗了，要根据土地亩数订购，没签字的就不会纳入栽种计划哟！"

黄大山假装想了一阵说："那我安排好家里的事，明天就去。"

"这还差不多。"

在各级政府及广大村民的大力支持下，楠竹苗和花椒苗顺利地栽种了。其间，孔志强也忙前忙后做了很多事，帮忙联系车辆运输，与村干部一起查看每窝楠竹和花椒的栽种是否符合要求，等等。王美睿很是感激，同时也好奇地问孔志强："志强哥，你在老家待这么久，应该不仅仅是回家修房子那么简单吧？"

孔志强笑道："王书记，你太聪明了！现在工厂我已经交给了我的几个助手，我回来还想去考察几个项目，准备和工厂同时经营，也回来散散心。"

"考察项目？如果可以，尽量考虑咱们村吧！黑檀村生了你养了你，你衣锦还乡回来建设自己的家乡多好，村委会尽最大的努力支持你！"

"我正有这个打算，相同条件下，我肯定首选咱村。"

王美睿开心地说："那太好了！我代表全村老百姓感谢你啦！散散心？你心情不好吗？"

孔志强叹了口气说："唉！小时候你是我最好的小伙伴，我就跟你实说。还不是为和石少娟的事，现在已经没有后悔药买了。哎，这也是当初不听父母话得到的惩罚。"

"你和石少娟关系还没有缓和吗？"

"缓和了几天，现在跟过去比是有过之而无不及。遇到这样的神经病女人真是倒了八辈子大霉。我不祈求她有多漂亮，也不祈求她有多贤惠，对我及我的家人有多好，仅仅希望她像正常人一样生活。但就这一点小小的愿望就难以实现。这样的婚姻太没意思了。"

"石少娟学生时代就是那种特别喜欢玩的性格，你也不是现在才认识她，为了两个孩子忍忍吧！"

"哎，我也不知道我们能够走多远。学生时代觉得她与众不同、豪爽，像男人一样讲江湖义气，跟她一起也很好玩，她又是篮球队的，所以对于她的追求毫无抵抗力。我现在肠子都悔青了哟！她什么事都不做，家里什么都不管，沉迷于麻将的那程度说来很多人可能都不会信，现在我的父母对她也很失望了。"

"沉迷于麻将到什么程度？说来听听。"

有一天下班回家后，孔志强非常疲惫，但家里冷锅冷灶的，不要说吃现成的饭，连一个人影都没有。前不久石少娟嫌孔志强给她的钱少了，还说了她，便和孔志强吵了起来，最后还打了一架。孔祥林气愤不过将石少娟狠狠地批评了一顿，难道她又去打麻将了？孔志强赶紧拨通了她的电话。

"喂，你现在在哪里？"

"我在朋友家学做手工活，一会儿就回去。你今晚自己随便弄点吃的吧。"

孔志强很不高兴，谁知道她的话是不是真的。于是他问："你的哪个朋友？"

石少娟想了一下，说："在周红梅家呀！"

"你确定你在周红梅家？"

"对呀！"

"你去多久了？"

"今天午饭后就去的呀！怎么，你不相信？"

孔志强忍不住骂了起来："你个疯婆娘！你又在哪个鬼地方打牌？你赶紧给老子滚回来！"

"你个灾舅子，怎么骂人呢？我就在周红梅家呀！"

孔志强暴跳如雷，说："二十分钟以前，在百货大楼门口，我刚好遇见了周红梅，我们还打了招呼！"

石少娟沉默了。孔志强咆哮道："如果十分钟内不回家，明天我们法院见！"

大约过了十分钟，石少娟果真赶回来了。孔志强气冲冲地问："欣然呢？"

石少娟这才想起今天幼儿园放假，因这几天婆婆身体不舒服，她只把老二送了过去，自己带的老大。这是怎样的牌瘾呢？打起牌来，这么大个人都忘记了，孔志强气得直跺脚。

石少娟赶紧拨通了麻将馆的电话："喂，今天午饭后我把我家老大带到茶楼去了的，现在不见了，你们看见他了吗？"

对方说没有，她赶紧又给所有的牌友打电话，大家也说没看见。石少娟被吓得脸色都变了，赶紧与孔志强一起去麻将馆附近寻找。可晚上条条街都是空荡荡的。着急之时石少娟忽然想起了什么，赶紧又拨通了麻将馆老板的电话，气愤地说："哦，我想起来了。我去打牌的时候，孩子可是交给你的！孩子哪里去了？你可得把我孩子交出来！"

麻将馆老板这才想起石少娟曾经把孩子托付给自己，当时他在忙也没有过多注意，后来因为有急事出去办理，就把孩子的事给忘记了。麻将馆老板也很着急，立即打电话报了警。

一会儿警方反馈信息，几个派出所都没有任何跟小孩有关的消息。

孔志强的心提到了嗓子眼，像只无头苍蝇在麻将馆附近的街上乱撞，一会儿去大街道，一会儿去深巷子，凡是他觉得可能的地方都找了，都没看见孩子。孔志强慌到了极点，那么乖巧人见人爱的孩子，要是被人贩子拐走就完了。

一会儿，孔祥林夫妇还有几个亲戚全都来了，匆匆问一下情况后，大家赶紧分头寻找。孔志强觉得找到的可能性太小了。坏人拐到小孩后，他会在那里等家人来找他吗？他脑海里不断闪现电视剧中小孩被人贩子拐卖后，亲人悲痛欲绝的情境。如果是那样，这可要了他们的命，大家下半辈子可能都将会在内疚与自责中度过。失去亲人的日子，今后的生活还有什么意义呢？

孔祥林夫妇发疯似的狂奔于他家和麻将馆附近的几条街上，眼睛不住地到处张望，只要看见个子与欣然差不多的小孩，就跑过去看。可一次一次令他们失望。距离麻将馆越来越远，找到的希望也越来越渺茫。孔志强的眼泪不听话地往外涌。

过了一个多小时，城东派出所打来电话，说刚刚有个中年妇女送来了一个小孩，长相特征跟孔志强描述的差不多，叫他赶快去派出所辨认。

大家赶紧奔向城东派出所。当赶到的时候，他们看见有个三四岁的小男孩正背着个书包，和警察叔叔玩得很开心。这个小男孩正是欣然！大家长长地舒了一口气。孔志强、石少娟和孔祥林夫妇都激动得泪流满面，紧紧地把他抱在怀里，生怕一不小心他再次从身边逃走。

等大家平静了，警察才告诉大家事情的原委。

原来在茶楼不远处一个商店里，一位女店主见一个小孩在拿她卖的东西吃，隔一会儿又跑到隔壁店拿，可他身旁没有大人，连问几声也没有人回应。这时又正是吃晚饭的时间，女店主就舀来一碗饭一边喂他吃，一边等待大人前来寻找。但大人一直都没有出现，她担心大人找不到才报了警。石少娟后悔万分，发誓今后要好好带孩子，永远不再打麻将。

不久，孔志强到外省出差，因厂里有事，所以晚上临时改变主意回了家，可家里四处无人。"难道她又去打麻将了？"

孔志强立刻又给石少娟打电话："你在哪里？"

"在家里呀！"

孔志强压住怒火问："你在家里干什么呢？"

"看电视呀！"

孔志强厉声说："傻婆娘！我现在就在家里，你马上给我滚回来！"

十分钟后，石少娟带着孩子赶回了家。孔志强什么话都不说，愤怒地将离婚协议拿出来往桌子上一扔，咆哮道："签字！走人！"

石少娟祈求道："老公，我今天只打了一会儿麻将。我改，我改，我们不离婚吧！"

孔志强冷冷地说："这样的话你已经说了几十遍，你的话已经没有任何可信度了。"

见石少娟始终不签字，孔志强说："不签字是不是？那明天法院见好了。"

谁知石少娟一把抓住他"咕咚"一声跪了下来："老公，我错了！我改，这次我一定改，以保证书为证。"说完她就去找纸和笔。

王美睿问："最后她当真写保证书了？"

"写了！"

王美睿说："唉！但愿她这次说话算话，痛改前非。为什么不让她去上班呢？上起班来充实，哪有时间和心思去打麻将？"

孔志强叹了口气说："刚结婚时她怀孩子，后来连续带两个孩子，就没有去上班。现在两个孩子都上幼儿园了，她去上了两三天班就说累，我们劝都劝不去。她理直气壮地跟我们说'嫁汉嫁汉，穿衣吃饭'，挣钱养家是男人的事，明说当初追求我就是看我家条件好，老汉办那么大个厂又不是养不起她。"

王美睿叹息道："看来她很没有危机意识，她的人生观也有问题。

我们从小到大都跟父母一起参加各种生产劳动，我并没觉得有多恼火。相反，我很感激这种艰苦的历练，让我们享受了劳动带来的成功与快乐，也锻炼了我们坚强的意志。这么年轻把大好时光浪费在麻将桌上太没意思了，还不如做一些有意义的事。"

孔志强说："是呀，我也是这样想的，所以我拼命工作。"

王美睿说："志强，跟学生时代相比，你现在完全变了个人，现在的你勤奋努力，积极向上，有责任感，满满的正能量。只是脾气太暴躁了，以前和同学打架，结婚后和老婆打架，动不动就打人可不好。"

孔志强说："嗯，我尽量改。但只要石少娟赌，我就忍不住发火。读书的时候跟坏同学学，打架，逃学，讲哥们义气混社会，现在我好后悔。我要趁现在年轻，追回失去的时光。"

王美睿点点头，说："这就对了。你和石少娟就不要离婚吧，现在孩子都这么大了，又是两个孩子。如果离婚对他们的伤害多大？为了家庭的和谐，她实在不去上班就算了。正如她说的，你这个家庭也不缺她挣那几个钱，就让她做个家庭主妇吧！至于她打麻将，你也看开一些，只要她不大赌，就让她娱乐娱乐混时间吧！"

孔志强无可奈何地说："只能这样了。"

时间很快到了第二年春天，楠竹和花椒都长出了新叶子，在春光的照耀下焕发出勃勃的生机。小草也不失时机地钻出地面呼吸新鲜空气。黑檀村村民正在村委会组织下，有条不紊地给楠竹和花椒地锄草、松土、施肥，忙得不亦乐乎。王美睿拿着笔记本，逐个写下了劳动者的姓名，包括刘银才。在王美睿及村干部的经常关心、鼓励下，刘银才终于从离婚的痛苦中走了出来。他的出勤率最高，每天去楠竹基地劳动最早，收工又是最晚的一个。他身上好像总有使不完的劲，现在成了全村有名的劳动积极分子。

收工后，刘银才找到王美睿，说他考虑好了，他想养殖兔子。兔子生长时间短，繁殖能力强，对于缺少资金的刘银才来说是一个比较好的选择。

王美睿和其他村干部都赞成，叫刘银才先少养一些，等有经验了再扩大规模，那时候还可以带动乡亲们一起致富。刘银才拿出自己仅有的一点积蓄，在自家屋子旁修建了几个简易的兔舍，接下来他跑遍江福、永安市及重庆寻找优质种兔，最后花高价在重庆买到三十多只种兔。可买回种兔没高兴多久，他才发现有些居然是已经配种一两年接近淘汰的兔子，有的还存在一些生理缺陷，这对于贫困的刘银才来说无疑是个沉重的打击。

乡亲们也都感到惋惜，痛骂着骗人的奸商。林鹏飞和王美睿也来安慰他，说："好事多磨，吃一堑，长一智。开弓没有回头箭，认定的路只有坚持走到底。兔子繁殖力强，精心饲养也能挽回损失。"

刘银才又重新振作精神精心饲养。他每天天亮就上山坡割新鲜的野草，再加一些粮食作辅料，兔子长得很快。一只只兔子大大的眼睛，洁白的皮毛，在兔舍里活蹦乱跳，看起来可爱极了。

可没过多久，有些兔子就开始拉稀。王美睿和刘银才一起对照从农家书屋借来的书籍，饲料没有一点问题呀，这是怎么回事呢？于是他们赶紧打电话向县畜牧局专家咨询。专家亲自到刘银才家查看，原来是因为他家的兔舍卫生条件太差，所以有些兔子生病拉稀，得了具有绝症之称的"真菌病"。没多久，拉稀的兔子就死了，刘银才只好放弃这个兔舍，把幸存的兔子转移到邻居家闲置的猪圈里。

转移到猪圈后，刘银才吸取了教训，天天打扫得干干净净的，兔子繁殖很快。可由于没找到销路，兔子越积越多，加上六月天气又闷又热，也没有相关的通风设备，最后所有的兔子都死了。

刘银才本来经济就困难，这简直是雪上加霜，王美睿感到非常内疚，捶打着自己的脑袋说："唉！都死光了，太可惜了。好对不起你！都怪我，对于你的销售我一点忙都帮不上，也怪我叫你发展养殖业！"

刘银才说："不，王书记，我从来没有怪过你，怪我自己不懂。相反我很感谢你，是你让我重新获得了生活的信心。我不能做了一半就不做了，让别人笑话。考虑再三，我决定再冒险做我的老本行——养猪。"

凭着给人踏实、勤奋的好印象，刘银才向亲戚朋友借了四万元，将兔舍改建成了几个小型猪圈，买了四头小猪和几十只鸡鸭开始养殖。他还在邻居闲置土地种植了稻谷、红苕、蔬菜等，遇上赶场天，还到近处几个场镇去卖蔬菜，日子就这样艰难地支撑着，他的猪儿也在他的精心照顾下逐渐壮大。

村干部及政府工作人员多次上门走访，劝他扩大养殖规模，最后刘银才采纳了他们的建议，又向亲戚借了七万元，在乡党委、政府的大力支持下，修建了一个两百七十多平方米的养猪场，饲养的是行情较好的育儿母猪。

这天下午，所有村干部在村委会刚散会，却见王小莲拿着两张表走进村委会。大家都感到好奇，甘国平问："王老师，你今天居然有空到村委会？"

王小莲说："我今天下乡看望我的帮扶对象。我负责'洋丁丁'大婶、我大娘、唐胜明三家。"

方春燕说："啊，可贵可贵！难得城区的老师下乡扶贫，并且回到自己娘家，这多好啊！"

王美睿对林鹏飞说："林书记，这是我姐姐，她叫王小莲，原单位是县城第二小学，现在到我们五华乡中心小学支教，她今天上完课做扶贫工作，到我们村开展入户调查。"

"王小莲？！"

"对呀！"

林鹏飞看着王小莲努力地回忆着："你毕业于福寿县师范学校？"

"对呀！你怎么知道？"

"啊！你读的是1994级二班？"

"对呀！"

林鹏飞喊了起来："啊！我们是老同学呢，我读的是一班，我叫林鹏飞。"

"啊，林鹏飞，这个名字好熟悉。哦，我想起来了！当时你是学生宣传部部长。"

"嗯，就是就是。啊，小莲，你比学生时代更美了，跟过去比起来你丰满了些，但看起来更有韵味，清新脱俗之中又多了一份成熟与自信，美得没有一丝人间烟火气，简直就是神，就是仙！"

王小莲咯咯咯地笑道："你看老同学夸的。什么丰满？说白了就是胖嘛，我是越来越丑了。没得法，喝水都要长肉。你才是大帅哥呢，想读书那会儿，学校不准谈恋爱，你们班有好几对把学校的话当耳边风，搞地下工作悄悄往来，这其中就有你和谭雯，最后经过很多艰难险阻，你们还是走到一起了。"

"哈哈哈……"所有人都笑了。

"想不到林书记还有这般罗曼史哟！讲看看，你们是怎么智斗班主任和学校的？"

林鹏飞也忍不住笑了："哎呀，讲嘛要讲半天，我就说我印象深刻的一两次。每天晚上熄灯前，班主任要去寝室查房清点人数，为了和谭雯约会，我提前就把枕头和很多衣服塞进被窝里，制造出我在睡觉的假象，还真蒙混过关了。可后来还是被班主任发现了，她不仅用棍子打了我屁股，还罚我在全班同学面前作了检讨呢！"

"哈哈哈……"

"还有一次更好笑。我和谭雯出去散步回来晚了，学校大门已经关了，没得法，我们只好翻院墙进去。结果，你们猜怎么着？"

"怎么着？"

"我们跳下院墙站稳后才发现，班主任和学校领导在那里已经等候我们多时了，我们被逮了个正着。"

"哈哈哈！有趣有趣！"

王小莲问："你也是后来参加公务员考试转的行？"

"是呀，我和吕伟杰同一年考上公务员的。"

"哎呀，老同学，你真是太棒啦！"

等王小莲交了表，林鹏飞说："老同学，毕业这么多年难得相见，今天我开车送你回学校。"

"好呀，太感谢你啦！"说完王小莲就上了林鹏飞的车。

"老同学，你和谭雯现在过得好吧？"

"唉，没有什么好不好的，混吧！"

"咦，怎么这样说？你们当年谈恋爱，那可以说是惊天地泣鬼神，爱得轰轰烈烈死去活来的，难道你也不相信爱情了？"

"嘿嘿，我不是不相信爱情，而是那时的我们太幼稚。"

"现在成熟了又没资格谈恋爱了，是不是？"

"哈哈，就是就是。你呢？你和吕伟杰结婚，让我好意外。早知如此，我就追你了。"

"咯咯，老同学可真会开玩笑。"

"我记得在学校时，没听说过你和谁谈恋爱。参加工作后很久才知道你和吕伟杰走到了一起。他比我们高一级，你们怎么走到一起的呢？"

"我刚参加工作时，他也在那个村小呀！"

"哦，原来是朝夕相处就处出了感情。"

"咯咯咯，就是就是。"

一路上，两人有说不完的话，一会儿就到中心校了。两个老同学加上了微信，留下了彼此的电话就作别了。

这天，林鹏飞和村"两委"一行很多人去刘银才家查看养殖情况，遇见孔志强开着小汽车回家路过，车上装满了人。王美睿老远就笑着热情地招呼："志强哥，你考察回来了？准备发展什么项目呢？"

"现在还没有完全确定，估计是要搞旅游开发，修度假村吧！"

王美睿高兴地说："好呀好呀！那你们为什么要舍近求远呢？我们村条件这么好，打造成度假村不可以吗？你看，我们黑檀村依山傍水，植被丰富，森林覆盖率百分之九十以上，可以说是天然氧吧。一组、二组、三组的楠竹也可以与度假村形成一个很大的旅游环线，这多好啊！"

林鹏飞也说："孔总，你作为黑檀村的企业家，要为家乡办大事、办实事，带动老百姓挣钱，脱贫致富也。"

孔志强说："那是肯定的。黑檀村是我家乡，从内心来说它肯定是首选，但是我们有那么多合作伙伴，肯定要多方面考察、衡量，他们现在就在我车上，我尽量跟他们建议。"

一听说孔志强的合作伙伴在他车上，林鹏飞和王美睿立即带领村"两委"干部跟着孔志强的车进了他家院子。从车上下来了七八个人，孔志强一一给作了介绍。他指着一个发了福的大肚子男人说："这是向总，叫向新良，是我们旅游投资公司的老总。"林鹏飞一行赶紧过去和向总他们一一握手。

"这几个分别是张超、梅陶然、陈志平，他们都是投资公司的副总，旗下经营着多家旅游公司，也是我的合作伙伴。"

方春燕悄悄对王美睿说："啊，这些人全是大老板呢！"

"嗯，我们赶紧过去认识一下。"

"这两个是我高中同学，他们是旅游开发专家，搞旅游开发很多年了。"

张超见过来一个身材颀长，秀发似瀑，气质如兰，眼睛清亮得像泉水一般的大美女，不知何故心跳得厉害，一双火辣辣的眼睛在王美睿脸上瞟来瞟去。

他笑道："嗯，黑檀村真是个好地方。山清水秀，人杰地灵，书记居然是个大美女。"

王美睿避开他的眼光，红着脸说："张总谬赞了，你们才是大能人、大帅哥呢！我刚才跟志强说的是真的，我们黑檀村很有开发潜力，不信午饭后我带你们去看看。"

向新良说："我们已经粗略地看过了，黑檀村可是可以，但是开发旅游，要有山有水才好。大河沟的丰水季节流水量还可以，但是河面太窄，枯水季节就不行了。如果将大河沟、中塘沟、大板沟三条河沟的水汇聚在一起，修一个大水库就好了。但作为我们民营企业，修水库投资太大，成本太高。如果政府修建水库，我们在水库下游搞一些水上游乐项目，加上山上的自然风光，我倒是有些兴趣。"

王美睿说："修建水库黑檀村已经申请很多年了，因为资金及上级领导换届等原因被搁置了下来。但是只要你们愿意来开发，我们可以想办法。你们把地址选好了，我们就向上面打报告。虽然争取到项目很困难，也很麻烦，但是再难我们也要去试试。总之，我们带着最大的诚心与你们合作。"

几个老总交换了一下眼神，答应午饭后大家一起再去详细考察。王美睿叫林鹏飞和村"两委"所有成员赶紧回村委会吃午饭，饭后与孔志强及几个老总一起上山。

他们乘车先参观了楠竹和花椒基地，然后又自西向东，向六至十组山上驶去。一路上，林鹏飞与几个村干部还有孔志强争先恐后地给几位老总介绍黑檀村的地理优势及民风民俗情况。

在一个开阔的地方，队伍停了下来。环视四周后，向总指着远处的一座山问："这座山的海拔大约是多少？"

甘国平说："有一千米左右。"

"嗯，很不错。"向总点了点头，然后转向其他几个老总说，"这个海拔高度非常好，夏天不会热。如果要在这里开发，可以在山腰及山顶打造康养休闲基地，它旁边的旧庙就改建成禅修净地。"

王美睿说："很好呀，那里有座寺庙历史很悠久，只是年久失修，香客少，现在变得破破烂烂的了。"

陈志平说："楠竹基地下方是一组、二组、三组吧？这里地势开阔，可以修建游客接待中心。右边那块荒地可以打造成停车场。"在场的村干部不住地点头。

张超说："汽车进入黑檀村游客接待中心后，经过花椒地，再转向东进入楠竹基地，欣赏了楠竹后翻过小山进入茂密的原始森林。但光看景色有些单一，在我们周边四组、五组、六组这几座不高的山头，可以种植良种精品桃李、樱桃、葡萄、草莓等水果。当然，刚开始每个品种不要栽得太多，等景区游客多了，消费上去了，再扩大种植。让游客不仅有风景看，还能体验采摘果子的乐趣。"

向总说："好主意！最好各个季节成熟的果树都种植，让果园一年四季花开不断，每个季节游客都有果子吃。这些果树都用长得矮小的品种，打枝、摘果才方便。果树之间可以设计三四米的间距，这样林荫间就有十几平方米的空地，可以用木材搭建成露营平台。游客可以在林间一边体验露营，一边享受采摘水果的乐趣。"

林鹏飞一行的村干部听了非常激动，连连赞叹"太好了"。林鹏飞说："餐厅一定要搞出特色才能吸引游客。现在人们都喜欢吃天然的东西，景区最好自己养殖土猪、土鸡、土鸭之类的。但是这样一来，景区的饲养压力有可能很大。"

王美睿说："可以叫附近村民也养殖一些呀！如果怕质量不过关，可以跟他们签订合同，叫他们按照景区的要求来饲养。用不完的肉，可以制成腊肉销售。"

李爱国说："也可以将山上的野味打造成特色菜。比如野生菌，特别是野菜，黑檀村一年四季漫山遍野都有，如果供应不上也可以种植一些。"

"好主意！"

望着西边随着山势由高处流向低处蜿蜒的大河沟，向总指着远方一个很大的山洼说："水库可以修建在那里。"

甘国平说："向总真厉害，那低洼处在十组，那里现在是一个小池塘。它的西边就是大河沟，不远处的东边和北边分别是中塘沟和大板沟。如果能够把水库修好，将三条河沟与几条小溪合流，所有的水都引进水库，水库的水就很充沛了。你们看，低洼处中间有个小山丘是不是要高一些？到时候水库启用后，四周都会被水淹没，小丘就成了一个四面环水的岛屿，那里散步、钓鱼、开农家乐是不是很舒服？"

几个老总都说可以，向总继续说："根据大河沟的下游，也就是紧邻水库位置的下游沿途的地形及落差，我们可以开发一些游泳、坐游船游艇观光、漂流、冲浪等水上娱乐项目，沿沟还要完善休闲观景设施。景区整个项目一共可以分为三期完成。第一期先修建游客接待中心，打造集乡村旅游文化体验、生态研学于一体的休闲中心；当第一期工程完成，水库也可能修得差不多了，我们再修建第二期水上娱乐接待中心。所有的公路都要全面升级，大连山北部就是九道十八弯那里要打隧道，这样县城过来的路程就缩短了三分之二。环绕各山还要修旅游环线，将各个景区连为一体。争取用十二亿元把它打造成国家AAAA级旅游景区。"

听了向总与其他老总的规划，几个村干部激动不已。要是他们真能来投资开发，黑檀村的老百姓就有好日子过了。汽车开到大河沟处就没有公路了，大家从车上走了下来，扒开草丛，沿着河岸边的一条小路随着溪流逆行而上。

李爱国紧跟着几位老总，热情地介绍："这个大河沟和东边的中塘沟、大板沟分别发源于大连山和香炉山，位于两山之间的峡谷。虽然河床不是很宽，但是有十几公里长。你们看河两岸石头奇形怪状的，草木长得非常茂盛,好美!这个河沟如羊肠小道一般弯弯曲曲的,并且宽窄和深浅不一。你们看,深水区呈湛蓝色,浅水区呈淡绿色呢!"

大家看到脚下溪水缓缓流动,在阳光的照射下,如宝石一般晶莹透亮。有的地方,叮咚叮咚的泉水声清脆悦耳,扣人心弦。几个老总的脸上露出了难得的笑容。

甘国平说:"孔总,你怎么不把他们带到龙口溶洞里面去看?里面有很多钟乳石、石笋呢!"

孔志强说:"溶洞我没有进去过,听说里面岔路很多,容易迷路,所以小时候父母不让进去,说那里面有很多毒蛇和妖怪。"

几位老总对钟乳石很感兴趣,马上叫甘国平带路。他们一会儿行走在一线天巨石下,一会儿攀登在陡峭的岩石上,一会儿又漫步在荫翳蔽日的大树下。无论哪里都有一股清凉的风扑面而来,让人感觉神清气爽。河边满是被冲洗得干干净净、形态各异的鹅卵石。转过弯,河对面几层楼高的瀑布从山顶落下,水声震耳欲聋,如同猛虎归山咆哮着飞奔直下,在山腰的岩石上溅起千万朵水花,抛珠溅玉似的注入河沟里。

几位老总一边走一边拿出手机拍照,张超紧紧地跟在王美睿后面,给她拍了很多照片。大约一个小时才来到一个悬崖前,甘国平指着悬在半山腰的一个大洞口说,这就是龙口溶洞,小时候他去过一次,在里面差点迷路。

众人抬头向上望,溶洞悬在起码有几层楼高的半空中。没有路,只有很多比脚稍大一点的小坑一直通到洞口。孔志强说:"这个攀登难度很大,三妹、方主任你们两个女人就不上去了吧,我们几个大男人上去看看就行了。"

王美睿说:"你小瞧谁呢?从小到大我就是出了名的山蛮子,这点路能难倒我?我跟你们一起上去看看。"

方春燕也说自己能行,一定要亲自去看看。她又向同行人喊道:"大家一定要注意安全,胆子小的就不用上去了哈!"

但是谁也没有退缩,众人双手扯住悬崖壁上的杂木枝条和凸起的岩石,踩着小石坑小心翼翼地向上爬。孔志强和张超都紧张地看着王美睿,生怕她掉下去。每爬一步就伸出手拉王美睿一把,二十多分钟后,他们终于爬了上去。

溶洞口很宽，一股凉风不断从洞里面吹出来，让人感觉非常凉爽舒服。里面有一条小河沟，河水缓缓流着。向内才走十米左右，洞内便一片漆黑。河边的路坑坑洼洼的，大家用手机照着，互相搀扶着前行。王美睿跌跌撞撞地走在人群后面，有好几次都差点跌倒。孔志强赶紧扶住她，牵着她的手前进。走到一个开阔的地方，见众人已经往前走了很远，孔志强压低声音对王美睿说："要是像这样牵着你的手，走一辈子才好。哪怕撞得头破血流，我也愿意。"

听到孔志强如此动情的话，一股暖流涌遍了王美睿全身。她何尝不想有一个坚实的臂膀靠一靠，可她很快就清醒了过来，努力地把手挣出来说："志强，你喝酒了？"

这时，张超大声喊道："王书记，快来看，这里好多的石钟乳、石笋！"

王美睿与孔志强赶紧朝前跑了过去。只见洞顶倒挂着很多巨大的石钟乳，有的像千万把宝剑悬在头顶，仿佛就要落下来似的，让人不由自主地抱头加快脚步走开；有的像银色的瀑布一般奔泻而下，气势宏伟；有的像红色的亭子，在四根石柱的上面撑起了一个圆顶，圆顶周围垂下的小钟乳石，好像是迎风摇曳的幔子一般，栩栩如生。水晶石有大有小，亮晶晶的，呈六棱柱形状，有紫色、黄色、粉红等颜色，像怒放的花朵，十分美丽。

下山时，大家又沿着陡峭的崖壁，抓着灌木树枝，踩着一个一个小石坑原路返回。

"哎哟！"突然，有人大声尖叫了起来。

众人往下一看，原来是王美睿跌倒在地上了。

"哎哟哟，哎哟哟！"王美睿痛得大叫。

"怎么啦？！"

"怎么啦？！"

大家着急地喊道。孔志强隔得最近，赶紧跳了下去，张超紧随其后。王美睿不断痛苦地呻吟着，坐在地上动弹不得。她说："哎哟，还有最后一步，我以为不高就跳了下去，可踩翻了一个小石头，把脚崴了，好痛！哎呀！"

孔志强责怪道："你看你看，我说牵着你，可你偏偏不让，这下痛了吧？伤到骨头了没有？"

张超赶紧将王美睿扶起坐在旁边的大石头上，大家下到地面后关心地围了过来。甘国平将王美睿的鞋子脱掉，问："具体是哪里痛？"

"哎哟喂，是踝关节！"

孔志强按了一下，痛得王美睿哇哇大叫。男人们都很自责，都说这么危险的地方还是不应该让女人们上去。王美睿却说："没事，没事，农村长大的人哪有那么娇气？休息一会儿就好了。"

可休息了几分钟，情况并没有好转，王美睿的脚肿了起来。孔志强用手一摸："哟，有些发烫呢！看来不进医院不行，赶紧去医院检查，争取早点治疗吧！"

王美睿拒绝了各村干部的陪同，吩咐他们早点回去准备后续工作。孔志强将老总们送到五华乡的一家小餐馆，然后开车送王美睿去五华乡医院。张超也急匆匆地赶了上来。乡医院说他们不具备检查、治疗条件，建议去福寿县医院，孔志强只得又开车去县医院。

到了县医院，王美睿的伤势更加严重，受伤的那只脚肿得老高，挨着地就像割肉一般疼痛。所以她只能由孔志强和张超一人挽一只胳膊，一只脚着地走路。孔志强负责挂号、找医生开处方，张超则背着王美睿去二楼等候拍片。

二楼等候透片的人很多，走廊座椅上坐满了人，王美睿只得一只脚站立，两手紧紧地抓住张超。所幸经医生透片诊断，王美睿的左脚没有骨折，几人才放下心来。医生说虽然没有骨折，但是踝关节已经脱臼，需要复位，而且韧带和肌肉受伤比较严重，仍然会很痛，需要住院治疗才能慢慢愈合。恢复到正常下地走路，也得一个月以后。

王美睿非常自责，现在正是引进项目的关键时候，自己却动弹不了。医生给她关节复位后在伤处上了很多药，还给她挂了点滴。

傍晚，两个姐姐和姐夫还有几个得知消息的同学都陆续来医院看望王美睿。天快黑时，沈秀兰夫妇也带了很多好吃的赶过来了。

病房里，张超和孔志强热情地接待前来看望的人。孔志强到处去借凳子，张超则给他们倒开水、洗水果、剥水果。背着他们，王小莲小声问王美睿："你和这个小伙子在谈恋爱？"

"怎么可能？他是孔志强的朋友，一家旅游投资公司副总，才认识几天而已。"

王小莲说："没有和你谈恋爱对你这么热情？那就是想和你谈恋爱。我从他的眼神看出他非常喜欢你。如果他也是单身，你也可以考虑呀！"

"我从来没这种想法。"

过了一会儿，王小莲又小声对王美睿说："我跟志强打听清楚了，张超是单身，因为以前忙事业耽误了婚姻。他比你大三岁，现在已经三十五岁了，他也上过大学，长得白白净净的，一表人才。你也老大不小了，可以再次考虑自己的婚姻大事了。"

沈秀兰点着头，笑着低声说："这个小伙子可以，长得好看不说，对人也很有礼节。我们很满意。"

王美睿不耐烦地说："好了，好了。妈，这些事你们就不要管了，我自己的事我自己处理。"

沈秀兰不高兴地说："还不耐烦呢，不听老人言，吃亏在眼前。要是以前听我们的，不和徐文浩结婚也不至于走到今天。张超这小伙子各方面都不错，对你又那么好，你都是三十几岁的人了，再不考虑就成老姑娘了。"

一个人过一辈子有什么不好？我又不是不能养活自己。母亲这样说，王美睿心里很不高兴，但她又怕与母亲在医院吵起来，所以假装没听见母亲的话。她不想耽误孔志强和张超太久，家人到医院后不久就把他们打发走了。

黑檀村要搞旅游开发的消息如长了翅膀一样，很快就传遍了全村，也如一颗炸弹在村中爆炸。人们满怀喜悦奔走相告，盘算着、憧憬着度假村修好后自己准备干些什么。同时，王美睿为带老总们考察受伤住院的消息也传开了，她的电话一直响个不停。"洋丁丁"大婶、梅丽丽的奶奶最心痛，问她在哪家医院，说要搭车去看望她。王美睿拒绝了所有要来看望的人，说自己在重庆，太远了不方便，等出院后就回去见大家，叫大家放心。放下电话，王美睿才注意到床下有几个蛇皮口袋装有两只鸡，她把母亲叫过来问道:"妈,你买了鸡?"

沈秀兰说:"不是。你受伤了,村里人送来看望你。"

王美睿叹了口气责备道:"唉!谁送的你?你怎么随便收别人的东西呢?"

"我是被迫收下的。我和你爸刚上车,刘银才就送过来两只鸡和一篮子鸡蛋,还有两百元钱。他说鸡是他自己喂的,蛋是熊维成叫他带过来的,钱他们一人一百元。这两大块腊肉是'洋丁丁'大婶送的,这几节香肠和一包红苕粉是梅丽丽的奶奶给的,你幺娘和邓云会各送了一百元钱,郭术珍、你大娘,还有村上很多人说等你回去后他们再去看望你。"

王美睿很生气,对她老妈一点也不客气,提高嗓门说:"妈,你怎么这么糊涂呢?你这样做影响非常不好。'洋丁丁'大婶和梅丽丽的奶奶连看病的钱都没有,自己都舍不得吃肉,我们怎能忍心吃她们的腊肉、香肠呢?有人觉得我帮了他,所以趁机送礼表示感谢,但是帮助他们不是我应该做的工作吗?熊维成和叶大妹,他们送礼的动机你知道吗?他们一直想评贫困户,可没有指标呀!就算他们不是为了评贫困户,他们都是农村家庭,又是老年人,生活本来就恼火,我们怎么能捡他们的便宜呢?况且,你这样做,叫我今后如何开展工作?"

见王美睿语气那么重,沈秀兰也很委屈,眼泪都快出来了,她也大声反驳道:"不就是点鸡蛋、腊肉、几百元钱嘛,你那么激动干啥?都已经说了是他们强行送的,我有什么办法?死东西,现在当官了,不得了了,晓得凶老娘了!我都已经收了,你说怎么办?"

王贤良厉声吼道:"你们两个都不要吵了!这件事我也觉得做得十分不妥,可他们把东西提上车放在我们身旁转身就走了,我正想提下去还给他们,可车子又启动了,这叫身不由己!"

吕伟杰说:"我也经常遇到这种被人强行送礼的情况,怎么办呢?得想办法退回去。"

沈秀兰为难地说:"退回去?太不给别人面子了吧?这样不得罪人?"

吕伟杰说:"你就跟他们说不是针对哪一个人,而是所有的礼物都要退回去,并且今后也不接受任何人的礼物,这样今后就不会有人送了。即使当时他们不理解，久了慢慢他们就理解了。"

沈秀兰嘟着嘴说："那怎么退回去呢？"

王美睿说："谁交给你的，你就还给谁。路远难得走，你就在五华乡街上下车后租个摩托车吧。鸡放不得，你和爸爸明天一早就回去。"

沈秀兰嘀咕道："好麻烦！搞半天我还得垫不少摩托车费！"

王美睿说："必须退回去！否则今后麻烦多得很。车费连同工时费我全部给你，给你两百元，够不够？"

吕伟杰笑着说："如果嫌不够，妈，我也给你两百元。"

二妹说："你们都给了，我不给不好意思吧？妈，我再给你两百元！"

三人给钱后，沈秀兰脸上才露出了笑容。

王美睿怕失去这次难得的招商引资机会，虽然人在病床上躺着，心却一直在村上。她请示林鹏飞后，在微信群里详细安排了接下来的工作：不管孔志强他们的度假村是否在本村落户，为了村民的生产、生活及周边镇的饮水安全，黑檀村都争取修建一座水库。所以甘国平、李爱国亲自去乡政府找书记、乡长汇报工作，多与他们联系、沟通，争取得到政府的支持；其余村干部等继续做好自己分管的工作以及入户走访工作。王美睿特别强调，方春燕重点要关注留守妇女儿童的保护及宣传工作，了解他们的思想及生活状况；李爱国要继续抓好农家书屋的管理及宣传工作，鼓励村民多读书；张正、谢思华、刘来明重点关注刘银才、方达成等农户的种植养殖情况及刘大江的项目选择等情况。

过了几天，待伤势稍微好转一点，在王美睿的强烈要求下，她出院回家休养。回到家，王美睿拒绝了前来看望的所有亲朋好友的礼品和礼金。

她带着歉意说："希望你们不要多心，上面三令五申强调不能利用职务之便收取服务对象的好处，作为村干部我们要带好头，我作为村支书更应该给村干部树立榜样。"

沈秀兰极为不满地对王美睿说："别人的好心你当驴肝肺，你当个芝麻官，我估计你把亲戚朋友和左邻右舍全都要得罪完。再说你不收别人的礼，到时候他们做事我们还不是要去送礼。"

王美睿说:"妈,有很多人是碍于面子积极给别人送钱送物,其实内心对大操大办趁机敛财是非常反感的。你觉得亏欠了亲朋好友,这样,隔几天就是爸爸六十岁生日,这场生日宴我们三姊妹来负责办怎样?"

王贤良说:"你打算怎么办?"

王美睿说:"什么你们都不用管,到时候你们就知道了。"

然后王美睿分别给两个姐姐和姐夫打了电话。

因为村上留守老年人和儿童居多,办席请人帮忙打杂一时找不到那么多人,就有人专门承接给人办席的业务。涂细三是当地有名的厨师,他有个做餐饮的专业团队,哪家有红白喜事就到哪家,连同办席用的灶台、桌子板凳、锅碗瓢盆一起带过去,这被称作"一条龙服务",主人只准备食材即可。王美睿联系了涂细三,他们将食材准备得十分充足,各种该买的荤菜、素菜都按照涂细三的要求全都买好了。

王贤良生日那天刚好是周末。很早,大妹、二妹全家都回来了。昨天王美睿已经叫宋高英到村里放话,凡是愿意来庆贺王贤良六十岁生日的,欢迎全家都来。村里又沸腾了,原来王美睿受伤不收礼并不是因为她不收群众一针一线,而是因为她老爸马上要做六十大寿了。

生日宴席从中午十二点坐到下午一点多。亲戚朋友、村干部甚至乡政府的一些领导、本塆的、隔壁塆的,一共坐了三十多桌。等大家全部坐好后,吕伟杰拿着话筒首先发言了:"各位亲朋好友:感谢你们在百忙之中来祝贺我爸爸的六十大寿,感谢你们平时对我及三妹工作的支持与帮助,对我爸爸和妈的关心与帮助,现在,我宣布:寿宴正式开始!大家随便享用饭菜,尽情喝酒!"

台下七零八落地响起了一阵掌声。

吕伟杰继续大声说:"这里,我代表我们全家申明:我爸爸今天六十大寿喜宴不收贺礼,并且承诺今后满七十岁、八十岁、九十岁大寿及其他红白喜事都不收礼,请大家吃好喝好。"

台下一片哗然。不要说坐席的人,就是王贤良夫妇也感到十分意外。

"同时我也希望,乡亲们今后如果要办红白喜事都采取这种形式,根据自家的经济状况量力请客。拒绝铺张浪费,拒绝趁机敛财,形成良好淳朴的民风、家风。"

有人不满地小声嘀咕道："那我以前送出去的礼就没机会收回来了？"

可一片热烈的掌声很快将其淹没。

有村民喊道："我们支持吕局长、支持王书记，今后我过生日、嫁女娶媳妇也不收礼，也不大操大办。自家买点肉、买点菜请亲戚朋友聚聚就行了。"

"我也是！我也支持！"

"要得！"

"支持！"

……

不久端午节要到了，怎样让贫困户过一个祥和的端午节呢？王美睿把问题一提出来，村干部就在微信群里讨论开了。

张正建议买一些慰问品送到贫困户家中；李爱国建议请医生给他们做免费体检；方春燕说将贫困户召集到村委会开茶话会，请他们吃粽子；甘国平说请他们吃粽子还不如在村委会办宴席，请所有贫困户聚一下。开展活动的目的，不仅仅是请他们吃一顿饭，主要是让他们高兴，让他们感受到党和政府的关心，鼓励他们树立信心、克服困难。

王美睿说："甘主任这个建议不错，只是自己办伙食很麻烦哟！"

甘国平说："嗯，是有一点麻烦。不过，我觉得意义重大，麻烦一点也值得。我们可以请涂细三的'一条龙服务'呀，经济实惠又热闹，我们只准备食材就可以了。大家看这样行不行，先召集贫困户开茶话会，表演一些简单的节目，如将他们分组举行包粽子比赛，对获胜者当场发奖，最后吃粽子、吃端午节午餐，也顺便邀请本村六十岁以上的老年人参加。"

林鹏飞非常赞同，说："姜还是老的辣，甘主任毕竟是多年的老领导，考虑事情周全，这样传承了中华民族的传统文化，增强了村委会的凝聚力，让全社会都来关注贫困户及老年人。我建议再增加一个环节，叫那些经常跳广场舞的大妈来表演一下，大家拍视频发进各组群里，让他们的家人也一起感受政府的关心与节日的喜庆。"

方案确定了，可活动经费从哪里来呢？林鹏飞的意见是跟上次修路一样，由村委会出面号召从本村走出去的企业家及名人志士捐款，于是王美睿抱着试一试的态度，按照大家开出的名单挨个打了电话，结果再次得到他们的大力支持，当场就筹到活动资金一万多元。并且他们还说希望村上多开展这样的活动，钱不够只管跟他们说。

王美睿叫李爱国一定尽早将活动方案及时间安排发给各个组长，叫他们转发到各组群里，又叫方春燕负责广场舞演出，建议她最好向小莲姐姐请教一下。

一切安排就绪，王美睿却感到十分内疚。她说："唉！我这脚不争气，什么忙都帮不上。一切都得你们去完成，辛苦你们了。"

端午节这天，林鹏飞及村"两委"干部和涂细三的"一条龙服务"队很早就到村委会忙开了。全村一共有四十几桌人吃饭，有几个老年人和贫困户去得很早，闲得没事就去厨房帮忙，也有的在村委会高兴地闲谈。

甘国平和李爱国将几幅大标语横挂在了村委会显眼的位置："关心老年人，关爱老年人，关怀老年人。"

旁边竖着的两幅标语分别写着："过端午佳节，品美味粽香。""情浓端午佳节，品味传统文化。"

张正、谢思华、刘来明正在清洗包粽子的粽叶，方春燕、林鹏飞将已经泡涨的糯米豆子混合物，还有已经洗干净的粽叶分成若干小份，整齐地摆在桌子上。

大约八点，大家忙得不亦乐乎的时候，一辆摩托车载着一位年轻的长发女子到了。车停好后，年轻女子让摩托司机靠近一点，然后她一手抓住司机的肩膀，另一只手扶住摩托车，两只手同时用力支撑起身子，右脚趁机着地。站稳后再将缠着绷带的左脚直直地抬得老高，想从摩托车身绕过后才将脚放下，可由于脚抬的高度不够，碰着摩托车，她站立不稳，"扑通"一声倒在了地上，痛得她"哎哟""哎哟"地大叫。摩托车司机赶紧将她扶起来。大家循声望去，原来是王美睿到村委会来了。

方春燕失声喊道："王书记！你的脚伤还这么严重，你怎么来了？"她丢下手中的活就跑过去扶她。

"没事，没事！我知道今天大家一定很忙，过来看看，做一些力所能及的事。"

大家七嘴八舌的："王书记，你不能走路。你不要命了？"

"王书记，你不休息好，怕复发哟！"

"王书记，你坐下，我们这么多人干活，你休息就是了。"

"哈哈，你们硬是把我当病人，吃好的怎能少了我？"

王美睿费力地找了个地方坐下，叫张正递过来纸和笔大声喊道："要参加包粽子比赛的，先过来报名。人员自由搭配，根据人均包粽子的个数评奖，凡是参加了的都有奖品哟！按照原计划，十点钟开始比赛。"

人们马上将王美睿围住报名，有人拿出手机在群里喊："我们已经报名参加包粽子比赛了。凡是报了名的都有奖，想参赛的赶快来！"

陆陆续续又来了很多人报名。

八点半左右，几乎所有的人都到齐了。所有贫困户和老人聚集在会议室开了一个简短的茶话会。王美睿和甘国平、林鹏飞分别发表了热情洋溢的讲话，向所有老人及贫困户表示节日的问候，倡导他们多锻炼身体，与家人和邻居和谐相处，热爱生活，提醒老人对后人要有疼爱之心，年轻人对老年人更应该尊重与理解。生活困难的对未来要有信心，要勤俭持家，多抓家庭收入，争取早日脱贫。

有几位老人及贫困户也当场讲了一些心里话。他们说没想到村干部工作这么忙，还花这么多时间、精力和钱来给他们开展活动。以前听都没听说过，活了一辈子他们也是第一次遇到。生活在这样的村子里，他们感到很幸福，对村委会表达了深深的谢意，并表示一定按照村委会的要求抓家庭经济。

会议结束后，在方春燕和王小莲的指导下排练了很久的广场舞上场了。郭术珍和王福英各自带领几位大妈，浓妆艳抹，穿着大红大绿的舞台服装跳起了广场舞，赢得了台下阵阵掌声。甘国平和李爱国、方春燕、张正联合表演了一个小品，他们滑稽的语言和动作逗得台下观众哈哈大笑。

十点，包粽子比赛正式开始。报名包粽子的含老人在内一共有四十二人，他们有的三四人一组，有的五六人一组，也有一两人一组的。比赛哨子一吹响，他们就马上行动。全场无一人说话，大家七手八脚的，有的拿粽叶，有的装米豆混合物，有的捆粽子……

"洋丁丁"大婶没找搭档，一个人独干。她好神速，只见她抽出几张粽叶，两只手上下翻动，用绳子绕几下然后一拧，像变魔术一般一个粽子就包好了。姜碧珍、叶大妹的动作也很麻利，她们一言不发，也不观望别人，只管埋头干活……

到了十点三十五分，甘国平大声喊道："还有五分钟……"比赛更加激烈，人们越发加快了速度。

"还有四分钟！三——二——一——时间到！"

当甘国平喊出最后一个字，所有的人才停了下来，长长地舒了一口气，然后互相盯着哈哈大笑。大家当面清点每一组的粽子个数。

很快，为时四十分钟的比赛结果就出来了，"洋丁丁"大婶以两百一十三个粽子的成绩稳居第一；姜碧珍、叶大妹的合作小组以人均两百零三个粽子屈居第二……所有参与者都有奖，所以大家也不太在意比赛的结果，只觉得非常有趣。聚餐时，大家一边吃粽子，一边兴致勃勃地议论着刚才的比赛。

刘大妈说："'洋丁丁'大婶，你包粽子这么快，明年你可以包粽子卖了。我有个亲戚专门包粽子卖，每年要赚好几千元呢！"

"真的？那我明年早一点准备，试试看。"

叶大妹说："明年我们联合起来做怎样？"

王小莲说："我大娘也跟你们一起包粽子吧，销售我可以尽量帮忙。"

"洋丁丁"大婶高兴地说："可以，可以，那明年我们多买一些材料。"

甘国平笑嘻嘻地开玩笑说："你们要男的吗？我拜你们为师要得不？"

"洋丁丁"大婶老老实实地回答："可以呀，男人包粽子慢，你们就上街去卖吧！"

刘长寿说："甘老表，你也想学包粽子？常言说'要想手艺会，得跟师傅睡'，那你今晚就跟我'洋丁丁'表嫂一起睡哟！"

满屋子的人哄堂大笑。餐桌上的粽子及可口的饭菜香味弥漫了整个屋子。大家发现李爱国吃饭没有胃口，精神也不够好，估计是感冒了。有人打趣道："文书老表，你怎么没精神呢？你昨晚是去偷狗还是偷牛了？"

有人说："都不是！是偷人去了！"

大家又一阵大笑。"不是的，是昨晚他老婆扭到他办事，干得太久，累倒了……"

哈哈哈，有几位老人也忍不住笑，饭都喷了出来。王美睿觉得在大庭广众之下大笑有失文雅，可又实在忍不住，扭过头去捂着脸哈哈大笑。

"不是的，他老婆回娘家了。他对村上工作负责，连晚上都不休息，他去帮助留守妇女解决问题去了。"

"甘主任，你看人家李文书的工作多到位，你怕也应该多向他学习学习哟。"

"哈哈哈哈……"

端午节活动后，王美睿每天就让摩托车送她到村委会，然后挂着拐杖上班了。在总结会上，王美睿对林鹏飞和王小莲的帮助表达了深深的谢意，对甘国平、李爱国、方春燕等几个村干部精彩的设计和积极主动的工作态度给予了高度评价。有了企业家及乡贤人士的支持，王美睿还鼓励大家献计献策，将春节和明年的活动搞得更加精彩。然后了解了申请修水库的进度，甘国平说他找了几次乡长，乡长积极支持。他说已经跟黄书记作了汇报，等下次开乡"两委"会就提出来研究，还要派人去实地考察。

到底怎样才能尽快将水库修好呢？林鹏飞对王美睿说："水利局这边我没熟人，你可以找你姐夫吕伟杰试试看，看他能否想一点办法。"

王美睿想了一下，拨通了吕伟杰的电话："姐夫，你和县水利局领导熟悉吗？"

吕伟杰说："县水利局领导？你找他们干什么？"

"修水库呀！黑檀村的情况你是知道的，夏天年年闹旱灾，不要说庄稼，就连人吃水都很困难，我们村申请修水库很多年了，但都没有等到结果。现在我又向乡政府提出了申请，但是按照正规程序走流程，一来太慢了，二来县财政紧张，我怕又被搁置了，所以想叫上面关照一下。还有就是孔志强他们旅投公司答应到我们村来搞旅游开发，但他们的前提是要政府修水库，将大河沟、中塘沟、大板沟及周边几条小溪的水汇入水库中，中间的岛屿开一家农家乐，大河沟及水库下游利用地势落差，开设游泳、坐游船游艇观光、漂流、冲浪等水上娱乐项目，沿沟还要完善休闲观景设施。"

吕伟杰说："光是为了搞旅游开发就修建水库，可能很困难。因为修水库是个大工程，要花很多钱，立项之前必须对它的辐射面及辐射人口以及带来的社会效益和经济效益进行全面评估。"

见王美睿最近一天都在操心修水库的事，沈秀兰曾抱怨说："我们村修水库喊都喊十几年了，这么麻烦会累死你的。你一个女孩子家家的，把工作做那么好干啥子？过得去就行了嘛！至于孔志强他们，想来投资就投，不投就算了。这么多年都过来了，黑檀村也没饿死人。"

王美睿笑着说："妈，你放心，累不死。黑檀村太需要一座水库了。有了这座水库，不仅仅是黑檀村，就是五华乡还有隔壁的江陵镇甚至华锦镇吃水都不用愁了。这是功在当代，利在千秋的大事。只要能够办到，哪怕我脱一层皮我也愿意。常言说'为官一任，造福一方'，既然党和人民信任我，把我推荐在这个位置，我就不能辜负大家的期望。"

王美睿恳切地对吕伟杰说："姐夫，能否找个机会介绍我们认识一下水利局领导？或者工作人员也可以。我想当面请求他们支持我们的工作。"

吕伟杰说："按正规程序走吧！等乡政府开了会，你们再层层上报、审批。"

王美睿叫了起来："姐夫，你还要打我官腔？按正规程序我们怕得等一两年，那我还找你干什么？你太讨厌了！"

吕伟杰想了一下说："那好吧！本周六，我以我过生日的名义把杨瑜还有其他同学请过来吃饭。杨瑜是我初中同学，现在是水利局副局长，也是本届县政协常委。我们跟他说看看，先探探他的口气再说。"

王美睿和林鹏飞开心极了，当晚美美地睡了个好觉。

第十一章　碧波万里情

　　还有几天才是周末，王美睿尝试着自己开摩托车到了刘银才家。由于有前几年积累下来的养殖经验和技术，刘银才养的育儿母猪和猪崽都长得很好。母猪长得肥滚滚的，猪崽毛发油亮亮的，很是活泼可爱。刘银才说他现在已经卖掉了几十头猪崽，收入非常不错。

　　现在刘银才的母猪已经有好几十头，小猪就更多。猪肉价格经常波动，如果把握不好也容易亏损。是继续养殖育儿母猪还是放弃？刘银才陷入了进退两难的矛盾之中。

　　王美睿赞成政府工作人员和帮扶责任人的建议，减少育儿母猪的饲养，重点回到养殖繁殖力强、生长周期短的兔子。

　　由于前次饲养兔子刘银才损失惨重，所以这次王美睿和其他村干部都特别小心。林鹏飞给县畜牧局的同学打电话咨询后，建议刘银才去重庆阿星兔场养殖基地全面学习养兔技术，回来再考虑养兔基地的建设。经过再三考虑，刘银才将所有的猪饲料准备好后，将养猪的任务交给了父母，自己起身去重庆学习。

　　走过刘银才家，王美睿在甘国平和林鹏飞的帮助下，拄着拐杖又分别查看了林夕风家的蜜蜂、常少华家的鱼塘、叶大妹种植的时令蔬菜，这时她又来到了郑才忠家。

　　推开门，桌子上的电视机已经被开膛破肚，零件被拉出来摆了一桌子。郑才忠正手持电烙铁，对照着图纸，仿佛医生正在专心地做一台开膛手术。

王美睿招呼道："郑大哥，你是在看电视还是在看电视机？"

"嘿嘿，它坏了，我在研究怎么修好它。"

王美睿夸奖道："你好能干啊，居然自学修电视！"

郑才忠说："嘿嘿，是我的帮扶责任人邮政局的方局长教我的。他以前学过电子技术，指导了我很多。爸爸妈妈老了，我不敢走远了，在家服侍他们空闲时间多，所以学这些为邻居们服务。"

"嗯，那你会修洗衣机和冰箱吗？村子里很多人都是运送到五华乡街上去修，好麻烦。"

郑才忠说现在还不会，不过他感觉应该不是很难。

林鹏飞说："我觉得这是个很好的商机。如果你学会了修理电器，还有水电安装等技术，可以在五华乡街上开一家修理门市，应该有干不完的活。还可以加上销售电器，因为你懂维修，可以为人们提供售后服务，这样人们就可以放心大胆地购买，你想生意差都难。你看，五华乡现在一家电器专卖店都没有。"

"我的帮扶负责人也是这样跟我说的，我也同意这样做。店面开起了，我将父母都接到街上去，这样两方面都照顾了。"

王美睿说："你刚从外面回来，村委会的农家书屋你不知道吧？那里面各种书籍都有，包括修理、安装之类的，你可以去借来看看。"

郑才忠听说农家书屋的书籍是免费借阅的，很高兴，马上就骑着摩托车去了村委会。

走访完这几户，天已经很晚了，趁顺路王美睿又一瘸一拐地走进了刘大江家。见刘大江家的灯亮着，她大声喊："大江哥，最近你在干什么？你的项目选好了没有？"

刘大江赶紧应声道："哦，王书记来了，快进来坐，你的脚还没有好，你就不要来了嘛！好好休息，等好了再来不迟。"

"没事，没事，已经没有以前痛了。项目选好了没有？"

"我最近在沙场上班，每天做十几个小时，有些累人。项目已经选好了。"

"沙场上班肯定有些累人。坚持吧，这么大一家人靠你吃饭呢！你的项目选好了？那太好了！你选的是什么项目呢？"

"我的帮扶负责人何老师是人社局的干部，他弟弟种植蘑菇很多年了。在何老师的帮助下，他弟弟同意教我种植蘑菇。蘑菇一个月左右就可以长成，我看价格也不错，人们很喜欢吃。"

"这个项目很好呀！"

"何老师指导我在网上购买了菌包，然后我照着书上的方法种了一点，等成功了再扩大规模，掌握技术后再种植一些价格贵一点的菌种。"

"太好啦！走，我们去参观一下。"

王美睿在刘大江和林鹏飞的搀扶下，走进了一间黑屋子。刘大江拉亮了电灯，只见室内的两个大木架子上整整齐齐地摆着好几排菌包。菌包口都已经长出了几瓣蘑菇，看起来好新鲜可爱，充满了生命力。

王美睿问："如果种植成功了，你怎么销售呢？"

"我打算赶场天去五华乡街上卖，也可以挑着下乡到人多的垲上去。"

"很好，很好。"王美睿轻轻地用手摸了一下说，"哎呀，看着舒服，摸着也舒服，好柔软细嫩，长得太漂亮了！"

刘大江说："还有十几天就可以采摘了。"

林鹏飞说："嗯，非常好！但你得学会自己做菌包，你只购买菌种就行了，否则成本太高了。"刘大江说："是的。"

第二天下午，王美睿接到张正打来的电话："王书记，几个村民包含两个贫困户来村上反映问题。刘永福说他家的房子将要倒塌了，周四才说他家的门坏了，八组的姜太成说他家屋顶漏水，要求村上派人去给他们修好。仗着国家关心他们，这些本来自己举手就能办到的事偏偏依赖别人，所以我们没有答应，现在他们正在村委会闹。"

"好，我们马上就到。"

一路上，王美睿心里忐忑不安，一直思考怎么办。她不敢忘记前次老支书对她的告诫，心里一直嘱咐自己不能冲动，要冷静，要用最大的真诚来解决这事，实在不行再请教老支书。

到了村委会，果然见几个大男人在村委会叽里咕噜地吵成一团。

王美睿一副笑脸地问："姜太成，你的房子漏水？"

姜太成说："对呀，上午下大雨漏得很，我用盆子接了很大一盆。"

王美睿说："我家老房子跟你的一样都是瓦盖的屋顶，找一根长竹竿顶一下瓦片，或者找个梯子上去将瓦移动一下就可以了。以前我们小时候房子漏就是这样解决的。为什么不自己动手呢？"

姜太成喘了一口粗气说："我家没长竹竿，也没有梯子，况且我一个心脏病人，在吃药不能劳动。村上就不能请人帮我弄一下？这花得了几个钱嘛？"

王美睿笑着说："姜大哥，可以看出你是真病了，这不是花钱不花钱的事。不过你还是能干，居然能够自己走到村委会。其实，用你走路的这点时间去解决你的房屋漏水问题完全足够了，举手之劳的事最好不要麻烦别人。人要勤俭，不要事事都想依赖别人。"

姜太成说："我要是自己能够办到，就不求你们了。"

王美睿说完转过头问刘永福："刘大爷，是你的房子要倒了？"

"是的，我说过好几次我的房子要倒塌了，你们都不理。为什么别人就可以修新房子呢？"

王美睿说："刘大爷，你不要急，坐下来慢慢说。政府不是已经组织专家对你们的住房评估鉴定过了吗？你的住房不是危房呢！"

"以前他们评估的时候是好的，现在下几场雨就要倒了。"

王美睿想了一下，说："那好，我马上和张会计去你家看看。如果确实是危房，只要符合政策，我们一定帮助你。"

王美睿和刘永福一起坐上了张正的车，姜太成和周四才也追上来挤上了车，要求两人看完后马上去他们家看看。

刘大爷家的两间砖瓦房大约修建于二十世纪八十年代，看起来的确很陈旧，屋子后面的排水沟已被淤泥填平，沟里盛满了脏水直往屋子里灌。屋里光线很暗，所以整个屋子又暗又潮湿又臭。有一堵墙上有两个很大的破洞，但是屋子看起来并没有要倒塌的迹象。

张正说："刘大爷，你这个房子绝对不得倒塌。即使要倒塌了，你不是建档立卡贫困户，也不能享受改建或是易地搬迁政策。你这房子修一下，将清洁卫生打扫干净，很好呀！"

刘永福气呼呼地说："我不管那么多！我年轻时打石头修水库，也是为国家做了贡献的。你们不给弄房子今天就不得行！"

刘永福简直是强词夺理，王美睿只想把他训斥一顿，一走了之。但她马上想到了自己入党的初衷及老支书的话。她平复了一下心情，耐心地笑着说："大爷，评贫困户是要根据你的收入来的，要人均年收入低于八百元。你不算种地的收入及你儿女给的赡养费，单看你卖酒的收入就不止八百元了。"

一个本塆看热闹的中年妇女忍不住对刘永福破口大骂："刘永福，你个老不死的！你儿子和女儿每个月都给你六七百元，加上你自己挣的，完全够用了。你已经六七十岁，都是要死的人了，你修新房子来做啥子？"然后转头对两个村干部说："别理这个死老头，人懒不说，心眼还很小。他儿子在城里买了房子，叫他去城里一起住他不去，他就是看到国家给贫困户修了房子心理不平衡，故意刁难你们。"

张正拿过身边的一把锄头，跳下屋檐，说："大爷，莫说了，我给你把沟疏通了，室内就没有那么潮湿了。"

姜太成等得不耐烦，催促道："那就搞快点嘛！我屋子现在还一直在漏也！"

王美睿给队长和附近的几个老党员打了电话，叫他们过来帮忙，然后拿过另外一把锄头，一瘸一拐地走到屋檐下说："挖个这个好难么？好费力么？还有两家在等我们去呢！"

另一个看热闹的大娘拉住王美睿说："妹，莫管这个死老头！他是塆里出了名的怪番苕，全村人都可恨他哩！"

王美睿说："唉，他是老年人，儿女又没有在身边，管他，就算我们当晚辈的为他儿女尽一点孝吧！"

说完用锄头将阳沟里面的淤泥挖出来堆在旁边。书记带着村干部亲自给刘永福挖排水沟的事在塆上引起了轩然大波，看热闹的人越来越多。

王美睿还说："刘大爷，我家刚好还有以前修房子剩下的砖和水泥，我明天找人给你拉来将墙给你砌上，也把排水沟面前的屋檐砌好。工钱由村上出不符合国家规定，也花不了几个钱，我私人帮你出算啦！"

中年妇女又骂了起来："王书记，凭啥子？真的不要管他。他有儿有女，又不是'五保户'、孤寡老人，凭啥子要你出这个钱？"

这时，队长和附近的几个老党员都来了。围观群众更是义愤填膺，都指责刘永福倚老卖老，懒惰、自私。这么多人数落甚至骂自己，刘永福也不敢作声，只是坐在一旁静静地抽烟。过了一阵，王美睿的手机铃声响起，原来是刘永福的儿子，他听中年妇女说明情况后打过来的。他非常感动，也很惭愧，叫几个村干部不要挖了，耽误他们工作，他很过意不去。他说他不修整房子就是要父亲去城里，父亲实在要坚持住在乡下，他就只有尊重他的选择了。他马上联系匠人，明天就去整修房子。

一会儿，刘永福又接了几个电话，也不知道对方在电话里说了什么，竟把他说得脸红一阵白一阵的。打完电话，他不好意思地对所有的村干部说："哎呀，我儿子和闺女都打电话来把我骂了一顿。说我不懂政策，不讲道理，给你们添了麻烦，真是对不起。你们不要挖了，明天匠人来做。我现在看到了，你们是全乡最好的村干部，感谢你们！"

姜太成和周四才说："我们等了一下午了，该去看我们家房子了吧？"

王美睿和张正只得坐车又去周四才和姜太成家。一路上，王美睿给周四才和姜太成讲了很多道理，教育他们凡事要自力更生，争取勤劳致富，今后才能过上好生活。两个单身汉假装没听见，一言不发。

王美睿突然想起周四才的病来："四哥，你的病现在怎样了？"

"有个怎样？还不是老样子。"

张正说："你也不要对生活失去信心哈！现在科学技术这么发达，你这个病慢慢能够治好的，只是时间的问题。网上有个叫章家法的，你可以查查看，他是个残疾人，小时候因为车祸失去了双腿。你想，没有双腿怎么生活？但是他没有被困难吓倒，学会了用废弃轮胎包住腿走路，发展家庭经济养鱼，后来资产上百万元，还娶媳妇生了两个小孩呢。还有，你们看三组的那个秦五，人家是盲人，自己在县城开了一家盲人按摩店，现在在城里买了房子，也结婚生子了。我的意思是只要你们勤劳，敢于闯，敢于尝试，说不定哪天你们一样能够成功。"

两人仍然一言不发。王美睿对周四才说："四哥，你总不想打一辈子的光棍吧？"

周四才点点头。王美睿说："本来我们去帮你修门也只是小事，举手之劳，但今后你的病好了以后，一旦有人给你介绍对象，别人知道了会怎么看你？"

周四才说："我应该没有娶媳妇那一天了。"

王美睿说："如果你的病好了以后，经济好转了呢？完全有可能呀！"

周四才说："我不得行，我的经济也好转不了。"

"谁知道呢？说几个你认识的。刘银才、刘大江、常少华他们以前不是跟你一样穷得叮当响，他们现在的养殖业已经初见成效了。隔几天我带你去参观一下，等你病好一些后，就跟他们学习。"

周四才点了点头，当即表示说不用去他家了，他自己回去想办法修好门。王美睿问姜太成："你的房子漏水仍然需要我们去处理？"

姜太成说："肯定的！"

姜太成和周四才两家隔得很近，并且离花椒基地都不远。王美睿叫张正去查看一下花椒基地，说这里交给她处理就行了。张正犟不过王美睿，将她送到后就开车走了。

王美睿查看了姜太成的屋顶，确实有几处瓦片之间有一点小缝隙，所以雨水就漏了下去，地上的盆子里接了很多水。王美睿说："处理这个很简单呀，你真的病到这点活都干不了？"

"干不了！我有心脏病，一动心脏就跳得厉害。今天塆里有人办喜事坐席的人比较多，你可以叫他们帮我盖一下，村上出钱就是了。"

王美睿"唉"了一声说："求人不如求己！"

然后她瘸着脚去附近几家找长竹竿，可连问好几家都没有。王美睿只得向他们借来梯子。她把梯子扛在肩上才跛着脚走几步路，左脚就被碰到，痛得她"哎哟哟"大叫，蹲在原地休息了一两分钟才缓过劲来。因梯子太长不小心碰到电线，王美睿还差点摔倒。邻居们不知道王美睿借梯子的意图，都凑过来看热闹。有人帮忙把梯子扛到了王美睿指定的位置。姜太成坐在屋檐边，冷冷地看着一切，欲言又止。

王美睿站在梯子面前摇了摇，感觉很稳当了，将受伤的那只脚放在梯子的第一步上，两手抓住梯子试图想爬上去。这时，一声猛如老虎的咆哮从王美睿身后传来:"下来!三妹,下来!"

王美睿转头一看,居然是像头疯牛一般的黄大山。他快步如飞地冲过来,一把将王美睿拉开,然后紧握拳头指着姜太成愤怒地吼道:"姜太成,你信不信老子今天捶死你。你眼睛瞎啦?你看不见人家脚都是肿的,是瘸子?你龟儿子是脚断了还是手断了,这点小事都要人家做?"

姜太成的脸变得通红,窘在那里不敢吱声。黄大山咳了一口痰,狠劲吐在地上,大声说:"老子是最看不惯哪个舅子欺负人!你也才三十几岁,王美睿欠了你的?她也就是做到这个工作而已。你一个大男人就这样欺负一个女人?如果你是老了、瘫了,老子帮你修。你今天敢顶一句,老子今天把你捶在地上摆起,不信你就试试看!"

围观群众也纷纷指责:"对头!仗着是贫困户,啥子都依赖政府,太过分了!"

"他贫困是有原因的。呸!活该!下辈子继续穷,永不翻身!"

"已经得到政府那么多关照了,还得寸进尺,太过分了!"

姜大成大气不敢出。黄大山一把抓过他,说:"你自己上去修!"

人们随声附和:"对头!自己去修!""自己去修!"

姜太成站着一动不动,黄大山又咆哮道:"是去,还是想挨打?"

姜太成知道黄大山是出了名的暴脾气,只得慢慢爬上了梯子。围观群众欢呼起来,向黄大山竖起了大拇指。

消息传得很快,一时间这件事成为全村人茶余饭后的话柄。大家都佩服黄大山不怕得罪人,敢于站出来说公道话,为村干部出了一口恶气,也夸奖村干部把群众的小事当大事办,为人民服务。

听完王美睿的讲述,所有的村干部都向她竖起了大拇指。甘国平说:"佩服佩服!王书记硬是进步了不少。临危不乱,做事讲究策略。高!实在是高!太有才了!"

张正这才明白王美睿为什么坚持让他去查看楠竹基地。他说:"幸好遇到了黄大山,要不,也只有王书记亲自爬上去给他翻盖了。"

王美睿说:"如果不是脚的问题,帮他盖一下也没关系,举手之劳的事。不过,群众的眼睛是雪亮的,他恐怕会被塆上的人攻击惨了。下一次遇到类似的事,他可能再也不好意思说出口了。"

林鹏飞说:"如果没有遇到黄大山,可能会遇到李大山,或者张大山、王大山、冯大山……大路不平旁人铲,正义始终不会缺席。"

王美睿说:"很多贫困户一般都是因病或因残致贫,所以我觉得他们很多人心理有问题。他们对社会、对政府不满,故意找茬儿,实际上就是想引起人们的关注。所以对他们的工作,我们不能光讲道理,要多一份耐心与关爱,用行动去感化他们。"

林鹏飞很是欣慰:"对,我们的王书记是越来越成熟啦!"

终于到了周末,吕伟杰生日的吃饭地点订在离家不远的一家小餐馆。王美睿带着文慧和父母提前半小时就到了。吕伟杰的父母也在,两个亲家母见面格外亲热,拉着对方的手,叽叽喳喳有摆不完的龙门阵。

晚上六点半,吕伟杰引着他的一大群同学有说有笑地到了。王美睿马上迎上去:"哥哥姐姐们好,请坐这一桌!"

"咦,吕伟杰,这是哪来的大美女呢?"

吕伟杰笑笑,向大家介绍:"这是小莲的小妹王美睿,是五华乡黑檀村的村支书,大家叫她三妹吧!"

"哦,原来是大名鼎鼎的王书记呀!"

王美睿笑着说:"哥哥姐姐们,叫我三妹哈!"

"吕伟杰,你有福气哟,岳父家尽出大美女。"

"我就说餐厅怎么这么亮呢,原来是大美女身上的光环呀!"

大伙儿都笑了,然后落座吃饭,给吕伟杰敬酒、献花,围着生日蛋糕齐唱《生日快乐》。然后大家和王美睿互相敬酒认识,整个宴会气氛很热烈。看饭吃得差不多了,王美睿端着酒杯走向了杨瑜。

"你就是杨瑜哥哥吧?你们为了全县人民的水利事业辛苦了,我再敬你一杯。"

杨瑜碰了一下杯子,说:"谢谢妹妹,你们工作在基层,琐事、杂事多,老百姓的吃喝拉撒都要管,你们更辛苦,干杯!"说完一饮而尽。

王美睿说:"我们辛苦一点倒是没什么,只是我们基层办事好难啊,村上说修水库都喊十几年了,至今都没有批下来。"

杨瑜说:"有这回事?我怎么没听说过?你们递交过立项申请了吗?"

"据说以前交过几次了。"

杨瑜抓了抓头："那我回去查查看。"

王美睿诚恳地说："希望杨哥哥帮我们一把。黑檀村是贫困村，地势偏远，经济落后，夏季年年闹旱灾。不要说庄稼，连人吃的水都成问题，太需要修建一座水库了。目前我们和一个旅游开发公司达成初步合作协议，只要政府修建了水库，他们就投资十二亿元，修建一个国家AAAA级旅游度假村。况且水库修成，还可以辐射周边的江陵镇和华锦镇。"

这时，吕伟杰的另外几个同学围过来说着杨瑜的外号："洋芋，芋儿，妹妹的事就交给你了，你不能拉稀摆带打官腔哈！"

"妹妹的事，你敢忽悠，今后我把芋儿煮了吃了。"

"就是呀，这才是为人民办实事。"

杨瑜皱着眉头说："修水库是大事，不是我一个人说了算。关键是资金问题，现在有几个乡镇都在申请修水库，钱是硬头货呀！"

一个戴着大眼镜的哥哥说："你要想办法呀！很容易办到的事找你干什么？"

有个姐姐过来乐呵呵地说："洋芋，党组织考验你的时候到啦！"

王美睿不失时机地说："哥哥，这样，你看行不行？就是最近两天，你派几个人到我们村去看看再说。"

杨瑜说："不行，我要去市上开几天会，得忙一阵再说。"

王美睿失望地说："那我们等多久呢？"

杨瑜说："忙完后我会主动联系你！"

无巧不成书，王美睿举着酒杯一饮而尽后，透过门缝看见一个熟悉的身影从雅间外走过。这不是张超吗？王美睿拉开门追了出去。

"张总，你好啊！"

张超抬头一看是王美睿，又惊又喜："王书记，是你呀，我们居然不期而遇，这就是缘分啊！孔志强也在那边，走，过去喝一杯！"

王美睿跟着张超到隔壁雅间，果然看见孔志强正和一大桌人一起吃饭，除了几个去黑檀村考察的老总外，林鹏飞居然也在，另外还有几个陌生人。

张超向大家作了隆重介绍："这位大美女是黑檀村的王书记！"

避开孔志强的目光，王美睿举起酒杯笑着说："我是五华乡黑檀村的王美睿，这位林书记就是我们村的第一书记。我敬各位老总一杯，黑檀村森林资源丰富，覆盖率高达百分之九十以上，空气清新含氧量非常高，山上溶洞中的钟乳石像盛开的花朵，村民也很热情，欢迎大家去我们黑檀村耍，去吃老腊肉、土鸡鸭，更欢迎你们去投资开发。"

有个陌生老总说："啧啧，王书记，王大美女这张嘴才厉害，张口就给黑檀村打了一连串的广告，太厉害啦！干杯！干杯！"

孔志强说："王书记是我小时候最好的朋友，我很骄傲自豪，干杯！"

与众人喝了见面酒后，王美睿举起酒杯走向了向新良："向总，我们的合作看来还是很有希望的，我今晚刚好在办修水库的事。水利局的杨局长就在隔壁，他说过些日子亲自去黑檀村看一看。"

林鹏飞说："要不，大家都过去认识一下杨局，表达一下我们共同的愿望。"几个参与了考察的老总纷纷赞成，端着酒杯走向了隔壁。

大家集体敬酒寒暄几句后，找到杨瑜说明了来意，纷纷请求他帮忙，争取水库立项成功。向总诚恳地说："本来我们考察了很多个地方，但是我们看以林书记和王书记为中心的村干部太有诚意了，又是孔总的老家，所以相同条件下，我们选择打造黑檀村。只要水库审批下来，我们就马上入场修建一期工程，打算三期一共投资十二亿元，将黑檀村打造成国家AAAA级旅游景区。"

杨瑜此时觉得手上的酒杯有千万斤重，他知道黑檀村是贫困村，他们也肩负着精准扶贫的重任。他举起酒杯一饮而尽，坚定地说："我们一定克服重重困难，尽最大努力想办法立项！"

几个老总和林鹏飞敬完这桌酒，又端着酒杯向吕伟杰家人那桌走去。王美睿则将他们和家人一一作了介绍。

当介绍到张超时，王小莲不住给沈秀兰递眼色，沈秀兰愣了一下，马上就领会了，她即刻拉住张超问道："哦，你就是上次去了我们村，然后又送三妹去医院那个张超，张总？"

张超毕恭毕敬地回答："孃孃，对的，我就是那个张超，那个张超就是我！"

沈秀兰仔细打量起来，看他高高的个子，白皙的皮肤，一表人才，温文尔雅，顿时高兴得嘴都合不拢，不住夸赞张超年轻能干。

张超谦虚地说："谢谢嬢嬢，你们培养的王书记才年轻有为呢！她不仅外表漂亮，还那么优秀、能干、有内涵，你们真是好福气啊！"

沈秀兰凑近王贤良悄悄地耳语了几句，王贤良脸上马上堆满了笑容，客气地问张超："张总，你们公司在哪里呢？"

张超说："叔叔，我们公司就在本县城呀！"

王贤良满意地点点头，说："本县城上班，那很方便哈！"

张超笑道："一般情况方便，但我们公司的旅游基地全国各地都有，很多时候也是要出差的。"

闲聊一阵，见其他客人吃完饭在告别，孔志强正想去和王贤良夫妇打招呼，却听张超说："叔叔嬢嬢，我今天喝了酒不能亲自开车送你们回去，我送你们去坐出租车吧！"

王贤良夫妇赶紧说不用，这里离大妹家很近。张超就不再客气，簇拥着他们和王美睿一起向外走去。张超将他们送到一个院子门口，将一个装有水果的口袋硬塞给了王美睿。王贤良夫妇拉着张超的手一副很亲热的样子，说了很久的话。孔志强心里很不是滋味，看来，王贤良夫妇十分喜欢张超这臭小子。他木然地在原地站了很久，最后长长地叹了一口气走了。

林鹏飞等了很久，好不容易等到王小莲送完客人过来，才上前打招呼："老同学，又有一段时间没有见到你了。你不能光搞教学，你负责的那几家贫困户你要放在心上，多帮助他们哟！"

王小莲笑道："知道。只要家中没有重要的事，我利用周末去看望他们，帮他们出主意增加收入。但我不懂产业，你们也不要寄托太大的希望。"

"那也好。不管怎样得去试一下，即使对他们增收没有多大的帮助，让他们觉得党和政府在关心他们，从精神上鼓励他们也好呀！欢迎你下乡时到村委会办公室坐一坐。"

"好，好，谢谢！"

大妹、二妹、三妹都回家后，沈秀兰将水果洗好端出来招呼大家："吃点水果，这是那个张总买的。小伙子真不错，我们打心眼里喜欢他。"

大妹、二妹也随声附和："张超这小伙子确实不错，学历、人才、为人处世哪一个方面都很好。"

王美睿笑着说："我也觉得他好。心细，温柔体贴，考虑事情周到，属于典型的暖男。"

沈秀兰说："三妹，你的个人问题得考虑了。我看张超对你也有意思，就他吧！"

王美睿说："我跟他只是朋友，目前我还没考虑个人问题。其实，一个人过一辈子挺好的！"

"我呸！闭上你的臭嘴！你是三岁小孩？说这么不在理的话。再不结婚，隔几年年龄大了生不出小孩，看你咋办！张超这么好的人错过了去哪里找？这事就这样定下来了，下周我打电话叫他过来，我们全家一起吃饭！"

王贤良说："你妈说得很有道理哈！三妹，多接触看看嘛！感情嘛，慢慢培养嘛！"

王美睿生气地说："我看你们都被他的水果收买了吧？叫你们不要操这份心了！"

沈秀兰大声喊道："我们不操心谁操心？你把老娘的好心当驴肝肺，咋就那么不耐烦呢？老子今后再也不管你了！"沈秀兰说完，"嘭"的一声关上寝室门就再也不出来了。

王美睿回到黑檀村，天天数着日子巴望着杨瑜的到来，可过了半个月，也没等到杨瑜的电话。正当王美睿非常失望的时候，杨瑜的电话来了，她高兴得跳了起来。杨瑜说明天就和几个专家去黑檀村看看，王美睿听完马上就跟乡政府黄书记作了汇报。

第二天，乡党委黄书记、甘乡长带领几个乡干部早早就到了黑檀村，黑檀村所有的村干部也早已在村委会等候。上午九点，杨瑜果真带来了几个专家。他们先到最高位置查看了全村的地形地貌，路过村庄时查看了村民的饮水情况，然后又查看了拟修水库的位置。

林鹏飞把各个山头的海拔、地理状况以及旅游投资公司是如何规划的，一一介绍给所有考察人员和乡政府工作人员听。不知什么时候，黄大山带着几个老年人颤颤巍巍地跟在了他们身后。一个掉了牙的老头拉着黄书记和甘乡长的手久久不放，用恳求的口吻说："黄书记、甘乡长，修水库的事就麻烦你们了，不要说水田，连我们人用的水都经常没有，旱季我们还得到几里远的山沟里挑水喝，再隔几年我们挑不动，就只有渴死了！"

在场人都安慰老大爷，说他们正在努力。考察完毕，杨瑜的眉头紧锁，表情也很严肃，没做任何表态。无论黄书记和王美睿如何挽留吃午饭，他们也不肯，开着车就匆匆走了。

这个周末林鹏飞没有回家，这是他在村委会住下来的第三个周末了。周六早上吃了一桶方便面后，他正准备下乡入户走访，见王小莲坐着摩托车经过。

王小莲先打招呼："啊，林书记，老同学，你双休日都不回家呀？"

"嘿嘿，是呀，我随便走走看看。怎么，你回娘家还是下乡做扶贫工作？"

"咯咯咯，我既是做扶贫工作，也是回娘家。没得法，工作日我要上课，所以扶贫我就只好抽双休日了。"

"表扬王小莲同志。你真是敬业呀，黑檀村全村人民感谢你。我跟你同行吧！"

"那太好啦！有林书记亲自指导工作，我太荣幸了！"

于是，王小莲付了摩托车司机的钱，坐上了林鹏飞的车。两人一路说说笑笑，一会儿就到了唐胜明家。

王小莲颀长的身材着一身白色的连衣裙，林鹏飞穿一件淡红色的衬衣，两人一前一后好似一片彩色的祥云飘来，非常引人注目。唐胜明正在吃早饭，见林书记和王老师到来非常高兴，连忙搬出板凳请他们坐。唐胜明的儿子因脑瘫，二十多岁了还不能走路，坐在轮椅上也摇晃着脑袋笑着，口齿不清地说："王——老师，来——坐，坐——这边。"

林鹏飞笑着对王小莲说："你看，你经常来就是好，他很热情地招呼你呢！"

"嗯，嗯，是呀，他早就认识我了。他记忆力超好，就是不能走路，唉，太遗憾了。"

林鹏飞问唐胜明："大爷，大娘呢？你家还种菜吗？你们老两口勤俭，每个季节的菜种得可好啦！"

"她去医院看病顺便去亲戚家了。是呀，我们还种菜，但远没以前种得多了。去五华乡街上卖菜太远了，也不好卖，后来有很多菜都烂在了地里。"

王小莲说："大娘身体仍然没有好转？别着急，慢慢来哈，菜烂在了地里？你们没有养猪吗？"

林鹏飞说："那是因为五华乡居住人口太少了，要是能够运到城镇卖就好了。"

"我们没有养猪。现在养猪除了粮食与饲料本钱，根本不赚钱，所以就不养了。"

才几分钟工夫，唐胜明家就来了好几个看热闹的邻居。王小莲说："烂在地里太可惜了！你们可以考虑将这些菜做成咸菜呀！咸菜价格比蔬菜高得多，而且也不容易坏。"

林鹏飞说："将菜晒干做成咸菜卖，好主意！只是城里人对咸菜的要求很高，得色香味俱全，他们的技术恐怕达不到吧。"

唐胜明说："就是，我也怕我们做的咸菜城里人看不上。"

王小莲说："做咸菜应该不难，你们可以请教邓云会表叔娘，她对这些可有研究啦！"

唐胜明说："可是可以，就怕她不愿意教我们。"

"这事包在我身上，我去说服她。做出来后我想办法帮你联系销售。"

林鹏飞说："你可以帮他们销售？"

"是呀，他们背到中心校，我可以动员中心校老师买，如果很多，周末我可以帮他们带到县城农贸批发市场去卖，我也可以联系县城几个工厂食堂。"

林鹏飞说："那太好了！大爷，我建议王老师联系好农贸市场批发部后，你跟王老师一起去一下，多认识几个老板，今后你的咸菜就不愁销路了。"

宋高英大声笑道："哈哈，唐胜明，你龟儿子安逸哟！你看大妹对你比对我都好。"

王小莲笑道:"我幺娘能干,哪用我帮忙?如果你愿意做咸菜,我也一起帮呀!"

唐胜明感激地说:"好,太感谢啦!那我今年一定多做点咸菜。"

林鹏飞说:"如果不考虑做咸菜,你们老两口年纪大了,重的活儿干不动,但非常有时间,也可以考虑养两条母牛。牛儿只吃草成本低,只要养得不多也不需要多少技术。你们用不完的菜也可以喂牛,母牛长大后一年多都可以生一头小牛,每头小牛一般卖五六千元,一家人的零用钱就基本有了。"

"好,好,要得,等我老婆回来了我就找她商量。"

告别了唐胜明,王小莲说:"下一个去我大娘家吧!"

"嗯!"

王小莲说:"最近三妹整天忙着做资料、录入信息、开会、引进项目,也没顾得上关照大娘一下,说起来挺惭愧的。幸好我是她家的帮扶责任人,不然我心里好不安。"

林鹏飞说:"现在去关心也为时不晚呀!"

正说着话,彭群芳看见他们,大声喊道:"啊,大妹你回来啦!好久不见了,你硬是越来越好看了。你看,你娃儿他爸爸也长得好看,你们好般配啊!怎么不将儿子带回来呢?"

林鹏飞和王小莲都忍不住大笑。林鹏飞说:"怎样,你认了吧,我们是一家人呢!这可是你娘家人说的。"

王小莲的脸唰地变红了,她狠狠地瞪了林鹏飞一眼,佯嗔道:"滚!"又对彭群芳说,"表叔娘,你弄错了。他不是我娃儿的爸爸,他是林书记,我们村的第一书记。"

姜碧珍听到说话的声音赶紧迎了出来,指着彭群芳说:"彭大莽,你硬是个莽子哟!看清楚点,这是果果的爸爸吗?"然后转向王小莲小声说,"大妹,莫理这个瞎子老太婆,你们赶快进屋坐。"

两人倚窗而坐,王小莲问:"大娘,大爷和晓峰呢?"

"大爷去扯地里的草了,晓峰去赶场卖扫把了。"

"大爷的哮喘病好些了没有?"

"还是老样子,累不得。不过放心,一两天不得死。"

林鹏飞说:"晓峰不能说话他能卖扫把吗?"

姜碧珍说:"能是能,他说话靠打手势,别人要很久才能懂他的意思。现在有了塑料扫把,高粱穗子扫把就不好卖了。种高粱的人少了,穗子的成本也很高了,根本没有多少利润。大爷年轻的时候打石头挣钱,现在老了落下一身病。唉,恼火哟!"

林鹏飞说:"大娘别着急,有了党和政府的帮助,你们一定会越来越好。大娘,这样行不行,你和大爷跟以前一样,尽量多种庄稼和菜。刘大江的蘑菇也基本上种成功了,你叫晓峰跟他学种蘑菇行不行?或者参加政府组织的培训学其他技术也可以。"

姜碧珍感激地说:"种蘑菇可是可以,估计很难吧?我担心晓峰学不会呢!"

王小莲说:"大娘,不会很难的。晓峰就是不能说话,他人很聪明的。"

"好,他回来我跟他说说看。"

告别了姜碧珍,走访完何桂华已经是中午十二点多了,王美睿刚好也回来了,三人一起说说笑笑去王贤良家。林鹏飞自然受到王贤良夫妇的热情接待。吃完饭王小莲就赶着要回县城看望果果,一周不见,再加上他感冒了,王小莲心急如焚。林鹏飞说:"我本来没有打算回家的,你要回去那我送送你吧!"

"你没打算回家?你还有其他很重要的工作要做?"

"不是,我不想回家。"

"啊!为什么呢?"

汽车在公路上行驶了一阵,林鹏飞才说:"即使我回县城,我也不会回家!"

"为什么呢?你和谭雯吵架了?"

林鹏飞长长地叹了口气:"比吵架还厉害,我们已经有两三周没说话了。在家里实在受不了,我就搬出来了。"

"是为什么闹矛盾呢?"

"结婚前我们曾经协议,结婚后我做饭、洗碗、辅导孩子;她洗衣服,打扫家里的卫生。现在她的家务几乎都没有了,洗衣服平时用洗衣机，冬天的衣服送干洗店，打扫卫生请了保洁阿姨，只有我的家务一样都没有少，她也不帮我一下。本来呢，我有时间，多做一点家务也没什么，关键我的工作也忙，有时候又有应酬。从结婚到现在已经十几年了，她都不会弄饭。再晚也要等我回去弄，哪怕热个现成饭她也不自己动手。"

"啊，谭雯居然这么娇气，都是被你惯的吧？"

"上周末，我和朋友在外面吃饭。才八点多没回去，她就使劲打电话催促我，说她和孩子都很饿了。我叫她点外卖或者去小食店吃，她不干。我也很生气，索性不接她电话了。结果她找上门来，掀翻了我们吃饭的桌子。"

"嗯，一点儿也不给你面子，是有点过分哈！但如果你经常在外面吃饭、喝酒很晚才回家，你也不对哟！"

"哪有经常？那天，一个多年不见的老同学回来了。她讨厌我出去应酬，更讨厌我喝酒。我感到好压抑，好想离婚。"

"哎，冷静一段时间，等心情平静了回家跟她好好沟通吧！咯咯咯，讨厌男人喝酒是女人的共性，我也讨厌男人喝酒。特别是喝多了，醉醺醺的打胡乱说不说，还吐得到处都是，臭死了！"

"在家里受压迫，工作压力大，偶尔出去放松一下不行吗？"

"咯咯咯……"王小莲实在忍不住笑："堂堂林书记，又长得一表人才，在家里受压迫，说得好可怜哟，叫谁信呢？"

"我不开玩笑。我很烦，无数次想过离婚！"

"哦，我明白了，这就是你这周末都不回去的原因之一。那你想过没有，她为什么会这样对你呢？"

"我不知道，感觉她性格越来越古怪。要是像你这么温柔体贴就好了。"

"我温柔体贴？"王小莲实在忍不住笑："咯咯咯，居然有人说我温柔体贴！吕伟杰经常说我是南霸天、母老虎呢！你最好好好和谭雯谈一下，要走入她内心深处，了解她在想什么，需要什么，为什么这样对你。"

说到这里，王小莲又忍不住咯咯咯地笑了起来："教别人我头头是道，其实我自己家里也一地鸡毛。"

"吕伟杰性格很温和，对你也是体贴入微，你们怎么一地鸡毛呢？"

"我承认有些家务是他做，可他一点都不积极主动。像小孩一样，要我安排他才做，这就叫我很烦了。以前我喜欢他爱学习，文章写得好，但是现在我觉得文章写得好有屁用。我想把他的书全部搬出去扔了，因为他拿起书就忘记了一切，就不干活了。还有就是他太偏向他老娘和姐姐了。他大姐和二姐分别有一个孩子在县城上学，一个在上初中，一个在上小学，跟他妈一起长期住在我家。吃点饭倒是没关系，但是我们自己一点儿空间都没有，说实话我心里很不高兴。但为了接济他们，也为了家庭和谐，我一直忍着。他也经常在外面喝酒，有好几次都喝得醉醺醺的，半夜才回家。那天我实在忍不住骂了他几句，结果第二天他妈就收拾东西，要出去租房子住。他不检讨自己，反倒来数落我，说我把他妈得罪了。我实在受够了，最近也没有理他。"

"跟我一样拖吧，拖到什么时候算什么时候，实在拖不动了就分道扬镳。"

林鹏飞把王小莲送到家门口后，往自家相反的方向开去。到底他要去哪里，王小莲也不好多问。

在村委会，全村干部都在办公室忙着各自的事，有的在跟贫困户沟通，有的在复核帮扶责任人上交的"贫困户收入预算表"，有的将核实好的信息录入电脑系统里。方春燕来得很晚，大家发现她眼睛红肿，似乎哭过。

王美睿关心地问："春燕姐，怎么啦？你哭过？"

方春燕没有回答，但是嘴一瘪，眼泪马上流了出来，她连忙转过头去。林鹏飞说："春燕，有什么说来听听，大家给你出主意。"

方春燕趴在桌子上终于哭出声来："昨晚有个女的给我打电话，说黄文俊亲口跟她说的，他爱的是她而不是我，他们在一起很久了，叫我识相一点离开黄文俊，不要挡住她的路。呜呜呜……"

"啊！居然有这种不要脸的女人？"

"唉，现在的人真的是做得出来，小三也变得如此理直气壮，太不要脸了！"

"以前有人跟我说黄文俊在外面有情人我还不相信。最近这一两年他从来不主动跟我联系。我觉得他上班累,事情多,所以从来就是我主动联系他。他不转钱回来,我心想一家人,钱在他那里跟在我这里不是一样吗?所以我从来也不责怪他。相反,节假日我还给他买礼物。"

王美睿说:"这些我都知道,你对黄文俊太好了,简直是百依百顺。你对他的妈还有妹妹也好,从不对他妈说半句重话,还经常给她们买很多好吃的。他妹妹是成年人,在上班了,你还给她买衣服。唉,你这样好的人也会遭遇婚变。"

李爱国说:"不是说好人就一定能够得到爱情。爱情是最复杂、最艺术的,你不能无原则地热情。过分热情就像对孩子溺爱一样,让他太有安全感,也就没有了征服你的欲望。所以你今后对他说任何话、做任何事都要有所保留,让他不敢小觑你。"

张正说:"有道理!我也觉得爱情拼的不是力气与勤劳,而是艺术。爱情跟做事一样,要讲究方法与策略。"

甘国平说:"唉,这也可能跟他们两人长期分居有关。一个在江苏,一个在老家,一年也难得见一次面。唉,春燕,要不然你请假去他那里耍一段时间吧!"

王美睿说:"赞成。不过,春燕姐,你先不要着急,最好打电话问黄文俊本人,把事情弄清楚再说。"

甘国平说:"要得,还是把事情弄清楚,说不定你冤枉了他呢!但不管怎样,千万不要轻易离婚,搭子还是原配的好。"

方春燕说:"已经问过了,他说根本没那事,是我胡思乱想。"

林鹏飞说:"看来,婚姻确实是爱情的坟墓。"

王美睿说:"也不尽然,你看人家甘主任老两口,结婚几十年了还像新婚一般恩爱。"

林鹏飞说:"两口子关系好的少,想一枪把对方崩了的多。"

李爱国说:"甘主任,你跟我们传授一下你婚姻成功的经验吧!"

甘国平说:"我有啥经验?我能有今天还不是一枪一炮打出来的。"

"哈哈哈……"大家都笑了。

"说说看，你是怎么一枪一炮打出来的？"

"你们看我性格好，对她百依百顺是吧？我也打过她两次，她自己理亏，被我打服了。平时的鸡毛蒜皮我不大爱管她，还迁就她。主要是我觉得人家一个姑娘家嫁给我，也没有过上什么好日子，家里很多事又都是她干，都快磨成老太婆了，她也十分不容易。所以只要我有空我就尽量多干一点事，对她以及她的家人也尽量好一点。但在大是大非面前我是不会惯着她的。也就是说，我不是没有个性的人，让她既感激我的好，又不敢过分欺负我，也就是说我们互相尊重，就这么简单。"

王美睿说："甘主任每次去县城开会，都要给他老婆买好看的衣服，没买衣服哪怕是一个小饰品也要买一个；去乡政府开会，哪怕是面包、小蛋糕也要带一些回去，对她的父母及兄弟姊妹就像对自己的亲人一样。女人就是看这些细节。你外柔内刚的个性征服了她，使她不敢轻易冒犯你，我觉得这应该是你成功的秘诀。"

林鹏飞说："我觉得对不同的人应该有不同的方法，甘主任的方法对其他女人不一定行。我对我家那个算体贴了吧？可……"

王美睿笑了起来，说："你应该跟春燕姐犯了一样的错吧？你不是对她不好，而是对她过分好了，好得没有了原则，以至于丧失了自我，所以得不到应有的尊重。在爱情面前，任何一方迷失了自己，都是失败者。男人应该成为对方的崇拜者或者是依靠。你老婆的家庭条件比你好，职位比你高，所以我觉得这是你们的问题所在。你得想其他办法，用你的优势去征服她，挫伤她的优越感。女人呢，既不能跑得太快让男人感到压抑，也不能停滞不前与男人的距离太远，否则你就out了。既不能太生疏，也不能太油腻，两人长期在一起还要始终保持神秘感与新鲜感，所以婚姻中的男女要做好自己都好难啊，这应该是每个人一辈子最需要研究的学问。"

由于过度劳累，长期饮食没规律，工作压力又大，这年村上第一届换届时，王美睿患上了严重的肠胃病及失眠症。这次选举，王美睿又全票通过，再次当选为村支书。为了不负众望，她只得咬紧牙关，继续带病开展工作。

"啪啪啪！"五华乡政府旁边，鞭炮欢叫着打破了街上的宁静，一家新的五金门市开张了，它的主人就是郑才忠。

这几个月以来，在村干部的鼓励下，郑才忠怀着浓厚的兴趣，从农家书屋借来书籍学习了很多农技知识，如农机产品的工作原理、维护及维修等。他原本打算再学一段时间就开店，但是村干部建议他最好马上开店。他们说一边学习，一边实践，学得更快，效果更好。

店开起后，郑才忠果然在给客户服务的过程中遇到了安装、维修等技术难题，他马上查阅资料，不懈地琢磨，虽然花费了很多时间，不过问题最终还是得到了解决。后来他又学习了水电、家电的安装及简单的维修，由于他做事踏实，收费合理，并且提供上门服务，所以生意慢慢红火了起来。

见农家书屋给村民带来这么多好处，黑檀村又配送了很多书籍。在村委会的大力宣传和郑才忠、刘大江等人的带动、影响下，到农家书屋借书的村民又增加了一些。有些妇女也去借阅关于烹饪、毛线编织、婚姻与家庭、情感天地、育儿等方面的书籍，也有少数人借阅小说。

这年八月，在乡政府及村委会的帮助下，刘银才通过扶贫办向国家无息贷款五万元，总投资二十万元建了一个占地面积三百多平方米的养兔基地，又从重庆购回四百只"伊拉克"种兔，办起了养兔场。

在养殖过程中，各级领导和县畜牧局专家经常到刘银才的养兔基地视察，指导工作，提出了很多可行性建议。他也经常挤时间参加县畜牧局组织的养殖技术培训，有不懂的就通过电话咨询。两个月后就初见成效，他的第一批兔子出栏了。由于他的养殖颇具规模，所以吸引了成都、重庆等地的客户直接上门拉货。很快，刘银才养殖的母兔存栏量从原来的四百多只发展到上千只，年收入十万元。

在村委会的大力宣传和指导下，刘银才在发展养殖的同时，也非常注重环境的保护。他严格按照国家有关要求，添置了污染防治设备进行环境治理。空闲时他还时常带头打扫村子周围的环境卫生，劝导邻居们要养成讲卫生的好习惯。

通过努力，刘银才从一穷二白发展成了颇具规模的养殖专业户。村上的人对他另眼相看，都夸他勤劳能干，媒婆也纷纷找上门来。可刘银才说他要全身心创业，婚事今后再说。他还动员"洋丁丁"大婶、贾云合、张超文、姜太成等跟他一起搞养殖。他说:"你们放心,技术的问题有我在,有任何问题需要我帮忙的,我随叫随到。"

姜太成有些搞不懂,说:"刘银才,你原来的性格不是这样的,怎么现在变了?"

刘银才说:"在我最痛苦最困难的时候,那么多的乡上领导和村干部鼓励与帮助我,不然我哪有今天?人要懂得感恩,我是怀着一份感恩的心来做这件事,我希望在我的带动下,乡亲们也能致富。"

抱着试一试的态度,"洋丁丁"大婶、贾云合、张超文各自在刘银才那里买了几十只种兔,但是姜太成说什么也不买。

刘银才知道他懒,也怕冒风险,就劝他:"你为什么不试一试呢?你的心脏病又不是天天发,如果做事感觉太累了,就休息一会儿再做。你人还年轻,就算国家养你一辈子,这样活着还有意思吗?搞养殖虽然辛苦,但是无论如何都没有挖土、挑粪、割谷那么累人,只是比较费时间。不信你试试看。"

姜太成还是不开腔。刘银才一咬牙说:"本来我现在只能算脱贫。这样,我赊几十只兔子给你养试试看,两个月就能见到成效。赚了算你的,死了算我的,就算我对你一个心脏病人的最大支持。"

姜太成终于点头答应了。逐渐地,相邻几个场镇,如江陵镇、华锦镇、方阁乡等地的一些村民都慕名而来向刘银才请教养殖技术,刘银才竭尽所能,毫无保留地倾囊相授。学到技术后的村民放心地购买了刘银才的种兔。当他们在养殖过程中遇到困难,刘银才热心地提供免费上门服务。才大半年时间,刘银才带动的周边二十多位贫困村民就利用养殖实现了脱贫。

随着养殖规模的扩大和养殖技术的日益成熟,刘银才决心在养兔成本和效益上大做文章,他开始尝试自己做饲料。他的下一个目标就是做兔肉加工,在福寿县创造一个属于自己的养兔王国。他也希望有更多的合作者一起,把养兔做成一个集产、销、加工于一体的一条龙产业。

除了发展养殖外,刘银才还把目光放在种植上。他采纳了乡党委政府和农业局工作人员的指导意见,打算下一步因地制宜,充分利用养殖场粪便,搞有机蔬菜种植。

他说："只有不断做大做强，才能更好地带动乡亲们共同致富。"

腊月二十五这天中午，王美睿与村"两委"干部在乡政府开完会，刚走到郑才忠的门市，热烈的掌声与喝彩声就从商店里传出来。原来是一大群赶场置办年货的人正在围观郑才忠和邱中成、唐胜华写春联。只见郑才忠想了一阵，拿着一支大狼毫毛笔就龙飞凤舞，一副春联瞬间写成，颇有艺术家风范。他写的上下联分别是"精准扶贫，举国攻坚求实效""共同致富，百年追梦守初心"。

围观群众连声叫好，接着邱中成和唐胜华又各自写了一副。邱中成写的上下联分别是"建设新农村，水秀山青环境美""讴歌好政策，路通业旺稻花香"。

唐胜华写的是"坚定信念跟党走，脱贫致富奔小康"。

无论是书法还是内容，他们都写得非常精彩。王美睿一行村干部感到奇怪，他们居然会写毛笔字，对联也是自己编写的，变化真不小呀！郑才忠拿着身边的一本书说："王书记，这是农家书屋的功劳。你看，这些都是我从那里借来的。我看店没生意的时候，就照着练。在我的带动下，邱中成和唐胜华、彭明春等人也在练书法了。我们几个还喜欢上了唐诗宋词，现在我们都是县诗词学会会员，学会自己写诗词和对联了呢！"

没想到村民不仅从书籍中学到了技能，还找到了这么多的乐趣。

王美睿说："看来我们要继续做好农家书屋工作，倡导全民阅读。让阅读的人明理，提高他们的文化素质和修养，像郑才忠一样用知识改变命运。"

李爱国说："为了调动积极性，激励村民学习，丰富村民的文化生活，我们村每年可以开展一些评比活动。比如评'百姓学习之星''五好家庭''道德标兵'，举行书法、诗词、唱歌、广场舞、游园竞技等比赛。"

大家都觉得这个建议好。郑才忠对几个村干部说："太感谢你们鼓励我啦！不然我没有勇气来街上开店，我现在已经接手了本街的一家海尔家电，已经经营几个月了。你们看，这是他们发给我的奖。"

大家顺着他指的方向看去，只见商店墙壁上贴着两张醒目的奖状，分别是四川国海电器有限公司发的"服务标兵奖"、海尔重庆制冷产业集团"产品经营奖"。

郑才忠说，五华乡的户籍人口虽然只有一万五千人，地势偏僻，但他有信心将生意做大做强，争取三年内将销售门面和库房扩大到三百平方米，年销售额超过一百万元。

这天，王美睿和甘国平亲自去水利局找杨瑜，询问水库修建项目立项批复情况。

杨瑜叹了口气说："根据我们考察的情况，从拟修建地址的地形地貌，还有水库的辐射面、辐射人口看，立项是没有问题的。我们已经将材料上交给县委、县政府审批，但估计比较困难。一来是因为还有两个镇也提交了修建水库的申请，他们离县城更近，直接解决县城的用水难题；二来这关系到库区老百姓的搬迁和项目建设。这两样都需要巨量资金。我们是全国有名的贫困县，没有什么支柱产业，县财政非常恼火，不要说项目建设，就是维持日常开支，如基础设施工程的建设及各个行政、事业单位的开销都很困难，这也是你们村申请了十几年一直没有得到批复的主要原因。"

王美睿和甘国平非常失望。王美睿说："就不能想想其他办法？"

杨瑜说："你们村是贫困村，会得到优先照顾。我再衔接一下扶贫办试试看，你们也去做一下县扶贫办的工作，我们大家共同努力。"

王美睿和甘国平告别杨瑜，马上去了扶贫办。听完他们的诉求，扶贫办的工作人员遗憾地告诉他们，今年县级扶贫项目资金已经划拨完毕，只有明年再试试看。又要等一年！万一明年县财政仍然没有钱呢？这不就走了以前的老路，成为历史遗留问题了吗？想到还有很多群众挑水喝，夏季的庄稼等着灌溉，并且一旦水库立项就可以招商引资，搞活周边经济，王美睿和甘国平心急如焚。

在村"两委"会上，王美睿又将问题摆在了桌面上。大家苦苦思索着解决问题的办法。张正说："我们能否让旅投公司出点钱修水库呢？"

"这也是个办法！"大家似乎找到了问题的突破口。

"可他们出多少钱？到时候利润怎么分配？"

王美睿说："我们单方面说了不算，还得与他们当面谈。"

甘国平说:"对!但我们可以单方面拟定一个口头草案,做到心中有数。"

然后大家商议,按照水利局规划整个工程大约花十二亿元预算,旅投公司和政府按照五五比例投资,也按照五五比例分红。

李爱国说:"如果旅投公司不同意,要按照四六比例投资呢?"

甘国平说:"同样的道理,四六比例投资就按照四六比例分红。"

王美睿说:"我们说的都不算,还是把老总们约在一起大家协商了再说。"

于是,王美睿当场就给向总打了电话,双方约定隔两天就洽谈。洽谈那天,乡党委、政府的黄书记、甘乡长还有扶贫办主任都来了,谈判进行得很艰难。旅投公司答应投资一部分钱,与政府按照三七比例投资,但每年分红却要按七三比例,合同期限三十年。他们的理由是水库的所有权是属于政府的,双方争论很激烈。经过反复协商,最后旅投公司与政府以八二比例投资,前二十年所有收入归旅投公司,二十年后与政府按照七三比例分红,合同期限为四十年,初步达成协议。

工程总体投资十二亿元,旅投公司与政府按照八二比例计算,政府也得出两亿四千万元,这对县财政仍然是个不小的压力。是坐等上面批复呢,还是再想办法尽快落实,乡政府领导和村干部都在苦苦思索着。

黄书记皱着眉头想了一阵对王美睿说:"县财政负担太重了,像这样拖着也不是办法。我有个同学在省扶贫办工作,明天我俩还有甘主任亲自去省扶贫办试试看。"

王美睿马上欢喜得像个孩子:"好呀!好呀!还是书记行啊,正当我们陷入困境你的法子就来了,真是'山重水复疑无路,柳暗花明又一村'啊!"

第二天早上不到五点,黄程、王美睿还有甘国平就开车去了县城,六点半就坐上了去成都的客车,直到上午十点半他们才下了车。下车后,他们又转了好几次公共汽车,才在上午下班前赶到了省扶贫办。

黄程的同学游亮已经在办公室等候他们多时。黄程一边说明来意,一边将水库立项申请与旅投公司的初步合作协议交给游亮看,并详细讲述了在本县办理的经过及现状。游亮感慨地说:"现在老百姓办点事真不容易啊！"

黄程说："就是呀。老同学，你可一定要帮我们啊，家乡老百姓等我们的好消息呢！"

王美睿恳切地说："游主任，我们村还有很多庄稼地需要灌溉，很多村民要到几公里外去挑水喝，甚至有人和牛羊一样喝堰塘的洗衣水……修成了水库我们就可以招商引资建度假村，还有很多老百姓还没脱贫。我们县是省级贫困县，而我们村又是贫困村，我们太难了。修水库我们已经申请十几年了，我们太需要你们的帮助了，求求你！求求你帮帮我们！"说着，王美睿的声音变得哽咽，眼眶也有些湿润了。

游亮很是感动，赶紧安慰她说："妹妹不要太着急，你们的心情我完全理解。我也是农村出来的，深知农村的苦，能帮忙的我一定帮，这也是我们的工作职责。可这事我做不了主呀！我得跟领导反映，争取得到他们的支持才行。这样，你们先回去，我一定尽最大努力办，一有消息我就联系你们。"

王美睿一行不知道游亮说的是客气话还是当真要帮忙，怀着惴惴不安的心情坐上了回家的客车。在县城下车时已经是晚上九点了，与黄程、甘国平告别后，王美睿向姐姐家走去。途经姐夫前次生日吃饭的小餐馆时，她无意间往里面看了一眼，却见一个熟悉的身影正坐在窗台边独自喝酒。

这不是孔志强吗？他怎么一个人在这里喝酒呢？王美睿快步走过去关心地问："志强哥，你怎么一个人在这里喝酒？你有什么烦心事吗？"

孔志强抬头一看，居然是王美睿。他又将酒杯倒满，苦笑着说："没什么！我能有什么烦心事？"

"那你脸色这么难看，一个人在这里喝闷酒？"

"也就是离婚了嘛！这也叫烦心事？呜呜，呜呜，这叫解脱！"他的眼泪如断线的珠子一般滚了出来。

"离婚了？为什么？不是一直跟你说，为了两个孩子，叫你不要离吗？"

孔志强抽泣着说："我们之间早已经没有感情了，可我的心仍然好痛！"

　　王美睿一把将他的酒杯抢过来，说："你不要喝了，喝酒也解决不了问题！"

　　孔志强擦了一下眼泪说："这是报应！这一切都是不听父母话的报应啊！呜呜呜……"

　　"到底是怎么回事嘛？如果离婚痛苦，那你想办法和好不就行了吗？"

　　"已经回不去了！"

　　原来，上次旅投公司和村委会协商会议结束后，孔志强坐飞机回到了广州。和前几次一样，晚上回家很晚也不见石少娟的踪影，难道她又打牌去了？孔志强立即拨通了石少娟的电话，但是石少娟矢口否认自己在打麻将，说过一会儿就回来。

　　果真，过了半小时她就带着两个孩子坐着出租车回来了。她说刚才带孩子们在游乐场玩。孔志强不想吵架，就没有深究，然后自己去厨房做饭。石少娟也一改往日的冷漠与懒惰，去厨房帮忙，饭菜弄好后还端上了餐桌。吃饭时她总是心不在焉的，几次都欲言又止，孔志强总感觉哪里不对劲。吃完饭收拾干净厨房，等两个小家伙睡后，她安静地在孔志强身边坐了下来。

　　孔志强正拿着手机翻看着朋友圈。突然，石少娟"扑通"一声跪在了他面前，含着眼泪说："志强，我，我对不起你！"说完狠狠地扇了自己一个耳光："我真该死！我真该死！我对不起你！"

　　孔志强被石少娟突然的举动惊呆了，纳闷儿地问："你什么对不起我？"

　　石少娟流着眼泪说："我……我……我打牌输了，欠了别人的钱！"

　　孔志强瞪大了眼睛，心提到了嗓子眼："欠钱？！不是说不打麻将了吗？欠了多少？"

　　"五百多万元！"

　　"啊！什么，什么？！五百——多万元？！"

　　孔志强张大了嘴巴，怒瞪着双眼，他简直不敢相信自己的耳朵。他已经给她还了很多次赌债，一般都是一两万元，最多的一次也只有三万多元，怎么这次就输掉五百万元了？孔志强父子俩的工厂也仅仅是个劳动力密集型的加工企业，利润非常薄，哪有那么多钱去还债？况且这是他们多年的血汗钱哪！孔志强的眼里简直要冒出火来，举起手"啪"的一声，一记耳光重重地落在石少娟的脸上。不等她哭出声来，又一记耳光狠狠地打在她另一边脸上。

"你个娼妇，你个婊子，你简直不是人！老子一个月才挣多少钱？你把老子全家拿去卖了都没有那么多钱，老子打死你！"

石少娟赶紧转身拿起一把扫把挡住了孔志强，哭着说："老公，我错了，我真的再也不打麻将了，真的不打了！本来开始我只输了几万元，为了将输掉的钱赢回来，我只有加大赌注，将我所有信用卡透支出来的钱做本钱。可手气霉得很，没过多久就又输完了。我只得借了高利贷，心想赢回来就马上还上。结果不仅没赢回来，反而又欠了很多！呜呜呜……"

孔志强冷笑着说："你赌呀，继续赌呀！怎么不把你人赌出去？哼哼，想我给你还赌账是吧？呸！连门儿都没有！"

石少娟哆嗦着，哭着说："志强，你帮帮我吧！他们说如果不还就要砍断我的手和脚，呜呜呜……"

"切，活该！把手砍了更好，免得你再出去打麻将。"

孔志强说完，转身就拿出她以前写的保证书和离婚协议狠狠地甩在她面前，愤怒地说："你自己看看保证书才写多久？不要怪我无情，我已经给你很多次机会了，签字吧！"

石少娟可怜巴巴地哭着说："志强，我们可以不离吗？再给我一次机会吧，我真的再也不打麻将了，我发誓。"

孔志强睁大了眼睛，说："不离？不离还真要我拿五百多万元去还账？你已经毫无信用可言，我再也不会相信你的鬼话了。这是你自己亲笔写下的，如果再赌博就净身出户。签字！"

石少娟还是磨磨蹭蹭的，不肯签字。孔志强说："不签字是吧？那好，我明天去法院就是了。你签了呢，看在夫妻一场的分上，我帮你还一部分赌债；不签就只有叫法院硬判了。赌博是不受法律保护的，签与不签你自己权衡！"

想了一阵，石少娟只得含着眼泪在离婚协议上签了字。当晚，孔志强就把她赶了出去。

隔了几天，孔志强和两个孩子刚吃过晚饭，就听见"嘭嘭嘭"的敲门声。一开门就看见一群光着膀子、满是文身的彪形大汉挤了进来，吓得两个孩子赶紧躲到厕所里。

"你是石少娟的老公孔志强吧？她欠我们一千多万元，请你立即还钱！"

孔志强张大嘴巴说："不是说五百万元吗？怎么又变成一千多万元了？"

一个彪形大汉拿出几张借条，递到孔志强面前说："眼睛睁大一点看，她已经借了很久，本金加上利息早已经超过一千万元了。"

孔志强冷冷地说："这些都不关我事，我和石少娟已经离婚了！"

"哼！想赖账是吧？我想你这两个孩子怎么也不止值一千多万元吧？"

对方居然拿孩子来威胁自己。孔志强心里咯噔了一下，口气软了下来。他扬了扬手中的离婚证说："我们真的离婚了，不信你们看看嘛！"

"我们才不管你们是否离婚，这一千多万元可是她用这套房子做了抵押的。你要么给钱，要么走人！我们也不是不讲道理，给你一周的时间准备，一周后我们再来找你。注意，不准耍花招，要是报了警，你两个孩子的生命安全我们可保证不了。孔欣然和孔新宇，他们都在东方小学上学，一个六（一）班，一个五（三）班，你老子在凤凰小区1-11-5号，对吧？哈哈哈……"

歹徒们居然把情况掌握得这么清楚，孔志强感到不寒而栗。有个歹徒将刀子压在孔志强脖子上比划了几下，扬长而去。

以孔志强以前的性格，即使对方人多势众，他也要扑上去打一架。可他深知打架的结果，所以强忍住心中的怒火，给孔祥林打了电话。孔祥林气得捶胸顿足，老泪纵横。

他在电话里着急地说："志强，千万不能冲动，这些都是黑社会的，穷凶极恶，说得到做得到，他们都是要钱不要命的人，千万不能报警。如果一毛不拔，孩子们真有个三长两短咋办？所以出钱免灾，能凑多少算多少。现在厂里效益不好，以前挣的钱全都在货上，我现金也没有多少。幸好听他们的口气，他们好像还不知道我们有个工厂，不然就全完了。"

孔志强无可奈何地说："我们在明处，他们在暗处，为了孩子们的安全，只有给他们一点儿钱了。我现在这个住房赌徒已经知道，居住也不安全，就卖了吧！剩下的看情况再说，能拖就拖。爸爸，你们也得另外租房子，千万不能让他们发现你们的踪迹。我马上联系孩子们转学。"

一周的时间很快就到了，孔志强故意很晚才回家，可那群人早已经守在家门口等候多时。那个光着膀子、肥滚滚的大汉走拢就大声喊："现在才回来，想躲吗？如果不想你家人出事，你最好老实点儿。钱呢？"

孔志强说："还没筹到。这个房子已经挂出去了，但还没有卖出去。"说完就把售房信息给赌徒们看。

肥赌徒拿出刀架在孔志强的脖子上，做出要割断的姿势，恶狠狠地说："房子的钱我们可以再等一周的时间！但是我们就这样白跑？我们还没开这个先例，你今晚想一毛不拔，除非砍下你一条手臂！"说罢使劲一扔，一把明晃晃的砍刀"哐"的一声砍在了桌子上。

另一个歹徒抓住孔志强的领口恶狠狠地说："今晚你必须给我们饭钱。再给你一次机会，下周再来一次！不管房子是否卖出去，我们见钱走路。如果下周再收不到钱，你小孩留手还是留脚，你自己选择。不，肝脏、心脏价钱更高！"

满是文身的肥壮大汉直接将手伸进孔志强的裤兜里掏出了仅有的几张现金，另外几人进屋子里翻箱倒柜又找出了一些现金。一个长得尖嘴猴腮的歹徒说："千万不要以为你们把孩子藏起来我们就找不到，请记住这是我们的地盘！大人的腰子、眼角膜同样很值钱！"

又隔了几天，孔志强将卖房子及凑到的钱，一共三百多万元打到了赌徒们指定的账户里。

孔志强刚讲完他与石少娟的离婚经过，就接到了一个陌生电话。电话是另一批要赌债的人打来的，孔志强跟对方慎重申明："我和石少娟早已离婚,要账你们找她本人,请你们今后不要再来打扰我了!"说完气冲冲地挂断了电话。

他说:"石少娟现在不敢露面了。她还不出钱,只要遇到这帮歹徒,生命安全随时都会受到威胁。她连娘家甚至亲戚家都不敢去,因为要账的人太多了。她走到今天这步怪谁呢?以前她打麻将,我管她,她和我吵架,她娘家人为她撑腰,朋友们也劝我以和为贵。我是有苦无处诉,有冤无处申。我知道我们迟早都要走到今天这一步,所以很早就计划回来发展,远离广州这个伤心地。"

王美睿劝道:"志强哥,你很有远见!我知道你现在很痛苦。虽然你们之间早已没有了爱情,可毕竟一起生活了这么多年,她又是两个孩子的妈。想开些吧,长痛不如短痛。时间能够抚平一切,就像我当初失去徐文浩时,也曾经那么痛苦,甚至都不想活了,现在我已经平静了。本来人们传统的观点是劝和不劝分,但是对这件事我的观点不一样。你们彻底分开,对两个孩子及你本人不一定是坏事。"

孔志强点点头,抓住王美睿的手说:"还是三妹支持我,懂我。你还是小时候的你,每次跟你聊天后,我都会感觉轻松。谢谢你,三妹。"

王美睿也抓住他的手,套用普希金的诗句,深情地说:

  假如生活欺骗了你,
  不要悲伤,不要心急!
  忧郁的日子里须要镇静:
  相信吧,快乐的日子总会来临!
  ……

第十二章　堕落的天使

这天，王美睿的胃病又犯了，她感到阵阵恶心，想吐，但是又吐不出来，一会儿又感到腹部剧烈地疼痛。她只得用力按住腹部，扶着墙壁去卧室找药片吞下，豆大的汗珠从额头上流了下来。这时电话铃声响起，是方春燕打来的，她们昨天已经约好一起去入户走访。王美睿拿着电话吃力地说："好，好，我马上去骑摩托车，我们在楠竹基地路口会合。"

方春燕感觉到了王美睿声音的异样，关心地问："王书记，你怎么啦？身体不舒服？"

王美睿说："没事没事，老毛病，胃有点不舒服。已经吃过药了，一会儿就好了。"

方春燕说："今天反正也没有什么特别重要的事，你今天休息一下吧！甘主任他们去了其他组，我一个人去九组、十组就行了。"

王美睿说："我自己的病我自己知道，真的没事。"

然后她强忍着痛骑着摩托车去了楠竹基地。她们会合的时候，看王美睿病情好了些，方春燕才放下心来。

"你和黄文俊的事怎样了？"

方春燕平静地说："他始终不承认，还是说那个女的是他的女同事，跟我开玩笑。他妈和妹也给他作证，并且还打电话把他臭骂了一顿。马上要放暑假了，等放假后我就带上孩子去查个究竟。"

"嗯，可以。黄文俊知道你要去？"

"嗯，当然知道，他说到时候他去火车站接我们。"

王美睿差点笑出声来。如果真要查个究竟，她应该悄悄去。这么明目张胆地，又给黄文俊这么充足的时间，能查到什么？不过话说回来，人有时候不能太聪明，如果真有那事，把事情完全弄明白了，她除了一哭二闹三上吊、离婚，还能有什么好的办法呢？像她这样没心没肺、糊里糊涂地过一辈子，也未必是坏事，至少不会那么痛苦。于是，王美睿就不予点破了。

她们边走边查看。查看完楠竹与花椒生长情况后，她们又去离村委会最远的十组，走过几条山间小路，一直向上爬才到达了建档立卡贫困户熊素华家。

熊素华与丈夫梅银成已经六十多岁，生了三个儿子。大儿子已经结婚生子，自立门户；二儿子因为得了精神病，三十多岁了还是单身汉；小儿子正在上初中。他们一共有三间土墙房子，厨房里堆满了柴、洋芋、猪草。扫把、撮箕、火钳、水桶、盆子等随意地丢在地上，几摊鸡屎在屋中央格外显眼。锅里的碗还没有洗，两只鸡正在灶台上吃碗里沾着的饭。

"嗨——下去！"王美睿大声喊着赶跑了鸡，又连喊了两声，"熊大娘！"

熊素华才从屋后猪圈走了出来。"呃——"她大声地答应着神色慌张地跑了过来。她浅色衣服穿得白不白黑不黑的，看起来很脏。头发也很凌乱，眼角还吊着芝麻大小的眼屎，全身散发着很浓的汗臭味。她笑着招呼道："呵呵，是王书记和方主任来啦！我在挑粪淋菜。"

"哦，挑粪淋菜？你好勤快！现在你们吃穿没问题吧？"

她嘿嘿一笑说："是嘛，不勤快吃什么呢？全靠国家给我们低保，帮了我们大忙，我们有吃有穿。"

"梅大爷呢？"

"他去薅秧子了，今年我们做了几家人的水田。"

方春燕表扬道："你们都是六十几岁的人了，还这么勤俭持家，值得表扬！"

熊素华的脸笑成一朵花，露出一口黄牙。王美睿压低声音说："大娘，优点希望你继续发扬，但缺点我们还是要给你指出来，你要改正。你看你家好乱好脏，地上的鸡屎到处都是，赶紧把它扫了……"

熊素华说："怎么？上面又要来检查了？"

王美睿和方春燕哭笑不得，说："大娘，不管检不检查，都要讲卫生。房前屋后打扫干净了，自己也看着舒服呀！天天生活的地方，不应该干净一点吗？"

熊素华不好意思地笑了。方春燕捡起地上的扫把，边扫边说："大娘，你看地上的洋芋、猪草也应该把它扫拢，各自堆在屋子一角。"

王美睿走到灶边，再次赶走了两只鸡，边洗碗边说："大娘，吃饭后马上就要洗碗，不能泡在锅里留着下一顿再洗。这样会长很多细菌，要养成好习惯。还有，灶台上不能让鸡、狗上去……"

熊素华说："那两只老母鸡最可恨，只要人一走，它们就跑上去了。"

王美睿说："平时你要把厨房门关上呀！"

"要得，要得，我记起了。今后人不在时，就不让鸡进厨房。"

这时，忽听隔壁屋后传来"啊"的一声，但声音像被什么东西压制住，很快又消失了。王美睿与方春燕几乎同时问："什么声音？"

熊素华赶紧走到门口边，说："没啥子，没啥子，我家的母猫产崽了！这两间屋就不麻烦你们了，我自己打扫哈！"

虚惊一场，他们马上又回到正题。王美睿说："大娘，除了房前屋后要打扫干净，也要注重个人卫生。你看，你的衣服也换得了，要天天梳头、洗脸、刷牙，经常洗澡……"

熊素华的脸唰地变红了，一直笑着说："要得"。

王美睿说："大娘，我们跟你指出这些都是帮助你，是为你好，希望你不要生气。"

"不得，我不得生气。今后我一定注意。"

"好，大娘，希望我们下次去你家，你家干干净净、整整洁洁的。"

走出熊素华家，她们又向山脚下九组的大塆走去。以前这个大塆居住了好几百人，但现在空着很多房子。和其他塆一样都只剩下老弱病残，很难得见着一个年轻人。她们穿过好几条巷子才找到有人居住的房子。

塆上的宋老太太追了上来，对王美睿和方春燕说："王书记、方主任，你们来得正好。快去看，万富贵和范翠凤在吵架，看样子很快会打起来！"

"他们是为了什么吵架呢？"

"本塆的，我哪个不晓得？还不是怪那个挨千刀的万富贵，仗着他家人多欺负人。他的死老头已经过世四五天了，还停着不埋。据说要停一个月，不要说范翠凤在他家隔壁，就连我这么远也吓得够呛。"

王美睿与方春燕赶紧向万富贵家走去。只见万富贵家堂屋大大开着，屋子左侧边停着一具棺材。棺材前面有一个大瓦缸，一个年轻小伙子不时将纸放进大瓦缸里烧。

王美睿最怕死人。她和方春燕壮着胆子走过去，招呼道："小伙子，你叫万强吧？死者是你的爷爷？"

小伙子点点头说："是的，我叫万强。我和我哥哥、嫂嫂还有姐姐都回来了。我们轮流守，要在家守一个月呢！"

说话间，万富贵骂骂咧咧地走了过来。王美睿问："万大爷，你在骂谁呢？"

"范翠凤那个疯婆娘嘛！王书记、方主任，你们评评理，哪家没有老人？哪个老人不死？我家老头要在家停一个月，我愿意吗？他与我们的八字不合，占到那个时候，我还不是没办法。你们看，我家那么多年轻人班都上不成，都回来守候。"

范翠凤追上来怒气冲冲地说："你就只考虑自己。我睡觉那间屋子就在你停放棺材堂屋的隔壁，如果只有一两天，我忍忍也就过去了。可已经四五天了，据说要停一个月。这么热的天气，我都已经闻到一股尸臭了，把老子也吓得要死。晚上李道士既念经又敲鼓打钹的，我们根本就无法入睡。即使有时闭上眼睛一会儿，就是做噩梦，你还要不要人活啊！"

见村干部来了，塆上看热闹的人便围了过来。

万富贵说："没得法呀，如果不按阴阳先生算的一个月后埋葬，出了事谁负责？"

王美睿说："万大爷，你尽心尽力地为父亲办丧事，还让年轻人班都不上在家守孝一个月，你真是个大孝子！"

"应该的嘛，我要做个榜样给子女们看，今后他们也得这样对我。"

"那是那是，但是大爷，这么热的天气，你不怕尸体腐烂？这也是对死者的不尊重呀！为什么不早一点让他入土为安呢？"

万富贵说："我们每天都放了冰在棺材里面的，不会腐烂。阴阳先生张大脚算了的，他跟我们八字不合，我老汉占到那个时候，没办法。张四毛的老汉还停了两个月呢！"

王美睿眉头一皱，原来是张大脚在兴风作浪。张大脚在五华乡街上有个丧葬一条龙服务门市，显然他是想多卖香纸，和李道士一起想在这里通过多做道场、多烧香纸捞好处。

王美睿把万强叫过来小声问："你们年轻人也相信你爷爷要一个月后下葬才好？"

万强无奈地说："唉，我们年轻人当然不相信。但老爷子和我妈还有很多老亲戚要信，我们也没办法。他们说按照阴阳先生算出来的日子埋葬，才能发财和发人，否则我们年轻人就有生命危险。不听他们的，他们会说我们是不孝子孙，跟我们闹。"

王美睿转头对万富贵说："大爷，你这是封建迷信。现在我们是新时代的新农村，要提倡新风俗、新风尚，要破除迷信，相信科学。发家致富要靠勤劳，要靠我们的双手，不是靠坟。"

万富贵说："万一灵验了呢？我还不是怕后人今后有什么。你看，吴老二的坟没有埋好，他幺儿才三十多岁，前年得病死了。他的大儿今年又害病。"

方春燕大声说："不会灵验的。大爷，人去世了就什么也没有了。吴老二的幺儿在他去世前就已经生大病了，至于他大儿子生病，也纯属巧合。你看我们很多国家领导人的骨灰都撒入大海了呢！他们的后人出了啥子事？哪个不强？"

万富贵说："我们平民百姓怎么能跟他们相比？"

王美睿说："怎么不可以比呢？道理是一样的呀！你爸去世这么久了还停在家中，严重影响了邻居的生活。这涉嫌违法，你知道吗？"

万富贵一愣："说啥子哟？我没偷没抢，怎么就违法了呢？"

方春燕说："大爷，你想想，塆上人这么多，你就这样停着，好吓人啊！并且天天晚上既唱又敲锣打鼓的，不影响别人？县民政局规定了，人去世后停放最多不能超过五天，被人举报你是要受处罚的。"

万富贵说:"我不管那么多!我活六七十岁了,啥子没见过?死人多停几天就违法了?我就不弄去埋,看你们咋办!哪个有本事来干涉,老子就跟他拼命!"说完他就气冲冲地走了。

王美睿悄声对方春燕说:"这个老头确实顽固,看来我们只有从年轻人入手了。"

方春燕点点头,把万强叫了过来。

王美睿说:"停这么久你们也很受折磨,垮上的人也很有意见,也让你爷爷早点入土为安,你老爸太顽固了。如果我们报派出所,派出所会出警强制执行,说不定还会罚款。不仅让你们在垮上没面子,影响也不好。你看这样要得不?"说完就在万强耳边说了一阵悄悄话,万强不住地点头答应。然后王美睿和方春燕就去了另外的地方走访。

万强跟他的姊妹耳语了几句,几兄妹跑到万富贵面前长长地舒了一口气。万强说:"总算把村干部打发走了。但是爸爸,我突然记起我的生庚八字好像报错了——怎么办呢?"

万富贵一惊:"什么?你的生庚八字报错了?那下葬的时间岂不是也错了?"

"对呀,对呀!"

万富贵气得七窍生烟:"你个狗日的,简直是个猪脑壳,自己的生庚八字居然搞错了!"说完他拿起棍子就要打万强。

家人赶紧将万富贵拉住。万强说:"爸爸,我又不是有意的,刚才问妈才知道弄错了。我马上叫张大脚来重新算过就是了。"

万富贵只得一脸怒气地放下了棍子。张大脚接到万强的电话当然不愿意再跑一趟,但万强说要重新给他工钱,他当然求之不得,带着他的徒弟马上就走。当他们快到万富贵家时,却被王美睿和方春燕截住,将他们引到一个偏僻的角落。王美睿厉声对张大脚说:"你们还想去万富贵家行骗?你们想去坐牢是不是?如果不老实交代,我们就报警叫派出所来抓人!"

张大脚心里一惊,怎么被村干部知道了?顿时被吓得心里咚咚直跳。但他故作镇定,说:"王书记,你,你要我交代什么?"

"说说看,你故意骗万富贵,说他父亲要在一个月后安葬,目的是不是为了骗更多的钱？"

张大脚说："哪里哪里？王书记，你简直冤枉我们了。是他们的八字不合，我反复算，只能是那个时候埋最好。"

方春燕说："不承认是吧，那我们报警了！"说罢她便拨打派出所的电话。

张大脚慌了，说："别，别，我说还不行吗？我——我把安葬时间往后推，主要是想他们多买我们的香和纸，多做几次道场，多念几次经，赚的钱和李道士分成。"

王美睿愤怒地说："你们太缺德了！这么热的天，尸体都发臭了。为了钱，你们简直丧尽天良！接下来该怎么做，我想你们应该知道吧！"

张大脚师徒不说话，趁王美睿和方春燕不注意，扭头就跑。方春燕大声说："想跑是吧？是你们跑得快，还是电话快？只要你们跑，我就报警！"

张大脚师徒只得回来求饶，说愿意跟她们去万富贵家一趟。见张大脚师徒这么快就到了，万富贵很是热情，客客气气地把他们迎进屋子里，却见王美睿和方春燕跟在后面。邻居们又过来看热闹。

万富贵正要发话，王美睿却先开口对张大脚说："你说说看，到底万强的爷爷什么时候安葬最好？"

张大脚迟疑了一下，小声说："就是今天！"

王美睿紧紧相逼："今天好久？"

"今天随时都可以。"

万富贵一脸不解，眉头紧皱盯着张大脚。王美睿说："说说看，前几天为什么故意说要一个月后才能埋？"

张大脚师徒都低着头不说话，王美睿催促了几次，他们仍不开腔。王美睿说："你实在不说就算了，我让大家听听视频里面的录音吧！"

然后，王美睿打开手机中的视频，并开启了免提。听完录音，万富贵气得快要发疯了。李道士一看事情败露，想寻机溜走，却被万强截住了。万富贵转身拿起棍子就要打张大脚和李道士，在场的人赶紧拉住了他。在两位村干部的监督下，张大脚和李道士只得将骗来的钱还给了万富贵。

面对一大屋子的围观群众，王美睿大声说："乡亲们，刚才的视频录音你们都亲耳听见了吧？这就是张大脚及李道士他们装神弄鬼的真相。他们的目的只有一个，那就是为了骗钱。大家今后一定要提高警惕，小心上当受骗，不要迷信，要相信科学。"

这天当众揭穿了张大脚骗人的鬼把戏，也解决了一场邻里纠纷，王美睿非常开心。可熊素华家的那一声"啊"明明是人的声音，而且有点像女人，为什么熊素华说是母猫呢？她努力思考着，总觉得哪里有点不对劲，躺在床上辗转反侧。

隔了两天，她给方春燕打去电话："方主任，我总觉得熊素华家好像有点不对劲。"

方春燕说："王书记，这两天我也在想，我也觉得有些奇怪。"于是两人决定再去看看。

这次她们去熊素华家时，他们全家正在吃早饭。他们的脸和衣服都很干净，房前屋后也打扫了，王美睿和方春燕很满意。屋角一个三十岁左右、头发蓬乱的男子，痴痴地望着王美睿嘿嘿嘿地笑着，一会儿又转向方春燕，目光里充满了挑逗与猥琐，让人感到十分恶心与害怕。不用说，这就是熊素华的疯儿子梅志军。

王美睿问："梅志军不是在精神病医院吗？怎么不多治疗一段时间？"

熊素华说："他已经好了，再说他自己也一直想回来，我们就把他接回来了。"

方春燕说："这种病国家免费治疗，你们还有什么担忧的？我感觉他没有治好，最好把他送回去再治疗一段时间。"

梅银成说现在忙得很，需要他在家帮忙干农活，等收割了谷子就把他送回医院去。王美睿与方春燕只得嘱咐他们一定要天天监督他吃药，否则怕招惹麻烦，老两口答应了。

王美睿与方春燕又查看了其他房间，没发现什么问题就走了。刚走到下塆，一位胖大嫂就气喘吁吁地追了过来。她是这个生产队的队长，她问："王书记、方主任，你们刚从熊素华家下来？"

"对呀，有什么事吗？"

胖大嫂队长说："我上次去她家后院的荒地放牛，听见'啊''啊'

的像女人在叫唤的声音，但熊素华说是母猫。后来我又去了一趟，却又没听见了，但是我总觉得哪里不对劲。"

胖大嫂队长反映的情况居然跟王美睿和方春燕所遇到的一样。王美睿说："这个声音我们也听到过，但刚才我们找遍所有的屋子都没有发现什么异常，你是在哪里听见声音的呢？"

"我是在她家后院的猪圈旁边。"

王美睿说："哦，我懂了！"

三人马上返回熊素华家。此时，熊素华一家已经到山坡上干活去了。她们打开前面卧室的门，径直朝猪圈走去。还好，猪圈门没有上锁，里面几乎伸手不见五指。蚊子很多，"嗡嗡嗡"地叫着跟着人撵。胖大嫂队长用手机电筒照着，找到开关开了电灯。在昏暗的灯光下，她们看见一个蓬头垢面、衣衫褴褛的女人正蜷缩在猪圈一个角落的乱草堆里，地上丢着一双筷子和一个饭碗。女人看见有人进来，哈哈大笑。

胖大嫂队长大叫起来："这不是半个月以前在我们塆附近游荡的那个女疯子吗？"

王美睿说："你认识？"

胖大嫂队长说："不认识，塆里人都不认识。也不知道她是哪里来的，怎么到这里了。熊素华会白养一个疯子？刚好她把她的疯儿子也接回来了，难道她把她作了儿媳妇？"

她们赶紧把疯女人带出猪圈。王美睿和方春燕舀来水，找来洗脸帕和梳子，哄着她洗脸、洗手、梳头，胖大嫂队长则向后山跑去。过了半个小时，王美睿和方春燕才将疯女人收拾停当，这时熊素华一家也回来了。

王美睿一脸严肃，厉声问道："你们说说这是怎么回事？"

熊素华不慌不忙地笑着说："她是我们捡来的二儿媳妇，我们可没有强迫她。"

方春燕很生气，问："你们是怎么捡的？还当上你们的媳妇了？"

熊素华说："那天她在我家门前捡掉在地上的李子吃，我就舀了一碗饭给她，她就跟着我回家了。"

"后来呢？"

"后来我就把我二儿子从医院接回来，让他们结婚了。"

见王美睿和方春燕很严厉，梅志军紧握拳头，龇牙咧嘴的，做出要打人的动作。熊素华赶紧把他推进卧室关了起来。

王美睿说："大娘，你看看你儿子的表现，你还觉得他的病好了吗？况且，你们乘人之危这样做，违法了知道吗？"

梅银成重复着他老婆的话："我们可没有强迫她哟，要不是我们收留她，她也怕被饿死了哟！"

王美睿说："看来人家还得感谢你们？你们没看见人家的精神有问题？精神有问题的人被称作无民事行为能力的人，她所说的话、所做的事都不能作为法律依据。但你们是正常人，就要对自己的行为负责。你们犯了强奸罪，最低也要算骗婚罪，知道吗？"

熊素华笑着说："我们也是一片好心！"

王美睿说："一片好心？如果你只是给她饭吃，把她养在家里，你们确实是一片好心，做了一件大好事。但你们让一个精神有问题的人和另外一个精神有问题的人结婚，你们就违法了。"

方春燕说："你们这样做也不利于你们儿子的治疗。明明他的病都没有好，你们却把他接回来，还让他结婚、受刺激，你们好愚蠢呀！"

熊素华和梅银成被说得哑口无言，但听说要把疯媳妇送走，他们又不愿意，说："疯媳妇自己愿意在我家，不信你们自己去问她。"

胖大嫂队长说："你们怎么这么笨？把她留在这里是想等她娘家人找上门来找你们打架呢，还是想等派出所找上门抓你们去坐牢？"

熊素华和梅银成这才被吓住了，答应将疯女人和疯儿子都送到精神病医院。王美睿也去派出所备了案。

连续两起典型的案例，让村"两委"干部看到了部分村民思想观念的落后及法治观念的淡薄。甘国平说："看来光靠在群里发信息，遥控指挥是远远不够的，只有深入基层走进群众，才能发现问题、解决问题，提高村民素质。对村民进行法治教育势在必行。"

劳累了一天的王美睿拖着疲惫的身体回到家，天已经大黑。所幸有母亲在，回家有现成的饭菜。辅导完文慧的作业已经是晚上九点多，洗漱完毕躺在床上，她打开了手机。

微信里有数十条未读信息。她先浏览了各个工作群，再看私人信息。丁九川、刘银才、"洋丁丁"大婶、郑才忠等人都回复了她的信息，一切都在正常运行中。

张超是个很细心、周到的男人，除了经常问候，还找借口聊天。她很想暗示张超不要对自己太热情，可又觉得人家也没说他有什么想法。朋友一场，聊个天，互相慰问关心一下也是人之常情。尽管孔志强说话有时候很强势，下意识里，她倒希望和孔志强说说话。哪怕一两句话或者发给她一张图片，她也会高兴一整天。是因为从小一起长大感情深，还是因为爱上了他，她自己也说不清。

宋高英发过来的语音让王美睿很是意外，说黄大山的两个儿子黄梁和黄俊出大事了，听在广州打工的邻居们说，他们办的毛线厂偷税漏税数额巨大，他们已经被抓起来了。最后调查到他们不仅偷税漏税还伪造发票，性质很严重，现在不仅厂子没有了，还欠下很多外债，可能还会被判刑很多年。黄大山被气得血压升高，脑溢血发作，昏倒在地，现在生命垂危，在县医院抢救。

宋高英的语气里有消息灵通的得意，也有幸灾乐祸。但王美睿的心情却很复杂，一晚都没有睡好。

到了周六，王美睿对父母说："爸爸，妈，黄大山这人虽然自私、虚伪，但有时也正直。他家出了这么大的事，老两口精神上一定受到了严重打击，叫哪个都承受不住。村里一些人对他们不仅不同情，可能还会幸灾乐祸的。不管我们跟他们是远房亲戚也好，出于人道主义关心也好，我觉得我们应该去看望一下。"

沈秀兰连连叹气："黄大山这个老东西实在令人讨厌，但现在又确实可怜。他两个儿子这一坐牢，恐怕家也会散了哟！"

王贤良想了一下，说："去吧，去吧，去问问情况也好，但当着他们的面千万别说什么家散呀不散的。"

他们在医院病房见到黄大山的时候，黄大山正有气无力地躺在病床上，手上还插着输液管，鼻腔里时不时发出"哼，哼，哼"的呻吟。据说他脑溢血堵住了血管，已经半身不遂，明天就要做手术了。才几天不见，他脸色苍白，两只眼睛深深地陷了下去，人也消瘦、苍老了很多，往日的神气荡然无存。他老婆瘦骨嶙峋的，坐在他旁边悄悄地抹眼泪。

见王贤良全家都带着礼品来了,他们很是意外。黄大山老泪纵横,羞愧难当,把脸转向一边背对着他们痛心疾首地说:"哎——呀,这真是家门不幸,报应啊!我实在是没脸见你们!"

王贤良说:"姨兄,你怎么这样说呢?谁家一辈子是一帆风顺,不出个大事小情的呢?听说你明天就要做手术了,我们都很担心,就过来看看。"

黄大山转过脸来,抹了一把眼泪说:"现在可能全天下都已经知道,隐瞒也没有意思了。你们说黄梁和黄俊这两个臭小子,几十岁的人了怎么不知好歹,去做违法的事?这下可好了,不仅厂没有了,还欠下那么多亲戚朋友的钱。我们以前做生意赚的,留着养老的钱也全给他们办了厂,今后的日子咋办哟?两个媳妇会不会丢下孙子们跑路?哎……"

沈秀兰安慰他道:"姨兄,不要想那么多了。你们老两口这么大年纪了,欠亲戚们的钱,有能力呢你们就替他们还一点,没能力呢就等他们自己出来还吧!他们人年轻不懂事,今后改正了就好了。孙子是媳妇自己生的,她们怎么会跑呢?"

其实,黄梁、黄俊出事后,两个媳妇一直都没露过面,两个孩子也不管,这和跑了有什么区别呢?王美睿说:"姨叔,你的两个孙子那么小,自己弄饭吃不放心,我已经将他们安排住在我家了。有我爸爸和妈照顾,你安心养病。"

黄大山老两口拉住王美睿的手,几乎要流出眼泪来:"三妹考虑得太周到了,太感谢啦!姨侄女、姨兄、姨嫂,我们正担心他们用电饭煲和电炒锅触电呢!你们一家都是好人啊!"

"姨叔,你看你这么客气。于公于私我都应该帮你。你家的情况我已经上报民政所,争取得到民政救助。"

黄大山满脸羞愧,捶着自己的胸脯,流着泪说:"谢谢你,姨侄女。这几天我想了很多,这真的是'龙生龙,凤生凤,老鼠生儿打地洞'呀!你们家三个姑娘个个成才,孔祥林和方万年家孩子也争气,是贤良和祥林、万年他们管得好呀……"

才说几句,他使劲咳起来,王美睿赶紧给他捶背,叫他不要说了。黄大山止住咳嗽继续说:"说管呢,贤良和祥林他们好像也没怎么管。是他们踏实、勤俭、心好,给娃儿做了榜样。相反,像我,还有一些好吃懒做的父母，带出来的娃儿都自私、投机取巧、懒惰。呜呜……是我害了他们！"

王贤良说："好好养病，儿孙自有儿孙福，其他的就不要想那么多了。"

刘长秀气愤地说："老东西，你现在知道了？以前做生意时你教他们瞒别人的秤，短斤少两，将烂菜裹在好菜里面骗人，教他们往酒缸里掺水，还将烂砖头磨烂冒充耗子药卖……我反对，你还和我打架。就是你带坏了他们，现在他们才犯了大错。哼……哼……就生坏了你个老不死的！"

沈秀兰赶紧示意刘长秀不要说了，再火上浇油黄大山就危险了，刘长秀这才闭上了嘴。

不过这些骗人的真相由刘长秀说出来，黄大山不仅不生气，反倒变得轻松坦然了。他长长地呼出了几口恶气，脸上青筋暴得老高，痛苦地说："错都错了，哪个办嘛？世上又没有后悔药卖，只有他们自己在监狱里反省，好好改造，出来后重新做人了。呜呜，呜呜……"他流着泪拉住王贤良的手说，"姨兄，还有一件事我隐瞒你几十年了，也折磨我很多年了，今天必须告诉你。"

"姨兄，有啥子事你只管说！"

黄大山叹了口气说："你年轻时，有一次孔祥林到你家找你，说林书记叫你去村上一趟，可你不在，他就叫你妈转告你。那时大队差文书大家都知道，林书记那么信任你，我估计是叫你去谈这事。我当时心里非常不服气，我哪方面不如你？这种好事怎么轮不到我呢？我就跟你妈说文书又不是官，没多少钱不说，还有做不完的活路。你长期去大队跑，家里那么多庄稼谁来种？并且社会一变，说不定还有生命危险，叫她千万不要告诉你……"

原来是黄大山捣的鬼，没想到孔祥林被自己冤枉了几十年，王贤良心中好愧疚。

探望完黄大山，王美睿突然接到肖静发来的信息，说她已经回到福寿县城，想约她出去见一面。王美睿非常意外，肖静居然回来了！她只好告别家人，带着文慧几经周折，找到了肖静指定的酒吧。

酒吧门口以及室内墙壁挂着一串串小灯泡，发出赤橙黄绿各色的彩光，透过玻璃洒在地上，仿佛是一条温暖的小路，将王美睿引到了楼上。轻柔的钢琴曲和爵士乐交替播放，让人感到昏昏欲睡，从而产生一种莫名的迷茫。大厅角落的一张桌子边，一个光头女人穿着时尚的比基尼式服装，袒胸露乳，正端着高脚杯酒，仰着脖子慢咽细品。王美睿感觉自己是从外星来的，与这里的一切那么不协调，甚至格格不入。

她走到二楼推开了一个小雅间的门。一位皮肤白皙，披着黄色大波浪卷发，戴着一副金丝镜，满身珠光宝气的胖女人就出现在了她眼前。对方也惊讶地看着她，几秒钟后她们才几乎同时喊出声来：

"肖静！"

"王美睿！"

两人高兴地拥抱在一起，互相看一眼后再次拥抱在一起。

王美睿说："啊，几年不见，我都差点认不出你了。"

肖静说："你变化好大呀！我也差点认不出你了。"

王美睿说："我变化大？那你说说看我有什么变化？"

肖静说："以前你高挑的身材配上长长的披肩发，好挺拔、飘逸、柔美。"

"现在呢？"

"现在你的头发高高绾起，看起来好精神、干练、成熟。你比以前黑多了，加上你这身老掉牙的衣服，看起来像个老古董，好土气呀！"

王美睿咯咯咯地笑了起来："土气不俗气就好。整天跟土地打交道，怎能没有土气？这叫接地气！"

"哈哈哈……"两个老同学开怀大笑。

王美睿说："你也变得我快不认识了。你满身的珠光宝气射得我眼睛都快瞎了。你那长长的指甲像要抓人的熊家婆，涂那么多口红的嘴像老虎的血盆大口，脖子上的链条就像我家套狗的铁链子……"

"哈哈哈……"肖静拉着王美睿坐下，问，"怎么，现在还是一个人生活吗？"

王美睿指着文慧说："怎么会是一个人呢？她不算是人吗？还有父母一起的呢！你呢？"

"哦，文慧都长这么大啦！我呢，跟过去差不多吧！孩子在一所贵族学校上学，学校实行全封闭管理。他和他老汉一年也难得见一次面。"

"他老爸忙什么呢？"

"跟以前一样呀！平时忙生意，节假日回家去陪家人，偶尔想我时才去别墅。唉，无所谓，只要每个月的钱到位就行了。我现在也没以前那么无聊了，相反我很忙呢！"

"那你每天做些什么呢？"

"因为每天很晚才睡觉，所以第二天起不了床，一般十点以后才起床。简单吃一点早餐后再洗漱、化妆，搞完就接近十二点了，然后开车出门和朋友一起吃午饭。午饭后就打牌，然后晚上唱歌、跳舞、喝酒。"

"你确实很忙哈，连睡午觉的时间都没有。"

肖静猛地抽了一口烟，然后闭上嘴轻出一口气，让烟雾从鼻孔里慢悠悠地钻出来，慢条斯理地说："对，后来我们几个朋友就联合起来开了一个赌场。"

"啊！你胆子可真大，居然敢开赌场！"

肖静忽然发觉自己说漏嘴，连忙将食指竖在嘴中间轻轻"嘘"了一声，示意王美睿不要说出去。

"对呀，有什么不对的吗？"

王美睿说："赌场里面鱼目混珠，牛鬼蛇神都有，好复杂哟！"

"有好复杂？我的地盘我做主。其他几个合伙人跟公安机关一些领导关系好着呢！有他们罩着，怕谁呢？"

"哦，你们真有办法！你和孔志强他们的住处相隔不远，那想必你认识石少娟了。"

肖静又抽了一口烟，吐出几圈烟雾，一只手玩弄着另一只手上硕大的戒指，说："赌场上混的人怎么不认识？她离婚，把孔志强也害惨了哟。孔志强把房子卖掉后，有一天又被赌徒截住，要他给家人打电话拿钱赎人。他爸爸只好到处借，又借了两百多万元，和原来的一共凑齐五百多万元，他们才放了孔志强。估计他们要挣好多年才能还清债务。为了找人撑腰，石少娟当了赌场老大黑豹子的情人，目的是想借黑豹子的势力翻身。结果黑豹子因贩毒被抓，还被判了死刑。现在石少娟染上了毒瘾，又因为诈骗被抓了起来，估计最低也得被判二十年刑。"

王美睿非常震惊，睁大眼睛问："她骗了谁？为什么要判那么重呢？"

"诈骗罪可是很重的。有一次她发现跟她一起打牌的几个女人出老千，非常愤怒，就把赢她钱最多那个女人的儿子藏了起来，并要挟她还钱才放人。结果对方报警控告她敲诈，顺便揭发了她吸毒。人家人证、物证都在，她想洗都洗不脱，所以她这辈子基本上完蛋了。"

这些只能在电视中才见到的故事情节，居然真真实实地发生在王美睿身边，她唏嘘不已，连连叹气："你周围人过的就是这种生活？好惊险刺激！为什么一定要走这种非正常的路呢？自己过平凡的生活，平安一点不好吗？趁人年轻，做一些对家庭、对社会有益的事不好吗？"

肖静说："美睿，你太迂腐，太out了！人生苦短，当乐且乐。你永远也体会不到我们一把牌就赢几千元，甚至几万元所带来的快感。跟你的生活比起来，我还是觉得我当初的选择没错。我现在已经给我爸爸妈妈和弟弟各买了一套房子。你看，你整天在田地里转悠，你吃的啥？穿的啥？你得到了什么？要钱没钱，要编制没编制，要前途没前途，这叫浪费青春！"

王美睿想说，她觉得她的工作很有意义，钱这个东西只要够用，有吃有穿就行了。只要能够帮助到需要帮助的人，她就有一种成就感。但她感觉她与肖静之间已经有一条不可逾越的鸿沟，单凭她的三言两语没法说动她。同时她也觉得没有解释的必要，只是面带微笑静静地看着肖静。

肖静拉住她的手说："美睿，我从没忘记上大学那几年我穷困潦倒时你对我的帮助，所以我想帮帮你。辞职吧，什么狗屁村支书，就是县委书记又咋样，能挣到几个钱？到我这里来跟我混，我给你安排个职位，工资是你现在的几倍，业务好还可以提成，运气好的时候老板们给的小费都比你几个月的工资多。我舅舅、姨妈家几个表兄妹全在我那里做事，他们现在都发了。"

王美睿挣开她的手，强笑着说："谢谢你的好意，我觉得我很富有。"说完她找了个借口，去酒吧结了账，带着曹文慧扬长而去。

第十三章　云帆济沧海

回家不到半个月，这天村"两委"正在开会，王美睿接到黄程打来的电话，说省扶贫办已经开启绿色通道，将黑檀村修水库的项目列为省级重点帮扶项目，按照预算全款下拨资金，已经通知县扶贫办准备要上交的材料。

"啊！"所有的村干部都跳了起来，甚至喜极而泣，大声喊着："太好啦！太好啦！感谢政府！感谢党！"

消息很快在全村传开，人们欣喜若狂，奔走相告："修水库啦！修水库啦！我们要用上自来水啦！""修水库啦！黑檀村要搞旅游开发啦！"

有些村民马上盘算着，等景区修好后要在里面干些什么。有的规划要再修几间新房子，今后经营民宿；有的说自己多养鸡、鸭、鹅、兔，多种菜，自己开农家乐；很多进城生活了多年的人也准备回乡发展；还有的盘算着要回老家在度假村旁边盖房子养老……村委会因势利导，号召村民今后多联系景区，根据景区需要发展种植养殖业，为他们提供充足的货源。

现在已是初夏时节，基地里的花椒长得枝繁叶茂，青青的小果长得密密麻麻，成串成串地挂满了枝头。今年已经是栽种后的第三年，再过一个月就可以采摘了。楠竹也长得郁郁葱葱的，还有两年就可以封林，竹笋也可以上市了。可村里的撂荒地却越来越多。以前人们经常为争地界吵架，甚至大打出手，现在再也没有了。大片大片肥沃的田地里长满了野草，各级干部看在眼里，急在心里，多次联系县农业局，试图从他们那里寻找解决问题的办法。

最后在县农业局的帮助下，终于利用黑檀村的地理优势，引进了一个水稻种植试点项目。

黑檀村虽然偏僻，公路崎岖陡峭，相对平原大坝的乡镇交通很不方便，但所辖的大多数生产队是喀斯特地貌，土壤富含硒等微量元素。仅七组、八组、九组，连片的富硒地块就有接近一万亩。喀斯特地貌易浸水，所以很多溶洞有水流出。溶洞水水质好，但是温度比较低，再加上这里四面环山，挡住了山外的暖流，所以植物栽种的季节比较迟，生长时间也比其他地方要长一个月左右，因此种出来的稻谷颗粒饱满。黑檀村的土壤不仅富含人体所需的硒元素，锌盐和钾盐的含量也非常适中，产出来的米味道滋润、溢香可口，既适宜土法蒸煮，也适宜电饭煲、高压锅焖煮，尤其是熬的粥非常黏稠、清香。为了整治撂荒地，提高生产积极性，村里引进了优质水稻进行试点种植，一共有接近两千亩。

这个项目叫"五良"融合宜机化，是国家补贴性质的项目，一亩田土补贴一千多元。栽种水稻前，每亩三百元的补贴已经到位，用作改田、修沟、排硝，但对提高产量不行。因为这里丘陵坡度大，水源不方便，再加上这里喀斯特地貌容易漏水，所以只能因地制宜提高水稻的品质。宜机就是适宜机械化耕种，所以现在稻田旁全都修了公路，大中型机械可以入场工作。

这个项目的稻谷不是由土地业主种植，而是五华乡政府发布招标公告后，符合资质的公司报名，由农业局专家通过评审确定。土地业主只得土地流转费，农场需要时可以到农场务工。这是五华乡政府向省农业厅申请争取的一个项目。当然光靠国家补贴是不够的，农场主也要贴一部分钱。政府选定地址后，王美睿就率领村干部向村民进行政策宣传，然后协调土地出让，修建基础设施。

农场主丁九川已经有好几个基地了。他说从他们前几个基地种植的水稻和销售情况来看，市场反映非常好，有很多人买来品尝后又回头买了好几次，有个单位仅春节就回购了一万公斤大米。

他还发了春季播种的视频给村干部看。视频中，无人机在水田里一边飞行一边播种，不一会儿就将一大块水田播种完毕。收割季节，大型收割机在田里开过来再开回去，谷子就装满了。收割机将稻子割下后马上脱粒，同时将稻秆粉碎，并均匀地撒在稻田里作肥料，最后把稻谷送去晾晒了。他们在另外的视频中还看见，大型烘干机正忙碌地运转着，它一边去除秕谷、灰尘和杂质、一边烘干，黄澄澄的稻谷如流水一般倾泻而下。

视频很快在各个生产队群里疯转，引来人们阵阵欢呼。人们无论如何也想不到，电视、电影中的现代化农业与机械化耕种这么快就走进了偏僻落后的黑檀村。

冬天很快来临，转眼间春节要到了。贫困户的旧房、危房改造和易地搬迁工作正在如火如荼地进行。为了让贫困户能够在春节前搬进新家，过一个祥和的春节，施工方加大了修建力度，每天加班到很晚。

贫困户的旧房和危房改造原则上就在原地进行，但是政府也组织专家对原地址进行了评估，选择地形稳定、地势开阔、出入方便的地方来重新建房。评估后，村委会又征求户主的意见，然后确定将他们的住房修建在一起还是独立成院。这些贫困户的新房子是根据家庭人口，按照人均二十平方米来修的，都选址在交通便利的大公路边。

腊月二十左右，所有贫困户的旧房、危房改造和易地搬迁全面完成，并且通过了相关部门的检查验收。贫困户家家喜笑颜开，赶紧打扫干净后搬了进去。乡政府还组织人写了春联，买了灯笼发下去。

这些房子都是砖混结构的平房，样式统一，风格一致，外墙都统一刷成了白色或者嫩黄色与灰色相间，形成了很大的方格图案，在青山绿林中分外显眼，也格外好看。这些房子的内部设计跟城里的商品房完全一样，每间房子都有很大的玻璃门窗，所以光线很好。入户门是防盗的金属门，每一间卧室之间互不相通，各自独立。地板也用水泥硬化了，很平整。室内墙壁被刷得雪白，厨房和卫生间都嵌有雪白的瓷砖，看起来既整洁又漂亮。每家房前还有一个晒坝，房屋周围不仅栽了树，还砌有造型别致的花坛将晒坝围了起来。花坛里的花草已经按照好看的造型种植了下去，连室外的洗衣台也修好了，水管也安好了。不仅将人工水井的水接进了洗衣池里，还接到了厨房，只等水库修好后再换成自来水。

几家人合在一起修的新房子又是另外的风格了。他们围在一起形成很大的四合院，院中仍然是晒坝，花坛分布在四合院的四周。不管是四合院还是独家独院，各个院子看起来都像有钱人修建的别墅。无论你走进哪个村子，村里最新、设计最好看的，大概率就是政府为贫困户修建的新房子了。

贫困户梅书成因为患有风湿病，没有文化和一技之长，所以讨了个弱智老婆。因为遗传，三个孩子的智力都有问题。住了一辈子即将要倒塌的房子，他不仅能够每个月领低保，吃穿不愁，没想到这辈子还能住上如此好的房子。他逢人就说："没想到我梅书成还有今天，全靠政府，全靠共产党啊！中国共产党才是真正为人民着想。"他的弱智老婆和孩子们都高兴得合不拢嘴。

随着改革开放的深入，时代的发展，在乡下居住的人进一步减少。因此，农村男子须得花几十万元甚至上百万元在城市买房子——最低也要在乡镇买房子，不然是娶不上媳妇的。女方一般花几万元陪嫁，用于装修房子或买家具家电。

因打造度假村，五华乡吸引了很多人购买商品房，人口增加了很多，所以行政区划升级为了镇。

腊月二十四这天，王贤良一家早早地将家里收拾妥当，就坐上了王美睿刚买的小汽车。他们去五华镇参加本塆陈树林儿子的喜宴。婚礼在五华镇悦来大酒店举行。

春节临近，返乡私家车特别多，狭窄的村村通公路因不能错车，几乎瘫痪，王美睿的车在半路堵了半个小时也没动一下。各组群里都有人反映该组路段拥堵。沈秀兰嘀咕道："唉，国家当初也不晓得把路修宽一点，这么多车堵起，多久才能到五华镇哟？"

王美睿说："村级公路有多宽国家是有规定的。谁知道现在发展这么快，乡下冒出来这么多小汽车呢？"

王贤良说："你就不能跟上级反映一下，将村村通公路修宽一点？"

"我们村有好几个组现在不用修，只要搞旅游开发，这些路都会重修。但没有开发的组就很难改变现状了。一来国家财政吃紧；二来除了节假日，乡下没多少人在家，修宽了不是很浪费吗？只有今后看景区发展情况。景区效益好了，一切都好说。所以未来还有很长的路……"

直到接近中午十二点，王贤良一家才到达悦来大酒店。这家酒店虽然在镇上，但环境、条件却不比城里差。宽敞明亮，干净整洁，墙上和地上洁白的瓷砖在彩灯的照耀下，梦幻而闪闪发亮。桌椅都是实木的，做工十分精细，颜色淡雅，看起来很豪华上档次。他们订的是牡丹厅，桌椅按横八纵十摆放得整整齐齐的，足足有八十桌，其他几个大厅是另外几家办婚宴的，也坐满了客人。

　　婚礼场地也布置得温馨奢华。他们请来了专业的婚庆公司，在大厅中央至墙壁上的LED显示屏之间搭建了一个长长的走廊和舞台，便于所有的宾客观赏和参与互动。走廊及舞台周围摆放了很多花束及其他装饰品。伴着热情奔放的音乐，LED显示屏滚动播放着新人浪漫的结婚照、全家福和休闲的生活照。

　　十二点，婚礼在主持人热情洋溢的讲话中正式拉开了序幕。新郎、新娘在各自父母和伴郎、伴娘的簇拥下来到长廊前。听到主持人热情的邀请，新郎便挽着新娘的手缓缓走过长廊，来到舞台前，然后双方父母也被邀请了上去。举行了烦琐的礼节后，双方父母给新人几千元甚至几万元的红包，宾客一边吃饭，一边欣赏婚庆公司表演节目，有唱歌、跳舞、小品、相声、魔术、乐器表演等。

　　王家塆大多数村民及村干部都参加了这场婚礼。王家一大家子包括甘老太太都去了。餐厅的饭桌很大，围坐十人还显得很宽松。桌子上有转盘，以保证每个人都能吃到所有的菜。每桌有个干果盘，里面的糖果用喜庆而精致的盒子装着，每人一份。还有一盒价值不菲的香烟和盒装白酒、啤酒、饮料。每桌除了有用猪肉做成的烧白、卤肉、滑肉、回锅肉、排骨等，还有鱼、虾、鸡、鸭、兔、牛、羊、甲鱼、螃蟹等肉类，几乎常见的动物囊括完，加上两三个素菜，一般有二十五个菜左右。

　　现在很多人包括王贤良一家特别不喜欢坐这种席。因为肉类太多了，让人眼花缭乱，再加上吃肉对于普通家庭已是家常便饭。现在人们特别注重保健，要防止"三高"，所以人们反倒吃不好。当宴席快结束时，甘老太太见每桌剩下的肉和菜比吃掉的还要多，服务员"哗哗哗"地就倒进潲水桶里，很是心痛，摇着头说："啧啧，现在的年轻人太不懂事了，老一点的人呢又忘了本。忘记了以前饿肚子、吃羹，甚至吃树根、野草了，哪用办这么多的肉和菜？剩下这么多白白倒掉了，真是太可惜了！"

王美睿也关注到了这个问题。她走到婚礼主人身边说了几句，婚礼主持人便拿着话筒大声喊："各位亲朋好友，餐桌上的肉菜一定不能浪费，大家能够打包的尽量打包。响应习主席的号召，全社会都参与'光盘行动'。"

可效果不是很好，只有一两个客人去吧台找塑料袋与饭盒。王美睿上台拿过话筒大声喊道："乡亲们，主人很热情，弄这么多菜，没吃完的大家千万不要浪费了。不要害羞嘛，大家都转来打包。打包不可耻，浪费才可耻！"

在王美睿的动员下，才又来了几个人。王小莲用塑料袋装了两大袋，准备给奶奶带回去。

王美睿问："姐姐今天不回县城？"

"不回去，就在娘家，打算整个寒假都在娘家。"

"你们又闹矛盾了？"

王小莲点点头，小声说："不要让爸爸和妈听见了。"

"不让他们听见也瞒不了多久，你住久了他们自然会怀疑。这次又是为什么呢？"

王小莲苦着脸，气愤地说："气死我了！放寒假快过年了，吕伟杰他大姐、二姐一家打工也都回来了。原以为他们回来会把孩子们接回老家，我们可以放松一下，可吕伟杰那神经病却一个劲留他们在城里过年。说他们回来住的时间短，回老家还得打扫卫生。全家人一起过年闹热，叫他们就在我家一直住到正月初十左右再出去打工。难受死了！"

王美睿也叹了口气："唉，人多了全住在一起确实很不方便，就是一日三餐的饭都难得弄。"

"就是呀！吕伟杰说弄饭不要我负责，他自己负责。关键那么多人在家里，属于我自己的时间与空间一点都没有。每天也必须穿得规规矩矩地出卧室，说话做事也得十分小心。"

"嗯，我觉得不怪你。也不知道姐夫是怎么想的。"

"他怎么想的？他说都是自家人，没有什么可忌讳的。跟平时一样，自己想做什么都可以。他们打工回来也就十几天，坚持一下就过去了。关键我平时都觉得很压抑。"

王美睿说："可你和果果不回去是不是做得太明显了？新年大节的弄得姐夫和你吵架也不好。我看你还是回去，尽量忍吧！姐夫对自己家人好也是人之常情。爸爸妈知道你们闹矛盾也会怄气，闹得一家人不愉快也不好。"

王小莲还是生气地苦着脸："我在娘家住几天总可以吧？"

王美睿肯定地点了点头。

春节后，王美睿又召集村"两委"干部开会，交流一下近期工作。方春燕说："我发现一个现象，这个现象春节期间尤其突出。现在留守在家的很多人整天无所事事，天天打麻将、玩手机，大家是否可以想个办法转移他们的兴趣爱好，做一些对家庭、社会有益的事呢？"

李爱国说："这确实是个问题。现在的农民不种庄稼、不养猪，甚至有些人连自己吃的菜都不种，村委会得整顿一下。不准村民参与赌博，积极做正事。"

甘国平说："他们都是打一两元钱，赌博应该算不上，只能算娱乐。但是玩物丧志，要耽误很多正事。"

刘来明说："对他们只能宣传、劝导。但只用喇叭喊，或在微信群里说，有效果吗？"

林鹏飞沉思了一会儿，说："有些东西不能堵，只能疏通、引导、想法子，看看是否能将他们的兴趣引到有益的事情上。要想办法将他们的休闲时间利用起来，只要有收益，我相信他们会积极地参与进来。"

王美睿说："打麻将的妇女特别多，叫她们做手工制品在网上卖，如何？即使不能做到让她们每个人都参与进来，有一部分人也好。"

大家都说引导她们做手工制品是个好主意，但是做什么手工制品呢？

林鹏飞说："我在网上买过一双手工布鞋，要一百多元呢！穿起好舒服，一点儿都不打脚，而且一点儿也不臭脚，可否叫她们学着做这个呢？"

方春燕说："用布料做的布鞋当然穿起舒服，但是做起来很慢，现在比较流行用毛线勾。"

王美睿说："具体用什么材料做，还得妇女们自己选择，将她们组织起来成立个'黑檀村妇女创业联合会'如何？这个'黑檀村妇女创业联合会'主要负责人还是方主任。你负责召集这些妇女开会，讲清参加这个组织的意义，落实具体的项目，叫她们多做一些手工制品，然后培训她们直播带货就可以了。"

方春燕说："问题是直播带货我不会，而且也没有直播场地。"

王美睿说："村委会闲置的两间办公室可以打造成直播室，培训直播带货由张正负责，可以多培训几个手机玩得熟而且比较能干的人。像郭术珍、我幺娘宋高英、胖大嫂队长，她们学会后可以教其他人。"

张正说："教她们直播带货完全没问题，但她们的产品卖得出去吗？普通的手工制品像鞋子，一双起码要做四五天，能够赚多少钱？所以只能走艺术品道路，将一双手工鞋做得非常精致好看，卖个两三百元，那才赚钱呢！"

王美睿说："大众商品虽然利润薄，但是销量高；艺术品虽然销量低，但价格高，各有各的优势。还是由她们自己选择。但不管做哪一样，我觉得都要上一定规模，像王家塆当年几乎家家户户都做扫把，全县都知道，所以很多要大货的自己找上门来。还有刘银才当初养兔子也是这样，规模小了就吸引不了买家，后来他扩大规模后，买家也主动找上门了。"

方春燕说，她先把比较有可能参与项目的妇女召集起来，开会确定好项目再说。

很快，妇女们便被召集到了村委会，标语上写着"黑檀村妇女联合创业大会"。她感到非常惊奇，她们都几十岁了，能够创什么业？听了方春燕的讲话，大家才明白了。大多数妇女并不感兴趣，有的说她们很多年都没做手工活，生疏了；有的说怕自己做出来不好看，卖不出去。听村委会说要帮助她们销售，这个投资也不大，实在卖不出去，自己家用或送亲戚朋友也可以，她们才说试试看。

根据各自的爱好和特长，她们有的选择刺绣，有的选择做袜底，有的选择做手工鞋，还有的选择做粽子卖。最后经过村委会和妇女们反复讨论，觉得做手工鞋比较好。做手工鞋比较简单，能够照顾大多数人参与，比起刺绣和做袜底来说，做起来更快。根据季节可以分为春秋季鞋和冬季保暖鞋，根据面料又可分为毛线鞋和布料鞋。每个品种的鞋子又根据质量和做工分为高、中、低三个等级，这样就满足了不同层次和不同爱好者的消费。

这天去参加"黑檀村妇女联合创业大会"的妇女一共四十几人，方春燕按年龄与技术搭配将她们分成了五个小组。胖大嫂队长、郭术珍、宋高英、邓云会、贫困户李群兰五人为组长，各自领导自己组成员设计图案、样式，然后缝制或编织，看哪一组的工作做得最好。

方春燕宣布组长的名单后，几个妇女乐开了花。宋高英和邓云会大笑："哈哈，没想到我这辈子还有官运哟，哈哈哈……"

邓云会小声对她的小组成员说："伙计们，我们这组力量有点悬，要加油哟！我们不说争第一，只是争取不得最后一名。"

为了降低成本，村委会垫钱对钩针、毛线、鞋底、绒布、棉花、针线等材料进行了统一采购，然后分发给各组。只管等鞋子成品有一定数量后再直播销售，卖出去后再还村委会的本钱。

"洋丁丁"大婶、梅丽丽奶奶等因年纪大视力不好，没有参加"黑檀村妇女联合创业大会"。去入户走访时，甘国平对"洋丁丁"大婶说："大婶，你去年包的粽子卖得不错哟，今年怎么打算？"

"洋丁丁"大婶笑着说："这得谢谢你们和负责帮我那个王老师出主意。今年继续卖吧，只是端午节只有那几天，平时就没有收入了。"

方春燕说："现在人们富裕，生活水平提高了，也不仅仅只有端午节吃粽子，如果味道好，平时也可以卖呀！你尽量多联系几个人和你一起做，这样你轻松一点。你看现在超市和网上一年四季都有粽子卖。你可以多做一些批发给超市。当然也可以叫村上做直播的人帮你销售一些。但你的粽子要卫生，最好去办一个卫生和销售许可证，要特别注意味道。我觉得你粽子的味道还需要改进。"

"洋丁丁"大婶疑惑地问："怎么改进？"

甘国平说："你看超市的粽子，甜味、麻辣味、酱香味都有，里面还有腊肉、蛋黄、果蔬，他们还用塑料袋包装后抽成了真空，这样保质的时间就很长了。你可以去超市买几个品牌的粽子，看人家是怎么做的。"

王美睿说："也可以请教一下邓云会，她最会做吃的。"

"洋丁丁"大婶说："我也想叫邓表嫂和我一起做呢！抽成真空？我好像在城里看过，有些人把腊肉和香肠也抽成了真空，确实能够保存很久，但我没有那个机器呀！"

王美睿说："大婶，如果你确实需要，我帮你在网上买一个。这个机器不贵。"

"洋丁丁"大婶同意了，说赶场天就去街上超市买几个粽子回来尝，还要请邓云会教她。

果真有了任务后，村子的一些妇女不再打麻将，聚在一起讨论鞋子的图案及样式，然后再一起动手制作。开始，妇女们做得很慢，一双鞋子要四五天才能完成，后来批量做就找到了一些节约时间的技巧，两三天甚至一天半就能完成一双。

这天，几个妇女在邓云会家做手工，王美睿也来了。她们做得真不错，特别是邓云会做的鞋子针脚均匀，色彩搭配好看，鞋子样式也不肥不瘦的。

宋高英与姜碧珍虽然不及邓云会快，但她们的图案设计得更生动形象。宋高英气鼓鼓地说："狗杂的陈大垮麻将瘾硬是大，无论如何叫她，她都不来。"

邓云会也说她那一组的韩麻神也没来，跟陈大垮一伙仍然天天打麻将。

王美睿说："她们已经打麻将多年，要她们一时半会儿改正肯定很难。慢慢劝说吧，也许看到你们有收入，她们就来了。"

郭术珍一般不喜欢打堆，她独自一人正在家忙碌。于是，王美睿又去她家看看。郭术珍的儿子们全出去打工了，孙子们都由儿媳妇在城里带。她正戴着眼镜专心地缝制鞋子。王美睿拿过她的鞋子惊呼起来："啊，郭大孃，没想到你这么有志气！你太有才啦！你的鞋子太漂亮啦！所有人的鞋子你做得最漂亮，你这个堪称艺术品了。"

郭术珍做的是布鞋，面料和绣花丝线都非常有光泽，是她自己采购的。鞋面上绣着色彩艳丽、层次分明、很有立体感的梅花。在黑色面料的衬托下，看起来栩栩如生，很有民族风情和复古风味。郭术珍笑了笑，拿出另外一双。这双面料是浅色的，绣的是荷花，图案也很生动形象，做工也很精细。

王美睿赞不绝口："啊，郭大孃，我现在才知道你太有才了！"

郭术珍淡然一笑说："唉，就是慢得很。这两双鞋子，我都才各自做了一只。"

"没事没事，反正有的是时间，你慢慢做。你这个可以卖几百元一双，很有收藏和纪念价值。哦，大孃，你去哪里找的图案，这么好看？"

"农家书屋呀！是邱中成去农家书屋借书法和诗词书籍时，给我带了一本回来，他知道我年轻时就喜欢绣花。"

"啊！真不错！中成大叔他的养鱼技术也是从书上学的。他很有才气，书法和诗词都写得很好，现在还加入了县书法协会和诗词学会。我在朋友圈经常欣赏他的大作。现在他有的是事做，再也不会无聊和孤独了。"

郭术珍笑着说："嗯，是嘛，现在他才不会孤独呢！除了养鱼，他对书法和诗词简直入了迷，每天练习到深夜，比学生读书还认真。两个月前我给他介绍了个老伴。她是我小时候娘家最好的朋友，老公得病死了，他们俩现在关系好得很，马上要去领结婚证了呢！"

王美睿很意外，也很高兴："啊，你给中成大叔说媒了？居然还说成了！郭大孃你真厉害，不简单，太不简单了！这真是好事情。你一个人在家会不会孤单？你也可以经常和我大娘、幺娘她们一起玩。"

郭术珍笑着说："嗯，要得。不过你姑爷快退休了，他回来我就不孤单了。"

一切都在向好的方面发展，以前村里女人们对她的风言风语是真是假已经不重要了，王美睿感到好欣慰。

在大婶大妈们做手工期间，县各大媒体如报纸、电视台、公众号等都对黑檀村组织妇女们联合创业的事迹进行了报道。看很多妇女都上了电视，陈大垮、韩麻神等人心中有些后悔，说隔一会儿也要做手工。受到鼓舞的妇女们更加起劲了，做完农活和家务，一有空就聚在一起忙活。

四个月后，妇女们的直播间终于开通了，由张正和方春燕亲自叫卖，因为有媒体宣传，再加上一些热心人士的支持，销售前几天效果非常不错，但热了一阵子就卖不动了。妇女们的积极性受到了打击，做鞋子的速度也慢了下来。

张正说："开直播销售关键要粉丝多，要吸引粉丝可不是一件简单的事。有的人拍喜剧段子，有的人讲热点新闻，有的人讲为人之道，有的人拍萌娃等各种形式引人关注。这得全职来做，我们哪有这个精力呢？"

谢思华说："那看可不可以找冯桂香的儿子冯桥云帮忙嘛？他可是个大网红，据说他有几百万的粉丝，也经常做公益事业。"

王美睿说："对呀，我怎么就没想到呢？我马上找他。但我们不能一辈子都靠别人帮忙，村委会的直播不能丢。哪怕只有几十个粉丝也要坚持下去，等把这批货卖了我们再来研究。"

王美睿打电话跟冯桥云说明情况。冯桥云满口答应，说他全力支持家乡的大婶大妈创业，愿意为振兴家乡经济尽一点绵薄之力。冯桥云就是因为经常做公益事业，关心老人及留守儿童而成为大网红的。粉丝们听说他是支持家乡的大婶大妈创业，再加上鞋子是手工制作，卖的价格也合理，所以这些鞋子被一抢而空。

销售完后，村委会将各组的收入算得清清楚楚的，核对无误后就将钱发了下去，并且又召集各组开了个总结会。郭术珍小组的销售额和利润最高，除去成本每人得了三千多元，其他小组都是接近三千元。虽然赶不上外出打工的收入，但是居家做工，时间和形式自由，劳动强度也不大。大婶大妈们做鞋子的劲头就更足了。除了表扬郭术珍小组，宋高英、邓云会、胖大嫂等个人也得到了表扬。

这年经过县委、县政府推荐，上级部门考察，黑檀村被评为省级"创业先进村"和省级"文明风尚村"，黑檀村党支部也被评为市级"先进党支部"。

经过多年的努力，上级门部反复入户走访验收，黑檀村也终于光荣脱贫摘帽。村民奔走相告，传递着这个天大的喜讯。

王美睿对各村干部说："我们仅仅做出了一点点成绩，千万不能骄傲，离乡村振兴还远得很呢！如贫困户也仅仅脱了贫，要防止他们返贫；很多村民的生活离小康还有很大差距；村里的富硒田开发了，还有那么多富硒土没发挥它们的价值；还有那么多撂荒地等我们去治理；空巢老人的养老问题有待解决；黑檀村人的思想素质和幸福指数都有待提高……我们还需要一如既往地努力哟！"

第十四章　明月照沟渠

张超给王美睿发信息，说："美睿，我实在受不了，我想与你谈谈。"

王美睿说："有什么直接网上说吧！"

"不，我要找你亲自谈。"

王美睿不知道他到底想说什么，但猜想可能与感情有关。她想，有些事早一点说明白更好，免得误会太深，于是就答应了。

那天张超到王美睿家时，王美睿还没下班。在邻居们的帮助下，他找到了正在地里干活的沈秀兰夫妇，他们正在给稚嫩的苞谷苗锄草、施肥。

"叔叔嬢嬢，你们在忙？我来帮你们。"

王贤良夫妇一看是张超来了，满心欢喜，但不让他下地。沈秀兰的脸笑成一朵花："哦，是张总来了呀！你不要下地，免得弄脏你的手。我们一会儿就干完了。"

张超仍然端着一筲箕肥泥来到地里，抓起一把就放进苞谷苗旁边的小坑里："叔叔、嬢嬢，你们不要叫我张总，听起来很别扭，你们就叫我小张吧！"

沈秀兰连忙说："好，好，好，叫小张。小张，你干活好麻利，丢肥动作也很熟练，你以前做过农活？"

"嗯，我老家以前也是农村的。我上大学后还经常下地帮父母干活。后来我父母进城开了一家商店，我才没有机会干农活了。"

王贤良问："你家中还有哪些人？"

张超笑笑说:"我还有一个姐姐,她已经嫁人了。"

沈秀兰说:"这才好哟!你爸爸妈妈有儿有女,才有福气哟!就差你娶媳妇了吧?"

王贤良直截了当地说:"你就是为这事来的?你喜欢我家三妹吧?"

张超红着脸,嘿嘿地傻笑,没有回答。

沈秀兰说:"我们全家人都喜欢你,都赞成你们的婚事,等三妹回来你们好好谈谈。"

王美睿回来的时候,月亮已经高挂在天空,王贤良夫妇在弄晚饭,张超正在辅导曹文慧做作业。看着张超提来的礼品,王美睿眉头紧皱。她轻轻地叹了口气走进了曹文慧学习的房间。

"哟,尊敬的张老师,谢谢你!这么远专程跑来辅导文慧,我好过意不去!"

张超开玩笑似的说:"没事,没事。文慧和我很投缘,能够辅导她是我的荣幸。"

曹文慧说:"妈妈,我很喜欢张叔叔。要是他能天天辅导我该多好啊!"

王美睿说:"你想得美!张叔叔的事可多着呢!"

张超说:"什么事在你们面前都不重要,都得先放在一边,都要先完成你们的事。"

曹文慧连连拍手,王美睿心里却十分难受。晚饭终于做好了,为了招待准女婿,王贤良夫妇也是煞费苦心,煮了腊肉、香肠,还现杀了老母鸡。一走进厨房就有一股浓烈的香味迎面扑来。王贤良夫妇亲自将饭菜和酒端到张超桌前,给他夹了很多鸡肉、香肠,一个劲地叫他别客气,随便吃。

王贤良问:"小张,你父母的身体还好吧?"

张超说:"还行,我爸爸除了血压有些高,没有什么大病。"

沈秀兰说:"你爸爸和妈妈的那个商店生意也好吧?"

王美睿说:"爸爸,妈,你们是警察叔叔查户口吗?问那么详细干什么呢?"

张超说:"没事,没事。老人家关心这些很正常呀!回孃孃的话,我家商铺以前生意很好，现在疫情刚结束，还在慢慢恢复。"

沈秀兰说："那今后你和三妹结婚后，住哪里呢？我们可没有钱在城里买房哟！"

王美睿大声喊了起来："妈，这是哪儿跟哪儿呢？你说的啥子话哟？"

张超说："叔叔、嬢嬢，你们尽管放心，县城里我有一套房子。结婚后三妹和文慧节假日休息时可以回县城。当然这得征求三妹的意见，如果她愿意在乡下，我也来乡下。"

晚饭终于吃完了，借着路灯，王美睿拉着张超来到院子前的空坝上。她长长地叹了口气说："超哥，谢谢你对我这么好。可我好惭愧，这辈子没福气跟你走在一起，真是抱歉！其实我也暗示过你很多次，我们只能做朋友……"

张超一把抓住她说："其实我知道今天来就有可能是这种结果，但我还是来了。我要把我的心里话说给你听。我爱你！我爱你！你不爱我，我仍然爱你！"

"超哥，不要这样好不好？"

"是我哪里不好？我会努力的！"

王美睿说："你没有不好，是我不好。你也不用努力，你已经很努力了。不要这样对待自己，这样对你不公平。"

张超说："你是忘不了徐文浩，还是喜欢上了另外一个人？"

王美睿选择了沉默。

"你是喜欢上孔志强了？"

王美睿说："不要瞎猜了，我想一个人再静一静。"

张超坚定地说："如果你只是想静一静，那么我就等你，等多少年都无所谓；如果你喜欢的是孔志强，我就不结婚了，一直默默地守候在你身边一辈子。"

王美睿的眼泪瞬间滚了出来。她哽咽着说："超哥，你何苦呢？天下的好女孩多得是，你这样做让我很有犯罪感。"

"我就是这种性格，我也无法改变我自己，否则我也早已经成家了。"

王美睿即将和张超结婚的消息不知是谁说的，很快在村里传开。人们见着王贤良夫妇老远就道喜,说他们找了个好女婿,大家都等着喝喜酒。王贤良夫妇也不否认,微笑着接受大家的祝福。

隔了两天,王美睿跟父母郑重申明,她并没有和张超谈恋爱,叫他们不要向外乱传。这可把沈秀兰气坏了:"王三妹,你个死鬼蛋,你今年多大了还不考虑个人问题?人家张超无论人才、学历、工作还是家庭情况,哪一样配不上你?"

王贤良也劝道:"三妹,张超的条件各个方面算是可以了,对我们又这么好,就听你妈的吧!"

王美睿说:"爸爸,妈,我都是成年人了。我自己的事该怎么做,我知道,你们不要管那么多好吗?"

沈秀兰气愤说:"你该不会是和孔志强好上了吧?我先说清楚哈,如果你跟他好,我们坚决不同意。孔志强跟他老爹一样天生的风流种,黑檀村谁不知道他读高中就耍朋友还打架?谁知道他今后还会不会乱来,在外面找女人?他脾气不好,现在能打石少娟,今后就能打你。而且他都已经有两个小孩了,如果你们在一起,加上文慧就是三个。你怎么说还得生一个吧,最低也是四个娃。你是开托儿所的吗?累不死你!况且这么复杂的家庭,谁能处理好关系,那他就是神仙。你看,张超多单纯,人家还是头婚呢!"

王贤良也说:"孔祥林虽然跟我是好朋友,为人处世还过得去,但他儿子孔志强就不敢保证是好人了。一个巴掌拍不响,他跟石少娟离婚,他没有责任?"

王美睿不耐烦地大声喊道:"知道了,知道了,已经说了不要你们管!张超头昏什么?我才头昏呢!"说完她气冲冲地跑进屋"嘭"地关上了门。

沈秀兰气得眼泪直流:"村上的人个个都说你好。你怎么不好呢?经常对我们又凶又恶,简直是个白眼狼!"

王贤良也伤心地说:"对外人从来不说一句重话,对我们又吼又叫,还动不动跟我们吵。白养了,我们算是白养了!"

这周末,因为疫情防控形势再次严峻,所有村干部又去五华镇政府开会。会议结束后,经过镇中心校时,大家意外遇见了王小莲。咦,她怎么又没回家呢？王美睿和方春燕赶紧过去询问原因。

"没什么，就是不想回家。"

"你们又吵架了？"

"没有，不想和他吵，是想离婚了。"

王美睿说："不想吵架就离婚？不要动不动就把离婚挂在嘴边。有啥子事好好谈嘛！说说看，到底是怎么回事？"

原来，前次春节王小莲听了王美睿的劝告，在娘家耍两天回家了，虽然心里十分不高兴，但也耐着性子接待了吕伟杰的两个姐姐全家，一直到正月初六他们走。三月二十日，王小莲全家回老家江陵镇去给吕伟杰的爷爷做八十岁大寿，通过和吕伟杰的表姐张秀兰摆龙门阵，王小莲才知道吕伟杰的大姐吕伟兰在县城按揭了一套商品房。

"表嫂，他们买房子你不知道吗？不可能吧？据说你们还支持了他们五万块钱呢！你们才好，支持他们这么多钱。"

王小莲心里一惊，给他们钱？而且还是五万块！我怎么不知道？难道吕伟杰背着我给他们钱？这么多钱他居然都不找我商量，太不把我当回事了吧！王小莲心里很不是滋味，一回家就找出几张常用的银行卡，去银行查了当年的流水账，果真春节期间有五万元转给了他姐姐，王小莲简直气疯了。等吕伟杰回来，她劈头就是一顿臭骂："吕伟杰，你们全家的良心被狗吃了？亏我对你们这么好。你大姐买房子除了我，亲戚们都知道，只有我是外人吧？"

吕伟杰一怔，说："大姐没有买房子呀！"

"表姐说的还有假？"

"哦，今年春节大姐是想买房。刚好大姐夫的表哥陈建平是一家建筑公司的承包商，陈建平叫姐姐将钱交给他，然后他们自己去占一套抵账，价格比正常交易便宜十多万元，大家都觉得很划算。后来我反复考虑，这种交易很容易扯皮，所以就反悔不买了。既然没有买成就没有告诉你。"

王小莲仍然怒气未消："那既然没有买房子，你给他们那么多钱干什么？"

"哦，是陈建平找姐夫借钱，说只借两三个月。姐夫说他的钱是定期，还有半年到期，取了实在不划算，就叫我借给他，到期后他取出来还我。

"编，继续编！"

"我说的是真的，我可以发誓！"

"我发现了你就说是借，要是我没有发现呢，这笔钱是不是算了？如果说你大姐穷得饭都吃不上，不要说给五万元，就是给十万元我也没意见。不管是你的姊妹还是我的姊妹，都应该互相帮助。但你得尊重我，要和我商量，必须征得我同意。"

"你知道姐夫很踏实，从不说谎的，他说只借两三个月，两三个月到了他一定会还的。我心想他借的时间又不长，就没有告诉你。"

经过吕伟杰的一再解释，王小莲的怒气消了一些，但她心里仍然对吕伟杰没跟她商量耿耿于怀。

这个周末，王小莲又坐林鹏飞的顺风车回家，一上车发现镇政府的黄书记和甘镇长也在。黄书记非常高兴，开玩笑说："哦，是辛勤的王老师哟，你亲自来坐车了！"

王小莲咯咯咯地一阵笑："黄书记，我不仅坐车是亲力亲为，而且吃饭也是亲力亲为。"

大家都笑了。黄书记一本正经地说："王老师，你可是我们黑檀村飞出去的金凤凰，是黑檀村甚至是五华镇的骄傲。我们黑檀村各方面工作做得好，离不了像王老师这样支持工作的人。当然，也全靠林书记、甘镇长踏实苦干，领导有方。除了工作，林书记还经常给我们当司机，接送我们上下班，真是我们的贴心人。为了表达我对你们的谢意，今晚我请大家吃一顿便饭，希望大家不要推辞。"

车上的人经不住黄书记的热情邀请，下车后就到了一家小饭馆。林鹏飞劝酒很有一套，不仅让黄书记和甘镇长喝了好几杯酒，还让王小莲这个从不沾酒的人也喝了一杯。吃完饭，王小莲的脸变得绯红，不仅说话语言不流畅，而且走路也东倒西歪的。黄书记和甘镇长想饭后走路锻炼一下身体，所以谢绝了林鹏飞送他们回家。林鹏飞只得将王小莲送到他们小区。怕她走路摔倒，他搀扶着王小莲一直送到了电梯门口。

吕伟杰和朋友们也在外面喝了一点酒。吃完饭回家，他远远地就看见王小莲和一个高大英俊的男人亲热地拥在一起，两人还一边走一边说笑。他知道那个男人就是王小莲曾经的同学，现在黑檀村的第一书记林鹏飞。他也经常听王小莲和三妹提及他。因为王小莲经常坐林鹏飞的车，他早就听见了有关王小莲和林鹏飞的风言风语。好呀，你个狗日的林鹏飞居然敢在太岁头上动土，以前的账还没有算呢，今天你就送上门来。他顿时怒火攻心，飞快地冲过去对着林鹏飞就是一拳。幸好林鹏飞反应快，头一偏，躲过一劫。林鹏飞知道他喝了酒，趁他站立不稳，丢下王小莲就开车跑了。

等电梯到了自家楼层，王小莲把吕伟杰一把拉进屋子，关上门怒吼道："吕伟杰，你疯了？老同学你都不认识了？他是林鹏飞！"

吕伟杰满嘴的酒气说："怎么不认识？打的——就是——他——龟儿！如果今天——不是他跑得快，老子——今天——非干掉他不可！"

"你活得不耐烦了？人家招你惹你了？为什么对别人这么恶毒？"

"我骂他你心痛了？老子还没有找他算账呢！你也不要偷偷摸摸地和他来往。你要和他在一起，我成全你们！"

"哗！"一盆水从头而下全倒在了吕伟杰身上，王小莲大声喊："吕伟杰，你个王八蛋！我让你乱说！"

吕伟杰抹去脸上的水，吼道："我乱说了吗？我乱说了吗？你以为你和他眉来眼去，经常暗中交往，我不知道吗？早就有人告诉我了。他林鹏飞有什么了不起的？不就是长得比我好看点嘛，他通过什么手段进的县政协我不知道，但我能有今天你是知道的。我家没任何关系，我没花一分钱，完全靠我自己脚踏实地干出来的。你实在要跟他，我成全你！"

"闭上住你的臭嘴！你简直就是个疯子，一个无中生有的疯子！你要离婚是吧？我也成全你！明天就去民政局！"说完，王小莲去衣柜拿了几件衣服就连夜跑去了朋友家。

第二天一早，王小莲想打电话叫吕伟杰一起去民政局，拿出手机才想起周日民政局婚姻登记处不上班。她不想打扰朋友，也不想见到吕伟杰，就坐车回了学校。王小莲本打算周一或者周二再约吕伟杰去民政局，可刚好这几天学校要迎检连续忙了好几天，直到周四她才稍微有点空闲，于是她拨通了吕伟杰的电话："你不是想离婚吗？我成全你！你不要误会我是舍不得你。吵架那天是周末办不了，前几天我又很忙。你准备好明天去，上午九点我在民政局大门口等你！"说完不等吕伟杰说话就气冲冲地挂断了电话。后来无论吕伟杰怎么打，王小莲都关机了。可王小莲第三天去民政局等了很久也没有等到吕伟杰，她又打电话过去，但吕伟杰说他在开会。王小莲只得回到学校，所以这周末她又没有回家。

听完大姐的讲述，王美睿说："这次你们吵架，姐夫确实要负主要责任。你真要离婚？"

"离！我早就烦够了。我跟果果一起生活更好！"

"姐夫是冤枉了你。他也是，酒喝多了就打胡乱说。"

"不，这是酒后吐真言。他居然怀疑我和林鹏飞有什么，他都不相信我了，在一起还有意思吗？"

"你应该跟他解释清楚到底是怎么回事。"

"我才懒得解释，他说有那回事就有那回事吧！你看，他这样做多得罪人家林书记，这叫我面子往哪里搁？我今后怎么为人，怎么面对林书记？"

趁方春燕劝说王小莲，王美睿悄悄拨通了吕伟杰的电话："姐夫，你当真想离婚？"

吕伟杰接通电话时难过得差点哭出声来："我哪里想离？好好的家弄成这样，我愿意吗？我好烦！"

"你也相信姐姐和林鹏飞有什么吗？"

"我亲眼所见。她都没理由反驳，那就相当于承认了。"

"你真是个大笨蛋！你凭良心说，姐姐对你及你的家人怎样？"

"凭良心说，没有任何挑剔。她对我和我的家人都非常好。"

"那你还怀疑她和别人？她要是心中有别人还会对你好？你这么血口喷人，叫谁都会生气，所以还跟你解释啥？你欠她很多次道歉了。"

吕伟杰被说得哑口无言。隔了一阵，他说："可能我确实冤枉了她。我本来想跟她把事情弄清楚，可她始终不接我的电话，我有啥子办法？"

"你本来就冤枉了她。你太敏感、太不自信了。听信别人的谣言，见到风就是雨，胡乱猜疑。如果真有那事，她会笨到公开去坐林鹏飞的车？还故意让他送到家门口让你逮住？这么简单的道理你怎么想不过来？你堂堂局长，处理公务事井井有条，讲话头头是道，处理感情问题简直不如幼儿园的小朋友。她不接你的电话，你不知道撵到学校来？怎么和她硬杠呢？"

"哎，可能是我太在乎她了，害怕失去她。"

"你没听说过爱情就像手中的沙子，要想握住，手就不能捏得太紧了？还有，你借那么多钱给你姐夫，姐姐都不知道，她能不生气吗？"

"我心想他们只借两三个月而已，所以就没有告诉她。"

"这不是借钱时间长短的问题，而是你是否尊重了她的问题。家里的大事应该和她商量，最低也要事先告诉她一声，她又不是不讲道理的人。"

"好，谢谢三妹，接下来我知道该怎么办了。我马上开车到学校。"

旅投公司和黑檀村签订开发合同后，孔志强就在旅投公司上班，主要负责修建度假村的材料采购。因为上班时间比较灵活，在朋友的介绍下，他申请加入了江福市"蓝天救援"公益组织。虽然他人在福寿县，但江福市辖区内几个县到处都有他的身影。献爱心捐款捐物、洪水中打捞落水人员、摘马蜂窝、森林失火救援、山体滑坡救援……

为了使自己的救援更专业高效，孔志强多次自费去外地参加应急救援培训，学习救援中的自我保护安全知识，各种救援知识、技术、技能。学习期间，每天都要进行高强度的技能训练，他的手、脚多处被磨破、受伤。他们每天半夜要起来跑好几公里再回去睡觉，有时夜晚要被喊起来紧急行动好几次。有很多女学员跟他们一起刻苦训练，这更加坚定了他要克服重重困难，学好本领，更好地为人民服务的决心。

2021年，在福寿县世纪隆超市老总杜剑春、孔志强与钟良洪等人的组织及多方努力下，在福寿挂牌成立了"福寿蓝天应急救援队"。杜剑春任队长，孔志强与钟良洪任副队长。救援队组别划分很细，有地震救援、山地救援、水域救援、搜救快返、医疗、财务、行政等组。

经过努力，几个领头人还有部分队员共筹资金几十万元，为救援队添置了救生衣、马甲、对讲机、车辆等基础救援设备。孔志强又花几千元钱添置了一些私人装备，如服装、面罩、护林马甲、电筒等。

因为没有资金，所有出勤产生的费用都是出勤队员AA制平摊。也就是说，出勤越多，出钱就越多。孔志强几乎出满勤，所以这一年他的工资几乎全都贴了进去。后来在福寿县政协领导的关心宣传下，商会企业家募捐了六十多万元。救援队用这笔钱又添置了几辆车，还有比较先进的声纳探测仪等设备。

孔志强除了积极主动参与应急救援，还承担了蓝天应急救援队队员的安全教育、救援技能技术培训、应急演练等工作。他们的服务范围已经扩大到了江福市辖区以外的青竹、九江甚至盛州等地。

有一次，王美睿刷到一个蓝天救援队队员在激流中打捞落水人员尸体的视频，吓得她心里咚咚直跳。她反复看了好几次，这个蓝天救援队队员不就是孔志强吗？那时他们还没有购买声纳探测仪，只见他站在船舷上拿着钩子不断在水里来回盲钩。河水那么急，又那么深，一不小心掉下去，后果不堪设想。孔志强钩了很久才将尸体打捞起来，他又和其他几个队员帮忙将其抬到岸边，送到车上后转头就走了。

这个视频看得王美睿的心久久不能平静。她是最怕死人的，没想到孔志强在应急救援抢险面前如此勇敢、淡定，他的形象在她心里逐渐高大起来。

成立蓝天救援队一年以来，孔志强参加的应急救援、安全教育、技能培训和应急演练一共高达近百次。他与队友们一起摘除马蜂窝数千个，经常一天就要跑好几个地方，仅去年就摘除了五百多个。他说，马蜂繁殖能力非常强，今后的任务仍然很艰巨。

经党组织多方考察，2021年年底，孔志强光荣地成为一名中国共产党党员。经县政协领导推荐，组织部等多个部门严格考察，第二年年初，孔志强光荣地成为中共第十一届福寿县政协委员。

他说："其实，我仅仅是做了一些普通公民应该做的事，组织却给了我这么大的荣誉与信任。成为党员与政协委员是一种无尚的荣誉，也是一种责任。我一定要再接再厉，像雷锋同志那样，将我有限的生命投入到无限的为人民服务中去。"

在孔志强的带动下，有几个村干部如张正、谢思华，还有村民胖大嫂、陈志清，贫困户艾明全、刘银才等十多人都加入了"蓝天救援"组织。

第十五章　千峰秋叶丹

黄大山爱算计人，爱贪小便宜，村里的人早已经司空见惯。他的两个儿子入狱后，正如他所料两个儿媳也跟儿子们离了婚，两家人留下两个孙子让老两口带，这着实让村里部分讨厌他们的人高兴了很久。为了还债，黄大山把城里房子卖掉，两个孙子接回五华镇中心校上学，所有农活还得黄大山老两口自己干。一段时间后，一部分人又对他们充满了同情。还有两天就是黄大山六十岁生日了，大家惴惴不安地等待黄大山的邀请，就像濒临死亡的人无奈地等着黑白无常的到来。

那天黄大山没请厨师，老两口及他们的几个亲戚在厨房忙着。这次黄大山却没像以前那样挨家挨户喊邻居们来坐席，只邀请了亲朋好友及关系密切的邻居，没有被邀请的这才放下心来。

到黄大山家后，没见写礼的人。郭术珍说："贤良，他们都在忙，你去找来笔和纸，帮他挂一下礼吧！"

王贤良说："主人没安排，这样做岂不是我叫大家来送礼？"

宋高英大着嗓门说："他请我们吃饭，不就是为了收我们的礼钱吗？反正都躲不脱，他们在厨房忙，你就帮忙写一下嘛！"

沈秀兰赶紧低声说："幺嫂，小声点！你怎么记不住呢？"

宋高英一伸舌头，赶紧捂住了嘴。王贤良只好按大家的意见办。写完礼一数，收了几千元呢！等黄大山过来，王贤良将礼簿和钱交给了他。黄大山眼睛瞪得大大的，大声说："姨兄，谁叫你收礼了？"

王贤良说:"按规矩办事呀!我们看你忙,就代劳了。"

"在你们心中,我就是个一无是处、见不得钱的坏蛋吧?现在垸上很多人都只请客不收礼。我一个人收,我晒宝呀?"

大家感到有些意外:"你的意思是,你不收礼?"

"对呀,我也要为一下人呀!"

王美睿说:"姨叔,你家现在的情况是例外,你还是收下吧!这是你的六十大寿呢!"

"要是以往我就收了。现在别人都不收礼,你们这么帮我,我还收,那我还是人吗?我是想趁机请大家来吃顿饭,表示感谢。我没得钱,办得很简单,还请你们原谅。说实话,以前我儿子满十五岁,我请大家来给他过生,转学请大家来祝贺,都是我故意这样做的,就是想报复一下那些随便找个理由大肆操办的人。"

王美睿哈哈大笑,说:"姨叔,你很搞笑。你报复别人大肆操办,你自己不也犯了同样的错吗?好了,过去的事过去都算了。你家现在非常困难,今天的礼金你一定要收下,就当我们是关心贫困学生吧!"

黄大山说:"我已经说了,这次的礼金我坚决不收。经过家中的这次大事,我算想明白了。用了自己不该用的钱迟早是要还的。钱这个东西,生不带来,死不带去,有一口饭吃就行了。我事先没跟你们说不收礼金,是想让你们吃饭心安一点。"

王贤良和王美睿不住点头,交换了一下眼色后,王美睿小声说:"难得他有这份心意,资助他家学生我们以另外的方式吧!现在村上很多人都在搞慈善,我们可以让互助会将钱转给他家。"

于是,王贤良又将钱纷纷退给了送礼的人。

正当大家端上碗准备吃饭时,孔志强接到郭向军打来的求救电话,说他家屋檐前的一棵大树上有一个巨大的马蜂窝,有几只马蜂跟着人飞来飞去,很是吓人。大家都知道马蜂的厉害,如果处理不及时,人一旦被蜇了就会有生命危险。孔志强拨通了刘银才的电话,约好马上去郭向军家摘除马蜂窝。胡乱扒了几口饭,孔志强放下碗筷就开车离去。

十几分钟后,孔志强与刘银才赶到了郭向军家。他家屋子前的一棵大树上果真吊着一个几十斤重的马蜂窝。因为太重,大树树冠朝着一边倾斜了过去。

刘银才身材比较瘦小，爬树也比较灵敏。他带着锯子几下子就蹿上了大树，在接近马蜂窝的树枝上"呼呼呼"地使劲锯了起来。

孔志强在树下紧张地指挥着，把握着大树倒下的方向。

"啪！"经过很长时间的努力，挂着马蜂窝的树枝朝着预设方向重重地落在了地上，两人悬着的心终于落了下来。

马蜂窝一着地，马蜂"嗡嗡嗡"地声音四起，密密麻麻的马蜂从巢里蜂拥而出，四处乱窜。两人迅速朝马蜂窝奔去，马蜂立刻将他们团团围住。他们正准备将马蜂窝抬入大口袋，突然，"啊"的一声惨叫，孔志强捂住了双眼，痛得在地上打滚。原来，他遭到一群马蜂的围攻，他立刻感到刀割一般的疼痛，泪如泉涌。仅几分钟，他的眼睛就肿了起来，头也像要炸裂般地疼痛。刘银才连忙用水给他清洗，不一会儿孔志强便昏了过去。

得知孔志强受伤的消息后，王美睿赶紧带着曹文慧赶到医院探望。李华英也带着两个孙子连夜从广州赶回来。孔志强已被送到重症监护室，他们只得焦急地在室外等待。

见到李华英，王美睿招呼道："表叔娘，这么快你们就赶回来了？"

李华英点点头。

"高的这一个是欣然，矮点儿的这个是新宇吧？"

李华英轻声回答："嗯，是的。他们都是志强的儿子。"

王美睿摸了一下他们俩的头："两个孩子都长得好帅！"

欣然和新宇很有礼貌地招呼王美睿："阿姨好！"

等待的时间很慢，李华英忍不住抹起了眼泪，小声念叨道："要是志强有个三长两短啷个办哟？欣然才读初一，新宇才上六年级。他们的老娘又在牢房里……我们这是啥子命哟？"

两个孩子见奶奶哭也跟着抹流泪。王美睿拿出纸巾给李华英擦去眼泪，曹文慧也懂事地拿两张纸巾递给两个哥哥。王美睿安慰道："表叔娘，你别哭，志强一定没事。现在科学技术这么发达，送到医院又及时，马蜂这点毒液一定难不倒医生。"

见两个小男孩仍然在哭，王美睿把他们拉到身边的一把椅子上坐下，一边给他们擦眼泪，一边哄他们道："欣然和新宇都是好孩子，你们都是大男孩了，不哭不哭哈！嬢嬢好喜欢你们，爸爸一定会好的。相信今天的科学技术，相信嬢嬢。"

"谢谢阿姨。你对我们真好！"

为了转移话题，王美睿和他们拉起了家常："欣然、新宇，你们在广州上学，平时是住校还是回家？"

欣然说："我们是天天回家。"

新宇说："但下学期我们要回老家上学了。"

王美睿有些意外："为什么呢？"

两个孩子都沉默不语。李华英气愤地说："还不是怪他们的老娘石少娟，打麻将欠别人那么多钱。我们另外租了房子住，两个孩子也转了学，可还是被那伙要账的人发现了。为了欣然和新宇的安全，我们只有回来了。"

王美睿叹了口气，对两个孩子说："你们回来也好。你爸爸在老家上班，照顾你们也比较方便。你们打算回老家哪个学校上学呢？"

李华英说："在县城一中，志强已经联系好了，县城的房子也买好了。"

苦苦煎熬了一天，孔志强终于从重症监护室转到了普通病房，所有的亲朋好友如释重负，但医生说他还要继续住院观察几天。王美睿不放心，这几天一下班就开着孔志强的车进城来看望。经过麦香村时，她特意买了小孩子最喜欢吃的肉松蛋糕和雪饼。孔欣然和孔新宇两兄弟非常开心。

王美睿到病房的时候，两个小家伙正在扶父亲上厕所，帮助他躺下后，还打水给他洗脸洗手。王美睿很是欣慰，摸了摸两个孩子的头说："两个宝贝好懂事，我好喜欢你们！"

两个孩子笑了，说："嬢嬢，我们也喜欢你！"

王美睿说："这件衣服就不劳烦你们了，嬢嬢帮你们洗哈！"说完就拿着衣服走进了卫生间。

孔志强的眼睛被蒙着，但他已听出了王美睿的声音，感动地说："哎呀，三妹，太感谢你啦！现在流行一句话，说'出来混，迟早是要还的'。你看，你的脚遭崴了，我服侍了你，这才多久，你就来服侍我了，好像老天爷是故意让我受伤，让你还账一样。不过你服侍的时间长一些，这是加上了利息呢！"

王美睿、李华英和几个孩子都笑了起来。

傍晚，王美睿回家路过村委会时，听到李爱国在村委会广播里疾呼："请广大村民注意，请广大村民注意，四组甘立贤的老母亲，一个瘫痪多年的七十九岁老太太——毛秀琼，今天不见了。家人从下午五点找到现在也不见人影。有看到老太太或者有线索的马上联系村委会，主人必有重谢。毛秀琼老太太穿着一件蓝色外套，深红色马甲，黑色裤子，麻烦大家帮忙找一下。"

李爱国连续通知了很多遍，也将消息发进了微信各组群里。王美睿马上将车停在路边，走进了村委会。甘立贤的老婆钱文琼急得快要哭出声来，哽咽着说："我就去菜地栽菜耽搁了一个多小时，回来她就不见了。"

王美睿抓了一下脑袋说："真是奇怪哈，老太太不能行走。如果是小孩，我们会怀疑是人贩子偷走了。但总不会有人偷老太太吧？现在环境变好了，野生动物多了起来，难道是大型野生动物把她叼走了？"

在场的人都说不可能。这么大个人，一般的野生动物奈何不了，况且也没有看见血迹。众人怎么也分析不出个所以然。李爱国就又在广播里通知了几遍，也没有收到任何回应。最后，甘国平建议大家再去四组周围找一找。正当大家要分头行动时，甘立贤的弟媳贺俊芳把车开到了村委会。

钱文琼喊道："二嫂，你在县城这么快就知道老太太弄丢了？赶快跟我们一起去寻找！"

"不用找了，非常对不起大家，老太太是我们接走了。"

大家都很惊讶。

"你们接走了？我的老天爷，可把我们吓死了。为什么不跟我们说一声呢？"

甘国平打趣道："啊，原来是你们接走了！表嫂，看不出你还喜欢偷人耶。"

"哈哈哈……"大家都笑了起来。"表嫂，今后你千万不要偷人了，你看把大家吓得魂都差点丢了。"

贺俊芳说："不是我们不说，而是怕大哥大嫂像以前一样不同意，于是才趁大哥家没人悄悄把老太太接走了。我们看今天天气好，老太太精神也好，就背着她去景区游玩了一下午。在景区时我们也给大嫂打过电话，但手机一直没信号，没打通。天快黑时，立军带着老太太坐朋友的车回城去了，我就转来跟大哥大嫂交涉清楚。"

钱文琼态度坚决地说："不行！我服侍老太太多年，她的脾气，还有她喜欢吃什么、不喜欢吃什么，我最清楚。你们照顾她一定适应不了，你们做生意忙，有点空时间又喜欢打牌，交给你们我不放心。"

贺俊芳说："我们前几年忙生意，全是你们照顾老太太，我们愧疚死了。现在孩子大学毕业，我们放弃做生意就有时间了。大嫂，请你放心，有了老太太我们一定少打牌，全心全意地照顾她老人家。大嫂，让我们也尽尽孝吧，不然下一辈、亲戚们怎么看我们？"

钱文琼担忧地说："城里开支大，什么都要靠买，你们不做生意吃什么？不行，我给立军打电话将老太太送回来。"

贺俊芳说："大嫂，不用打了。我和立军在我们本小区都找了一份差事。他当保安，我做保洁，我们俩的工资完全够一家人开支了。"

在场人都非常感动。王美睿说："要是廖黑狗、卢小五两家像这两妯娌就好了。为父母的赡养问题，他们几兄弟年年扯皮。大家都想出去打工，都愿意出钱，而不愿在家服侍老人。"

李爱国说："农村现在空巢老人多得很，有些在家中去世很久都没人知道。但也没办法呀，年轻人不出去挣钱怎么养家呢？所以我觉得把空巢老人送到养老院比较好。"

王美睿紧皱眉头："好是好，国家有很多惠民政策支持养老院，但每个月仍需交一笔不少的费用，很多人尤其是经济条件不好的家庭，根本承受不起。所以我们要发展好乡村经济，留住年轻人。安顿好本村的空巢老人，也是我们今后要努力解决的难题。"

终于等到孔志强出院了。王美睿带着曹文慧，亲自开着孔志强的商务车前去接他们一家。孔志强坐副驾驶，其余人坐后边，几个孩子一路有说有笑，好不热闹。

新宇对王美睿说："孃孃，跟你们在一起我们好开心，要是我们是一家人该有多好啊！"

王美睿脸微微一红，看向孔志强，孔志强也刚好斜着眼睛温柔地看着她。四目相对的一刹那，仿佛一股强烈的电流猛然通过全身，两颗心脏都剧烈地跳动不已。

王美睿故作镇定地笑道："宝贝，'大道不孤，天下一家'。我们本来就是一家人呀！"

很快汽车就到了黑檀村入口处，孔欣然喊道："孃孃，你看，那就是我们村新修的水库吗？我们下去欣赏一下，可以吗？"

王美睿说："当然可以呀！水库修好后，周围好几个镇都用上自来水啦。现在从县城到黑檀村的乡村旅游公路已经修好了，横穿大连山十八弯处的隧道也完工了，现在我们从县城回家就只要二十几分钟了。"

李华英说："哎呀，这么快呀？太好啦！坐车走老路要两个多小时呢！"

"现在从五华镇以及黑檀村开车走周边任何镇或者景区，车程都在二十分钟内。"

李华英非常惊讶。王美睿把车停在公路边，大家沿着一条干净平整的步行道向下走去。走过几十米，一个清澈如镜的大湖就呈现在眼前。水库的堤坝好雄伟壮观，从坝底到坝顶起码有十层楼高，人们可以沿着坝底一排排整齐的步梯一直向上爬到坝顶。坝顶很平整、宽敞，可以容下四辆车同时并行。水库的水真清，像一面大镜子倒映着周围的小山，又像一颗蓝宝石镶嵌在几座小山之间。湖中几个小岛更是给水库增添了几分景致与情趣，微风轻拂，平静的湖面在阳光的照射下泛起粼粼的波纹。

有一条宽阔的马路沿着连接水库的小河延伸了十几公里，马路中段有一条叉公路一直通向黑檀村。公路两边高大的树木枝繁叶茂，遮天蔽日，即使是夏天烈日当空，在树下行走也感到凉风习习。树下还有各色漂亮的野花给路人几分惊喜。水管站前面的空坝有几个造型独特的大花坛，花坛和沿湖的堤岸边都栽种了很多花草树木，三角梅、紫薇、木槿、锦葵、月季等灌木的花，这儿一丛那儿一簇开得正艳。整个水库恰似一个巨大的公园，很多人专程开车来这里游玩、观赏。

黑檀水库下游的儿童游乐设施，如漂流河道、碰碰船、水上蹦床、水滑梯、手摇船、水上攀岩、魔力碗、竞速滑道、水上秋千、水上漂流……已经全部建成，只等相关部门检查验收后就可以开业了。

几个孩子开心极了,都说去游乐场玩儿太方便了,开业后一定要去体验。参观水库完毕,大家又坐回车上。回大连山的路还是很多年前的那条,但被扩宽了很多,还改造成柏油路。公路两旁修建了很多像别墅一样精致的农舍。几乎家家户户屋前都修了造型好看的花坛,花坛里各色的花竞相开放。还有农户用铁护栏将院子围了起来,藤蔓植物爬满了铁护栏,形成一道绿色的围墙。沿途很多陡峭山坡上的土地都用大石头砌成了一层一层的梯田,梯田之间修了排水沟,很多干活的小路也被平整、硬化。有个果农把推推车停在一辆大货车旁边,正在卸车里的鸡粪。不远处,一辆小型抽水机正"哗哗哗"地把小河的水往农田抽,一个小型耕地机正"突突突"地在地里忙碌,一会儿就耕了好大一片。

　　李华英说:"现在的人种庄稼才安逸,一点都不费力。我们以前硬是全靠肩挑背扛。"

　　王美睿说:"表叔娘,我空了带你去我们村的农场看看,用机器收割那才叫快呢!"

　　远处的山连绵起伏,层峦叠嶂,好似没有尽头。金灿灿的阳光倾泻而下,看万山层林尽染,洒向千峰秋叶丹。一路上,茂盛的树木如列队的士兵,恭敬地立在公路两旁夹道欢迎;近处山上的楠竹与花椒树已经成林,碧涛浪涌,撩拨着孩子们贪婪的双眼。他们深吸着新鲜的空气,享受着与城市完全不一样的风光。

　　一个急转弯,就有好几幢样式新颖、美观的五六层高的现代化建筑呈现在他们眼前,如一块块耀眼的水晶石镶嵌在深山中熠熠闪光。孔志强说:"孩子们,景区到了。这是景区游客服务中心。"

　　孩子们放眼望去,这里群山环绕,只有一条路进出,宛如陶渊明笔下的世外桃源。游客服务中心修建在以前的王家塆,十分豪华气派。前面有一个很大的停车场,停着很多小汽车。孔志强说另外几个停车场还在修建之中。王美睿指着游客服务中心对孩子们说:"游客服务中心后面那几幢商品房是以前甘家塆的位置,停车场上方是以前的李家塆,现在几个塆的人全都搬到景区修建的农民新村去了。"

　　李华英感到非常惊讶:"哎呀,这里居然是以前王家塆的地盘呀?我在这里住了几十年,一点儿都认不出来了。"

游客服务中心东边挺立着好几幢高大挺拔的大楼，每栋楼前都修有造型好看的花坛。大公路小便道纵横交错，条条相连，路路相通。每条路上和花坛里绿植如锦，鲜花争艳，让他们仿佛置身于大花园。

孔志强说："景区的职工有好几百人，大多数都是黑檀村本地人。他们有的在景区上班，回家还抽空帮景区饲养了猪、牛羊、鸡鸭、兔子等，收入很可观呢！"

孔欣然指着景区几幢精致的大楼问："这是度假村的宾馆吗？"

孔志强说："不是，度假村宾馆在西边，那是商品楼。前两期工程一千多套住房，已经被来自北京、上海、成都、重庆等大城市的游客一抢而空。现在正在修建第三期、第四期，而且房价都翻一番了。"

孩子们跟着孔志强还参观了度假村购物中心。购物中心和城市的超市差不多，里面商品琳琅满目。它分为两层，第一层卖的是旅行用品，如衣物、被单、旅行箱、雨伞及各种游泳用品，如救生圈、游泳镜、游泳衣，还有出门旅游使用的洗漱用品，香皂、肥皂、洗发剂、牙膏、牙刷等。胖大嫂队长一边守着她的摊位，一边拿着针线做手工布鞋。

第二层是农贸市场，有固定摊位销售当地特色农产品，有蜂蜜和土猪、土鸡、土鸭、兔子、羊等制成的腊肉、卤肉等。王美睿一眼就认出了林夕风家的蜂蜜、"洋丁丁"大婶家的粽子、刘大江家的蘑菇……这么多的兔肉和猪肉，估计是刘银才和他徒弟家的。也有村民自由销售山货的摊位，楠竹笋、花椒、野生菌、野菜、野果、药材……自己种植的蔬菜、瓜果等。

在孔志强的带领下，大家还参观了四季果园。此时早已经错过了桃子、李子的采摘季节，但是梨子、芒果、火龙果、葡萄等水果都已经成熟。几个小家伙把每一种水果都尝了个遍，对自己喜欢的水果又多吃了一些，一直打着饱嗝。

孔新宇说："哎呀，好难受，吃得太多啦，胃遭不住。经不起诱惑，下次再也不贪嘴啦！"

孔志强说："现在饱了口福，下次就在春天来饱眼福吧！春天桃李芳菲梨花笑，漫步在一望无际的花丛中，犹如走进了一个童话世界，那才美呢！"

跟着汽车，他们来到了一个小镇。孔欣然说："这个小镇怎么修建在大山上？"

王美睿说："这就是我们刚才说的农民新村——新黑檀村呀！现在也是镇吧！"

曹文慧抢着说："这叫云顶小镇。"

孔欣然、孔新宇欢呼起来，都下车来一边走一边参观。整个小镇的小洋楼依山而建，地势逐步向上，平坦宽阔的柏油马路纵横交错，将所有的建筑连接在一起。所有的小洋楼样式统一、风格一致，都是两楼一底的斜顶川东传统民宿风格。外墙壁灰白相间，色彩柔和温馨。每家每户门前都有花园，庭后有停车场，看起来就像大城市的别墅群。小镇北边有一个很大的广场，广场西边是树木繁茂的大公园。公园里小桥流水，楼台轩榭，花开四季，有几个老人正放着音乐打太极拳。广场东边有很大的篮球场和健身场。

孔欣然、孔新宇高兴地问："这小镇太漂亮啦，比大城市还漂亮。爸爸，我们家也有小洋楼吗？"

孔志强说："当然有呀！凡是老房子宅基地被景区占用了的都有呀！这叫安置房。度假村还多修了很多小洋楼出售。你看那边那么多农家乐，除了本地人，还有来自重庆、贵州、云南的……全国各地都有呢！"

孔欣然说："那太好啦！奶奶说老家冬天要下雪，我们今年就可以堆雪人了。"

他们欣赏了景区内浪漫的森林小屋、神奇的太空床、葱郁的植物园，体验了惊险刺激的玻璃栈道和吊桥、滑梯、吊船、跷跷板……当艳阳高照时，孔欣然和孔新宇仍然余兴未尽。

在餐厅里，孩子们吃到了很多特色菜——土猪楠竹笋回锅肉、土鸡炖蘑菇、土鸡蛋炒番茄、爆炒兔肉、清炒韭黄、凉拌野菜……每端一盘来，孩子们都抢着吃。他们知道所有的肉和菜都是黑檀村生产的。村集体种植的楠竹笋味道特别好，吃起来细腻可口，还有回甜味，孩子们赞不绝口。

他们刚吃完饭，王美睿就接到一个村民的电话，说刘银才家有人在吵架，让她赶快过去看看。王美睿赶紧叫甘国平和方春燕迅速赶到刘银才家。

只见一胖一瘦两个中年妇女正站在院子中央吵得不可开交，大有大打出手的趋势。王美睿一行赶紧将她们拉开并询问原因。

原来胖女人叫李凤群,是刘银才的前妻;瘦女人是刘银才的未婚妻谢春芳。黑檀村开发后,李凤群见云顶小镇修得那么宽敞漂亮,刘银才又成为景区养猪场的技术员,不仅每个月有固定收入,还自己在家养了不少猪,就非常后悔离婚,以看孩子为借口回来住,在刘银才家赖着不走,还想赶走谢春芳。

谢春芳虽然现在还没和刘银才领结婚证,但她已经和刘银才交往了一年多,不仅学到了很多养殖技术,与刘银才一家也有了一定感情,怎肯轻易放弃呢?两人谁也不让谁,就大骂了起来。

王美睿和甘国平将刘银才家所有成员都叫过来,大家围坐成一圈。王美睿说:"你们两个谁说了都不算,得看刘银才是什么态度。"然后转向刘银才,叫他当面表态。

没等刘银才开口,刘银才的儿子刘春抢先说:"我要我妈!小伙伴都嘲笑我没有妈,我要我妈回来!"

谢春芳看了看刘银才,又把求助的眼光投向他父母:"爸爸,妈,我对你们一家特别是刘春怎样,你们心中应该有数吧?我虽然不是刘春的亲妈,但是我保证我会一辈子对他好。不像有些人,人家困难的时候就跑,现在日子好了又回来,天下竟有这么不要脸的人!"

"谁不要脸了?谁不要脸了?刘银才可是我的男人,我可是刘春的亲妈。我和刘银才仅仅是闹矛盾,两口子哪有不闹矛盾的呢?气消了就算了嘛!"

李凤群以前好吃懒做,对刘银才的父母既凶又恶,刘银才的父母对她非常不满。但考虑到她是孩子的亲妈,孙子又苦苦求情,所以他们劝刘银才和李凤群和好。

王美睿催促道:"刘银才,你是什么态度?快说话呀!"

"我,我——我选择谢春芳。"刘银才结结巴巴地说。谢春芳一阵欢喜,脸上露出了幸福的笑容。

"但孩子和父母又要我和李凤群复婚。唉,我——我为难死了!"

方春燕说:"你说了也等于白说了,到底选谁你还是没说出来。"

王美睿说:"这个事情处理起来好复杂,我们也不可能硬裁。我建议你们每个成员特别是刘银才一家,都冷静一段时间,好好考虑一下再做出决定。李凤群和谢春芳不准吵架了,吵架、打架都没有赢家,都是借别人的嘴或手来惩罚自己,也解决不了任何问题。希望你们能够心平气和地坐在一起沟通,达成一致意见。"

甘国平说:"王书记说得对,你们三人思考成熟了再解决你们的感情纠纷。李凤群和谢春芳你们两个都要想清楚,刘银才现在是养了那么多猪,但养殖业风险很大,赚钱快,可能亏钱也快。我希望你们三人不要太看重钱,把感情放在第一位。否则,即使暂时在一起了也不长久。还有,婚姻不是儿戏,要慎重,不能想分就分、想离就离。"

三人都陷入了沉思。暂时平息了刘银才家的战火,王美睿回家后,宋高英又带来一个意外的消息,说王晓峰走桃花运了,但姜碧珍急坏了。

王美睿开心地说:"啊!晓峰哥哥要结婚了?他今年三十七岁了,有人不嫌弃他是哑巴愿意嫁给他了?简直太令人开心了!可大娘怎么急坏了呢?"

"晓峰学会种蘑菇后,跟刘大江搞啥子直播带货。那些人同情他是哑巴嘛,所以生意很好。他在网上与一个陕西妹子好上了,那女的并不嫌弃他不能说话,前几天还来我们景区游玩,看了晓峰的家,非常愿意嫁给晓峰。但你大娘嫌她不是本地人,今后不方便,硬要他同意江陵镇的一个寡妇。那寡妇有一个孩子,他爷爷奶奶在带,所以没什么负担。她是通过抖音了解了黑檀村,也是晓峰的粉丝,就托郭术珍来做媒。虽然她比晓峰大两岁,但是个头大,你大娘说这种身材会生小孩,并且相邻镇的知根知底,所以坚决要晓峰同意她。两娘母正在生气呢!"

王美睿看了看父亲,笑着对他说:"这是家事,不是村上的事。爸爸,你是家长,他们都比较听你的,辛苦你去把这事处理好,行吧?"

王贤良也笑着说:"王书记,你算是找对人了。你老人家尽管放心,这事包在我身上,我一定处理好。"

暑假的时间过得很快,转眼就快开学了。这天下午,王美睿正在家里检查曹文慧的作业,忽听屋外远远传来两个孩子的哭声,并且越来越近。他们赶紧循着声音下了楼。只见孔欣然和孔新宇两兄弟一边哭一边快速地跑了过来,孔志强和李华英怒气冲冲地跟在后面。

王美睿赶紧把两个孩子迎进屋里,大声问:"幺儿些,怎么啦?怎么啦?"

两个孩子哭着躲到了王美睿的身后,对着孔志强大声喊:"不去,就是不去!我们就在五华镇读书!"

孔志强追上来怒气冲冲地说:"去哪里读书不是你们说了算。老子今天捆也要把你们捆到县城去。"

王美睿这才明白了他们冲突的原因,大声说:"志强,你生那么大的气干吗呢?有话好好说嘛,你看把孩子们吓的。"然后拍着两个孩子安慰道,"幺儿些不要怕,有我在,他不敢打你们。"

孔志强气愤地喊道:"气死我了!简直气死我了!为了他们能够进城读书,我专门在县城买了一套房子。可两个狗东西居然不去,想在五华镇读书。"

孔志强额上的青筋暴得老高,继续对着两个孩子吼道:"你们自己看,哪家不是家庭条件稍好点就去了县城或大城市?你们真是笨到了家,偏偏选山区学校,叫我面子挂不住不说,你们今后长大了还不埋怨我,说我不重视你们读书?"

王美睿点着头说:"志强的担心也不无道理。"然后转头问孔欣然和孔新宇,"幺儿些,不要哭了哈。说说看你们为什么不去县城而要选择五华镇上学呢?"

孔新宇看了一眼曹文慧,小声说:"我想天天跟文慧妹妹一起上学。我和哥哥都很喜欢你,希望经常都能见到你。"

"啊,好难得!宝贝们,嬢嬢也很喜欢你们哈!"王美睿非常感动,紧紧地把他们拥在一起。

孔欣然说:"五华镇比县城安逸得多,不堵车,夏天一点儿都不热,空气也新鲜,我们也想天天回家住小洋楼。"

原来是这个原因。王美睿想了一下,对孔欣然和孔新宇说:"孩子们,你们要理解爸爸,他是担心乡下学校条件差,耽误了你们学习,害你们一辈子。"两个孩子仍然坚持要在五华镇上学。

王美睿对孔志强说:"我多年不去学校,也不很了解情况,那这样行不行,明天我们大家一起去五华镇学校看看。如果条件过得去,他们

第十五章 千峰秋叶丹

267

实在想在五华镇上学，就满足他们吧！"

孔志强同意了。第二天，他们刚到学校门口，就遇到了熟人曾洪亮，他正在为全县农村中小学配送营养餐食材。

"王书记、孔总，你们还有空来学校玩儿？"

孔志强说明了来学校的意图。曾洪亮说："五华乡自从开发景区成立镇后，吸引来了很多优秀教师，教学质量得到了很大的提高，学生也越来越多了。才两年，学生人数就翻了一番。现在农村学校好哟，国家每天免费提供营养餐。"

"听起来还很不错。营养餐是免费的？质量有保障吗？"

曾洪亮说："这关系到学生的身体健康，肯定有保障呀！它不是随便哪个都可以配送的，必须由有资质的公司，按照国家要求配送米、肉、油、佐料以及各种素菜。防疫部门、质量监督局经常检查监管，对于食品质量有很严格的要求。营养餐每餐都有肉，一般素菜有两至三个，饭让学生尽吃饱，而且菜品要经常更换，科学搭配。现在农村义务教育阶段的学生不仅学杂费全免，国家还要补助生活困难的住校生生活费呢！"

谈话间，他们已经走进了校内。这也是王美睿和孔志强的母校，他们一至五年级在黑檀村小上学，到六年级就到中心校了，一直读到初中毕业。

只见以前坑坑洼洼，晴天一身灰，雨天一脚泥的操场已经被拓宽、硬化，宽阔、平整且干净，四周绿树成荫，一棵棵茂密的树像一把把撑开的绿伞，把操场一角遮得严严实实的。女贞、沿阶草、万年青长得正旺，碧绿的树叶与白色的围墙相互辉映，犹如一幅色彩艳丽的水粉画。

走过操场，向东望去，十年前矗立在操场前东边挡住人们视野的一个大土丘不见了踪影，被平整成了一个很平坦宽阔的操场，还铺上了红绿相间的塑胶。塑胶色彩明艳，犹如一张巨大的地毯铺在地上，并用钢丝防护栏围了起来。整个操场平整、干净、整洁，防护栏高大气派。里面设了一个足球场、三个篮球场、两个羽毛球场，还有铅球场、沙坑、各式各样的健身器材，各个场地还有很多学生在锻炼。学生自豪地告诉王美睿一行，即使是下雨天，他们仍然可以在操场上体育课，哪怕跌倒在塑胶操场上，也不会受伤。

食堂一角还增加了很多健身设备，有单双杠、山羊、天梯、扭腰器……十几张乒乓球台被分成两排，整齐有序地安放在操场角落，很多学生正激烈地角逐，欢呼声四起，好一派繁忙、热闹的景象。

操场的北面就是食堂，食堂被打扫得一尘不染，各种餐具摆放得整整齐齐的。两个师傅穿着白色的工作服正在用机器切菜。两盆肉和几大盆洋芋，几分钟工夫就被切成肉片和洋芋丝，并且又细又均匀。

曾洪亮告诉他们，现在全县学校都已经结束了人工煮饭，全都改成了烧天然气的高压蒸汽机。把米放进盘子里，掺上适量的水，再放进高压蒸饭器，全校师生的饭只需三四十分钟即可全部蒸熟。用餐大厅就在厨房旁边，是座两层楼，每层楼的餐桌椅都是铝合金材质，整齐干净、坚固美观。

走出食堂，又回到操场，茂密的榕树下停满了私人轿车。他们走过校门口过厅来到操场，顺着一排茂密的大树，来到了底楼的一间豪华教室前。曾洪亮说，这就是学校的录播室，是专门用于老师们公开教学的功能室，仅这一间就投入了七十多万元。

录播室里刚好有老师在备课。他们看到室内有现代化的录播设备、高级电脑以及功能多、材质好、可以折叠使用的学生课桌。地板和天花板都用质量上乘的蓝色塑料铺成，在灯光以及网络作用下，天花板上的白云在蓝天中缓缓飘荡。他们去体验了一把，坐在教室里犹如置身于大自然中飘逸、轻松、温馨。录播室隔音效果非常好，坐在教室里面，外面的任何声音都听不到。只需按动录播按钮，整个课堂都由电脑自动录入，还可以上传分享。为了不打扰学生上课，听课的老师则坐在录播室后面隔音的小屋子里，戴上耳机，透过玻璃看教室里的上课情况。

曾洪亮告诉他们，现在国家推行均衡教育，农村学校条件跟城里差不多了。不仅仅是五华镇，全县很多学校都有这样的录播室。

小学部东边，二十世纪五六十年代修的一楼一底陈旧的教师宿舍已经重建，现在焕然一新，重建成了四层楼的新宿舍。乳白色的墙面在阳光的照射下分外洁净醒目。曾洪亮说，每位教师都有二十至三十多平方米不等的单间宿舍。对面的一幢四楼建筑是学生公寓，每间公寓里有四张分上下铺的床，一共住八个学生，显得很宽敞。每一间寝室里都有自来水、洗衣台、厕所、浴室以及晾衣服的阳台，使用非常方便。

教师宿舍旁边，以前与教师宿舍并排的一排民房和医院已经被拆除，建成了小学部的教学楼，也是四层。每一间教室的窗帘干净而素雅，以前的老式黑板被可以移动的黑板代替，电子白板就藏在移动黑板下面。要使用黑板的时候可以根据需要拉动黑板，要使用电子白板的时候就直接推开移动黑板。

曾洪亮卸完货，又过来一起参观。他介绍道，这叫"班班通"，跟大城市的老师一样，现在上课都用电子白板多媒体上课，几乎都不用粉笔了。它更直观、形象、便捷，大大地提高了教学效率，也激发了学生的学习兴趣。

参观完小学部，沿着石梯折向操场西边，他们来到初中部。除了必须配备的教室以及教师办公室，还有很多功能室。有专门的理化实验室、美术室、音乐室、体育器材保管室……保管室里，铅球、标枪、实心球、足球、篮球以及臂力器、握力器、跑步机、转腰器、哑铃等体育器材堆得满满的。除此之外还有乐器室以及图书室，图书室的书架上整齐有序地放满了各种书籍。一位老师告诉他们，图书室有近万册书籍，有专门的图书老师管理。

他们看见乐器室里每一张学生的课桌上都放着一台电子琴，讲台上方有钢琴。有一间保管室里还放着很多演出服装，还有葫芦丝、腰鼓、大小号、竖笛等演奏乐器。校长介绍说，学校这些所有的设施设备，全县中小学都配备齐全了，学生多的学校配备得更多。

孔志强连连点头称赞，说没想到农村学校设施设备这么现代化、齐全，放心地叫孔欣然和孔新宇去学校报了名。

孔欣然和孔新宇还充满激情地说："爸爸，今后大学毕业后，我们也跟你一样回家乡，把家乡建设得更好。"

这晚，一轮圆月从空中缓缓升起，发出醉人的光芒。月光落在树梢上，再透过窗户照进屋子里，增添了几分朦胧与神秘。王美睿看了看时间，孔志强与她约定的时间已到，就向屋后的那片小竹林走去。她不知道孔志强为什么要在这个时候选择这里与她单独见面。

走近小竹林，她远远地就望见一个高大魁梧而熟悉的身影已经站在了小竹林下，心里不由得像揣了个小兔子似的咚咚直跳。

"志强，你真守时！"

孔志强说："那是必须的呀！王书记定的时间我敢不准时吗？"

"我约定的时间？明明是你发微信给我，叫我今晚八点准时在小树林见面的。"

"我发的？我没有发呀？"

王美睿说："难道我还冤枉你不成？"然后就把微信给孔志强看。

孔志强看自己的微信对话框确实发了信息给王美睿，可他觉得自己明明没有发，难道手机会自动发送信息？

忽然孔志强喊了起来："啊！明白了，一定是欣然、新宇和文慧这几个小家伙搞的鬼。刚才我看见他们几个鬼鬼祟祟地在一起，好像在商量着什么。然后，欣然就跟我说你叫我八点来这小竹林。"

两人恍然大悟，哈哈大笑，也明白了几个小鬼的良苦用心。孔志强叹了一口气说："这一天是我最期盼的，我做梦都在想，但也是我最害怕面对的！"

"为什么？"

孔志强没有直接回答，问："你和张超好久结婚呢？全村人都在等着喝你们的喜酒呢！"

"那我可能要让他们失望了，他们一辈子都等不到那天。"

孔志强有些意外："原来有些事，别人所讲的甚至自己看到的，都不一定是事实。"

"那是肯定的。还有事没有？没事我就走了哈！"

孔志强说："你说来就来，说走就走？哪有那么便宜的事？"说完就一把把王美睿拉进怀里。

王美睿使劲将他推开，狠狠地一拳打在他胳膊上，生气地喊道："滚！"

孔志强被王美睿突然的呵斥吓住了，傻傻地窘在那里不知所措。王美睿又打了他一下，含着眼泪俏嗔道："你个该死的！我以为你会把自己藏一辈子呢！"

孔志强如释重负，温柔地看着她，伸出手为她擦去腮边的泪水，然后将她紧紧地拥在了怀里。